**DIETER AURASS**

# Frankfurter Kaddisch

**VERGELTUNG** Drei mysteriöse öffentliche Selbstmorde älterer, hochrangiger Mitglieder der jüdischen Gemeinschaft erschüttern Frankfurt am Main. Hauptkommissar Gregor Mandelbaum, mit 32 der jüngste Leiter einer Mordkommission, wird aufgrund seiner jüdischen Abstammung mit der Untersuchung der Todesfälle betraut. Der an einer leichten Form von Autismus leidende, aber hochintelligente Ermittler erkennt schnell die Handschrift eines Serienkillers, der nur über 70 Jahre alte Juden tötet. Bei seinen Nachforschungen unterstützt ihn ein Team, dessen Mitglieder unterschiedlicher kaum sein könnten: eine blutjunge Kommissarin, ein erfahrener Hauptkommissar, eine mütterliche Sachbearbeiterin und ein Computer-Freak. Dass es Gregor völlig an Sozialkompetenz mangelt, erleichtert nicht gerade die Zusammenarbeit. Die Spur des Täters weist in die Vergangenheit und weckt Erinnerungen in Gregor, die er komplett verdrängt hatte. Vom Erkennen des eigentlichen Motivs ist er dennoch weit entfernt – fast ein ganzes Menschenleben.

*Dieter Aurass wurde 1955 in Frankfurt am Main geboren und ist dort aufgewachsen. Nach dem Abitur begann er seine 41 Jahre andauernde Karriere bei der Polizei. Die ersten 30 Jahre war er als Ermittler des Bundeskriminalamtes in den Bereichen Terrorismusbekämpfung und Spionageabwehr tätig. Die letzten elf Jahre arbeitete er im IT-Management der Bundespolizei. Seit zwei Jahren schreibt er in seiner Freizeit Kriminalromane; mit dem vorliegenden Buch liefert er sein Debüt. Er ist seit 30 Jahren in zweiter Ehe verheiratet und lebt mit seiner Frau und einer Boston-Terrier-Hündin in Mülheim-Kärlich bei Koblenz am Rhein.*

# DIETER AURASS

# Frankfurter Kaddisch

*Kriminalroman*

GMEINER SPANNUNG

*Die Personen und die Handlung sind frei erfunden.*
*Ähnlichkeiten mit lebenden oder verstorbenen Personen sind – mit Ausnahme der Personen der Zeitgeschichte in den Rückblicken in die Vergangenheit – rein zufällig und nicht beabsichtigt.*

Besuchen Sie uns im Internet:
www.gmeiner-verlag.de


Im Ehnried 5, 88605 Meßkirch
Telefon 07575/2095-0
info@gmeiner-verlag.de

1. Auflage 2016

Lektorat: Dominika Sobecki
Herstellung: Mirjam Hecht
Umschlaggestaltung: U.O.R.G. Lutz Eberle, Stuttgart
unter Verwendung eines Fotos von: © christophe papke / photocase.de
Druck: CPI books GmbH, Leck
Printed in Germany
ISBN 978-3-8392-1959-1

Für meine Mutter.
Sie hat mir die Freude am Lesen und
am Schreiben in die Wiege gelegt.

# PROLOG

Der Mann zog in aller Ruhe und ohne Hast sein Jackett aus und legte es neben sich auf den Boden. Dann visierte er sein Ziel an und schätzte die Entfernung ab.

Ungefähr zehn Meter. Das muss dieses eine Mal einfach Anlauf genug sein.

Er stellte den linken Fuß einen halben Schritt vor den rechten und begann, mit dem Oberkörper vor- und zurückzuwippen. Schließlich startete er seinen Sprint auf das 1,30 Meter hohe Hindernis und lief einen leichten Bogen, sodass er fast parallel dazu ankam. Dann sprang er mit beiden Beinen in einem mächtigen Satz ab, drehte sich mit dem Rücken zu der rot-weiß gestreiften Latte, riss das Becken nach oben und segelte in einem gelungenen Fosbury-Flop darüber hinweg, ohne sie zu berühren.

Geschafft! Na also, das Sportabzeichen ist noch einmal gesichert!

Er wartete auf den Aufprall auf der Sprungmatte – der aber ausblieb. Sein Blick glitt nach oben, und er sah nicht nur den sonnigen Sommerhimmel, sondern auch die Außenwand eines Gebäudes über sich in die Höhe wachsen.

Was ist das für ein Gebäude? Wo bin ich?

Der menschliche Körper wird – wie jeder andere Körper auch – durch die Erdanziehungskraft beschleunigt. Dies erfolgt so lange, bis der Luftwiderstand eine weitere Beschleunigung verhindert. In den ersten drei Sekunden legt ein Mensch im freien Fall circa 60 Meter zurück. Erst nach etwa sieben Sekunden erreicht er seine Endgeschwindigkeit von 55 Metern pro Sekunde. Dies entspricht einer Geschwindigkeit von fast 200 Kilometern pro Stunde. Bis dahin hat er eine Entfernung von ungefähr 260 bis 270 Metern zurückgelegt.

Da das Hochhaus, über dessen Dachumrandung der Mann soeben gesprungen war, lediglich eine Höhe von 150 Metern vorzuweisen hatte, blieben ihm nicht die vollen sieben Sekunden. Er hatte seinen letzten Gedanken gerade zu Ende gedacht, als er auf dem Boden direkt vor dem Haupteingang des Gebäudes aufschlug. Das geschah mit der bis dahin erreichten Geschwindigkeit von deutlich über 120 Stundenkilometern. Seit dem Absprung waren fünf Sekunden vergangen.

Der Anblick eines menschlichen Körpers, der mit dieser Geschwindigkeit auf Beton geprallt ist, ist selbst für hartgesottene Zeitgenossen, darunter Leichenbestatter, Polizeibeamte oder Unfallsanitäter, kaum zu ertragen. Nicht selten müssen sich die Herbeigerufenen abwenden und geben in angemessener Entfernung, wenn sie es denn so weit schaffen, ihre letzte Mahlzeit von sich. Ein aufgeplatzter Schädel, bis zur Unkenntlichkeit zusammengestauchte Gliedmaßen oder die Verteilung der vollen sechs Liter Blut eines durchschnittlichen Erwachsenen auf mehrere Meter im Umkreis – das kann einem auf Tage den Schlaf rauben.

Glücklicherweise traf der Körper des Mannes keine der Personen, die auf dem Weg in das oder aus dem Gebäude heraus waren. So blieb es dabei, dass die unmittelbar in der Nähe gehenden oder stehenden Passanten durch ein Geräusch überrascht wurden. Ein Geräusch, das sie in ihrem restlichen Leben nie wieder vergessen würden.

Eine Frau in einem weißen Sommerkleid starrte entgeistert auf die Hunderte von kleinen roten Flecken auf dem zuvor makellosen Stoff. Erst einen Moment später richtete sie den Blick auf das, was wenige Meter vor ihr auf dem Boden lag. Dann begann sie zu schreien. Noch Minuten später, als helfende Hände sie beiseitegenommen hatten, schrie sie in voller Lautstärke hysterisch weiter und war nicht zu beruhigen.

*

In ihrer Jugend war sie eine exzellente Turmspringerin gewesen. Bei zahlreichen Turnieren hatte sie Medaillen gewonnen und erst im Alter von 35 Jahren mit dem aktiven Sport aufgehört. Ihr inzwischen 70 Jahre alter Körper war allerdings noch immer sportlich, straff und – von leichter Arthrose abgesehen – fit.

Jetzt stand sie am Rand des Sprungturms in zehn Metern Höhe und blickte in das azurblaue Becken hinab. Sie konzentrierte sich und ließ sich auch durch die aufmunternden Zurufe des Publikums nicht stören. Noch einmal einen so perfekten Sprung wie in ihrer Jugend ausführen – noch einmal den frenetischen Beifall der Menge beim Auftauchen aus der Tiefe des Beckens hören. Das war jetzt alles, was zählte.

Sie warf einen letzten Blick in die Tiefe, dann drehte sie sich mit dem Rücken zu ihrem Sprungziel und setzte langsam die Zehen ihrer nackten Füße auf den Rand des Sprungturms, sodass ihre Fersen in der Luft hingen. Ihr eng anliegender einfacher schwarzer Badeanzug betonte ihre noch immer sportliche Figur. Mit dem Rücken zum Becken stand sie leicht wippend auf den Zehen. Eine letzte Phase der Konzentration, dann beugte sie die Knie, streckte sich ruckartig und riss zum Absprung beide Arme nach oben.

Mit einer Präzision, die nur in jahrelangem Training erlernt werden kann – und selten je verloren geht –, vollführte sie einen eineinhalbfachen Salto mit einer eineinhalbfachen Schraube. Der Sprung war so abgestimmt, dass sie nach Abschluss der letzten Drehung, die Arme vor dem Kopf gestreckt, nur noch wenige Meter in gerader Linie durch die Luft gleiten würde, um dann elegant ins Wasser einzutauchen.

Sie öffnete die Augen, die sie während der Drehungen geschlossen hatte – und wunderte sich, dass sie ihr Ziel noch nicht erreicht hatte. Viel weiter unter sich, als sie es für möglich gehalten hatte, sah sie das Blau des Beckens auf sich zurasen.

Glücklich über den gelungenen Sprung, spannte sie ihren

Körper an, um das Eintauchen so glatt wie möglich und ohne Spritzer zu vollziehen.

Der Fahrer des blauen Minivans hatte gerade angehalten, um zwei bestellte Hochzeitstorten am Hintereingang des Hotels abzuliefern. Kurz sah er durch die Windschutzscheibe nach oben und bewunderte die beeindruckende Fassade des Westend-Gate-Hochhauses, des Sitzes des Hotels Marriott. Mit seinen 160 Metern Höhe war es zwar nur das elfthöchste Gebäude von Frankfurt, aber durch seine spiegelnde Glasfront dennoch beeindruckend.

Er hatte gerade die Tür aufgestoßen, um das Fahrzeug zu verlassen, als es einen ohrenbetäubenden Schlag gab. Das Fahrzeug schwankte kurz, wie bei einem Erdbeben, und alle Scheiben zersprangen mit lautem Krachen.

Der Fahrer hatte bereits einen Fuß nach draußen geschwungen, als der Wagen ins Wanken geriet. Ohne zu überlegen oder zu bedenken, dass er noch keine Berührung mit den geriffelten Betonplatten des Vorplatzes hatte, schwang er den Oberkörper nach vorne und stieß sich vom Lenkrad ab. Da das rechte Bein sich noch im Fahrzeug befand, folgte der Körper des 60-Jährigen den Gesetzen der Physik und schlug der Länge nach auf den Boden vor dem Van.

»Verdammte Scheiße! Was war das denn?« Er lag auf kleinen, pikenden und sich in die Haut eindrückenden Glassplittern und hatte Angst, sich daran zu schneiden. Vorsichtig inspizierte er seine Handflächen und unbekleideten Unterarme. Als er feststellte, dass er bis auf ein paar oberflächliche Kratzer unverletzt geblieben war, erhob er sich langsam und ächzend. Dann trat er näher an seinen Lieferwagen heran.

Die seitliche Schiebetür war oben eingeknickt und so verzogen, dass sie sich nicht öffnen ließ.

Meine Fresse. Da muss ja was richtig Schweres draufgefallen sein.

So etwas hatte er in den fast 40 Jahren seiner Karriere als Kraftfahrer weder erlebt noch jemals von anderen Fahrern gehört.

Langsam ging er um das Fahrzeug herum, um die hinteren Flügeltüren zu begutachten. Als er das Fahrzeugheck erreichte, sah er, dass eine der beiden Türen aufgesprungen war. Viel Hoffnung für die beiden zu liefernden Hochzeitstorten hatte er nicht, als er in das Wageninnere hineinspähte. Durch ein gezacktes Loch im Dach des Vans schien helles Sonnenlicht und beleuchtete wie ein Filmscheinwerfer den Innenraum.

Was er sah, ließ sein Herz, das durch die überwiegend sitzende Tätigkeit, Sportmangel und leichtes Übergewicht belastet war, aussetzen. Das Grauen aus hellen Fleischfetzen, jeder Menge Blut, Knochensplittern und wie Wurstketten aussehenden Därmen ließ sich mit einem Blick nicht vollständig erfassen. Dazwischen hingen lange, silberne Haare wie Lametta, auf denen kleinste rote Tröpfchen wie Rubine im Sonnenlicht funkelten.

Lediglich ein an der scharfen Kante des eingerissenen Daches hängendes abgetrenntes Bein ließ erkennen, dass es sich um die Überreste eines menschlichen Körpers handeln musste.

Der stechende Schmerz in seiner Brust wurde übermächtig. Er griff mit einer Hand an die Stelle, unter der das schwer geschädigte Organ die lebensnotwendige Tätigkeit eingestellt hatte. Den Blick immer noch auf die bluttriefenden menschlichen Überreste und die Hochzeitstorten gerichtet, öffnete er den Mund in dem Versuch, zu schreien – aber es kam kein Laut über seine Lippen. Seine Beine knickten ein, und er schlug mit den Kniescheiben hart auf den Boden. Den damit verbundenen Schmerz spürte er kaum noch, und als er wenige Sekunden später vornüber wie ein nasser Sack aufs Gesicht fiel, war er bereits tot.

*

Dem Mann lief der Schweiß in Strömen über das faltige alte Gesicht.

Ich krieg den Schatz. Ja, ich krieg den Schatz! Nur noch diese Tür zur Kammer aufschrauben, und ich hab den Schatz!

Mit einem riesigen Schraubenschlüssel ausgerüstet kniete er auf einer leicht schräg stehenden Metallplatte mit den Abmessungen zwei mal zwei Meter. Um ihn herum wies die Metallplatte auf jeder der vier Seiten jeweils vier Muttern von der Größe eines Hühnereis auf.

Acht der 16 Muttern hatte er bereits in einer schweißtreibenden Aktion gelöst. Der obere Rand der Platte hatte sich schon gelöst und ließ ein helles, strahlendes Licht durchscheinen.

Das ist das Strahlen der Juwelen und des Goldes. Gleich hab ich meinen Schatz!

Er kniete in der Mitte der Platte. Deren oberer Teil senkte sich durch sein Gewicht etwas ab und stand nicht mehr so schräg. Sein nächstes Ziel war es, nun auch die Muttern an der unteren Kante zu lösen. Keine Sekunde verschwendete er für den Gedanken, dass er buchstäblich auf dem Ast saß, an dem er sägte.

Als er die zwölfte von 16 Muttern gelöst hatte, war ein leichtes Knirschen zu hören, und die Platte senkte sich weiter ab.

Euphorisch angesichts des kurz bevorstehenden Erfolgs seiner Schatzsuche, begann er die nächste Mutter zu lösen. In diesem Augenblick wurde die Belastung durch die 1.500 Kilogramm schwere Platte, zusätzlich um die 90 Kilo Körpergewicht des auf ihr knienden Mannes erhöht, zu groß für die verbliebenen vier Schrauben.

Mit einem deutlich vernehmbaren »Ping« brach die erste der Schrauben und nur Millisekunden später auch die übrigen drei.

Die Platte mit dem darauf befindlichen Mann fiel.

Der Frankfurter Fernsehturm galt lange Jahre als das höchste Gebäude Deutschlands mit einer Höhe von 337 Metern. Die sechsstöckige Kanzel mit Aussichtsrestaurant und Versorgungseinrichtungen befand sich immerhin noch in einer Höhe von 227 Metern. An der Unterseite der mit fast 60 Metern Durchmesser weltweit breitesten drehbaren Kanzel waren Fluchtausgänge vorhanden, durch die hindurch im Falle eines Brandes Besucher abgeseilt werden konnten.

Die Platte eines solchen Fluchtweges stürzte nun in die Tiefe. Trotz ihres enormen Eigengewichts wirkte der Luftwiderstand dergestalt auf die Platte, dass sie anfing, sich zu überschlagen. Durch die Bremswirkung der Luft auf ihre große Fläche kam sie fast eine halbe Sekunde später am Boden an als der ebenfalls herabstürzende Mann.

Kaum einer der rund um den Fernsehturm stehenden Besucher erkannte, dass es nicht nur die Platte war, die in der weichen Grasfläche aufschlug, welche den Turm umgab. Sie waren damit beschäftigt, eifrig mit Kameras und Handys Aufnahmen des Geschehens zu machen.

Als die Platte einschlug, richteten sich mehrere Dutzend Aufnahmegeräte auf die Stelle, und einige Mutige wagten sich alsbald näher heran.

Das Schicksal war insofern gnädig mit dem Herabgestürzten gewesen, als dass er tot gewesen war, bevor die Platte über ihm auf den Boden prallte.

Den nun näher herantretenden Schaulustigen gegenüber war das Schicksal weniger zimperlich. Die Platte war mit einer Kante voran aufgeschlagen und hatte sich volle vier Meter in den weichen Boden gebohrt. Dabei hatte sie den Körper des Herabgestürzten in Höhe der Brust glatt durchtrennt, sodass nun zwei unterschiedlich große Teile auf dem Rasen lagen.

Als die ersten Neugierigen näher herantraten, fing das allgemeine Übergeben an – und hörte für lange Zeit nicht auf.

# 1. KAPITEL

Kriminaldirektor Karl Lohmeyer – Leiter des Dezernates eins – betrat das Büro im sechsten Stock des Polizeipräsidiums Frankfurt nach einem kurzen Klopfen und ohne auf ein »Herein« zu warten.

An seinem Schreibtisch sah Gregor Mandelbaum von der Akte auf, die er gerade studiert hatte. Er zog eine Augenbraue nach oben. »Herr Kriminaldirektor? Ich müsste mich sehr irren, wenn wir einen Termin hätten, und ich irre mich bekanntlich selten. Was veranlasst Sie also zu diesem überraschenden Besuch?«

Ich hasse dieses arrogante Arschloch, dachte Lohmeyer und musste sich zusammenreißen, um nicht laut loszubrüllen. Er hatte sich vorgenommen, sich von dem Schnösel nicht provozieren zu lassen, und ließ sich in den Stuhl gegenüber dem Schreibtisch fallen. Dann begann er ohne Umschweife: »Gregor, wir brauchen Sie. Sie und Ihre Truppe. Die Kacke ist richtig am Dampfen.«

Mit der »Truppe« meinte er die zweite Mordkommission – im Allgemeinen auch MK2 genannt, deren Leiter Gregor Mandelbaum war. Das Polizeipräsidium Frankfurt verfügte über insgesamt drei Mordkommissionen, die sich gegenseitig vertraten oder einsprangen, wenn eine Kommission gerade ausgelastet war.

»Mir ist bekannt, dass die MK1 derzeit keinen aktuellen Fall hat«, warf Gregor völlig emotionslos ein, »und da ich weiß, dass Sie mich nicht mögen, ist die Frage angebracht: weshalb ausgerechnet wir?«

Warum kann ich diesen reichen Heini mit seinem vorlauten Mundwerk nicht einfach rauswerfen? Was hat sich der Polizeipräsident dabei gedacht, mich so zu strafen?, fragte sich Lohmeyer im Stillen. »Nun«, druckste er herum und überlegte, wie er die Peinlichkeit, den ungeliebten Leiter der MK2 zu brauchen, überspielen konnte, »ich weiß, Sie sind eigentlich noch viel zu jung und unerfahren, und es stimmt, die Einser sind derzeit frei, aber …«, nur mit Mühe rang er sich durch, den wahren Grund für die Beauftragung zur Sprache zu bringen, »… aber Sie haben als Mitglied der jüdischen Gemeinde von Frankfurt als Einziger das erforderliche Hintergrundwissen, das allen anderen fehlt.«

Lohmeyer hatte den Eindruck, dass Gregor Mandelbaum von dieser Entwicklung überrascht war, denn er erhob sich aus seinem Stuhl, streckte sich zu seiner vollen Größe von 1,90 und drehte sich zu seinem Bürofenster um. Dort blieb er stehen und blickte scheinbar geistesabwesend in den seit fast zwei Wochen wolkenlosen Himmel über Frankfurt. Lediglich ein leichter Schleier verriet, dass sie sich inmitten einer Metropole mit Unmengen von Autos und ihren Smog verursachenden Abgasen befanden.

Lohmeyer wartete ungeduldig, und als sich die Sekunden zu einer Minute dehnten, dann anderthalb Minuten, wurde er nicht nur unruhig, sondern auch ärgerlich. Nach zwei Minuten hatte er genug. »Ihnen ist schon klar, dass ich noch da bin, oder?«

Gregor drehte sich um und sah Lohmeyer überrascht an. »Ach ja, wo waren wir stehen geblieben?« Kein Wort der Entschuldigung, keine Erklärung, nichts.

Eines Tages vergess ich mich, und dann hat er nichts zu lachen! Lohmeyer musste sich zusammenreißen.

Mit seinen 29 Jahren war Gregor der jüngste Leiter einer Mordkommission aller Zeiten, aber das hatte auch seine Gründe. Er war schon als Kind das gewesen, was man im Allgemeinen als »hochbegabt« bezeichnete. Ein IQ jenseits der 140 hatte ihn befähigt, mit 15 sein Abitur zu machen und mit 18 sein Studium der Psychologie mit Prädikatsexamen zu beenden, um sofort nach Erreichen der Volljährigkeit in den gehobenen Polizeidienst einzutreten. Neben seiner Grundausbildung – die ihn nicht ausgelastet zu haben schien – hatte er Jura studiert und gleichzeitig mit der Polizeiausbildung auch das zweite juristische Staatsexamen abgeschlossen. Er war schneller die Karriereleiter hinaufgeklettert als jemals jemand zuvor und stand inzwischen im Range eines Hauptkommissars. Die Leitung der MK2 hatte er nun seit knapp zwei Monaten. Dabei handelte es sich um den einzig logischen Schritt, der den hohen Herren eingefallen war, um ein Superhirn wie Gregor in Frankfurt zu halten. Und dieser Schritt kam natürlich fast 20 Jahre zu früh.

Gregors kometenhafter Aufstieg und seine mehr als ungewöhnlichen Verhaltensweisen ließen ihn keinen Beliebtheitspreis gewinnen. Die Neider waren zahlreich, und auch in den Kreisen der Vorgesetzten, wie bei Kriminaldirektor Lohmeyer, genoss er keinen guten Ruf. Aber Gregors bisherigen Erfolge hatten dem Polizeipräsidenten keine andere Wahl gelassen, als den außergewöhnlichen Kriminalisten in diese Position zu bringen.

Lohmeyer musste an zahlreiche Diskussionen denken, in denen Mandelbaum durch seine arrogante und rechthaberische Art immer wieder angeeckt war. Selbst beim Polizeipräsidenten hatte er in einem Gespräch nicht davor Halt gemacht, den falschen Gebrauch von »scheinbar« anstatt »anscheinend« zu korrigieren, und einmal hatte er ihn sogar in einer Pressekonferenz verbessert und für alle Anwesenden hörbar angemerkt: »Sie meinen effektiv, nicht effizient.«

Lohmeyer wurde aus diesen Überlegungen gerissen, als Gregor sich wieder hinsetzte und das Wort an ihn richtete: »Nun gut, Herr Kriminaldirektor – es ist der Sache sicher dienlich, wenn Sie mir nun die Fakten nennen und den Sachverhalt schildern, ansonsten kann ich mir kein Bild machen.«

Ohne Umschweife und ohne jegliche Wertung begann Lohmeyer, die bekannten Tatsachen aufzuzählen: »In den vergangenen sechs Tagen hat es drei mutmaßliche Selbsttötungen gegeben. Von dem Kollateralschaden eines Herzinfarktes, durch den der Fahrer eines Kleinbusses gestorben ist, auf den eines der Opfer gefallen ist, will ich an dieser Stelle nicht reden. Der erste Fall wies keinerlei Grund für Zweifel an einem Suizid auf. Bei dem zweiten Fall, drei Tage später, hätten die Übereinstimmungen noch Zufall sein können, aber spätestens seit dem dritten Fall gestern steht für mich außer Zweifel, dass hierbei Fremdeinfluss vorliegt. Ich will die Gründe dafür auch nennen«, unterbrach er schnell, bevor Gregor eine Zwischenfrage stellen konnte. »Erstens, alle drei Personen sind durch einen Sturz von einem hohen Gebäude umgekommen. Zweitens, alle drei Personen haben keinen Abschiedsbrief hinterlassen. Drittens, bei allen drei Personen schließt das persönliche Umfeld einen Suizid grundsätzlich aus. Keine Krankheiten, keine Schulden, kein gar nichts. Viertens, bei allen drei Personen sind die Umstände der Tat sehr seltsam und passen nicht zu gewöhnlichen Selbsttötungen. Fünftens und letztens, alle drei Personen sind bekannte Persönlichkeiten der jüdischen Gemeinde der Stadt Frankfurt.«

Schon nach dem dritten Punkt der Gemeinsamkeiten hatte Lohmeyer bemerkt, dass er Gregors ungeteilte Aufmerksamkeit hatte, der konzentriert den Ausführungen seines Vorgesetzten lauschte.

Dann meldete er sich zu Wort: »Selbstverständlich habe ich von den ersten beiden Todesfällen gehört, aber ich habe den Tod von Salomon Kleinstein – dem Chefredakteur der jüdischen Gemeindezeitung – und von Ella Löwenstin – der Leiterin des Altenzentrums der jüdischen Gemeinde – als bedauerliche Selbsttötungen hingenommen. Aber nur deshalb, weil es niemand für nötig gehalten hat, mich über die besonderen Umstände zu informieren. Ich muss allerdings erwähnen, dass ich beide nur dem Namen nach gekannt habe. Wer ist das dritte Opfer?«, fragte er in einem Ton, der mehr fordernd als neugierig klang.

»Samuel Itzigman, der …«

»Ich weiß, wer Samuel Itzigman ist«, fiel Gregor seinem Chef ins Wort. »Als Leiter des Verwaltungsrates und Verwalter der jährlichen Zuschüsse der Stadt Frankfurt in Höhe von fast drei Millionen Euro hatte er viel mit meinem Onkel zu tun. Unsere Bank ist die Hausbank der jüdischen Gemeinde, und Herrn Itzigman habe ich persönlich gekannt.«

Lohmeyer musste sich nicht in Erinnerung rufen, dass die Familie Mandelbaum Eigentümer der renommierten Privatbank Mandelbaum & Söhne war. Genaueres, etwa welcher Art die Verbindungen zur jüdischen Gemeinde waren, wusste er allerdings nicht. Wie alle anderen im Polizeipräsidium, die jemals mit Gregor Mandelbaum zu tun hatten, führte er dessen spleenige Verhaltensweisen und insgesamt seltsame Art darauf zurück, dass es sich eben um ein verwöhntes Söhnchen aus reichem Hause handelte, das eher aus Zeitvertreib als aus Berufung Polizist geworden war.

Er hatte auch keine Lust mehr, diesen Besserwisser noch weiter zu informieren. Er räusperte sich und war entschlossen, dem Ganzen mit einer Schlussbemerkung ein Ende zu machen. »Ich sehe, ich habe genau den Richtigen eingebunden. Schnappen Sie sich Ihr Team, sichten Sie die Unterlagen und finden Sie raus, was da vorgeht.«

Er erhob sich und ging aus dem Raum. Kurz vor der Tür besann er sich noch einmal, gab sich einen Ruck und drehte sich um. »Viel Glück, Gregor … und passen Sie auf Ihre Leute auf. Das ist eine total abgefahrene Sache.«

Dieses Team ist auch so eine Sache, dachte Lohmeyer beim Verlassen des Raums. Wie kann jemand nur auf eine so seltsame Zusammenstellung kommen?

*

Jenny Jung hatte gerade die kurze und kommentarlose SMS ihres Chefs mit der Aufforderung zum Erscheinen bekommen und war nun auf dem Weg in die Zentrale der MK2. Mit ihren 22 Jahren war sie das Küken des Teams. Mit elastischen federnden Sprüngen legte sie die fünf Stockwerke im Treppenhaus zurück, immer zwei Stufen auf einmal nehmend, anstatt mit dem Fahrstuhl zu fahren. Sie war stolz auf ihren sportlichen und durchtrainierten Körper, auf ihre Jugend und darauf, dass sie es in diesem Alter schon bis in die Mordkommission geschafft hatte.

Sie erreichte als Erste die Zentrale, einen mit modernster Technik ausgestatteten und nur für ihre Teamkollegen und sie verfügbaren Besprechungsraum. In der Mitte stand eine U-Formation von Tischen, an deren Seiten die vier Teammitglieder und an deren Kopfende ihr Chef Platz nehmen konnten. Dem offenen Ende des U gegenüber befand sich die Medienwand, auf die man jede Art von Unterlagen, Landkarten, Überwachungsvideos, Bilder und viele weitere Dinge projizieren konnte.

Noch nicht einmal außer Atem setzte sie sich nach einem kurzen »Hi, Chef!« auf ihren Platz. In dem Wissen, dass es sinnlos war, Fragen zu stellen, bevor die anderen erschienen, übte sie sich in Geduld und beobachtete stattdessen ihren Chef, der wie üblich ihren Gruß nicht erwidert hatte.

Gregor Mandelbaum saß wie versteinert auf seinem Platz, hatte die Ellenbogen vor sich auf den Tisch gestützt, die Fingerspitzen beider Hände aufeinanderliegend, die Finger gespreizt und die beiden Zeigefinger auf den Lippen. Er schien ins Nirgendwo zu blicken, und Jenny fragte sich, worüber er wohl nachdachte. Seltsam ist er schon, aber irgendwie doch interessant, ging es ihr nicht zum ersten Mal durch den Kopf.

Sein Erscheinungsbild wurde durch seine hagere, fast dürre Gestalt, die stets leicht gebückte Haltung – als wolle er seine

Größe von 1,90 verbergen – und den mehr als seltsamen Kleidungsstil fast ins Absurde geführt. Niemals hatte ihn jemand in anderer Aufmachung als einer makellosen schwarzen Hose und einem nachtschwarzen Seidenhemd erlebt. Die Ähnlichkeit mit einem Leichenbestatter war nicht zu übersehen und hatte schnell die Runde gemacht.

Aber Jenny kam nicht umhin, sein traurig wirkendes Gesicht mit den kurzen schwarzen gelockten Haaren und den faszinierenden blauen Augen als geheimnisvoll und anziehend zu empfinden. Die leicht eingefallenen Wangen waren mal glatt, mal bedeckte sie, je nach Wochentag, ein Ein- bis Fünftagebart und dann ein tiefschwarzer dichter Bartwuchs. Jenny hatte inzwischen mitbekommen, dass Gregor sich lediglich einmal die Woche rasierte, wie man an seinem glatten Gesicht an diesem Morgen erkennen konnte, offensichtlich montags. Er hatte die Marotte, sie alle mit Vornamen anzusprechen und gleichzeitig zu siezen. Andererseits machte es ihm nichts aus, dass alle ihn duzten. Darüber hatte sie sich nur anfänglich gewundert. Sie vermutete, dass er eine gewisse Distanz zwischen sich und seinen Leuten wahren wollte – auch wenn seine Art, dies zu tun, mehr als befremdlich war.

Bei dem Nächsten, der den Raum betrat, handelte es sich um Dieter Alsmann, Kriminalhauptkommissar wie Gregor, aber mit fast 35 Jahren Berufserfahrung. Er war der Senior des Teams und ein erfahrener Mordermittler, der schon fast alles gesehen hatte. Jenny wunderte sich, dass er so pünktlich erschienen war, denn sie hatte mehrfach den Eindruck gehabt, dass er Aufforderungen zu Treffen bewusst missachtete oder absichtlich zu spät kam. Es war offensichtlich, dass er den sonderlichen Leiter der Mordkommission nicht wirklich als Vorgesetzten akzeptierte.

Die beiden letzten Mitglieder der Ermittlungsgruppe mussten sich auf dem Gang getroffen haben, denn sie erreichten den Raum gemeinsam. Ganz ungewohnt gentlemanlike ließ Klaus

Braake, der junge Technik-Freak und Zyniker, seiner älteren Kollegin Jutta Beltermann den Vortritt.

In der für ihn typischen Art der Belehrung aller seines Erachtens Unwissenden hatte Gregor einmal dem Team offenbart, wie er auf die seltsame Zusammenstellung gekommen war. Die Auswahl habe er absolut bewusst vorgenommen und dabei sein Wissen aus dem Studium der Psychologie eingesetzt. Es sei seine Absicht gewesen, das Team aus zwei Männern und zwei Frauen zu bilden. Genauso sei es Absicht gewesen, dass das Altersspektrum vom jungen Neuling bis zum älteren Fast-Pensionär reichte. Er habe gelernt, dass ein gutes Team aus unterschiedlichen Charakteren bestehen müsse: einem Visionär, einem Realisten und einem Pessimisten.

Der Visionär hatte die absurdesten, aber oft auch die innovativsten Ideen, der Realist wies ihn auf die praktische Umsetzbarkeit hin, und der Pessimist sah überall Gefahren und Probleme. Jeder hatte immer wenigstens in Teilen recht, man ergänzte sich, und in der Summe beziehungsweise in der Abwägung der unterschiedlichen Meinungen konnte man sehr schnell herausfinden, was den meisten Erfolg versprach. Er hatte nicht erläutert, wen im Team er als was ansah, aber Jenny war für sich der Meinung, dass sie selbst in keine der drei Kategorien so richtig hineinpasste. Es hatte sie eine Zeit lang verunsichert, da sie sich fragte, was ihr Chef wohl von ihr erwarten mochte.

In einem Anflug von Aufmüpfigkeit hatte Dieter Alsmann vor einigen Tagen gemeint, wie absurd es sei, dass jemand, der absolut unfähig war, in einem Team zu arbeiten, ein Team nach psychologischen Aspekten zusammenstellte. Er könne diesen angeblich so intelligenten Supermann nicht akzeptieren. Der habe weder die erforderliche Erfahrung, um ein Team zu leiten, noch die erforderliche menschliche Qualifikation. Alsmann hatte es nicht ausgesprochen, aber seinen Ausführungen war zu entnehmen, dass er es für möglich hielt, dass der Reichtum des Bankhauses Mandelbaum Gregor auf diese Position gebracht hatte. Jenny war anderer Meinung gewesen, aber der Konfrontation ausgewichen.

Als jeder auf seinem angestammten Platz saß, erhob sich Gregor und begann unvermittelt mit der Einweisung in den Sachverhalt. Wie immer trug er im Stehen vor und zog keine Unterlagen zurate, da er alle Informationen im Kopf zu haben schien. »Wir haben einen neuen Fall, den ich Ihnen kurz näherbringen will«, begann Gregor ohne Einleitung. »In den letzten Tagen haben sich drei ältere Mitglieder der jüdischen Gemeinde von hohen Gebäuden in Frankfurt gestürzt. Obwohl es drei Tote sind, rede ich bewusst von einem einzigen Fall, denn die Zusammenhänge sind unübersehbar.«

Jenny blickte sich in der Runde um und stellte fest, dass alle aufmerksam zuhörten, wenn auch Dieter Alsmann einen skeptischen Gesichtsausdruck sehen ließ. Doch sie widmete ihre Aufmerksamkeit wieder den Ausführungen ihres Chefs.

»Mir liegen noch nicht alle erforderlichen Informationen vor, die bisher erstellten Akten sind angefordert und müssen von uns ausgewertet werden. Es bieten sich einige Ermittlungsansätze, die wir verfolgen müssen. Zumindest die Tatortbilder liegen uns schon vor«, mit diesen Worten ergriff er eine vor ihm liegende Fernbedienung und startete den Zugriff auf die im Computer abgespeicherten Daten, zu denen auch die Tatortbilder gehörten. Jeweils unter Nennung eines Namens, des Todeszeitpunktes und des genauen Ortes ließ er die Fotografien auf der Projektionswand erscheinen.

Mehrfach war ein schweres Schlucken von Jutta Beltermann zu hören. Die 40-Jährige war mit Abstand die sensibelste der Anwesenden. Ihre fürsorgliche und einfühlsame Art hatte ihr bereits vor vielen Jahren in allen Einheiten der Polizei, in denen sie tätig gewesen war, den Spitznamen »Mutti« eingebracht. Jenny war sich sicher, dass Mutti auf diesen Namen stolz war, auch wenn sie es niemals offen zugegeben hatte.

Aber die gezeigten Bilder waren selbst für die anderen nicht leicht zu ertragen. Als Nahaufnahmen der Leiche von Ella Löwenstin in dem blauen Lieferwagen erschienen, meldete sich Jenny unvermittelt zu Wort: »Musste das sein, Gregor? Hätten wir uns die Bilder nicht im Kleinformat und nach einer Vorwarnung ansehen können?«

»Mir war nicht bewusst, dass Sie so sensibel sind, Jenny. Ich werde versuchen, das nächste Mal daran zu denken«, sagte Gregor in einem Tonfall, der absolut nichts von seinem Gemütszustand verriet.

Jenny war sich nicht sicher, wie ernst er es meinte oder ob es ihm überhaupt leidtat. Ich werde einfach nicht schlau aus dem Kerl, dachte sie mit einem Anflug von Bedauern. Rein optisch wäre er genau ihre Kragenweite.

Lediglich Klaus Braake konnte nicht umhin, einen Spruch abzugeben: »Ach was, halb so schlimm. Da hab ich schon Schlimmeres gesehen.«

Jenny bezweifelte das und verbuchte die Bemerkung als das, was sie vermutlich war: der krampfhafte Versuch, die eigene Betroffenheit durch lässige Kommentare zu übertünchen.

Dieter Alsmann enthielt sich jeder Anmerkung und studierte stattdessen die Bilder aufmerksam.

»Nach den ersten Untersuchungen der Überreste durch die Gerichtsmedizin vermutet man, dass sie mit dem Kopf voran durch das Dach des Vans gebrochen ist«, fügte Gregor ergänzend zu den Fotos hinzu.

»Ist das schwarze Kleidungsstück ein Badeanzug?«, erkundigte sich Alsmann bedächtig.

»Ja, wieso fragen Sie, Dieter?«

»Nur so … interessehalber.«

»Sie haben eine Vermutung«, stellte Gregor fest, und alle blickten fragend zu Alsmann.

»Ich möchte zu einem so frühen Zeitpunkt noch keine

Vermutungen anstellen. Lasst uns erst das restliche Material ansehen.«

Gregor zog die Augenbrauen zusammen, und an seiner gerunzelten Stirn war für Jenny deutlich erkennbar, dass er mit dieser Auskunft nicht zufrieden war. Dennoch folgte keine weitere Frage. Alsmann machte eifrig Notizen, sagte jedoch nichts mehr. Er fuhr fort, als sei nichts passiert: »Nun denn – dann zum letzten Toten von gestern. Samuel Itzigman. Dank der vielen Besucher am Fernsehturm, die fast alle Fotos und Filmaufnahmen gemacht haben, sind wir ausnahmsweise im Besitz eines Videos, das den genauen Ablauf zeigt.« Er drückte eine Taste, und auf der Videowand lief ein leicht zittriger Amateurfilm ab.

Zunächst sah man eine dicke Frau, die leicht dümmlich grinsend in die Kamera winkte. Dann erfolgte ein viel zu schneller Schwenk, und die Kamera richtete sich auf den Fernsehturm, um nun glücklicherweise langsam von unten nach oben zu schwenken. Bei der Aussichtskanzel angekommen bediente der unbekannte Hobbyfilmer den Zoom und fuhr näher heran. Genau in dem Moment, als die Kanzel formatfüllend zu sehen war, fiel aus dem unteren schrägen Bereich eine Platte, auf der ein Mann zu sitzen schien, und beide verschwanden gleich darauf aus dem Bildausschnitt.

Gregor unterbrach die Aufnahme und sah Klaus Braake an. »Können Sie da noch etwas mehr herausholen, Schmuddel?«

Jenny empfand es immer wieder als erheiternd, dass Gregor Klaus Braake zwar siezte, ihn aber dabei mit seinem Spitznamen ansprach. Diesen hatte sich der 30-jährige Computerspezialist redlich verdient. Er war sogar stolz darauf, dass er es sich aufgrund seiner Spezialkenntnisse und besonderen technischen Fähigkeiten leisten konnte, in einem Aufzug zu erscheinen, den kein anderer gewagt hätte, im Polizeipräsidium zu tragen. In den letzten zwei Monaten hatten sowohl Jenny als auch Mutti ihn mehrfach gebeten, sein Hemd öfter als einmal pro Woche zu wechseln oder sich vielleicht täglich die Haare zu waschen – allerdings bisher vergeblich. Selbst das Deo, das Dieter Alsmann ihm anlässlich seines Geburtstages geschenkt hatte, schien er nie zu benutzen.

Grinsend stand Braake auf, begab sich zu einem Computertisch an einer Seitenwand des Raumes. Dort begann er eifrig, die Tastatur zu bearbeiten. »Kein Problem. Wofür hat man mich denn sonst?«, murmelte er halblaut vor sich hin. »Der Schmuddel wird's schon richten.« Es dauerte keine 15 Sekunden, in denen alle Anwesenden ihn neugierig beobachteten, dann lehnte er sich zufrieden zurück. »Voilà, meine Damen und Herren, hier die Fassung für den Kurzfilm-Oscar!«

Auf der Monitorwand erschien die Ausschnittsvergrößerung eines Bereiches der Kanzel. Was im ersten Moment wie ein Standbild wirkte, war die Verlangsamung des Films bis auf Einzelbilder, die im Abstand von zwei Sekunden aufeinanderfolgten. Die Qualität war zwar etwas grobkörniger als in der Totalen, aber man konnte den Spalt erkennen, der sich an einer der Platten an der Unterseite der Kanzel bildete. Im nächsten Bild war die Platte an einer Seite bereits einen halben Meter herabgesunken, auf dem dritten Bild fast zur Gänze, und auf dem vierten sah man auf ihr einen Schatten. Das nächste Bild zeigte die völlig von der Kanzel losgelöste Platte mit einem darauf hockenden Mann.

»Stopp!«, rief Dieter Alsmann an Schmuddel gewandt. »Was hält er da in der rechten Hand?«

»Einen Moment.« Schmuddel zoomte auf dem eingefrorenen Bild näher an den Mann heran, die Schärfe nahm ab. Nach einer erneuten Manipulation durch Braake baute sich das Bild neu auf und wurde dabei etwas schärfer.

Jenny versuchte, sich auf das Bild zu konzentrieren, und kniff die Augen zu schmalen Schlitzen zusammen. »Ist das ein silberner Regenschirm, den er da in der Hand hält?«

»Nein«, merkte Mutti mit gerunzelter Stirn an, »es sieht eher so aus wie ein verchromter Haltegriff von einer Badewanne, oder?«

»Ich denke, es handelt sich um einen sehr großen Schraubenschlüssel«, sagte Alsmann unterkühlt.

Gregor bestätigte die Vermutung: »Es ist ein Schraubenschlüssel, und er wurde in der Nähe der Leiche gefunden. Die Fingerabdrücke darauf bestätigen, dass Itzigman ihn in der Hand hatte.«

»Eine seltsame Art, Selbstmord zu begehen«, meinte Jenny. »Da hockt einer auf einer Notausgangsplatte und schraubt so lange daran herum, bis sie mit ihm herausfällt. Das hätte er doch wesentlich einfacher haben können, oder? Warum ist er nicht einfach gesprungen? Was hat er sich dabei gedacht?«

Keiner wusste eine Antwort auf diese offensichtliche Frage. Nur Alsmann machte sich weiterhin eifrig Notizen, blieb aber stumm.

## 2. KAPITEL

Nach einer mehrere Stunden dauernden Sichtung von Unterlagen, etwa über die Familienverhältnisse der Opfer, ihre berufliche Tätigkeit und die bisherigen Ergebnisse der rechtsmedizinischen Untersuchungen, nahm Gregor die Aufteilung in zwei Zweier-Teams vor. Jenny und Alsmann sowie Mutti und Schmuddel sollten am nächsten Tag noch einmal die Angehörigen befragen. Danach verabschiedete er sich und verließ den Raum ohne ein weiteres Wort.

Erst außerhalb der Dienststelle fiel ihm ein, dass er es wie meist versäumt hatte, seinen Mitarbeitern einen schönen Feierabend zu wünschen. Auf dem gesamten Heimweg quälten ihn Zweifel und Unsicherheit. Warum akzeptierte sein Team ihn so offensichtlich nicht als Vorgesetzten? Und warum wollte Alsmann ihm trotz mehrerer Nachfragen seine Gedanken zum Fall nicht offenbaren? Konnte der Grund dafür sein, dass er bisweilen übersah, den Kollegen einen schönen guten Morgen oder einen netten Feierabend zu wünschen?

Er wusste um seinen Zustand, allerdings war es kein Thema, das er irgendjemandem freiwillig anvertraute. Er litt seit seiner frühesten Kindheit an einer Form des Asperger-Autismus, einer Entwicklungsstörung, die sich vor allem durch Schwächen in der sozialen Kommunikation zeigte. Asperger-Patienten waren nicht in der Lage, die von ihren Mitmenschen ausgesendeten nonverbalen Signale zu erkennen, die jedem »normalen« Menschen zeigten, wann sie jemanden verletzten oder ihn mit einer Peinlichkeit bloßstellten. Gleichzeitig sendeten von Asperger betroffene Menschen diese Signale nicht aus. Sie wirkten auf ihre Umgebung kalt, emotionslos oder gleichgültig. Gregors Wunderkind-Status, als er mit 15 seine Abiturprüfungen ablegte, hatte ihn unter all den älteren Mitschülern zusätzlich zum Außenseiter ohne Freunde oder Kameraden gemacht. Er hatte sich eigentlich nie daran gestört, auch nicht an dem, was die meisten Menschen als Einsamkeit definiert hätten – erst recht, seit er seinen Zustand als Krankheit erkannt und verstanden hatte. Auch an der Uni hatte sich an dieser emotionalen Beeinträchtigung nichts geändert, denn das Asperger-Syndrom galt als unheilbar. Für ihn als Jugendlichen unter jungen Erwachsenen hatte es sowieso kaum eine Möglichkeit der Sozialisation gegeben. Als Studienfach hatte er Psychologie gewählt, um mit seinen Defiziten besser klarzukommen, ihnen eventuell sogar entgegenwirken zu können und dadurch eine gesellschaftliche Akzeptanz zu erlangen.

Gregor hätte jederzeit eine Abhandlung über die Auswirkungen einer fehlenden Sozialisation schreiben können, auch über die Strategien zum besseren Umgang mit Mitmenschen; aber ganz besonders gut über seine Unfähigkeit, dieses Wissen im wirklichen Leben in die Tat umzusetzen.

Er konnte und wollte nicht verstehen, warum es förderlich wäre, seiner Umwelt mehr über seinen familiären Hintergrund zu erzählen. Ihm war bekannt, dass alle Mitarbeiter des Polizeipräsidiums dachten, er sei reich. Dass er in Wirklichkeit nur mit seinem Gehalt auskommen musste, da er es immer abgelehnt hatte, für die Familienbank zu arbeiten, ging niemanden etwas an. Das war seine Sicht der Dinge, die immer wieder in dem Allgemeinplatz gipfelte: Ich kann nicht aus meiner Haut, und wem diese Haut nicht gefällt, dem kann ich nicht helfen.

Ihm war auch klar, dass viele sein Verhalten leicht als schizophren hätten empfinden können. Er trat Zeugen oder Verdächtigen völlig sachlich und ohne Emotionen entgegen, das war gut. Im Umgang mit Kollegen, Vorgesetzten oder Bekannten war es aber genau diese Emotionslosigkeit, die ihn sich völlig falsch verhalten ließ. Er hatte tatsächlich zwei Gesichter, war genial und absolut sicher im Umgang mit allen beruflichen Dingen, aber im krassen Gegensatz dazu unsicher und überfordert bei den Sozialkontakten. Sein noch viel komplizierteres Verhältnis zu Frauen stand auf einem ganz anderen Blatt.

Gregor schob diese Gedanken für den Moment beiseite und konzentrierte sich auf die Fahrt. Sein Zuhause war noch immer die riesige Jugendstil-Villa am Stadtrand von Frankfurt, die er zusammen mit seinem Onkel Jakob, dem Familienoberhaupt und Chef der Mandelbaum-Bank, und seiner jüngeren Schwester Sarah bewohnte. Außerdem hielten sich dort, zumindest tagsüber, auch noch die Angestellten auf, die sich um das Essen, die Sauberkeit in der Villa und die Pflege des 20.000 Quadratmeter umfassenden Parks kümmerten, der die Villa umgab.

Als sich sein verrosteter Peugeot 308 Cabrio – Baujahr 1989 – dem schmiedeeisernen Einfahrtstor näherte, drückte er die Öffnen-Taste auf der Fernbedienung. Das Tor schwang, von einem schweren Elektromotor getrieben, langsam auf, und er fuhr die asphaltierte Straße zur Villa hinauf.

Er ließ den Wagen vor dem überdachten Eingangsbereich stehen und den Schlüssel stecken. Jonathan, der Butler der Familie, würde ihn in die Garage fahren. Der war außer Gregors Schwester Sarah der Einzige, der das Auto überhaupt anfassen durfte. Seit Gregors Eltern nicht mehr da waren, stellte Jonathan für ihn und auch seine Schwester Sarah das dar, was einem Vater am nächsten kam. Der Butler war inzwischen fast 90 Jahre alt, noch immer sehr fit, und vor allem ließ er sich seine Liebe für die »Kinder« niemals zu deutlich anmerken. Er war die personifizierte Anstandsregel, das Benimmbuch in menschlicher Form und ein ständiger Quell von guten Beispielen – sehr zum Leidwesen von Sarah, die so gar nichts von Konformität und Anpassung an Regeln hielt.

Gregor betrat die Villa durch eine zweiflüglige Tür von drei Metern Höhe. In der Vorhalle legte er sein schwarzes Jackett achtlos auf einen Stuhl. Durch einen Bogendurchgang begab er sich auf direktem Weg in die Bibliothek, wo sein Onkel am frühen Abend mit hoher Sicherheit anzutreffen war. Als er den Raum betrat, sah er ihn in einem Ohrensessel vor dem Kamin sitzen und den Börsenteil der Zeitung lesen.

Ohne aufzusehen, begrüßte Jakob Mandelbaum seinen Neffen mit einem vorwurfsvollen: »Du hast schon wieder das Abendessen versäumt, junger Mann!«

»Wir hatten viel zu tun«, war Gregors neutrale und nicht als Entschuldigung gemeinte Antwort.

»Wann gibst du endlich dieses lächerliche Hobby auf und kümmerst dich um das Familiengeschäft?«

Gregor konnte nicht mehr zählen, wie oft er diese Frage schon gehört hatte. Er sah keinen Grund, darauf einzugehen. »Vielleicht interessiert es dich, Onkel Jakob, dass ich zurzeit den Tod von Samuel Itzigman untersuche«, warf er stattdessen wie beiläufig ein.

Erstmals, seitdem Gregor den Raum betreten hatte, legte Jakob Mandelbaum die Zeitung nieder und sah ihn mit gerunzelter Stirn an. »Was gibt es da zu untersuchen? Der alte Narr hat sich vom Fernsehturm gestürzt, na und?«

Es entsprach der kaltherzigen Art seines Onkels, dass für Anteilnahme an menschlichem Leid in seinem Leben kein Platz zu sein schien. Wie auch für nichts anderes, außer Zahlen, Aktien, Börsenberichten und Geld im Allgemeinen. Er war nie verheiratet gewesen, und Gregor war sich sicher, dass er in den letzten 20 Jahren auch keine Freundin, Gefährtin oder auch nur weibliche Gesellschaft gehabt hatte.

Gregor erinnerte sich, als wäre es gestern gewesen, wie Jakob ihm die Mitteilung vom Tod der Eltern gemacht hatte. Die kalten Fakten des tödlichen Autounfalls hatte er um den Halbsatz ergänzt: »… was eine schwere Lücke in den Vorstand der Bank reißt.« Man hätte denken können, dass sein Onkel ebenfalls am Asperger-Syndrom litt, aber Gregor wusste, dass es sich in diesem Fall um reine Hartherzigkeit und grenzenlose Rücksichtslosigkeit handelte. Selbst gegenüber einem Fünfjährigen.

Gregor war neugierig auf seine Reaktion, wenn er ihm etwas über die Hintergründe zu Itzigmans Tod erzählte. »Wir gehen absolut sicher davon aus, dass es sich nicht um einen Suizid handelt.«

»Was? Wieso? Glaubt ihr, jemand hat ihn gestoßen?«

»So ähnlich. Die Details spielen keine Rolle. Aber du kannst mir sicherlich weiterhelfen, da du ihn ja besser kanntest als ich.«

Jakob ließ ein abfällig klingendes Schnaufen hören, kommentierte die Aussage aber nicht.

Gregor setzte nach: »Kannst du dir jemanden vorstellen, der ein Interesse an seinem Tod gehabt hätte oder vielleicht sogar davon profitieren könnte?«

Die Antwort kam prompt und ohne eine Pause, wie man sie gewöhnlich zum Nachdenken nutzen würde. »Nein! Niemanden.«

Gregor beobachtete seinen Onkel sehr genau. Sein geschultes Auge erkannte ein leichtes und kurzes Zusammenziehen der Augenbrauen, ein ganz kurzes Herabziehen der Mundwinkel und Hinaufschieben des Kinns, alle Muskelreaktionen nur kurz oberhalb der Wahrnehmungsgrenze, zusätzlich ein kurzes Ballen der rechten Faust. Dazu kam ein schnelles Blinzeln, und der Blick wanderte ganz kurz nach links.

All diese Reaktionen zusammen signalisierten, ohne dass Jakob Mandelbaum sich dessen bewusst war oder es beeinflussen konnte, die Emotionen Verärgerung und Unbehagen. Im Zusammenhang mit Gregors Frage und der Antwort seines Onkels ließen diese Reaktionen nur einen Schluss zu: Es handelte sich eindeutig um eine Lüge.

Bereits zu einem frühen Zeitpunkt seines Psychologiestudiums hatte Gregor sich intensiv mit den Forschungen des amerikanischen Professors Paul Ekman beschäftigt. Bei diesen ging es um die Analyse der Körpersprache und der sogenannten Mikroausdrücke, der unwillkürlichen Bewegungen der Gesichtsmuskeln, die auf die wahre und unterdrückte Emotionslage hindeuten. Damit konnte man herausfinden, ob die befragte Person log oder die Wahrheit sagte. Allerdings zeigte die besagten Technik nicht auf, warum eine Person dies tat. Bereits seit seiner frühesten Jugend hatte Gregor unbewusst versucht, diese Methode anzuwenden, um seine Defizite in Sachen zwischenmenschliches Verhalten auszugleichen, ohne die Hintergründe zu verstehen. Im Laufe seines Studiums hatte er darin Perfektion erreicht, sodass er inzwischen weitaus zuverlässiger eine Lüge erkennen konnte als jeder sogenannte Lügendetektor.

Diese Kenntnisse ließen ihn nun sofort bemerken, dass sein Onkel ihn mit seiner vorschnellen Bemerkung angelogen hatte.

Lediglich Gregors Schwester Sarah wusste von seinen Fähigkeiten als menschlicher Lügendetektor. Vielleicht auch noch Jonathan, der Butler, aber diesbezüglich war Gregor sich nicht sicher. Viele wären vermutlich der Meinung gewesen, dass es sich dabei um eine tolle Sache handeln musste, aber das waren nur die zu kurz Denkenden, Menschen ohne Fantasie, ohne Vorstellungsvermögen.

Gregor war sich des großen Problems stets bewusst, dass entstanden war, seit er sich diese Fähigkeit angeeignet und zur Perfektion weiterentwickelt hatte: Er erinnerte sich mit absoluter Klarheit an die Tausende von Malen, die er schon belogen worden war. Er wusste es sowohl aus seinen eigenen Erfahrungen als auch aus seinem Psychologiestudium, dass der durchschnittliche Mensch etwa 200-mal pro Tag log – die genaue Zahl hing davon ab, wie kommunikativ er war. Es mochte unglaublich klingen, aber es begann mit falschen Aussagen zur Gesundheit und zum Wohlbefinden, zu persönlichen Verhältnissen wie Einkommen, Sex, Glück, Zufriedenheit und ging weiter mit falschen Komplimenten, erfundenen Terminen und so weiter. Jeder, der nicht gelernt hatte, Nein zu sagen, log, erfand Ausreden und gab unwahre Antworten auf Fragen wie »Du findest mich doch nicht zu dick?«, »Gefällt dir das Kleid wirklich?« oder »Ist meine Frisur nicht schön?«.

Oftmals geschah dies aus Rücksicht auf die Gefühle anderer – jemand, der *immer* die Wahrheit sprach, würde unendlich grausam und sehr, sehr einsam sein.

Es war ein Symptom von Gregors eigener Krankheit, stets ohne Rücksicht auf Gefühle genau das zu sagen, was er gerade dachte. Im Gegenzug zeigte er selbst nur sehr schwache Reaktionen im Vergleich zu denen, die er bei anderen beobachtete, da er die entsprechenden Emotionen meist gar nicht oder nur sehr schwach empfand. Seine Ehrlichkeit und direkte Art waren nicht immer geeignet, um sich Freunde zu machen. Mehrfach war es vorgekommen, dass er, ohne lange nachzudenken, auf die Frage »Halten Sie mich für blöd?« einfach mit »Ja … warum?« geantwortet hatte. Solch entwaffnende und gleichzeitig verletzende Antworten hatten ihm manchen Feind fürs Leben eingebracht.

Aber es waren nicht die 199 Flunkereien, Schmeicheleien oder lahmen Ausreden am Tag, die Gregor dazu veranlassten, persönliche Kontakte zu Mitmenschen wenn möglich zu meiden. Es waren die echten Lügen, der falsche Liebesschwur, der nicht nachzuweisende Meineid vor Gericht oder das Versprechen, das trotz des Wissens gemacht wurde, dass es nicht haltbar war. Gregor hatte im Laufe der Jahre zu viele dieser schweren Lügen erlebt und leider immer als solche erkannt. Er hatte durch schmerzhafte Erfahrungen lernen müssen, dass es besser war, seine Kenntnis nicht preiszugeben, sondern den Mund zu halten, aber das Wissen um die Lüge zu verwenden.

Genau dies hatte er auch im vorliegenden Fall vor. Er sah die Lüge seines Onkels aus rein professioneller Sicht. Es war nicht nur interessant, dass er ihn belogen hatte – es war viel aussagekräftiger, als ein »Da müsste ich mal nachdenken« es jemals gewesen wäre. Er fragte sich, wie das Verhältnis seines Onkels zu Samuel Itzigman wirklich gewesen war. Was verbirgt er vor mir?

# 3. KAPITEL

Langsam und gefühlvoll strich Sarah mit dem wohlgeformten, feuerrot lackierten Nagel ihres Zeigefingers über Romans nackten Körper. Sie begann an der kleinen Kuhle unter dem Adamsapfel und hörte erst kurz vor dem Schambereich auf.

»Hmmmm … nicht aufhören, Sokrovishche, nicht aufhören«, brummte er, ohne die Augen zu öffnen.

»Sokrovishche« war Russisch und bedeutete »Schatz« oder »Kleinod«. So viel hatte Sarah in Erfahrung bringen können. Sie liebte den Klang seiner rauchigen Stimme, und das ganz besonders, wenn er Russisch sprach. Sie verstand zwar kein Wort, aber es hatte für sie einen so erotischen Klang, dass sie immer total scharf wurde.

Sie lagen nebeneinander im Bett, auch sie war nackt. Sie hatte den Kopf auf eine Hand gestützt und fuhr fort, den begehrenswerten Körper neben sich zu streicheln. Roman stöhnte, und sie sah mit einem Lächeln, wie sich das dünne Laken kurz unterhalb ihrer Hand anhob.

»Was denn, schon wieder?«, entfuhr es ihr, und sie musste gleich darauf lachen. »Du bist ja unglaublich!« Insgeheim fragte sie sich, wie viele junge Leute es sich leisten konnten, ohne Rücksicht auf berufliche Verpflichtungen, einen frühen Arbeitsbeginn, ja ohne überhaupt nur einen Gedanken an den nächsten Tag die ganze Nacht im Bett zu verbringen – und nicht wirklich zu schlafen.

15 Minuten später fiel sie erschöpft und schweißgebadet neben Roman auf das Bett zurück. »Das war soooo guuuut!«, stöhnte sie mit heiserer Stimme. »Das hätte ich mir so gut nie vorgestellt.«

Roman öffnete die Augen und sah sie grinsend mit seinen fast schwarzen Augen an. Sie standen in starkem Kontrast zu seinen dunkelblonden und extrem kurz geschnittenen Haaren. Seine markanten slavischen Züge wurden durch sein Lächeln aufgelockert. »Das kannst du öfter haben, Sokrovishche. Du weißt doch: immer zu Ihrer Verfügung, Madame!« Er fasste mit einer Hand unter ihren Nacken, zog sie in eine halb sitzende Position und presste dann seinen Mund auf ihre vollen, sinnlichen Lippen, die sich bereitwillig öffneten.

Aus dem benachbarten Wohnzimmer klang leise der rund um die Uhr laufende Fernseher, den Roman aufgrund einer Marotte ständig auf einen Nachrichtenkanal eingestellt ließ. Zumindest war er so vorausschauend gewesen, den Ton etwas leiser zu drehen. Es musste mit seinem familiären Hintergrund zu tun haben, dass er zu jeder Zeit wissen wollte, was gerade in der Welt geschah.

Sie hatten sich vor drei Monaten in einer Frankfurter Diskothek kennengelernt. Der junge Russe war Sarah sofort aufgefallen – weniger wegen seines beeindruckenden Äußeren als vielmehr wegen der Horde halbwüchsiger Mädchen und Männer, die ihn umringten. Als erfahrenes Partygirl der Frankfurter Szene kannte Sarah die meisten von denen, die in ihrer Liga mitspielten. Kinder reicher Eltern, die mit ihrer Zeit nichts anzufangen wussten und denen genug Geld zur Verfügung stand, um fast jeden Abend Party zu machen. Nicht dass sie sich selbst zu dieser Kategorie zugehörig fühlte. Sie studierte im sechsten Semester Geschichte und hatte vor, nach Abschluss des Studiums einen Beruf zu ergreifen. Durch den frühen Verlust der Eltern hatte sie zwei Eigenschaften entwickelt: eine bisweilen tiefe Traurigkeit und Ernsthaftigkeit, aber auch eine wilde, ungezügelte Lebensfreude, wie man sie von Leuten kannte, die frühzeitig Bekanntschaft mit dem Tod gemacht hatten.

Sie hatte den jungen Mann aus der Ferne beobachtet, vorsichtig an ihrem Caipirinha genippt und geduldig gewartet. Wie sie es nicht anders erwartet hatte, war er der überschäumenden Aufdringlichkeit seiner zahlreichen Bewunderinnen schnell überdrüssig und schließlich auf sie aufmerksam geworden. Mit 27 war sie ein fast genaues Abbild ihrer Mutter, die sie nur von Fotos kannte. Klein und zierlich, aber mit sehr weiblichen Formen, vollen, sinnlichen Lippen, dunklen Augen und einer schwarzen, gelockten Mähne, die sofort Aufmerksamkeit erregte. Dabei strahlte sie eine Selbstsicherheit aus, die jedem männlichen Bewunderer klarmachte, wie bewusst sie sich ihres guten Aussehens war – und die die meisten Abstand halten ließ.

Bereits nach wenigen Sätzen hatte sie die tiefgründige Traurigkeit des nur zwei Jahre älteren Mannes, der sich ihr als Roman vorstellte, bemerkt. »Die traurige Seele aller Russen«, hatte er es genannt.

An der Bar hatte ihr Gespräch nicht in gegenseitigen Komplimenten bestanden oder sich um die Frage nach der Lieblingsmusik, dem Lieblingsgetränk und ähnliche Nichtigkeiten gedreht, wie beim Flirten sonst üblich. Sehr schnell stellten sie fest, dass sie beide Liebhaber nicht nur der bekanntesten russischen Literaten wie Dostojewski, Tolstoi, Tschechow und Gorki, sondern auch mit den weniger bekannten Bulgakow, Pasternak und Trifonow vertraut waren. Beide sprachen neben ihrer Muttersprache zwei Sprachen fließend – Sarah Englisch und Italienisch, Roman noch Deutsch und Englisch. Es dauerte nicht lange, bis sie feststellten, dass sie fast zu gleicher Zeit in verschiedenen Internaten in der Schweiz gewesen waren.

Roman war zwar keine Vollwaise wie Sarah, hatte aber seine Mutter nie kennengelernt. Sein Vater war nicht mit ihr verheiratet gewesen und weigerte sich beharrlich, ihm zu sagen, was aus ihr geworden war. Er war ein bekannter russischer Ölmilliardär, der auch in Geschäftsbeziehungen zu Deutschland stand, weshalb Roman sich nun in Frankfurt aufhielt.

Trotz ihrer regen Teilnahme am Frankfurter Nachtleben und des Besuchs vieler Partys war Sarah keine Frau für die erste Nacht. Mit ihren 27 Jahren konnte sie ihre Liebhaber noch immer an zwei Händen abzählen – obwohl man sich in den Partykreisen etwas gänzlich anderes erzählte.

Diese Nacht jedoch verlief nicht, wie es normalerweise der Fall gewesen wäre. Nach nur einer Stunde verließen Sarah und Roman die Disko und zogen in einen kleinen Imbiss um. Dort setzten sie bei Currywurst und Pommes ihr Gespräch fort. Dazu gab es Dosenbier und einen billigen Schnaps. Sarah fühlte sich in Romans Gegenwart so wohl, dass sie keinen Moment zögerte, als er vorschlug, das Gespräch in seinem Penthouse hoch über Frankfurt fortzusetzen.

Das war vor drei Monaten gewesen, und diese letzten Monate zählten zu den glücklichsten in Sarahs bisherigem Leben.

# 4. KAPITEL

Gregor erreichte das Gebäude der Rechtsmedizin Frankfurt an der Kennedyallee im Stadtteil Sachsenhausen zu einer Zeit, als die meisten Mitarbeiter noch nicht im Haus waren. Er war sich bewusst, dass er um 6:30 Uhr morgens vermutlich nur die Nachtschicht der Gerichtsmedizin antreffen würde, aber er wollte sich vor Ort und im persönlichen Gespräch ein Bild von der Lage machen.

Die Anfahrt mit seinem fast schrottreif wirkenden Kleinwagen führte ihn vorbei an dem großen silberfarbenen Schild mit der Aufschrift »Institut für forensische Medizin – Klinikum der Johann Wolfgang Goethe-Universität« und steuerte zielsicher auf den Parkplatz für Beschäftigte zu. Da er ein regelmäßiger Besucher des Instituts war, musste er weder damit rechnen, abgeschleppt zu werden, noch damit, einen Strafzettel zu bekommen. Man kannte seine alte und gleichzeitig auffällige Schüssel.

Sein Weg führte ihn an einem müde aussehenden Wachmann vorbei, dem er nur kurz seinen Ausweis vor die Nase hielt. Dann schlug er den kürzesten Weg in das Untergeschoss ein, in dem sich die Obduktionssäle und die Leichenhalle mit den Kühlfächern befanden.

Sicherheit wurde in diesem Bereich nicht großgeschrieben, deshalb war es problemlos möglich, bis zu den Obduktionssälen vorzudringen. Eine Drucktaste neben einer Glasschiebetür öffnete ihm den Zugang zu Sektionsraum eins, der trotz der frühen Morgenstunde hell erleuchtet war. Drei Sektionstische standen in einer Reihe hintereinander und quer zum Eingang.

Über den von der Tür am weitesten entfernten Tisch beugte sich eine in einen grünen Kittel gekleidete Person. Offensichtlich hatte sie das von einem leisen Zischen begleitete Öffnen der Schiebetür nicht gehört.

»Hallo«, rief Gregor laut genug, um auch am Ende des Saales gehört zu werden.

Der Oberkörper der Frau fuhr blitzartig herum, und metallene Gerätschaften polterten laut klirrend auf den Boden. Mit weit aufgerissenen Augen starrte die junge Frau ihn an, als wäre er eine außerirdische Erscheinung. In ihrem Blick war eine Mischung aus Entsetzen, Erstaunen, aber auch ein wenig Furcht zu erkennen.

»Ich habe Sie erschreckt. Ich kenne Sie noch nicht. Mandelbaum – Kripo Frankfurt«, fasste er die Fakten zusammen. Er wedelte mit seinem Ausweis, als würde dies bei einer Entfernung von fast sechs Metern etwas bedeuten.

Die Weitung ihrer Augen ging zurück, die Brauen zogen sich zusammen, die Stirn runzelte sich, und der kurz bevorstehende Ausbruch des Ärgers war abzusehen, noch bevor sie ihn lautstark anfuhr: »Was fällt Ihnen ein, mich so zu erschrecken ... Sie ... Sie!«

Für einen Moment vergaß Gregor, wo er sich befand und warum er hierhergekommen war. Vor ihm stand, fast so groß wie er, eine nordische Göttin – zumindest war das der erste Eindruck, den er von ihr hatte, und der einzige Vergleich, der ihm einfiel. Die kurzen, platinblonden und eng am Kopf anliegenden Haare betonten ihr ausdrucksstarkes, leicht kantiges Gesicht. Dominiert wurde das Ganze von den blauesten Augen, die er je gesehen hatte. Unter dem vorne offen stehenden grünen Kittel trug sie eine enge hellblaue Jeans und eine weiße Bluse. Vor seinem geistigen Auge erschien das Bild der jungen Brigitte Nielsen, von der er einmal irgendwo ein Foto gesehen hatte.

Um die vor ihm stehenden Tische herumgehend, näherte er sich vorsichtig der Frau. »Mir war nicht klar, dass Sie mein Näherkommen nicht gehört haben. Das erklärt Ihr Erschrecken«, erläuterte er unnötigerweise. Er war noch immer verwirrt von ihrer Erscheinung, und ihm fiel ein, dass man sich in einer solchen Situation wohl eher entschuldigen sollte. Umso mehr überraschte es ihn, als sie unvermittelt anfing, laut zu lachen – und dabei ihre fast perfekten und strahlend weißen Zähne entblößte.

»Na, Sie sind ja ein komischer Kauz«, brachte sie noch lachend hervor. »Keine Entschuldigung, ja noch nicht mal Schuldbewusstsein. Ha!« Sie schüttelte den Kopf, bückte sich in einer eleganten Bewegung und hob die heruntergefallenen Instrumente auf. »Geschieht mir irgendwie recht, ich lese einfach zu viele Stephen-King-Romane. Kein Wunder, wenn man sich dann so erschreckt.« Mit einem kurzen Seitenblick ergänzte sie, während sie die Instrumente wieder auf den Tisch legte: »Zumal wenn dann so eine Art Bestatter mitten in der Nacht zur Tür reinkommt.«

Gregor hatte sich inzwischen wieder so weit gefasst, dass er sie nicht mehr ständig unverhohlen anstarren musste. Er unternahm einen neuen Anlauf: »Äh ... wie gesagt ... mein Name ist Gregor Mandelbaum, und ich bin Leiter der Mordkommission Frankfurt. Ich bin eigentlich recht oft hier«, er machte eine nickende Kopfbewegung in Richtung der Sektionstische. »Dienstlich natürlich«, ergänzte er hastig, »aber Sie habe ich noch nie gesehen. Was tun Sie hier?«

»Wonach sieht es denn aus?«, fragte sie mit hochgezogener Augenbraue und einem spöttischen Grinsen. »Sie halten mich doch hoffentlich nicht für die neugierige Putzfrau, die sich mal so aus Spaß die Leichen ansieht, oder?«

»Nein, gewiss nicht, dann wären Sie anders gekleidet und hätten nicht mit Sezierbesteck hantiert«, erwiderte er und wunderte sich, dass sie so einen Irrtum überhaupt für möglich hielt. Er rang nach den passenden Worten und stellte erneut fest, dass sich sein Problem im Umgang mit Menschen bei attraktiven Frauen verzehnfachte. Seine Gedanken überschlugen sich in dem Versuch, aus seinem Wissen die richtige Verhaltensweise für diese Situation abzuleiten und sich für eine Äußerung oder Anmerkung zu entscheiden.

Sie erlöste ihn zum Glück schnell: »Sonja Savoyen ... Dr. Savoyen, Rechtsmedizinerin.« Sie streckte ihm eine schlanke und außerordentlich gepflegte Hand entgegen.

»Aha ... ja ... angenehm«, stammelte er ein wenig unsicher, streckte ruckartig den Arm nach vorne und ergriff ihre Hand.

Er hielt ihre überraschend kalten Finger länger, als es üblich war. Er schüttelte die Hand auch nicht, sondern stand einfach nur wie gelähmt da.

Sie sah ihn leicht amüsiert an. »Darf ich meine Hand jetzt wiederhaben? Ich hätte da ja noch etwas zu tun.«

Wie eine heiße Kartoffel ließ er sie los. »Oh ... ja ... natürlich.«

»Ist das so eine Marotte von Ihnen? Ich meine, dass Sie alles wertfrei kommentieren? Ist Ihnen das Wort ›Entschuldigung‹ nicht bekannt?«

Verdammt, was ist denn mit mir los? Ich vergesse alles, was ich mir angeeignet habe. Mann, konzentrier dich! Er schüttelte den Kopf und versuchte dann, zum eigentlichen Grund seines Besuchs zu kommen. »Doch, doch. Aber ich ermittle in den Fällen Kleinstein, Löwenstin und Itzigman. Wissen Sie, wer die Leichen verantwortlich untersucht hat und wo ich die Ergebnisse einsehen kann?«

»Ach, das ist ja drollig.« Ihr Tonfall hätte zu einer Bemerkung wie »Ach, Sie sehen gerne Zeichentrickfilme?« gepasst, aber bevor er sich wundern konnte, fuhr sie fort: »Sie haben ihn gefunden!«

»Wen?«

»Den verantwortlichen Rechtsmediziner … also die Rechtsmedizinerin, genauer gesagt.«

»Wie alt sind Sie?«, fragte er unvermittelt und bemerkte sofort den schweren Fehler. Falsche Frage, verdammt, warum stoße ich sie vor den Kopf?

Sie sah ihn von der Seite an, kniff ein Auge zusammen, und er konnte erkennen, dass sie versuchte, den Hintergrund der Frage zu erraten. »Hat das irgendetwas mit dem Fall zu tun? Oder sind das neue Ermittlungsmethoden? Fragen Sie mich gleich nach meiner Telefonnummer?« Ihr Ton war eher belustigt als vorwurfsvoll.

»Nein, nein …« Verdammt, warum weiß ich nicht, was man in so einer Situation richtigerweise sagt? »… Ich meinte nur … ich meine, ich dachte … Sie wirken noch ziemlich jung für eine verantwortliche Rechtsmedizinerin«, beeilte er sich zu sagen.

Sie warf den Kopf zurück und lachte lauthals. »Ich bin mir nicht sicher, ob das ein Kompliment oder eine Beleidigung war. Aber egal, als ermittelnder Beamter dürfen Sie eine solche Frage selbstverständlich stellen.«

Gregor übte sich in Geduld, während sie ihn unverwandt offen ansah, als warte sie ebenfalls auf etwas. Schließlich ließ er sich dazu hinreißen, zu fragen: »Und … wie alt sind Sie?«

»Ich habe gesagt, Sie haben das Recht zu fragen. Ich habe nicht gesagt, dass Sie das Recht auf eine Antwort hätten.«

Als er sie auf ihre schlagfertige Entgegnung hin mit großen Augen ansah, ergänzte sie: »Gehen Sie einfach mal davon aus, dass ich älter bin, als ich aussehe. Im Übrigen nehmen wir der Einfachheit halber auch mal an, dass ich meinen Doktortitel nicht in der Lotterie gewonnen habe und meine Berufserfahrung entsprechend ist.« Mit diesen Worten ließ sie ihn stehen und verließ den Raum durch eine Seitentür.

Nach einer Schrecksekunde eilte er ihr hinterher. Als er die Tür durchquerte, sah er sie über einen Schreibtisch gebeugt in einem Stapel Akten wühlen. Ihre Hinteransicht entschädigte ihn ein wenig für die Schmach, ihrer Fertigkeit in Wortgefechten nicht gewachsen und dann auch noch stehen gelassen worden zu sein.

Zu seinem Bedauern drehte sie sich nach wenigen Sekunden um und hielt ihm einen schmalen Hefter hin. »Hier sind die Ergebnisse der Untersuchungen. Wenn Sie sie allerdings lieber hören als lesen wollen, lade ich Sie zu einem Kaffee in die Cafeteria ein. Wie sieht's aus?«

Fünf Minuten später saßen sie an einem kleinen Tisch in der sich langsam füllenden Cafeteria. Inzwischen wusste er, dass sein erster Kaffee an diesem Tag für sie der vermutlich letzte von vielen nach einer zehnstündigen Schicht war. Bevor sie ihm die Ergebnisse ihrer Untersuchungen vortrug, wollte sie von ihm den Grund dafür wissen, dass man bei der Polizei an Selbsttötungen zweifelte. Gregor sah keinen Anlass, ihr die Erkenntnisse über die Gemeinsamkeiten der Todesfälle vorzuenthalten. Als Ärztin der Rechtsmedizin unterlag sie der gleichen Schweigeverpflichtung wie er.

Schon als er begann, die Einzelheiten der Fälle zu schildern, bemerkte er an sich eine Verhaltensänderung. Ihre Anwesenheit als Frau hatte ihn zu einem unsicheren, stammelnden Idioten gemacht, der um jedes Wort rang, doch er wandelte sich in dem Moment, in dem es um die Sache an sich und den Informationsaustausch mit einem Rechtsmediziner ging. Er dachte nicht mehr an ihr Aussehen, an ihr Wesen oder wie sie über ihn dachte. Er wägte auch nicht mehr ab, wie er sich ihr gegenüber am besten verhalten könnte, wie er sie beeindrucken oder einen besseren Eindruck hinterlassen konnte. Wenn es um einen Fall ging, behandelte er Personen wie Dinge: nüchtern, logisch, sachlich und professionell. Bei der kurzen und prägnanten Zusammenfassung eines Sachverhalts fühlte er sich sofort wieder wohl und war in der Lage, sich zu konzentrieren. »Ich bin mir sicher, dass es unmöglich ein Zufall sein kann, wenn drei hochrangige Persönlichkeiten der jüdischen Gemeinde über 70 im Abstand von wenigen Tagen von hohen Gebäuden springen oder fallen. Erschwerend kommt der Umstand hinzu, dass in keinem der Fälle ein Abschiedsbrief vorliegt, bisher nichts über schwere Krankheiten bekannt ist und die jeweiligen Umstände … nun, sehr stark von der Norm abweichen.«

Dr. Savoyen sah ihn nachdenklich an. Schließlich begann sie mit ihren Ausführungen: »Ich bin froh, dass ich diese Informationen erst jetzt erhalten habe. Ich gehe gerne völlig unvoreingenommen an Untersuchungen heran. Ich habe mich selbst über diese Häufung von Selbstmorden in so kurzer Zeit mit so ähnlichem Modus Operandi gewundert. Auch die Übereinstimmung beim Alter der drei Toten ist mir aufgefallen. Üblicherweise geht man bei Suiziden in diesem Alter von einer schweren Krankheit aus. Ich konnte allerdings keine Hinweise auf irgendeine Erkrankung finden. Kein Krebs, keine Blutkrankheiten, kein Zucker, nichts. Über das allgemeine gesundheitliche Befinden wie Blutdruck, Zustand der Augen und so weiter kann ich aus nachvollziehbaren Gründen nichts mehr sagen, da müssen Sie die Unterlagen der Hausärzte einsehen.«

Gregor machte sich eine mentale Notiz, diese Unterlagen anzufordern.

»Also habe ich mich auf die Suche nach körperfremden Substanzen gemacht«, fuhr sie fort, »und ich bin fündig geworden – zumindest teilweise.«

»Was bedeutet das?«, fragte Gregor. Er war so eingenommen von seinen Überlegungen und dem Drang, mehr Informationen zu erhalten, dass er für einen Moment sein Unbehagen über die Situation vergessen hatte. Er saß nun nicht mehr mit der begehrenswerten Frau, die ihn verunsicherte, sondern nur mit der Rechtsmedizinerin, einer Quelle von Informationen, an einem Tisch.

»Etwas mehr Geduld, mein Herr, immer schön der Reihe nach.« Sie nahm noch einen Schluck Kaffee. »Wegen der Halbwertszeit, also der Zeit, in der Substanzen im Blut abgebaut werden, bis sie nicht mehr oder immer schwerer nachweisbar sind, habe ich mich um das letzte Opfer zuerst gekümmert. Naturgemäß sind da die Chancen, etwas zu finden, am größten. Als ich dort einen Treffer gelandet hatte, habe ich das vorletzte Opfer untersucht. Bei den schrecklichen Überresten von Frau Löwenstin konnte ich drei Tage nach dem Tod noch kleine Reste der gleichen Drogen feststellen. Beim ersten Opfer konnte ich keinerlei Spuren finden. Das war aber, mit Blick auf die errechnete Halbwertszeit des Abbaus, sechs Tage nach dem Tod nicht verwunderlich. Selbst wenn Herr Kleinstein die gleiche Menge im Körper gehabt hätte wie das letzte Opfer, wäre nach dieser Zeit nichts mehr nachzuweisen gewesen.«

Gregor nutzte eine kleine Sprechpause, um ihr die Frage zu stellen, die ihm schon seit Beginn ihrer Ausführungen auf der Seele brannte: »Wäre es immer noch zu früh, wenn ich nun die Frage nach der Art der Stoffe stellte?«

»Oh, sorry, ja natürlich dürfen Sie fragen. Ich kann Ihnen nur noch keine abschließende Antwort geben.« Sie hob abwehrend die Hände, als er etwas einwenden wollte. »Nein, warten Sie. Ich habe eine Ansammlung verschiedener Mittel gefunden. Es handelt sich um unterschiedliche Alkaloide in einer Mischung, die mir noch nie untergekommen ist. Es wäre zu früh, jetzt schon etwas über die Wirkungsweise zu sagen …«, sie machte eine nachdenkliche Pause, »… ich kann noch keine Verbindung zu einer Selbsttötung herstellen.« Sie zuckte bedauernd mit den Schultern. »Fragen Sie mich in ein paar Tagen noch mal, vielleicht kann ich dann genauere Auskünfte geben.«

Er spürte, wie sein Herz einen Schlag außer der Reihe machte und ihn eine wohlige Wärme durchströmte. »Gerne. Aber …«, er stockte kurz, »… wie kann ich Sie erreichen?«

»Fragen Sie mich gerade nach meiner Telefonnummer?«, sagte sie ein wenig amüsiert.

Gregor sah sie verwundert an. »Ja natürlich. War das nicht klar?«

Ihr herzhaftes Lachen verursachte ein ihm bislang unbekanntes Gefühl in ihm, das er nicht endgültig einordnen konnte. Er spürte, dass sie ihn nicht auslachte, sondern sich amüsierte. Es war ein angenehmes Empfinden. Zudem war er erleichtert, dass er offensichtlich die richtigen Worte gefunden hatte, und nahm dann eine Karte entgegen, auf der lediglich ihr Name und eine Mobilfunknummer aufgedruckt waren.

»Unter dieser Nummer können Sie mich Tag und Nacht erreichen. Mein Handy habe ich immer bei mir.«

Die Mikroausdrücke, die er in ihrem hübschen Gesicht lesen konnte, verwirrten ihn zusätzlich. Er las nicht nur Amüsiertheit, sondern auch Verwirrung, eine gewisse Unsicherheit und gleichzeitig etwas, das er als sexuelles Interesse zu deuten gelernt hatte, aber in diesem Zusammenhang nicht wirklich verstand. Dies war der Nachteil seiner Fähigkeit – dass er die Kombination bestimmter Emotionen manchmal nicht deuten konnte. Machte sie ihn irgendwie an? Was wollte sie mit ihrer

Bemerkung »Tag und *Nacht*« aussagen? Aber vor allem: Wie sollte er darauf reagieren? Er nahm die Karte kommentarlos entgegen und verließ fast fluchtartig den Raum.

Auf dem Weg zurück zu seinem Fahrzeug fiel ihm ein, dass er sich nicht von ihr verabschiedet hatte.

# 5. KAPITEL

**1931, Frankfurt**

Die beiden Zehnjährigen rannten nebeneinanderher, ihre Verfolger dicht hinter ihnen. »Seligmanns Gemischtwarenladen«, keuchte Saul, während sie um eine Hausecke rasten. Immanuel nickte nur und versuchte, Sauls Tempo zu halten. Sie waren schnell – sie waren das Davonlaufen gewohnt. Der Abstand ihrer Verfolger zu ihnen wuchs. Die älteren Schüler mit den braunen Hemden und dem Hakenkreuzsymbol hatten ihnen außerhalb der Schule aufgelauert, und Immanuel war sofort klar geworden, dass sie beschimpft, herumgeschubst, bespuckt und beleidigt werden würden, wenn nicht sogar noch Schlimmeres. Bis heute war es ihnen immer gelungen, den Mitgliedern der Hitlerjugend zu entkommen.

In der Schule durften die »Braunhemden«, wie sie von manchen genannt wurden, ihre Symbole der Zugehörigkeit zur Hitlerjugend nicht tragen ... manche behaupteten: noch nicht!

All das interessierte Immanuel momentan nicht, jetzt kam es nur darauf an, diesen Jungen wieder einmal zu entkommen.

Hinter der nächsten Hausecke hetzten sie sofort durch die Ladentür des Gemischtwarenladens von Samuel Seligmann. Die Ladenglocke, die durch die eilig aufgestoßene Tür zum Läuten gebracht worden war, klang noch, als die beiden an einem älteren kleinen Mann vorbeihasteten. »Hallo, Onkel Samuel!«, riefen sie ihm im Vorbeilaufen zu und hetzten weiter zum Lager und zur dortigen Hintertür.

Der alte Mann schüttelte nur den Kopf und murmelte ein nachsichtiges »Diese Jugend von heute!«.

Im Hinterhof schöpften die beiden kurz Atem und kletterten dann über die kleine Mauer, die das angrenzende Abrissgrundstück von dem Grundstück Seligmanns trennte.

Saul Mandelbaum und Immanuel Rosenzweig waren erst seit Kurzem Freunde, seit sie Anfang des Jahres 1931 auf das Gymnasium gewechselt und dort beide Probleme bekommen hatten. Sie waren grundverschieden, hatten aber zwei Dinge gemeinsam: Sie waren intelligenter als der Rest der Klasse, und sie waren Juden. Aus dieser Gemeinsamkeit war eine Notgemeinschaft entstanden, die sich im Laufe weniger Wochen zu einer Freundschaft entwickelt hatte. Sie entdeckten noch ein paar kleinere Gemeinsamkeiten, wie zum Beispiel das Interesse an Mathematik und den Drang, möglichst viel zu lesen, vor allem die Bücher von Karl May. Damit endeten allerdings die Übereinstimmungen. Saul war der wildere, kräftigere und selbstbewusstere der beiden. Immanuel war schwächlich, ängstlich, oft krank, klein und traute sich wenig zu. Bereits seit seinem achten Lebensjahr musste er die verhasste Nickelbrille tragen, die ein weiterer Grund für Hänseleien war.

Die beiden galten im Kreis ihrer Mitschüler als die »Botanik-Zwillinge«, angelehnt an ihre Nachnamen Mandelbaum und Rosenzweig. Unter den Schmidts, Hansens, Meiers, Müllers und Wagners stachen die beiden deutlich heraus, zumal sie aufgrund ihrer Religion schon von den anderen abwichen. Dazu kam der Neid auf ihre schulischen Leistungen und ihre

Beliebtheit bei den Lehrern. Was Immanuel nicht verstand, war die immer deutlicher spürbare Ablehnung von Juden im Kreis der Mitschüler. Er begriff, dass man Juden anscheinend allgemein nicht mochte, aber nicht, warum.

Nun saßen er und Saul am Fuß einer großen Eiche im Frankfurter Stadtwald und aßen Stullen, die von der Haushälterin der Rosenzweigs für die beiden Jungs hergerichtet worden waren.

»Haschdu dasch Buch von Karl May schon fertisch gelesen?«, fragte Immanuel seinen Freund mit vollem Mund.

»Ja, ich bin gestern fertig geworden. Ich hab nur vergessen, es dir mitzubringen. Winnetou vier – toll. Aber ich möchte nicht zu viel verraten, sonst isses ja nicht mehr spannend.«

Immanuel Rosenzweig fragte sich im Stillen, wie sein Freund immer an die Bücher von Karl May kam. Er wusste, dass Sauls Eltern nicht wohlhabend waren und auf keinen Fall Geld für Abenteuerromane ausgeben konnten. Aber er traute sich nicht, ihn zu fragen – vermutlich, weil er die Antwort nicht hören wollte. Er hatte so seine Vermutungen.

»Wollen wir nicht auch Blutsbrüder werden?«, unterbrach Saul seine Überlegungen. »So wie Winnetou und Old Shatterhand?«

Immanuel starrte ihn verwundert an. »Äh … ja … na klar … ich meine, warum nicht?« Blutsbrüder bis in den Tod und darüber hinaus, dachte Immanuel. Wollte so etwas nicht jeder Junge? Vermutlich ja, zumindest jeder, der die Bücher von Karl May gelesen hatte und die heroischen Taten seiner Helden und deren tiefe Freundschaft bewunderte. Die Rollenverteilung zwischen Saul und ihm war zu keiner Zeit eine Frage gewesen. Selbstverständlich tendierte Saul eher zu dem Abenteurer Old Shatterhand, während Immanuel sich viel tiefer mit dem nachdenklichen, in den Traditionen seines Volkes verwurzelten und stets ehrenhaften Winnetou verbunden fühlte.

»Also … tun wir's?«, riss Saul ihn erneut aus seinen Gedanken.

Immanuel sah erst jetzt, dass sein Freund ein Taschenmesser in der linken Hand hielt und die rechte bereits vor sich ausgestreckt hatte. »Du meinst das ernst, oder?«, fragte er ängstlich.

»Na klar!« Saul sah ihn verärgert an. »Bist du eine Memme oder ein Apachenhäuptling? Erinnere dich mal, wie Winnetou und Old Shatterhand Blutsbrüderschaft geschlossen haben. Meinst du, die haben so gezittert wie du gerade?«

Immanuel spürte, wie ihm die Tränen in die Augen stiegen. Nein, ich werde nicht heulen wie ein Mädchen. Ich bin Winnetou, und Winnetou hätte auch nicht geheult!

Insgeheim machte er sich allerdings auch Sorgen, was seine Eltern dazu sagen würden, wenn sie mitbekämen, dass er sich wissentlich verletzt hatte. Vater war in letzter Zeit sowieso seltsam. Immanuel verstand nicht, worüber er sich Sorgen machte, aber er hatte Gespräche zwischen seinem Vater und seiner Mutter belauscht, in denen es um die Partei von Adolf Hitler ging. Was er über Hitler gehört hatte, überstieg bei Weitem das, was er verstehen konnte.

Obwohl er immer wieder zu hören bekommen hatte, dass er mit seinen zehn Jahren klüger und weiter entwickelt sei als andere Kinder, verstand er nicht alles, was sein Vater sagte und was er von anderen hörte. Bei der Wahl im letzten Jahr hatte die Partei von Hitler so viele Stimmen bekommen, dass sie die zweitstärkste Partei geworden war. Die Gründe dafür waren laut seinem Vater wohl die Weltwirtschaftskrise und die hohe Arbeitslosigkeit in Deutschland.

Was Arbeitslosigkeit war, verstand Immanuel sehr wohl. Soweit er wusste, war auch Sauls Vater arbeitslos und die Familie deshalb arm. Was Armut wirklich bedeutete, erschloss sich ihm nicht, denn seine Eltern waren genau das Gegenteil. Immanuels Vater war der Besitzer eines großen Bankhauses, und da ging es um viel Geld. Immanuel vermutete, dass die Arbeitslosen die Reichen beneideten und ihnen ihr Geld nicht gönnten.

Aber was das mit der Partei von Hitler zu tun hatte, konnte er nicht nachvollziehen.

Die Entwicklungen an der Schule hatte er zunächst eigentlich gut gefunden. Was war schlecht daran, dass Hitler die sogenannte Hitlerjugend, »HJ«, gegründet hatte? Die zehn- bis 14-jährigen Jungen waren im »Deutschen Jungvolk« organisiert und die Mädchen im »Bund deutscher Mädel«. Noch vor einem Jahr hätte Immanuel gerne dem »Deutschen Jungvolk« angehört. Es musste Spaß machen, in so einer eingeschworenen Gruppe dabei zu sein. Aber dann hatten die älteren Jungs an der Schule, die bereits die HJ-Uniform trugen, angefangen, Kinder jüdischen Glaubens zu terrorisieren.

Die entscheidende Veränderung in seiner Einstellung hatte ein Ereignis ausgelöst, das sich vor wenigen Monaten auf dem Schulhof ereignet hatte. Dr. Levi, sein Physiklehrer, der wie Saul und Immanuel auch Jude war, hatte auf dem Schulhof eingegriffen, als einige ältere Schüler, von denen Immanuel wusste, dass sie auch in der HJ waren, ihn und seinen Freund drangsaliert hatten. Dr. Levi war eingeschritten und hatte die Jungen nicht nur verwarnt, sondern ihnen auch noch Strafen angedroht.

Der Rädelsführer der Gruppe, ein für seine 17 Jahre bereits sehr großer und kräftiger Junge, war dem Lehrer entgegengetreten und hatte Worte gesagt, die Immanuel nicht mehr vergessen konnte: »Genieße es, Jude, weil lange wirst du nicht mehr so mit uns umgehen können, dafür werden wir schon sorgen.« Dabei hatte er Dr Levi hasserfüllt angesehen, und nicht nur Immanuel, sondern auch der Lehrer hatte es mit der Angst zu tun bekommen.

Lange hatte Immanuel überlegt, ob er mit seinem Vater darüber sprechen sollte, aber der hatte genug Sorgen mit dem Bankhaus, der Weltwirtschaftskrise und den »Nazis«, wie er die Gefolgsleute von Hitler nannte.

»Also … was ist denn jetzt? Immanuel, träumst du schon wieder?«

Er war wieder einmal in seinen Gedanken so weit abgeschweift und hatte sich in Überlegungen verloren, dass die Realität in weite Ferne gerückt war. Komm zu dir und träume nicht in den Tag hinein. Denke daran, dass du einen Freund hast, mit dem du alles teilen kannst und der immer zu dir steht, schalt er sich einen Narren. Er wollte keine Memme sein, er wollte irgendwo dazugehören, und wenn es auch nur das verschworene Duo, bestehend aus ihm und Saul, war. Winnetou und Old Shatterhand, Blutsbrüder.

Er gab sich einen letzten Ruck und sagte: »Alles klar, machen wir's!« Tapfer streckte er seine rechte Hand dem Freund entgegen, die Handinnenfläche nach oben. Saul wechselte das Messer in die Rechte, ergriff Immanuels Hand und führte einen vorsichtigen Schnitt von etwa drei Zentimeter Länge über den Handballen durch. »Au!«, entfuhr es Immanuel, und Saul grinste. Dann wechselte er das Messer in die Linke und führte bei sich den gleichen Schnitt in den Handballen durch.

Noch während Immanuel entgeistert auf das aus der kleinen Wunde fließende Blut starrte, hob Saul die Hand und hielt sie ihm entgegen. »Blutsbrüder – für immer!«, rief er.

Immanuel zögerte nicht länger, nahm die eigene Hand nach oben und schlug in die Hand seines Freundes ein. »Blutsbrüder – bis in den Tod!«

So saßen sie sich im Schneidersitz einige Minuten gegenüber, bis das Blut in einem kleinen Rinnsal die Unterarme hinabfloss und vom Ellenbogen die ersten Tropfen fielen.

»Oh verdammt«, rief Saul, »wenn ich meine Hose einsaue, bekomme ich zu Hause richtig Ärger.«

Trotz des nun leicht pochenden Schnittes musste Immanuel lachen: »Blutsbruder Shatterhand, du wirst doch keine Angst vor deiner alten Mutter haben.«

Nun musste auch Saul lachen. Sie ließen die Hand des jeweils anderen los, und Saul holte aus seinem kleinen Rucksack ein Stofftaschentuch, mit dem er die Wunden vorsichtig abtupfte.

Gemeinsam machten sich die frisch gebackenen Blutsbrüder auf den Weg in Richtung Heimat.

»Leb wohl, Bruder Winnetou«, rief Saul zum Abschied.

»Leb wohl, Bruder Old Shatterhand«, rief Immanuel. Er war in einem Maß glücklich, wie er es noch nie zuvor gefühlt hatte. Die bevorstehende Schelte der Haushälterin über den Schnitt an seiner Hand machte ihm nichts aus. Er würde sie mit stoischer Gelassenheit ertragen wie ein echter Apache.

## 6. KAPITEL

Gregor küsste sie leidenschaftlich auf ihren sinnlichen Mund. Seine Zunge tastete sich vor, strich über die Glattheit ihrer makellosen Zähne und stieß dann mit ihrer ebenfalls forschenden Zunge zusammen. Er hatte sie fest an sich gepresst, und ihr konnte sein Ständer auf keinen Fall entgangen sein.

Sie löste ihren Unterkörper ein wenig von ihm und griff mit einer Hand in seinen Schritt. Dort rieb sie seinen Schwanz, und ihm entfleuchte ein Stöhnen.

Jetzt gab es kein Halten und keine vornehme Zurückhaltung mehr. Er riss ihr die weiße Bluse vom Leib und öffnete ihren BH. Gleichzeitig und ohne dass sich ihre Lippen verließen, öffnete sie sein Hemd. Als sie sich im Stehen auch noch der Hosen entledigt hatten, ließ sie sich rückwärts auf das Bett fallen, wobei sie ihn mitzog.

Er stützte sich auf beide Arme und löste seinen Mund von ihrem. Dabei sah er ihr in die blauen Augen, die vor Erregung strahlten. Dann legte er beide Hände auf ihre Brüste, beugte sich wieder nach vorne und begann langsam, sie zwischen den Brüsten und dann immer weiter unten zu küssen und zu lecken. Über ihren flachen Bauch ging es immer tiefer, wobei er bemerkte, dass sie keinerlei Schambehaarung hatte. Seine Zunge setzte den Weg fort, und sie winkelte die Beine an und hob ihm ihr Becken entgegen. Seine vier Tage alten Bartstoppeln berührten die Innenseiten ihrer samtigen Schenkel, und sie begann zu kichern. Das Kichern steigerte sich zu einem herzhaften Lachen, und gerade, als er zu ihrem Lustzentrum vordringen wollte …

… wachte er mit einem Ruck auf.

Das Lachen allerdings wollte nicht aufhören, sondern steigerte sich sogar noch. Dazwischen waren glucksende Laute zu hören, und mit ein wenig Fantasie konnte man etwas wie »… gibt's doch gar nicht …« verstehen.

Entsetzt riss er die Augen auf und sah seine jüngere Schwester Sarah in seinem Schlafzimmer stehen.

Als sie den Ausdruck sah, mit dem er sie anstarrte, wich sie unvermittelt einen Schritt zurück. »Entschuldige«, brachte sie unter Lachen hervor, »aber das war ein Bild für die Götter. Schade, dass ich kein Video gedreht habe. Das wäre der Hit auf YouTube geworden. Mein ach so reservierter Herr Bruder hat einen feuchten Traum, der das Bettlaken fast bis zur Zimmerdecke anhebt. Hahaha.«

Langsam beruhigte sie sich wieder, während Gregor krampfhaft versuchte, durch das Aufzählen der Primzahlen beginnend bei 997 die Erektion, die er aufgrund des Traums bekommen hatte, abschwellen zu lassen. Aber die Bilder in seinem Kopf waren noch zu lebhaft, weshalb er sich aufsetzte, die Knie bis zur Brust anzog und die Arme über den Schienbeinen verschränkte. »Was hast du in meinem Zimmer zu suchen?«, fragte er barsch.

»Na, na, wer wird denn so empfindlich sein? Du hast im Schlaf geredet. Wer ist Sonja?«, war die unbeeindruckte Gegenfrage von Sarah.

»Das geht dich nichts an!«, stieß er heftig hervor. Falsche Reaktion, dachte er bestürzt, denn er sah den verletzten Ausdruck in ihren Augen. Seit dem Tod ihrer Eltern waren sie engste Vertraute. Sie hatten sich immer alles erzählt, jedes Problem miteinander besprochen und keinerlei Geheimnisse voreinander gehabt. So war er der Erste gewesen, der von Roman erfuhr. Er hatte sich mit ihr gefreut, auch wenn er nicht in der Lage war, diese Freude sichtbar zu machen. Seine Schwester war einer der wenigen Menschen, die ihm wichtig waren. Deshalb wollte er auch, dass es ihr gut ging, selbst wenn er nicht immer verstand, warum es ihr gerade gut ging. Also hatte er auch alles über den jungen Russen wissen wollen ... und sie hatte ihm auch bis ins kleinste Detail berichtet.

Insofern wurde ihm nun klar, dass seine Reaktion mehr als nur ungerecht war. »Es war eine falsche Reaktion meinerseits, Sarah«, gab er nüchtern zu, »die Fairness verlangt offensichtlich ein anderes Verhalten von mir. Du hast natürlich das Recht, mich zu fragen und auch Antwort zu bekommen. Ich war wohl ein wenig zu überrascht. Vermutlich empfinde ich gerade so etwas wie peinliche Berührtheit.« Er hörte in sich hinein und versuchte diese Empfindung zu analysieren. »Wäre das in dieser Situation ein angebrachtes Gefühl?«

Sarahs Erheiterung wich schlagartig einer tiefen Ernsthaftigkeit. Sie kannte Gregors Probleme nur zu gut. Sie wusste, dass er Emotionen nicht wie jeder normale Mensch empfand, aber dass er dennoch Gefühle hatte, auch wenn das seinem Umfeld niemals bewusst wurde. »Kann ich dir irgendwie helfen?«, fragte sie mitfühlend. »Du hast doch keinen Liebeskummer, oder? Zumindest sah es eben nicht so aus!«

Gregor fragte sich selbst, ob es das Gefühl war, das die Literatur als Liebeskummer bezeichnete. »Nein, nein, ich habe da gestern eine junge Frau kennengelernt. Aber da ist nichts ... wenigstens nicht, dass ich wüsste«, gab er unumwunden zu.

»Aber sie scheint dir über alle Maßen zu gefallen.« Sarah versuchte erst gar nicht, ihr anzügliches Grinsen zu verbergen.

»Das ist eine völlig normale körperliche Reaktion, die überwiegend durch die Testosteronproduktion der Hoden …«

»Um Gottes willen, jetzt bitte keinen Biologieunterricht. Du schaffst es sonst am Ende noch, dass dieses Erlebnis sogar mir peinlich ist.« Sarah lächelte und trat den Rückzug an. Im Hinausgehen rief sie ihm noch zu: »Denk dran … kalt duschen!«

# 7. KAPITEL

Gregor erreichte das Polizeipräsidium in der Addickesallee 70, etwas nördlich des Stadtzentrums von Frankfurt gelegen, gegen kurz nach halb neun. Auch einem Leiter der Mordkommission stand kein eigener, für ihn reservierter Parkplatz zur Verfügung. Da er an diesem Morgen relativ spät ankam, versuchte er erst gar nicht, einen der lediglich knapp über 200 Parkplätze für die insgesamt 2.300 Mitarbeiter in dem riesigen Gebäudekomplex zu ergattern. Die Tiefgarage mit 700 Stellplätzen war ausschließlich für Dienstfahrzeuge vorgesehen. Glücklicherweise gab es in der nahen Umgebung auch zu dieser Uhrzeit noch den einen oder anderen öffentlichen Parkplatz zu finden, der allerdings gebührenpflichtig war.

Als Gregor nach einer halben Umrundung des Gebäudes eine freie Lücke entdeckte, steuerte er zielstrebig darauf zu. Er setzte den Blinker und wollte gerade in die auf der linken Straßenseite liegende Parkbucht einbiegen, als auf der Gegenfahrbahn ein tiefergelegter goldfarbener Mercedes CLK mit überhöhter Geschwindigkeit heranbrauste und ohne zu blinken mit quietschenden Reifen in die Lücke einfuhr. Nur durch eine Vollbremsung konnte Gregor einen Zusammenstoß verhindern.

In aller Ruhe schaltete er den Motor aus, setzte die Warnblinkanlage in Gang und löste den Sicherheitsgurt. Dann öffnete er die Fahrertür, stieg ohne Hast aus und ging langsam auf die Protzkarosse zu.

Der Fahrer schien sein Näherkommen bemerkt zu haben, denn die Fahrertür des Mercedes öffnete sich schnell, und der junge Mann sprang hastig heraus. Sein Typus entsprach genau den Schlussfolgerungen, die Gregor angesichts des Wagens bereits angestellt hatte. Seine südländische Herkunft war nicht zu verleugnen, und auf der Bomberjacke aus Fallschirmseide hätte auch quer über die Brust »Rotlichtmilieu« gedruckt sein können. Dazu trug er eine Jogginghose und Springerstiefel. »Was willst du?«, übernahm er mit einem provozierenden Tonfall die Initiative und plusterte sich in einer Imitation von Stärke vor Gregor auf.

»Ich möchte Sie nur darauf aufmerksam machen, dass Sie auf meinem Parkplatz stehen«, entgegnete dieser so ruhig wie möglich.

»Was? Seh isch kein Name oder Schild oder so was, also Scheiße ... was willst du, Alta?« Bei jeder Frage ruckte sein Kinn provozierend kurz nach oben.

»Ich hatte bereits geblinkt, als Sie erst herangefahren kamen, nach geltender Rechtsprechung steht mir der Parkplatz somit zu. Ich möchte Sie also bitten, den Platz frei zu machen«, sagte Gregor und wandte dabei alle erlernten Muster der bewährten Deeskalationsstrategien an: Bitten äußern, höflich bleiben, nicht laut werden, nicht drohen.

Der höchstens 25 Jahre alte Kerl blickte Gregor entgeistert an, dann warf er den Kopf in den Nacken und begann lauthals zu lachen. »Was bist du, Mann, lebensmüde? Was fährst du überhaupt für Auto?«

Gregor war nicht der Typ Mensch, der sich leicht provozieren ließ. Er sah keinen Grund, auf diese Frage zu antworten.

Der vermutliche Zuhälter ging um Gregor herum und näherte sich dessen Wagen. »Geile Karre, Alta, echt alt, was? Hasstu kein Angst, dass der Schrotthaufen fällt auseinander, eh?« Mit diesen Worten versetzte er dem Kotflügel mit seinem Springerstiefel einen ordentlichen Tritt.

In Gregors Kopf legte sich, unhörbar für den jungen Mann, ein Schalter um, und mit einer Behändigkeit, die man diesem großen schlaksigen Kerl niemals zugetraut hätte, sprang er den Südländer an. Während er ein Bein hinter ihn stellte, ergriff er blitzschnell seine Kehle und brachte ihn durch einen schnellen Druck nach hinten zu Fall. Gregor landete, ohne den Hals des Kerls loszulassen, mit dem Knie auf dessen Magengrube. Durch den Griff an der Kehle verhinderte er, dass der Kopf zu fest auf das Pflaster aufschlug, aber er verstärkte den Druck mit Daumen und Zeigefinger nur einer Hand dicht unterhalb des Kiefers. Dieser Griff verursachte einerseits sehr starke Schmerzen und lähmte andererseits bestimmte Nerven, sodass der Kontrahent zu keinerlei Gegenwehr mehr fähig war.

Gregors Stimme erklang leise, aber so kalt, dass sie jedem Zuhörer das Blut in den Adern hätte gefrieren lassen: »Wenn du … mein Auto … noch einmal anfasst … dann töte ich dich!« Die Drohung wirkte noch realer, da er sie nicht durch die üblichen Allgemeinplätze wie »Das verspreche ich dir« oder »Darauf kannst du dich verlassen« verwässerte. Die Aussage war eher eine Feststellung als eine Drohung, was sie noch wirkungsvoller machte. Dabei blickte er dem am Boden liegenden und ihn mit angstvollen Augen anstarrenden Mann mit eiskalter Ruhe in die Augen. Ohne ein weiteres Wort ließ er völlig überraschend die Kehle des anderen los und sprang elegant vom Boden auf. Er sagte nichts, sondern sah ihm nur weiterhin direkt in die Augen. Alle scheinbare Höflichkeit und das Bestreben zu deeskalieren waren aus ihm gewichen, und Gregor war sich bewusst, dass jeder Beobachter der Szene, der ihn zu kennen glaubte, ihn nicht wiedererkannt hätte. Er machte den Eindruck eines gefährlichen Raubtiers, das lauernd kurz vor einem Angriff stand.

Der mutmaßliche Zuhälter wirkte verängstigt, als er sich mühsam aufrappelte. Er murmelte halblaut, als fürchte er, dass jemand seine beschämende Niederlage mitbekommen könnte: »Eh, kein Problem, Mann, fahr ich woanders hin, kein Problem.« Unmittelbar danach eilte er zu seinem Wagen, sprang hinein und fuhr mit aufheulendem Motor unter ungeheurem Getöse aus der Parklücke. Dabei rammte er beinahe Gregors Auto. Mit nackter Panik in den Augen fuhr er mit quietschenden Reifen davon.

Gregor setzte sich in seinen Wagen, parkte ihn … und blieb einfach sitzen. Würde ich ihn wirklich umbringen? Er zweifelte an sich, hinterfragte seine Handlung von eben und versuchte, sein irrationales Verhalten zu ergründen. Die Erklärung fiel ihm nicht weiter schwer, da ihm der Auslöser seines Ausrastens bekannt war: Das 24 Jahre alte Auto war sein Heiligtum. Es sah schrottreif aus, war es aber beileibe nicht. Es war die einzige Hinterlassenschaft seiner toten Mutter. Sie hatte es nur wenige Wochen vor ihrem Tod von seinem Vater als Zweitwagen geschenkt bekommen. Einen roten 1989er Peugeot 308 Cabrio. Nach dem Unfall seiner Eltern hatte der Wagen in der Garage gestanden, und Gregor hatte viel Zeit darin verbracht. Er hatte einfach darin gesessen und versucht, sich an seine Mutter zu erinnern, die Erinnerung an sie zu erhalten. Das Vorhaben seines Onkels Jakob, den Wagen nach einem halben Jahr zu verkaufen, hatte ihn schrecklich aufgeregt und tagelang weinen lassen, bis sein Onkel schließlich klein beigegeben, den Wagen in der Garage stehen gelassen und zuletzt einfach vergessen hatte.

Gregor hingegen hatte ihn gehegt und gepflegt, soweit er dies als Kind überhaupt konnte. 13 Jahre später hatte er das Auto von seinem ersten selbst verdienten Geld restaurieren und fahrbereit machen lassen. Das galt allerdings nur für den Motor, das Fahrgestell und alle sicherheitsrelevanten Teile – die Karosserie und die Innenausstattung hatte er nicht angetastet. Er wollte, dass man dem Auto sein Alter ansah. So entstand für die meisten Betrachter der falsche Eindruck, es handele sich um ein Klapperkiste. Auf dem Armaturenbrett befand sich seit 1989 in einem Rahmen von der Größe einer Zigarettenschachtel ein Bild seines Vaters. Gregor hatte es 13 Jahre später um ein Bild seiner Mutter in einem ähnlichen Rahmen ergänzt.

*

Als sich das Team um 9:00 Uhr in der Zentrale zur Besprechung des heutigen Tages traf, saß Gregor bereits auf seinem Platz und sprach kein Wort. Er sagte auch nichts, als die angesetzte Uhrzeit um fünf Minuten überschritten und Alsmann noch immer nicht anwesend war. Gregor kannte dessen Tendenz zum stillen Widerspruch, die sich bisweilen im Zuspätkommen manifestierte. Die anderen Anwesenden hatten es schon mehrfach miterlebt, und lediglich Mutti, die wie immer um Ausgleich und Harmonie bemüht war, schickte Alsmann von ihrem Handy aus eine SMS und forderte ihn auf, endlich zu erscheinen. Als er dann zehn nach neun auftauchte, hatte das allgemeine Schweigen bereits fast peinliche Züge angenommen – aber Gregor sagte weiterhin keine Silbe. Ihm war bewusst, dass ihn das wieder einmal seltsam erscheinen ließ, aber das war ihm egal. Er riss sich zusammen, verdrängte die Ereignisse auf dem Parkplatz und widmete sich den anstehenden Aufgaben, die sie zusammengebracht hatten.

Nach zwei Stunden hatten sie die bisherigen Ergebnisse der Autopsien studiert, und Gregor hatte alle auf den aktuellen Stand gebracht, was die Entdeckungen von Dr. Savoyen bezüglich der unbekannten Substanzen betraf. Im Vorfeld hatten sie sich durch Aktenstudium und interne Nachforschungen auf den heutigen Tag vorbereitet, an dem sie mit den Hinterbliebenen der Opfer reden wollten. Entsprechend den erfolgten Terminvereinbarungen würden sie heute alle zu Hause aufsuchen.

Gregor fasste noch einmal zusammen: »Sie wissen, worauf es uns ankommt. Wir müssen herausfinden, was die drei Opfer verbindet. Alle drei waren Persönlichkeiten des öffentlichen Lebens, sie waren Mitglieder der jüdischen Gemeinde, und sie waren über 70. Diese Punkte allein geben aber noch kein Motiv für einen Serienmord ab – also muss da mehr gewesen sein. Wir wissen nur noch nicht was. Das muss sich ändern. Ich muss es sicherlich nicht erwähnen, aber ich erwarte, dass jeder sein Bestes gibt.« Er sah sehr wohl, dass Alsmann und Schmuddel die Augen nach oben verdrehten, und er wusste, was diese Mimik über ihre Einstellung zu dem aussagte, was er gerade geäußert hatte.

Er hörte auch den von Schmuddel halblaut gemurmelten Kommentar: »Und was macht der feine Herr heute? Ich nehme an, er besucht die junge Witwe.«

Was soll ich dazu sagen?, fragte Gregor sich insgeheim. Rein sachlich hat Schmuddel recht, allerdings meint er es nicht sachlich, sondern als Vorwurf – warum auch immer.

Gregor hatte festgelegt, dass Team eins, also Dieter Alsmann und Jenny Jung, die Familie Kleinstein in ihrer Villa im Frankfurter Westend aufsuchen sollte. Team zwei, Jutta »Mutti« Beltermann und Klaus »Schmuddel« Braake, machte sich auf den Weg nach Königstein im Taunus, wo die Hinterbliebenen von Ella Löwenstin auf sie warteten. Er selbst hatte sich vorgenommen, mit der Witwe des verstorbenen Samuel

Itzigman zu sprechen. Itzigman hatte keine Nachkommen, und somit hielt Gregor es für angebracht, alleine die einzige Hinterbliebene aufzusuchen und zu befragen. Das entsprach auch mehr seinem Naturell als Einzelgänger.

*

Als Jenny und Alsmann in ihrem zivilen Dienstwagen vor der schwer gesicherten Villa im Frankfurter Westend ankamen, hielten sie vor einem massiven verstärkten Stahltor. Dahinter war lediglich eine Auffahrt auf ein mit dichtem Baumbestand versehenes Grundstück zu sehen. Alsmann stieg als Erster aus und klingelte an der mit modernster Technik ausgestatteten Sprechanlage. Er muss einfach den Boss rauskehren, dachte sie, als sie zu ihm stieß.

Ein kleiner Farbmonitor erhellte sich, und ein hochnäsig wirkender älterer Mann fragte: »Sie wünschen?«

Jenny ließ Alsmann gewähren, als sie sah, dass er die Führung übernehmen wollte und sofort antwortete: »Kripo Frankfurt, Mordkommission, wir sind angemeldet und werden erwartet.« Er gab keine weiteren Erklärungen, hielt aber seinen Ausweis so nah vor die Kameralinse, dass das Abbild auf der Gegenseite vermutlich formatfüllend war.

Ohne einen weiteren Kommentar ertönte ein Summen, und fast geräuschlos schwang das riesige Tor nach innen auf.

Sie stiegen wieder in den Wagen, und Jenny fuhr los. Das Grundstück erschien ihr riesig. Es musste über 10.000 Quadratmeter groß sein, was im dicht besiedelten Westend von Frankfurt nicht nur eine Seltenheit, sondern die absolute Ausnahme war. Nach einer kleinen Kurve erreichten sie das von der Straße aus nicht sichtbare »Herrenhaus«. Das war zumindest der Begriff, den Jenny mit dem Anwesen in Verbindung brachte, als sie es erblickte. Am Fuß einer mindestens zehn Meter breiten, halbkreisförmigen Freitreppe stand ein livrierter Diener mit hinter dem Rücken übereinandergelegten Händen stocksteif und ohne das ankommende Fahrzeug eines Blickes zu würdigen.

Erst als Alsmann und Jenny den Wagen verließen, näherte er sich ihnen, machte eine angedeutete Verbeugung und begrüßte sie. »Meine Dame, mein Herr, bitte folgen Sie mir in das Teezimmer.« Er machte auf dem Absatz eine fast militärische Kehrtwendung und ging, ohne auf sie zu warten, voraus.

Jenny nickte Alsmann anerkennend zu: »Teezimmer … ich bin beeindruckt.«

Gemeinsam folgten sie dem forsch ausschreitenden Diener ins Innere des Hauses. Bei dem sogenannten Teezimmer handelte es sich um einen Ehrfurcht gebietenden Saal von der dreifachen Größe ihrer Einsatzzentrale.

Als der Diener sie in den Raum führte, wurden sie dort von vier Personen erwartet. Es fiel nicht schwer, auf den ersten Blick zu erkennen, welche Rollenverteilung hier vorlag. In einem schweren und anscheinend mit Brokat bezogenen Ohrensessel thronte eine uralt aussehende Frau, die rechte Hand lag auf dem riesigen Silberknauf eines elfenbeinfarbenen Stocks. Ihr Füße ruhten auf einem kleinen, mit rotem Samt bezogenen Schemel. Jenny schätzte, dass die Frau höchstens 150 Zentimeter groß war … und vermutlich genau so viele Jahre alt.

Rechts neben dem Ohrensessel stand ein Mann, den linken Arm lässig auf die Rückenlehne gelegt und in der rechten Hand einen schwer zu identifizierenden Drink. Jenny tippte aufgrund des Glases auf Whisky. Der Mann trug einen modischen Dreiteiler mit einer goldenen Uhrenkette an der Weste – ein Relikt aus früheren Zeiten. Er war eine imposante Erscheinung, hochgewachsen, schlank und mit erst leicht ergrautem Haar. Jenny schätzte ihn auf Anfang bis Mitte 50.

Auf zwei gewöhnlichen Stühlen ohne Armlehnen saßen rechts und links von den beiden zentralen Figuren noch zwei

Frauen in den End-Vierzigern – eine gepflegt und aufrecht, die andere mit wirren, zerzausten Haaren und in sich zusammengesunken. Sie wirkte mehr als nur leicht betrunken.

Bevor Jenny etwas sagen konnte, richtete Dieter Alsmann das Wort zunächst an das offensichtliche Familienoberhaupt, Frau Kleinstein. »Zuallererst möchte ich Ihnen und Ihrer Familie im Namen der Polizei Frankfurt unser herzliches Beileid bekunden, Frau Kleinstein.«

Von der Seite war ein leicht gelalltes, aber dennoch deutlich vernehmbares »Fürn Arsch!« zu hören.

»Lea, auf der Stelle in dein Zimmer!«, zischte die alte Dame, und die betrunkene Frau erhob sich sofort – leicht schwankend und unsicher auf den Beinen. Sogleich eilte ein Butler herbei, stützte sie und führte die leise vor sich hin murmelnde Frau aus dem Zimmer.

»Bitte entschuldigen Sie meine Tochter Lea, sie hat den Tod ihres Vaters nicht sehr gut verkraftet.« Die Alte schnipste einmal mit den Fingern, und ein weiterer Butler brachte ein Tablett mit Teekanne und einer Tasse, stellte es auf einen Beistelltisch am Ohrensessel und schenkte ihr ein. »Was kann ich für Sie und Ihre …«, sie maß Jenny mit einem abschätzenden Blick, »… Sekretärin tun?«

Der Tonfall war so geschäftsmäßig, als ginge es um Vertragsverhandlungen in einer Mietsache. Jenny lief ein Schauer über den Rücken. Was für ein eiskaltes, abgebrühtes altes Weib!

Alsmann war nicht anzumerken, ob er die Beleidigung der jüngeren Kollegin überhaupt zur Kenntnis genommen hatte. »Gnädige Frau, wir haben Grund zu der Annahme, dass der Tod Ihres Gatten kein Suizid war. Deshalb würde uns interessieren, in welcher Beziehung er zu den anderen Opfern der fragwürdigen Selbsttötungen gestanden hat.«

Erstmals meldete sich der Mann neben der Krähe zu Wort: »Wie kommen Sie darauf, dass mein Vater …«

Die Alte hob leicht die rechte Hand, und er verstummte sofort. »Bitte verzeihen Sie meinem Sohn die vorlaute Einmischung – er ist Anwalt!« Sie zuckte entschuldigend mit den Schultern, als erklärte das alles. »Allerdings würde mich selbst interessieren, welche ›fragwürdigen Selbsttötungen‹ Sie meinen?« Sie starrte Alsmann mit einer hochgezogenen Augenbraue unverwandt an.

Jenny konnte sich nicht dagegen wehren, an einen Raubvogel zu denken, der ein Beutetier ausgemacht hatte.

»Die beiden Todesfälle Ella Löwenstin und Samuel Itzigman. Sie haben sicherlich die Berichterstattung über diese Fälle verfolgt, oder?«

»Selbstverständlich, aber ich wüsste nicht, was der tragische Tod meines Mannes mit den beiden zu tun haben sollte. Natürlich kennen … kannten wir die beiden als tragende Säulen der jüdischen Gemeinde. Was Sie da jedoch andeuten, kann ich mir allerdings nicht vorstellen, und einen Zusammenhang mit Löwenstin und Itzigman schon gar nicht. Es tut mir sehr leid, aber diesbezüglich können wir leider nichts für Sie tun. Einen schönen Tag noch!«

Alsmann war offensichtlich zu perplex, um auch nur den Hauch einer Idee zu haben, wie er mit dieser Abfuhr umgehen sollte.

Jenny war sich sicher, dass er zwar schon viel erlebt hatte, ihm aber so etwas noch nicht untergekommen war. Sie dagegen hatte den Aussagen der Alten überhaupt nicht mehr gelauscht, nachdem die ihr die Rolle der »Sekretärin« übergestülpt hatte. Sie war aber trotz ihrer Jugend viel zu professionell, als dass sie darauf mit Widerspruch oder gar Empörung reagiert hätte. Vielmehr hatte sie die Gelegenheit genutzt, als unterbewertetes Anhängsel des Kommissars etwas anderes zu tun, und hatte ihre Aufmerksamkeit wechselweise auf die beiden außer der Alten noch anwesenden Personen konzentriert. Bei den Worten von Dieter Alsmann hatte sie deren Reaktionen beobachtet. Sie war geübt genug in der Wertung von Verhaltensweisen, sowohl von Zeugen als auch von Verdächtigen, um auch das kleinste Mienenspiel zu bemerken.

Der Anwalt und die Frau – sie vermutete, es handelte sich um eine weitere Tochter in einem Alter zwischen dem des Anwalts und dem der Schnapsdrossel – hatten sich ausschließlich auf Alsmann konzentriert. So sah Jenny zwischen den beiden hin und her, ohne dass sie es bemerkten.

Bei der Erwähnung der Namen Löwenstin und Itzigman durch Alsmann waren dem Anwalt die arroganten Gesichtszüge erkennbar entgleist. Jenny meinte, Verachtung oder zumindest Missbilligung in seinem Ausdruck gelesen zu haben. Als die Alte selbst die Namen ein weiteres Mal erwähnt hatte – um auf die Belanglosigkeit der Beziehungen dieser Verstorbenen zu ihrem Mann hinzuweisen –, hatte die Tochter wesentlich stärker reagiert. Sie hatte kurz, aber heftig die Augen geschlossen und die Kiefer aufeinandergepresst – eine Reaktion, die auf seelischen Schmerz hindeutete, und auf den Versuch, ihn nicht zu zeigen.

Jenny fragte sich, wie die Erwähnung von Namen eine solche Reaktion hervorrufen konnte. Was verbarg die ganze Bagage im Zusammenhang mit den zu Tode gekommenen Personen? Wieso blieb die Mutter so cool? In welchem Verhältnis hatten die Familien der Opfer wirklich zueinander gestanden? Und bei wem konnte man am ehesten ansetzen, um die Wahrheit zu erfahren?

# 8. KAPITEL

Sie fuhren seit zwei Minuten an der Mauer des Grundstückes in Königstein entlang, hinter der das Haus liegen musste.

»Verdammt, irgendwann muss doch mal die Einfahrt kommen«, fluchte Klaus Braake zum wiederholten Male.

Jutta Beltermann konnte sich ein Schmunzeln nicht verkneifen. »Jaja, die Ungeduld der Jugend! Das müsst ihr alle noch lernen.«

»Jaja, die stoische Gleichgültigkeit des Alters«, konterte Schmuddel, »so ist das eben, wenn man mit einem Bein schon im Grab steht!«

Mutti kannte ihn inzwischen gut genug, um nicht auf solche provokanten Reden zu reagieren. Sie konnte unterscheiden, wann er es böse meinte und wann nicht ganz so ernst. »Da, schau, da ist doch die Einfahrt«, rief sie stattdessen.

Nach einer Fahrt über ein riesiges Grundstück und nach zwei Kontrollen – sowohl am Einfahrtstor als auch vor Betreten der Villa – standen sie zehn Minuten später den Löwenstins gegenüber. Die Familie, das waren laut Meldeunterlagen die drei Töchter der verstorbenen Ella Löwenstin mit ihren Ehemännern. Dazu kamen vier Enkel im Erwachsenenalter mit drei Ehepartnern und wiederum vier Urenkel von Ella. Insgesamt waren also 17 Personen in dem Raum anwesend, den Beltermann und Braake betreten hatten. Es zählte zu Muttis Eigenarten, selbst vor einer banalen Zeugenvernehmung alle erreichbaren Daten zu recherchieren, um nur keine Überraschung zu erleben. Deshalb war sie auch nicht erstaunt, so viele Personen anzutreffen. Alle saßen an einer Tafel, an der leicht eine Gesellschaft von 40 Personen Platz gefunden hätte. Nach der dunklen Kleidung zu urteilen, die auch die Kinder trugen, war die ganze Familie gerade von der Beerdigung gekommen.

Mutti bemerkte, dass diese geballte Präsenz Schmuddel so überrumpelte, dass er nicht in der Lage war, eine Entscheidung über das weitere Vorgehen zu treffen. Sie dagegen hatte ausreichend Erfahrung, um das Erforderliche sofort zu erkennen. »Meine Damen und Herren, ich darf uns kurz vorstellen, bevor wir zum Kern der Sache kommen …«, sie wies mit der Hand auf Schmuddel, »das ist mein Kollege Braake, und ich bin Oberkommissarin Beltermann. Wir sind Mitglieder der Mordkommission Frankfurt, und ich werde Sie gleich informieren, weshalb wir Sie heute aufgesucht haben.« Nach einer kurzen Pause und einem Blick auf die Kinder im Alter von etwa drei bis sechs Jahren fuhr sie fort: »Allerdings möchte ich Sie bitten, vorher die Kinder in die Obhut einer Aufsichtsperson außerhalb dieses Raumes zu übergeben.«

Schmuddel schien erstaunt und erleichtert zu sein – sowohl über die gestelzte Redensweise als auch über ihre Sicherheit im Umgang mit den oberen Zehntausend beziehungsweise den »feinen Pinkeln«, wie er sie meist nannte. Er überließ ihr die Führung.

Einer der Väter nahm die Sache in die Hand und geleitete alle vier Kinder aus dem Raum. Als der Mann, der sich um die Beschäftigung der Kinder gekümmert hatte, wieder zurück war, kam Mutti zur Sache.

»Obwohl ich es bei der Vereinbarung dieses Termins noch nicht angesprochen habe, gehen wir inzwischen davon aus, dass es sich bei dem Tod Ihrer Mutter, Schwiegermutter und Großmutter nicht um eine Selbsttötung handelte.«

Diese These war offensichtlich nichts, was irgendeiner der Anwesenden in Erwägung gezogen hatte, denn sie führte zu erstaunten Ausrufen.

»Bitte … BITTE!«, musste Jutta Beltermann das aufgeregte Stimmengewirr unterbrechen. »Bitte beruhigen Sie sich. Ich erkläre Ihnen gerne, was wir bisher wissen, welche Schlüsse wir daraus gezogen haben und wie Sie uns vielleicht bei unseren Ermittlungen helfen könnten.« Kurz umriss sie den Sachverhalt, ließ die grauenvollen Details aus, verschwieg einige Interna und stellte danach ihre Fragen. Sie wollte alles über mögliche Krankheiten, private oder finanzielle Probleme, eventuelle Feinde Ella Löwenstins wissen, über Drohungen gegen sie und vor allem über ihren Bezug zu den anderen zwei ums Leben gekommenen Personen.

»Unsere Mutter lebte sehr zurückgezogen. Sie hielt nicht viel von der Öffentlichkeit«, begann die älteste Tochter.

»Sie hat aber noch gearbeitet«, ergänzte die Mittlere, »sie war ja karitativ für die alten Leute der Gemeinde tätig.«

»Ich wüsste aber nicht, dass sie irgendwelche Freunde gehabt hätte«, meldete sich die jüngste Tochter zu Wort. »Und auch nicht, dass sie Kontakte zu den Itzigmans oder Kleinsteins gehabt hätte, oder?« Sie sah sich fragend im Kreis ihrer Familie um und erntete nur Kopfschütteln.

»Was können Sie uns über den familiären Hintergrund Ihrer Mutter beziehungsweise Großmutter erzählen?«, wollte Mutti wissen. Alle Hinterbliebenen sahen sich mit großen, fragenden Augen und einem Schulterzucken an.

Dem ältesten Schwiegersohn fiel schließlich etwas ein: »Sie hat mir gegenüber mal angedeutet, dass sie kurz nach dem Krieg mit irgendwelchen entfernten Verwandten aus Polen nach Deutschland gekommen sei.«

»Richtig«, erinnerte sich nun auch die mittlere Tochter, »da muss es allerdings zu einem Bruch gekommen sein. Sie hat nämlich nie die Namen dieser Verwandten erwähnt, und ich nehme an, sie hat sich auch nie mehr mit denen getroffen.«

Auf der Grundlage zahlreicher kurzer Ergänzungen, die die Ermittler durch mühsames Nachfragen gefördert hatten, stellte sich heraus, dass keiner der Schwiegersöhne, geschweige denn eines der Enkelkinder den Ehemann von Ella überhaupt gekannt hatte und dass sie auch nicht viel von ihrer Schwiegermutter beziehungsweise Großmutter wussten.

»Wir haben immer vermutet, dass alle ihre Verwandten im KZ umgekommen sind«, meinte der jüngste Schwiegersohn. Er druckste ein wenig herum, bevor er ergänzte: »Es war, zumindest mir, einfach unangenehm, sie nach genaueren Hintergründen zu fragen. Ich wollte keine alten Wunden aufreißen.« Die meisten der Anwesenden nickten zustimmend.

Die älteste Tochter meldete sich noch mal zu Wort: »Sie hat immer gesagt, wir sollten nicht in der Vergangenheit leben, sondern in die Zukunft schauen. Ich dachte auch, dass das mit dem viel zu frühen Tod unseres Vaters zu tun hatte.«

Karolinus Löwenstin war 22 Jahre älter gewesen als seine Frau, die Kinder waren in den Jahren 1962, 1964 und 1966 geboren worden, und er selbst war bereits 1970 im Alter von 50 Jahren gestorben. Somit verfügten lediglich zwei der Töchter über eine vage Erinnerung an ihren Vater. Alles, was sie von ihm wussten, stammte aus Erzählungen ihrer Mutter.

Trotz eines leichten Ellenbogenstoßes in die Rippen konnte Mutti Schmuddel nicht daran hindern, kurz vor Verlassen der Villa die Anwesenden noch zu fragen, woher das Geld für das riesige Grundstück und die Villa stamme. Da die Verstorbene, als ehemalige polnische Jüdin, weder aus wohlhabenden Verhältnissen gestammt habe noch zuletzt als Leiterin des Altenzentrums über ein sehr hohes Einkommen verfügt haben dürfte, müsse dieser Umstand noch geklärt werden, hatte er zu Muttis Entsetzen die Hinterbliebenen aufgeklärt.

»Mein Schwiegervater war sehr vermögend«, übernahm der älteste Schwiegersohn die Erklärung, »soweit mir bekannt ist, befindet sich die Villa seit etwa 70 Jahren in Familienbesitz. Reicht das?«

Die Enttäuschung war Schmuddel deutlich anzusehen. Dennoch rang er sich ein halbwegs höfliches »Ja natürlich« ab.

»Zunächst einmal vielen Dank für die Informationen, sollten noch Fragen aufkommen, werden wir uns bei Ihnen melden«, versuchte Mutti die teilweise erbost blickenden Hinterbliebenen abzulenken. »Natürlich werden wir Sie auch sofort informieren, wenn wir neue Erkenntnisse zu dem tragischen Tod von Frau Löwenstin haben.« Sie packte Schmuddel am Jackenärmel und zog ihn hinter sich her aus der Villa. Dann machte sie sich mit ihrem überraschend schweigsamen Begleiter auf den Rückweg zum Polizeipräsidium.

Nach einigen Kilometern fragte Schmuddel: »Was hältst du davon, Mutti, hat uns das irgendwie weitergebracht?«

Sie sah ihn von der Seite an und überlegte einen Augenblick. Sie war nicht bereit zuzugeben, dass die Vielzahl der Informationen, Zeitangaben und Verwandtschaftsverhältnisse sie ein wenig überforderte. Sie war ein sogenannter Papier-Mensch, der mit erzählten Informationen nur wenig anfangen konnte. Ihre Stärke lag in der Auswertung von Akten, dem Vergleich von Unterlagen, dem Stöbern in Vernehmungsprotokollen und Vermerken. Wenn es galt, Informationen aus alten Archiven zu erlangen, dann schlug ihre Stunde. Sie war das krasse Gegenteil von Schmuddel, der mit Papier überhaupt nichts anfangen konnte und dessen Heimat das Internet und die diversen Datenbanken der Behörden und öffentlichen Einrichtungen waren. Deshalb ergaben die Erzählungen der Hinterbliebenen für sie kein wirklich schlüssiges Bild. Also antwortete sie ehrlich und mit einem enttäuschten Seufzer: »Nicht wirklich.«

# 9. KAPITEL

Gregor steuerte seinen Wagen durch den dichten Verkehr von Frankfurt. Als er die Adresse im Süden der Stadt, unweit des Frankfurter Stadtwaldes, erreichte, musste er zu seinem Erstaunen feststellen, dass das etwas heruntergekommene Einfamilienhaus nicht dem entsprach, was er sich vorgestellt hatte. Ihm war zwar durch das Studium der Unterlagen bekannt gewesen, dass sich Itzigman in den späten 90er-Jahren ziemlich verspekuliert und einen Teil seines Vermögens verloren hatte, aber er hatte dennoch etwas anderes erwartet. Itzigman war ein angesehenes und einflussreiches Mitglied der jüdischen Gemeinde Frankfurts gewesen, und das Anwesen sah eher nach dem geerbten Haus eines mittleren Beamten aus, zumal Gregor bereits auf den ersten Blick auffiel, dass dringend erforderliche Renovierungsarbeiten niemals durchgeführt worden waren.

Er parkte den Wagen an der Straße, trat durch ein quietschendes Gartentürchen und durchquerte den kleinen und ungepflegten Vorgarten. Die nächste Überraschung erfuhr er, als er vor der Eingangstür ankam. Sie stand einen Spalt weit offen, war also unverschlossen, und damit war jedermann der Zutritt zu dem Haus möglich.

Vorsichtig stieß er die Tür an, die leise und mit einem vernehmlichen Knarren nach innen schwang. Er legte seine Hand auf die Waffe im Gürtelholster. Noch konnte er die Situation nicht einschätzen. Lag hier ein Einbruch, ein Überfall, eine Entführung oder vielleicht doch überhaupt kein Verbrechen vor?

Langsam und nach allen Seiten sichernd ging er durch die kleine Diele. Im Inneren des Hauses beschlich Gregor das Gefühl, dass das Äußere eher ein bewusst herbeigeführtes Understatement von jemandem war, der seinen Reichtum verstecken wollte. Nirgends gab es Spuren eines Kampfes oder gewaltsamen Eindringens. Es war aber auch kein Empfangskomitee oder irgendjemand anderes zu sehen. Linker Hand am Ende des Flurs wies eine moderne breite Glastür den Weg in den Wohnbereich. Durch das klare Glas war zu sehen, dass das wertig eingerichtete Wohnzimmer, das die meisten Menschen wohl als geschmackvoll bezeichnet hätten, leer war. Rechter Hand führte eine Treppe ins Obergeschoss.

Er vermutete, dass sich im oberen Stockwerk das Schlafzimmer und die sanitären Einrichtungen befanden. Er war sich sicher, von dort Geräusche gehört zu haben. Aber welche Situation genau er dort antreffen würde, war ihm noch unklar.

Nachdem er auf leisen Sohlen die Treppe hinaufgegangen war, sah er am Ende eines kurzen Ganges eine offen stehende Tür, und aus dem dahinterliegenden Zimmer war beim Näherkommen Musik zu hören.

Gregor war kein Fan dieser Stilrichtung, aber er meinte, den Sound von Glenn Miller zu erkennen. Vorsichtig näherte er sich der offenen Tür und entschloss sich, dass er nur wenig zu verlieren hatte. »Hallo? Ist da jemand?«, rief er. Dabei stellte er sich mit dem Rücken zur Wand neben die Tür.

Bevor er sich entscheiden konnte, ob er die Fragen etwas lauter wiederholen sollte, hörte er von drinnen eine Frauenstimme: »Süßer, bissssdu das? Haaaaallooooo – Schaaaatz, bissssdu das?« Die Frau klang deutlich alkoholisiert. Den undeutlichen s-Lauten war anzuhören, dass sie schon ein gehöriges Quantum intus haben musste. Sie rief nun lauter: »Süüüüßeeeer, komm suuuu miiiir!«

Gregor entschied, dass er es wagen konnte, der Aufforderung zu folgen und das Zimmer zu betreten. Vorsichtig, die Hand immer noch an der Waffe, ging er durch die Tür. Auf einem mehr als zwei Meter durchmessenden, kreisrunden Bett in einem abscheulichen Rotton räkelte sich eine üppige Rothaarige in einem rosa Negligé. Das Rosa des fast durchsichtigen Nighties vertrug sich ebenso wenig mit dem Rot der Haare wie beides mit der Farbe des Bettes.

Selten hatte Gregor eine Kombination von Farben gesehen, die nach der Harmonielehre so wenig zusammenpassten. Die meisten Menschen hätten sie ohne Wissen um die

Gründe wohl einfach als geschmacklos empfunden. Er war sich nicht sicher, wer die meiste Schuld an diesem Desaster trug, der Friseur, der Innenarchitekt oder der Verkäufer des Negligés – oder am Ende doch die Frau, die sich das alles hatte andrehen lassen?

Wie sie da auf dem Rücken auf dem Bett lag, in einer Hand eine offene Champagnerflasche, in der anderen ein in Silber gerahmtes Bild mit einer schwarzen Schleife quer darüber, wirkte sie mitleiderregend. Sie hatte den Oberkörper ein wenig vom Bett abgehoben und die blutunterlaufenen und mit dunklen Rändern versehenen Augen weit aufgerissen. »Du bissss ja gaaaanich mein Schatzi!«, lallte sie. Dann verdrehte sie die Augen, bis nur noch das Weiße der Augäpfel zu sehen war – und wurde bewusstlos.

Etwa 60 Minuten später hatte Gregor die Frau so weit, dass sie in der gemütlichen Küche an einem Tisch saß und den Kopf auf die Hände gestützt hatte. Vor ihr stand ein Becher dampfenden Kaffees. Zuerst hatte Gregor sie in das Bad geschleppt, das an das Schlafzimmer angrenzte, und sie mitsamt Negligé unter die Dusche gestellt. Er hatte sie mit abwechselnd kaltem und heißem Wasser traktiert, bis sie lautstark protestiert hatte. Das nahm er zum Anlass, sie herauszutragen und in eines der riesigen Badetücher zu wickeln. Danach war es gemeinsam in die Küche im Erdgeschoss gegangen. Dort hatte er ihr zunächst ein Glas Wasser gegeben, in dem ein Esslöffel Salz aufgelöst war. Erwartungsgemäß hatte sie sich übergeben – zum Glück in die Spüle.

Wiederum 20 Minuten später ging es ihr so gut, dass sie das heulende Elend bekam. Sie weinte, schluchzte und wiederholte immer wieder: »Ich hab ihn so geliebt. Warum hat er mir das angetan?«

Gregor unternahm keinen Versuch, sie zu trösten. Er hätte auch nicht gewusst, wie das zu bewerkstelligen wäre, was er dazu sagen müsste. Zudem merkte er ihr an, dass sie die Wahrheit sagte. Sie musste den viel älteren Itzigman wirklich geliebt haben. Warum auch immer.

Aus den Meldedaten hatte er schon vor seinem Besuch gewusst, dass sie 40 Jahre jünger gewesen war als ihr Mann. Was er auch noch hatte im Vorfeld recherchieren können, war der Umstand, dass sie bereits die dritte Frau Itzigman gewesen war. Von der ersten Frau hatte der Verstorbene sich nach 30 Jahren kinderloser Ehe scheiden lassen. Sie war zwischenzeitlich verstorben. Die zweite Frau hatte er im Alter von 58 Jahren geheiratet – sie feierte damals gerade ihren 30. Geburtstag. Allerdings wurde sie nicht mehr viel älter, denn mit 32 erkrankte sie an Krebs und starb ein Jahr später. Die aktuelle Frau beziehungsweise Witwe Itzigman war gerade 35 Jahre alt und eine mittelmäßige Sängerin mit dem wenig einfallsreichen Künstlernamen Sandy September. Offensichtlich hatte Itzigman mit 75 sichergehen wollen, dass seine Frau nicht erneut vor ihm starb. Das zumindest hatte er geschafft.

Gregor fühlte sich nicht wohl in Gegenwart dieser am Boden zerstörten und weinenden Frau. Da ihm keine tröstenden Worte einfielen, begann er, sie zu befragen: »Wie haben Sie sich kennengelernt?«

Sie sah ihn aus geröteten Augen an. »Ich … ich …«, sie atmete in kurzen Stößen mehrmals ein und dann langsam aus, »bin im Vorprogramm von dieser Gala aufgetreten. Ich bin nämlich Sängerin, wissen Sie?«

Gregor nickte.

»Ich habe ihm so gut gefallen, dass er mir ein paar Engagements vermittelt hat. Das hab ich so klasse gefunden, und darum war ich halt … also, ich war einfach … nett zu ihm.«

Als Gregor sich seine Verwunderung durch eine hochgezogene Augenbraue mit Absicht anmerken ließ, beeilte sie sich fortzufahren: »Nein, nein, nicht, was Sie denken, das war rein botanisch, ehrlich!«

»Platonisch«, korrigierte Gregor automatisch.

»Sag ich doch«, erwiderte sie und schniefte laut. »Heute Morgen habe ich die ganze Bagage rausgeschmissen.«

»Wen?«

»Na diese Pressefuzzis – die wollten gar nichts von mir wissen, nur über ihn und warum er das gemacht hat. Die haben mich alle behandelt, als wäre ich eine Schmarotzerin, die sich hier eingenistet hat.« Etwas leiser fuhr sie fort: »Ich hab allerdings auch schon ziemlich viel getrunken gehabt – glaub ich.« Langsam fand sie zu ihrem alten Selbst zurück. Sie trank noch mehr Kaffee und sah Gregor von der Seite an. »Sie sind aber auch nicht ohne, Herr Kommissar. Sind Sie verheiratet oder liiert?«

Das gehörte nicht zu den Themen, die er mit Fremden besprach, und er gab ihr keine Antwort, sondern versuchte, das Gespräch schnell auf ein anderes Gebiet zu lenken. »Was können Sie mir über seine Freunde sagen?«

Sie machte große Augen und schüttelte nach einem Moment traurig den Kopf. »Ich kenne keine Freunde von Sammy – ich hab ihn immer Sammy genannt«, erklärte sie unnötigerweise, »Samuel klang so – so jüdisch, verstehn Sie?«

»Aber er war ja auch Jude«, wandte Gregor automatisch ein.

»Ja, ich weiß, na und?« Sie sah ihn völlig verständnislos an.

Dies war einer der Augenblicke, in denen Gregor bemerkte, dass ihn von manchen Menschen Welten trennten. Er verstand sie nicht, und sie ihn nicht.

Die junge Witwe fuhr unvermittelt fort: »Ich weiß nicht mal, ob er überhaupt Freunde gehabt hat. Ich war immer nur hier im Haus mit ihm oder auf Tour mit der Band.« Als sie ihm in Beantwortung seiner Frage auch noch erklärte, dass ihr die Namen Kleinstein und Löwenstin nichts sagten, gab Gregor frustriert auf.

Es war reine Routine, dass er ihr zum Abschluss noch eine letzte Frage stellte: »Ist Ihnen in letzter Zeit irgendeine Verhaltensveränderung an ihm aufgefallen?«

»Nö«, war ihre lapidare Antwort. Bis sie auf einmal, nach kurzem Überlegen, nachsetzte: »Oh doch, da war was. Das war irgendwie komisch.«

Gregor war sich sicher, dass sie »seltsam« und nicht »lustig« meinte. »Sie meinen seltsam. Was war seltsam?«

»Ich weiß nicht – irgendwie komisch. Da muss es vor ein paar Tagen irgendwelche Selbstmorde gegeben haben – keine Ahnung. Er hat ein paarmal gesagt: ›Das waren nie im Leben Selbstmorde!‹ Oder so ähnlich. Ich hab's nich verstanden und auch nich nachgehakt.«

»Hat er sonst noch was zu diesen anderen Selbstmorden gesagt?«

»Nö.«

Auf dem Weg ins Polizeipräsidium wurde sich Gregor schmerzlich seiner negativen Bilanz bewusst. Er hatte auf dem Rückweg von der Befragung mehr Fragen als auf dem Hinweg. Weshalb war Itzigman von dem Umstand ausgegangen, dass es sich bei seinen beiden Vorgängern nicht um Selbstmörder gehandelt hatte? Was verband diese drei Menschen? Was war das Geheimnis? Und vor allem – wie konnte jemand drei Personen dazu bringen, sich auf so seltsame Art umzubringen? Was hatte Itzigman gewusst, das ihn so sicher machen konnte, dass Fremdverschulden vorlag, während Gregor dies bisher nur annehmen konnte? Selten war Gregor so vollkommen ahnungslos bezüglich der Hintergründe von Todesfällen gewesen. Im vorliegenden Fall wusste man noch nicht einmal definitiv, ob es Selbsttötungen oder Morde gewesen waren. Was sehe ich nicht? Was entgeht mir hier?

# 10. KAPITEL

## 1939–1940, Frankfurt

Die Lage in Deutschland war seit der Machtergreifung durch Adolf Hitler 1933 nicht einfacher geworden. Vor allem für Juden war die Situation im Moment geradezu katastrophal, und es drohte noch viel Schlimmeres, dessen war sich Saul sicher.

Sowohl Immanuel Rosenzweig als auch Saul Mandelbaum hatten ihr Studium, unmittelbar nachdem sie es unter großen Schwierigkeiten aufgenommen hatten, direkt wieder abbrechen müssen. Immanuel hatte den einfachsten Weg gewählt, wie Saul es bei ihm nicht anders erwartet hatte, und war bei seinem Vater in die Bank eingetreten. Dieser jüdische Opportunist. Saul hatte angefangen, ihn zu beneiden, dann zu verachten und schließlich zu hassen.

Natürlich war der Umgang mit den Juden in Deutschland nicht in Ordnung. Aber gerade Juden wie die Rosenzweigs waren es gewesen, die den Hass der Bevölkerung geschürt hatten. Schmierige Geldverleiher, die den armen Deutschen Geld liehen und dadurch reich wurden, so fand Saul.

Die Rosenzweig-Bank nahm noch eine Sonderstellung ein, da sie die Unterstützung der Großindustrie hatte. Immanuels Vater war mit den Wirtschaftsgrößen von Krupp bis Tengelmann seit vielen Jahren eng befreundet, und noch immer schienen die Nazischergen sich speziell an diese Familie nicht heranzutrauen.

Saul fragte sich, wie lange dieser Schutz noch anhalten würde und wann es der Familie Rosenzweig so ergehen würde wie Tausenden von Juden in Deutschland. Ende des vergangenen Jahres hatten die Deportationen ganzer jüdischer Familien in Arbeitslager begonnen. Dies hatte auch vor Sauls Eltern nicht haltgemacht, und er hatte zugesehen, wie sie auf einen Lastwagen getrieben wurden, als wären sie Vieh. Er hatte Glück gehabt, da er nicht zu Hause gewesen war. Als er gerade zurück zur Wohnung wollte, hatte er den Lkw vor dem Haus stehen sehen und war nicht weitergegangen. Die Jacke mit dem Judenstern hatte er ausgezogen und in einer dunklen Ecke liegen lassen. So hatte er an einer Straßenecke gestanden und zusammen mit anderen Schaulustigen zugesehen, wie aus mehreren Häusern der Nachbarschaft alle jüdischen Bewohner herausgeführt und unter Androhung von Waffengewalt vorangedrängt worden waren. Als seine Mutter mit einem kleinen Koffer in der Hand auf den Wagen gestiegen war und sich hilfesuchend nach ihren Nachbarn umgesehen hatte, war für einen kurzen Augenblick Bedauern für diese Menschen in ihm aufgekommen. Aber es war nur ein kurzes Aufblitzen gewesen, bis sich seine in den letzten Jahren immer weiter verfestigte Meinung durchgesetzt hatte. Diese Leute sind selbst schuld. Warum passen sie sich nicht an? Warum geben sie ihre Religion nicht einfach auf und werden richtige Deutsche?

Er hatte gesehen, wie seine Mutter ihn entdeckte und die Augen aufriss. Schnell hatte er sich umgedreht und war davongegangen, bevor sie ihn eventuell noch rufen würde. Nein, dieses Schicksal werde ich nicht teilen. Ich habe es bisher geschafft und werde es weiter schaffen.

Er hatte sich mühsam eine alternative Identität aufgebaut und nannte sich Stefan Müller. Sein Glück war, dass er nicht die schwarzen, gelockten Haare vieler Juden hatte, sondern mit glatten, mittelbraunen Haaren gesegnet war. Er hatte sich die Haare blond gefärbt und kleidete sich im Stil der jungen arischen Studenten. Darüber hinaus schlich er sich in Vorlesungen ein, lediglich um in den Pausen mit den anderen Studenten in Kontakt zu kommen. Allerdings konnte er seine falsche Identität nicht mit Papieren untermauern, und dieser Umstand machte ihm große Sorgen.

Es war kein Geheimnis, dass ein Krieg bevorstand, und in solchen Zeiten würden die Kontrollen von Ausweispapieren noch zunehmen. Er brauchte dringend gute Falschpapiere, damit er auch eine offizielle Arbeit annehmen konnte. Die Gefahr, bei einem seiner Diebstähle oder dem Verkauf der Hehlerware erwischt zu werden, stieg täglich. Wenn sie ihn erwischten, würde er sofort in ein Arbeitslager deportiert werden oder, noch schlimmer, sofort standrechtlich erschossen.

Seine große Chance kam völlig unerwartet aus einer Richtung, die er nie für möglich gehalten hätte.

Zur Aufrechterhaltung seiner Tarnung als Student traf Saul sich regelmäßig mit jungen Leuten in diversen Lokalen, wo in bierseliger Laune gefeiert wurde. Bei einer dieser Gelegenheiten hatte er den gleichaltrigen Otto Springer, Sohn des Gauleiters Hessen-Nassau, Johannes Springer, kennengelernt. Otto stellte das Idealbild des reinrassigen Ariers dar, wie man ihn sich besser nicht vorstellen konnte: groß, schlank, blond, blauäugig, sportlich und durch seinen Vater im Wesentlichen in den nationalsozialistischen Grundtugenden unterrichtet. Obwohl Saul und Otto, zumindest was das Äußerliche anbetraf, recht unterschiedlich waren, hatten sie sich auf Anhieb bestens verstanden, hatten miteinander getrunken, gelacht und noch mehr getrunken. Anfänglich hatte er sich gewundert, dass der Sohn eines hochrangigen Nazis sich mit einem an der ärmlichen Kleidung erkennbaren Niemand abgab, aber das war gewesen, bevor er Ottos Geheimnis kannte.

Nach einem ihrer Besäufnisse passierte nämlich zu früher Morgenstunde genau das, was einem anständigen Nationalsozialisten grundsätzlich nicht passieren durfte. Sie lagen sich über einen Witz lachend in den Armen, und Otto fing an, Saul zunächst am Hals und dann auch auf den Mund zu küssen. Saul wollte ihn zurückstoßen, besann sich aber trotz seines

Rausches gerade noch rechtzeitig. Widerwillig ging er auf die Liebkosungen ein. Das Ganze endete am frühen Morgen in Ottos Studentenbude damit, dass Saul von Otto entjungfert wurde. Es war ihm absolut widerlich, aber er zwang sich dazu, sich nichts anmerken zu lassen und so zu tun, als genieße er es. Das Einzige, was ihn daran hinderte, dem widerwärtigen Homosexuellen den Schädel einzuschlagen, war die Hoffnung, durch dieses Druckmittel endlich etwas in der Hand zu haben, das sein Überleben sichern würde.

Seine nicht zu verbergende Beschneidung erklärte er Otto damit, dass seine Mutter Jüdin gewesen sei, sein deutscher Vater sich aber direkt nach der gegen seinen Willen erfolgten »widerlichen Verstümmelung« des Sohnes von ihr getrennt habe. »Er hat sie zum Teufel gejagt«, waren Sauls Worte, und er fügte hinzu: »Ich hoffe, sie verreckt in einem Arbeitslager.«

In den folgenden Wochen kam es mehrfach zu Intimitäten. Saul musste sich immer wieder ausmalen, welche Vorteile er aus diesem Verhältnis ziehen konnte. Nur das ließ ihn diese ekelhaften Erniedrigungen ertragen. Inzwischen hatte er in Erfahrung gebracht, dass es nicht ungewöhnlich war, wenn Nazigrößen sich für die Befriedigung ihrer so gar nicht mit der Philosophie des Nationalsozialismus zu vereinbarenden Triebe die schwächsten Glieder der Gesellschaft aussuchten. Das waren entweder Menschen aus sozial schwachen Schichten, ärmere Zeitgenossen, Niemande oder in manchen Fällen sogar Juden.

Es waren inzwischen bereits zwei Monate seit Beginn des von seiner Seite unfreiwilligen Verhältnisses vergangen, und Saul begann sich zu fragen, ob er sich nicht völlig umsonst diesem abartigen Tier hingegeben hatte. Bislang war ihm noch nicht klar, wie er sein Wissen um Ottos besondere Vorlieben am besten zu seinem Vorteil verwenden könnte.

Es war mitten in der Nacht, als Saul in seiner Unterkunft von einem zaghaften Klopfen an der Tür des Mansardenzimmers überrascht wurde.

Als er öffnete, stand der kleine Junge des Krämerladenbesitzers vor ihm und hatte einen Zettel in der Hand. »Das soll ich Ihnen geben … hat mein Vater gesagt. Der Mann hat bei uns angerufen.« Ohne ein weiteres Wort gab er ihm den Zettel und verschwand dann schleunigst.

Saul wusste, dass der Besitzer des Krämerladens der Einzige im ganzen Block war, der über einen Fernsprechapparat verfügte, und dass bisweilen Personen bei ihm anriefen und Nachrichten für Bewohner des Blockes hinterließen, die sein Sohn dann überbrachte.

Als er den Zettel las, erschrak er. In schnörkelloser Schrift stand darauf:

*Der Sohn des Gauleiters Springer hat angerufen, Sie mögen bitte unverzüglich zu ihm kommen. Es scheint sehr, sehr dringend zu sein.*

Er machte sich sofort auf den Weg und eilte zu Otto, ohne eine Ahnung zu haben, was ihn erwarten könnte. Bei der Wohnung angekommen klopfte er zunächst zaghaft an und erschrak, als er von der anderen Seite der Tür Ottos zitternde Stimme fragen hörte: »Wer ist da?«

»Ich bin's.«

»Wer?«

»Mein Gott, stell dich nicht so an, du hast doch nach mir geschickt.«

Langsam öffnete sich die Tür zunächst einen Spalt weit, dann wurde sie aufgerissen, und Otto zog ihn eilig in das Zimmer. Er machte einen völlig desolaten und aufgelösten Eindruck, war fast hysterisch und sah grauenhaft aus. Er war zwar angekleidet, hatte die Kleidung aber offensichtlich in aller Hast angezogen. Der Schweiß floss ihm in Strömen über das Gesicht, und seine feinen blonden Haare standen wirr in alle Himmelsrichtungen. Sowohl auf seinem Hemd als auch an seinen Händen klebte Blut.

Noch bevor Saul eine Frage stellen konnte, entdeckte er das Bett in der hinteren Ecke des kleinen Raumes und erkannte sehr schnell die prekäre Lage. Auf der Matratze lag eine zierliche dunkelhaarige Gestalt – nackt und im Genitalbereich blutverschmiert.

Otto jammerte weinerlich und unzusammenhängend: »Ich weiß nicht, wie das passiert ist. Du musst mir helfen. Er hat am Anfang doch mitgemacht. Ich hab das nicht gewollt. O Gott, wenn mein Vater das mitbekommt. Bitte, Stefan, hilf mir!«

Saul war nicht zimperlich. Nachdem er die Tür hinter sich geschlossen hatte, eilte er zum Bett und drehte den auf dem Bauch liegenden Körper um. Danach erkannte er auf Anhieb zweierlei: Zum einen handelte es sich, wie er aufgrund der deutlich zu erkennenden Beschneidung und der dunklen, gelockten Haare annahm, vermutlich um einen Juden, zum anderen sah der Leichnam sehr jung aus. Er ging davon aus, dass der Junge höchstens 13 oder 14 Jahre alt gewesen sein konnte. »Was hast du gemacht?«, fragte er leise.

»Er hat plötzlich angefangen zu schreien. O Gott, wenn das jemand gehört hätte. Ich hatte gar keine Wahl.«

Erst jetzt sah Saul die dunklen Male am Hals des Jungen. »Woher kommt das Blut?«, wollte er wissen.

Trotz seines desolaten und erbarmungswürdigen Zustands schaffte Otto es, zu Sauls Erstaunen, einen peinlich berührten Eindruck zu vermitteln. Er warf einen verstohlenen Blick in eine Ecke des Zimmers. Saul folgte dem Blick und entdeckte auf dem Teppich ein blutverschmiertes Stück Holz von der Form und Größe eines Penis. Er wollte sich nicht vorstellen, was Otto dem armen Jungen damit angetan hatte.

»O Gott, o Gott, was sollen wir jetzt tun? Mein Vater bringt mich um oder lässt mich in ein Arbeitslager schaffen!«

Saul beruhigte ihn, dachte einen Moment nach und entwickelte dann seinen Plan. Er verließ das Zimmer.

Als er einige Zeit später wiederkam, hatte er ein großes dunkles Leinentuch dabei. Gemeinsam wickelten sie den erstaunlich leichten Körper darin ein, verschnürten die Leiche wie ein Paket und trugen sie vorsichtig aus dem Haus. Saul hatte die Stunde zwischen 3:00 und 4:00 Uhr gewählt, da zu dieser Zeit erfahrungsgemäß am wenigsten auf den Straßen los war. In der Nähe des Judenviertels deponierten sie die Leiche an einer Stelle, wo sie beim Morgengrauen unweigerlich entdeckt werden musste. Durch die Wahl des Ortes war sichergestellt, dass das Verbrechen als ein weiterer Beweis für die abartigen Praktiken der verhassten Juden gewertet werden würde.

Auf dem Rückweg zu Ottos Wohnung wurde dieser nicht müde, Saul immer wieder seine nie endende Dankbarkeit zu versichern. Er versprach ihm ohne Unterlass, dass er alles für »seinen Stefan« tun würde, was auch immer dieser je von ihm verlangte.

Dessen war sich Saul sicher. Endlich hatte er Otto vollkommen in der Hand und gedachte, dies auch weidlich auszunutzen.

Als Otto ihm anbot, ihn noch in seine Wohnung mitzunehmen, um ihm dort seine Dankbarkeit zu zeigen, musste Saul mit der aufkeimenden Übelkeit kämpfen. Der Gedanke, zusammen mit Otto in dem Bett zu liegen, in dem er den Jungen missbraucht und anschließend umgebracht hatte, war zum Kotzen. Er lehnte dankend ab, schob es auf seine Müdigkeit und machte sich alleine auf den Heimweg.

*

Anfang 1940, als die Deportation der Juden in Arbeitslager mit Macht vorangetrieben wurde, entschloss Saul sich, bei Otto Springer den ultimativen Gefallen einzufordern. Nur eine Woche später wurde durch neue Ausweispapiere aus Saul Mandelbaum ein mit Ariernachweis ausgestatteter Deutscher mit makelloser Herkunft.

Ganz bewusst lauteten seine Papiere nicht auf Stefan Müller. Diese vorübergehende Scheinidentität musste gänzlich verschwinden. Er hatte noch große Pläne für seine nun schriftlich legitimierte Arier-Identität, und auch sein ehemaliger Freund Otto sollte noch eine wichtige Rolle bei seinem Vorhaben spielen. Eigentlich weniger Otto, dem er kurz nach dem Mord an dem jüdischen Jungen in klaren Worten gesagt hatte, was er von seiner Homosexualität hielt. Otto war aus seiner euphorischen Stimmung angesichts der Problembeseitigung durch seinen vermeintlichen Freund daraufhin in tiefste Depression verfallen. Unbeeindruckt von seinem nicht enden wollenden Jammern hatte Saul ihm klargemacht, was er von ihm erwartete. Was Otto seinem Vater vorzuspielen hatte, wenn er nicht Gefahr laufen wollte, dass seine sexuellen Vorlieben dem Gauleiter bekannt würden, wodurch sein Schicksal besiegelt wäre. Erstmals seit langer Zeit sah Saul Mandelbaum mit Hoffnung in die Zukunft.

## 11. KAPITEL

Dr. Sonja Savoyen saß allein an dem mit einer rot-weiß karierten Tischdecke gedeckten Tisch. Vor ihr stand eine der typischen Korbflaschen eines italienischen Rotweins, in deren Hals eine Kerze thronte, die allerdings noch nicht brannte.

Meine Güte, wie trivial, kitschig und klischeehaft, ging es ihr durch den Kopf, und sie rümpfte die Nase. Was für eine Schnapsidee, auf die Empfehlung eines Arbeitskollegen hin, den sie noch nicht mal gut kannte, in dieses angeblich beste italienische Restaurant Frankfurts zu gehen. Sie ging etwa ein- bis zweimal pro Woche essen, allerdings meist allein.

Grundsätzlich hätte sie gerne eine Beziehung gehabt, aber bisher hatte sie keinen Mann finden können, der ihren Vorstellungen gerecht wurde. Sie weigerte sich zu glauben, dass ihr Bild vom idealen Mann völlig unrealistisch war, wobei es sich mit dem vieler Frauen deckte: Sie suchte den einfühlsamen Macho, der bestimmte, wo es langging, aber gleichzeitig auf ihre Wünsche und Bedürfnisse einging. Den Mann, der die Größe hatte, auch mal zu weinen, aber kein Weichei war. Den Mann, der robust, hart im Nehmen war, aber gleichzeitig auch romantisch, zärtlich und liebevoll mit ihr umging. Alles in allem suchte sie ein Exemplar, wie es vermutlich kaum zu finden war. Letzteres hatte sie zwar inzwischen eingesehen, pflegte jedoch die Meinung, dass sie nur lange genug warten müsse, bis der Ritter in schimmernder Rüstung angeritten kam.

Aufgrund ihres Aussehens konnte sie sich allerdings kaum der Avancen erwehren, die ihr regelmäßig gemacht wurden. Deshalb hatte sie sich einen Panzer zugelegt, um sich vor allzu aufdringlichen Nachstellungen zu schützen. Es störte sie nicht, dass man sie im Institut nur noch »die Eisprinzessin« nannte. Sie war sich selbst Gesellschaft genug – dachte sie zumindest.

Also saß sie wie so oft allein in einem Restaurant und dachte über Dinge nach, zu denen sie an einem stressigen Arbeitstag nicht kam. Sie blickte in Gedanken von der Speisekarte auf und folgte einer Überlegung zu den aktuellen Fällen, als sie eine große Gestalt durch die Eingangstür des Lokals kommen sah. Sie erkannte die völlig in Schwarz gekleidete Person erst auf den zweiten Blick. Der Kommissar von der Mordkommission, was macht der denn hier?

Er erkannte sie offenbar sofort, denn das traurige Gesicht erhellte sich, und er kam zielstrebig auf ihren Tisch zu. »Dr. Savoyen! Sie habe ich hier aber noch nie gesehen. Sind Sie zum ersten Mal hier?«

»Hallo … Georg Mandelblum, der Kommissar, nicht wahr?«

»Gregor Mandelbaum«, korrigierte er, und Sonja sah, wie das freudige Strahlen auf seinem Gesicht abrupt erstarb und die Mundwinkel nach unten sanken. Sofort tat er ihr leid, denn der traurige Ausdruck war in sein Gesicht zurückgekehrt.

»Oh, entschuldigen Sie, ich habe ein fürchterlich schlechtes Namensgedächtnis«, log sie. »Möchten Sie sich nicht setzen oder sind Sie verabredet?«

»Äh … nein, ich bin nicht verabredet. Sind Sie denn auch alleine hier?«

Sonja meinte zu erkennen, dass sich keinerlei Hintergedanken oder Zweideutigkeiten in seiner Frage verbargen.

Er sah sich um, als suche er einen freien Tisch.

»Bitte, setzen Sie sich doch, ich bin tatsächlich allein hier«, drängte sie ihn, »setzen Sie sich, ich bestehe darauf.«

Gregor nahm zögerlich Platz, und Sonja hatte den Eindruck, als fühle er sich nicht wirklich wohl, zumal er sich auch nicht bedankte. Aber dieser »große Junge« faszinierte sie in einer Weise, die sie nicht vollständig verstand. Er kam ihr schüchtern, zurückhaltend und auch ziemlich merkwürdig vor, gleichzeitig strahlte er in seinem Beruf große Professionalität aus. Er erschien ihr widersprüchlich, wie eine gespaltene Persönlichkeit. Mit Erstaunen stellte sie fest, dass er Merkmale ihres nur in der Fantasie existierenden Traummannes aufwies, nämlich Eigenschaften, die sich normalerweise widersprachen. Aber es fühlte sich anders an, als sie es sich in ihren Träumen vorgestellt hatte.

Allerdings – das musste Sonja sich eingestehen – sah er auf eine eigene Weise sehr gut aus: groß, schwarzhaarig mit störrischen Locken, die ihm immer wieder keck in die Stirn fielen und die im krassen Kontrast zu seinen blauen Augen standen. Vielleicht ein wenig zu hager und vielleicht ein wenig zu traurig. Sonja fragte sich, warum das so war.

»Was machen Sie hier … äh … ich meine … wie kommen Sie in mein Stammlokal?«, unterbrach sein Gestammel ihre Gedanken.

Was ist das denn für eine abstruse Frage?, schoss es ihr durch den Kopf. Sofort erwachte ihr Hang zu Widerspruch und ihre Neigung zu Wortgefechten. »Mit dem Bus, da ich etwas trinken möchte.«

Er wirkte getroffen. »Ich habe mich missverständlich ausgedrückt, was grundsätzlich nicht meine Art ist. Ich meinte selbstverständlich, ob es einen bestimmten Grund gibt, aus dem Sie heute hier sind.«

Das versprach, ein interessanter Abend zu werden. Das Wort »Entschuldigung« kennt er offensichtlich wirklich nicht. »Ach so, ja, ich bin der Empfehlung eines Kollegen gefolgt, allerdings«, sie lachte ein wenig gekünstelt, »empfinde ich das Ristorante da Marco als ein wenig … sagen wir mal überzeichnet.«

Gregor legte den Kopf leicht schief und schien zu überlegen. Dann lachte er erstmals leise auf. In Sonjas Augen gewann seine Erscheinung ganz erstaunlich, wenn er auch nur lächelte.

»Ich gehe davon aus, dass Sie mit Ihrer sehr unspezifischen Aussage die Begriffe ›trivial‹, ›kitschig‹ und ›klischeehaft‹ zum Ausdruck bringen wollten. Lassen Sie sich bitte nicht von dem Ambiente täuschen. Ich konnte Marco in den vergangenen fünf Jahren nicht davon überzeugen, dass die überragende Qualität seines Essens völlig ausreichend ist, um Gäste an sein Lokal zu binden. Nun ja … wenigstens hat er die stark vom Original abweichenden Plastikgondeln von den Tischen genommen und spielt inzwischen nicht mehr 20-mal am Abend ›O Sole mio‹ über die Musikanlage.«

Sonja war angenehm überrascht von seinem ersten vernünftig formulierten Satz, aber auch amüsiert und gestand lachend: »Wenn ich ehrlich bin, habe ich mich tatsächlich in einen schlechten Mafia-Film versetzt gefühlt.«

Sie lehnte sich in ihrem Stuhl zurück, und Gregor winkte dem jungen Ober, der sie die ganze Zeit aus gebührender Entfernung beobachtet hatte.

Der Ober eilte sofort an den Tisch und begrüßte beide überschwänglich. »Aaaa, Signore Mandelbaume, freue ich mich, dass Sie wieder einemal beie uns sind.« Sein italienischer Akzent war so künstlich und aufgesetzt, dass Sonja die Hand vor den Mund nehmen musste, damit man ihr Lächeln nicht sehen konnte.

»Beruhigen Sie sich, Luigi, Sie müssen die Dame nicht beeindrucken.« Er wandte sich Sonja zu und erklärte ihr: »Luigi ist der Sohn des Besitzers, in Frankfurt geboren und spricht üblicherweise hessischen Dialekt oder wahlweise Hochdeutsch. Aber sein Vater besteht darauf, dass in einem italienischen Lokal die Ober auch wie Italiener klingen müssen.«

Luigi zuckte mit den Schultern und sagte im tiefsten Dialekt: »Tschuldischung, Anweisung vom große Chef. Ich musses immer widder mache – leider.«

Sonja konnte sich nicht helfen. Wenn sie das Lachen noch länger zurückhielt, drohte sie zu platzen. Sie konnte schließlich nicht mehr an sich halten und lachte, bis ihr die Tränen kamen. So gut hatte sie sich schon lange nicht mehr amüsiert. Sie fing an, den Abend zu genießen.

Während sie sich langsam wieder beruhigte, warf Gregor einen Blick in die Karte und entschied sich schließlich für einen Wein. »Bringen Sie uns bitte eine Flasche Tommasi Amarone della Valpolicella Classico.«

Luigi zuckte mit keiner Wimper, sondern stellte lediglich

mit einem anerkennenden Nicken fest: »Eine sehr gude Wahl, wie immer!«

Sonja warf ebenfalls einen Blick in die Karte und suchte den Wein. Sie konnte nicht verhindern, dass ihr ein erstauntes »Wow« entschlüpfte, als sie sah, dass die Flasche 150 Euro kostete. »Sind Sie wahnsinnig? Was ist, wenn mir der Wein nicht schmeckt? 150 Euro?« Sie sah ihn entgeistert an.

»Ich gehe fest davon aus, dass er Ihnen schmeckt. Und was den Preis angeht, Sie haben doch sicher auch schon gehört, dass ich aus reichem Hause stamme.«

Sonja hatte den Eindruck, ein wenig Verbitterung aus seiner Stimme herauszuhören, und konnte dies nicht einordnen. Sie hatte das vage Gefühl, ein Teil seiner Aussage stimme nicht ganz, konnte es aber an nichts festmachen und stellte die Überlegungen vorläufig zurück.

Der Wein kam, die Flasche wurde am Tisch entkorkt und Gregor probierte. Er nickte kommentarlos, und Luigi goss zuerst Sonja, danach Gregor ein.

Sonja nippte vorsichtig an dem in intensivem Rubinrot leuchtenden Wein. »Wow«, ließ sie erneut hören. »So etwas habe ich noch nie getrunken. Er schmeckt … wie soll man das beschreiben? … nach Kirsche und Pflaume, nicht zu süß und nicht zu trocken … ein echter Genuss!«

Ein leichtes Lächeln stahl sich auf Gregors Lippen, als er das Glas ergriff und nun selbst den Ausnahmewein genoss.

Anschließend wählten sie das Essen, wobei Gregor ihr mit Ratschlägen zur Seite stand, die sie nach der Erfahrung mit dem Wein nur zu gerne annahm.

Während sie auf das Essen warteten, ließ Sonja es zu, dass Gregor das Gespräch auf die Arbeit brachte. Sie spürte, wie er auflebte und sich selbstbewusster und sicherer gab als bisher.

»Können Sie mir inzwischen mehr zu den Drogen sagen, die Sie gefunden haben?«

Sonja wiegte nachdenklich den Kopf nach rechts und links: »Teils, teils. Man könnte es als einen Mix verschiedener Substanzen bezeichnen. Ich will Sie nicht mit Namen oder chemischen Eigenschaften langweilen, nur so viel sei gesagt: Alle der Substanzen haben gewisse Gemeinsamkeiten, die etwas mit der Psyche des Menschen zu tun haben.«

Sie bemerkte, wie Gregor sie mit fragendem Blick ansah. »Okay«, fuhr sie fort, »ich bringe Ihnen mal ein Beispiel. Scopolamin, den Namen haben Sie bestimmt schon mal gehört, vermutlich im Zusammenhang mit dem Begriff ›Wahrheitsserum‹. Das ist sehr irreführend, da Scopolamin – abhängig von der Dosierung – ganz unterschiedliche Wirkungsweisen hat.«

»Es handelt sich um ein Tropan-Alkaloid«, begann Gregor unvermittelt zu dozieren, »das unter anderem in Nachtschattengewächsen vorkommt, aber auch künstlich hergestellt werden kann. In den Pflastern gegen Reiseübelkeit ist zum Beispiel Scopolamin in kleiner Dosierung enthalten. In höherer Dosierung wurde es auch schon zur Beruhigung sehr erregter Geisteskranker benutzt. Als Auswirkung auf geistig gesunde Personen wird allgemein die Herbeiführung einer Apathie und Willenlosigkeit genannt. Gleichzeitig kann eine der Nebenwirkungen der teilweise Gedächtnisverlust sein.«

Sonja hatte seinen Ausführungen mit offenem Mund zugehört. »Haben Sie Medizin oder Biochemie studiert oder woher wissen Sie so viel über Scopolamin?«, fragte sie verwundert.

»Ich lese viel.«

Sie versuchte diese Information zu verarbeiten und trank einen Schluck Wein. Danach fuhr sie fort: »Nun gut. Die anderen festgestellten Substanzen gehen in eine ähnliche Richtung. Was es allerdings mit der Mischung auf sich hat … hmmm … genau könnte man das nur sagen, wenn man es an Versuchspersonen ausprobiert. Das ist natürlich völlig indiskutabel«, beeilte sie sich hinzuzufügen. »Ich habe keinerlei Absichten, Menschenversuche oder sogar einen Selbstversuch zu starten. Das wäre ohne genaue Kenntnis der möglichen Folgen unverantwortlich.«

Gregor nickte bestätigend.

»Insgesamt lehne ich mich mal so weit aus dem Fenster«, fuhr sie fort, »die Vermutung zu äußern, dass der Drogenmix im Großen und Ganzen das Ziel hatte, den Willen des Betroffenen auszuschalten. Um aus jemandem die Safekombination oder seine intimsten Geheimnisse herauszubekommen, wäre das sicherlich ein Mittel. Und wenn mich mein Gefühl nicht täuscht, dann sind Sie wie ich der Meinung, dass die Drogen in direktem Zusammenhang mit den angeblichen Selbsttötungen stehen.« Sie lehnte sich zurück, um zu signalisieren, dass sie am Ende ihrer Ausführungen angekommen war.

Gregor sah sie nachdenklich an, nickte mehrmals und schien nachzudenken. Die Pause, in der keiner das Wort ergriff, zog sich in die Länge, bis Gregor schließlich unvermittelt fragte: »Was wissen Sie über Hypnose?«

Sie sah ihn überrascht an. »Wieso, meinen Sie, die Personen wurden hypnotisiert, damit sie sich selbst töten?«

»Wäre das denn möglich?«

»Okay, ich verstehe, warum Sie mich gefragt haben. Also … was ich über Hypnose weiß, sind nur die rudimentären Kenntnisse aus dem Medizinstudium. Vielleicht wissen Sie ja mehr darüber, wo Sie doch so viel lesen«, meinte sie mit einem Lächeln.

Gregor zuckte wie um Entschuldigung bittend mit den Schultern. »Gerade über dieses Thema habe ich leider noch nicht viel gelesen, genau deshalb interessieren mich Ihre Kenntnisse doch.«

Sonja schnaubte kurz. Nimmt er mich auf den Arm oder ist das ernst gemeint? Egal – vielleicht finde ich das ja später raus. Sie fuhr fort: »Hypnose ist eigentlich nur das Versetzen einer Person in einen Trancezustand. Man nennt das die hypnotische Trance. Was man dann in diesem Zustand macht, kann ganz unterschiedlich sein. Oft wird Hypnose von Psychotherapeuten eingesetzt, um Kindheitstraumata zu ergründen. Dann gibt es da noch die Suggestion, also die Beeinflussung. Sie wird benutzt, um zum Beispiel einen Patienten dazu zu bewegen, sich zu beruhigen oder aber alles zu vergessen, was in der Trance passiert ist. Worüber Sie aber reden wollen, ist eine Suggestion, die auch noch nach dem Aufwachen aus der Trance eine Auswirkung zeigt. Man nennt das die posthypnotische Suggestion – der Beeinflusste soll nach dem Aufwachen aus der Trance etwas Bestimmtes tun, zum Beispiel mit dem Rauchen aufhören.«

»Funktioniert das denn nach Ihrem Kenntnisstand?«, warf Gregor eine Zwischenfrage ein.

»Wenn der Betroffene das wirklich will – ja! Aber da sind wir genau bei dem Thema, um das es eigentlich geht. Kann man jemanden durch posthypnotische Suggestion dazu bringen, etwas zu tun, was er normalerweise niemals tun würde? Weil es zum Beispiel seiner Grundeinstellung oder seinem Glauben widerspricht. Die herrschende Lehrmeinung sagt dazu eindeutig Nein.«

In diesem Moment erschien die Vorspeise, und sie widmeten sich in den nächsten Minuten schweigend dem Genuss des feinen Carpaccios.

Sonja kam allerdings nicht umhin, sich in dieser Zeit ihre Gedanken zu machen. Sie war zu intelligent, um nicht aus Gregors Fragen die richtigen Schlüsse zu ziehen. Kaum hatten sie beide die Vorspeise beendet, da ergriff sie das Wort: »Sie vermuten also, dass sich die drei Opfer aufgrund einer posthypnotischen Suggestion das Leben genommen haben und dass es etwas mit den Drogen zu tun hat. Liege ich da ungefähr richtig?«

»Ja, so ungefähr«, war seine ausweichend wirkende Antwort. »Ich entwickle gerade eine auf den bisherigen Fakten basierende Vermutung oder besser gesagt eine Theorie, ich möchte nur noch nicht darüber sprechen.«

Zu Sonjas Überraschung schien er diese Aussage ernst gemeint zu haben, denn er unternahm keinerlei Anstrengung, sie doch an seinen Gedanken teilhaben zu lassen.

»Sie wollen mir also wirklich nicht mitteilen, was Sie vermuten?«, machte sie ihrem Unglauben Luft.

»Ich schlage vor, wir lassen das unappetitliche Thema am besten eine Weile ruhen, und ich greife es dann wieder auf, wenn ich mir mehr Gedanken dazu gemacht habe.«

Daraufhin entstand eine Zeit des peinlichen Schweigens, und Sonja überlegte, wie sie mit dieser Abfuhr umgehen könnte. Sie nippte an ihrem Glas und musste feststellen, dass Gregor keine Anstalten machte, das Gespräch wieder aufzunehmen oder fortzusetzen. Schließlich kam sie zu einem Entschluss und just in dem Moment, als sie begann: »Ich hätte ja doch gerne gewusst, was …«, kam auch gerade das Hauptgericht. Gregor widmete sich dem Speisen, und Sonja blieb nichts anderes übrig, als vorläufig klein beizugeben.

Nach dem Essen trat erneut eine Phase des Schweigens ein, weil keiner der beiden wusste, wie er das Gespräch wieder mit einem neuen Thema in Gang bringen konnte. Bis sie ihn plötzlich und ohne Vorwarnung fragte: »Sind Sie eigentlich Jude?«

Die Frage schien ihn völlig unvorbereitet und überraschend zu treffen. Ihr war bewusst, dass der überwiegende Teil der Deutschen dieses Thema mied. Man fragte schnell einmal »Glauben Sie an Gott?« oder auch »Sind Sie katholisch oder evangelisch?«, aber das Thema Judentum vermieden die meisten tunlichst.

Gregor schien die Frage nicht unangenehm zu sein, aber er sah sie an, als studiere er ein interessantes Insekt. »Legt man meinen Nachnamen zugrunde, liegt die Vermutung sehr nahe.«

»Äh, heißt das Ja?«

»Ja.«

Sonja konnte den Anflug eines Lächelns auf seinen Lippen nicht deuten. Machte er sich über sie lustig oder belustigte ihn lediglich ihre Trivialität?

»Und was sind Sie?«, stellte er überraschend die Gegenfrage.

»Intelligent!«, gab sie provokant zurück, unter anderem, weil sie von der prompten Retourkutsche überrascht worden war. Sie hatte mit Ausführungen zu seinem Judentum gerechnet.

Er nickte, als hätte er eine solche Antwort erwartet. »So hatte ich Sie zwar eingeschätzt, aber ich habe noch nie davon gehört, dass das eine Glaubensrichtung sein soll – zudem habe ich die Erfahrung gemacht, dass es bei vielen ein Irrglaube wäre.«

»Touché. Ich denke, das habe ich verdient. Bitte verzeihen Sie mir. Ich wollte nicht unhöflich oder schnippisch sein.«

»Kein Problem«, er zuckte mit den Schultern, »ich bin kein sehr gläubiger Jude. In den Glauben wird man geboren. Ob man ihn annimmt und lebt, ist eine andere Sache. Ich glaube an Gott – oder eine höhere Macht –, was bei meinem Beruf nicht unüblich ist. Wenn man wie wir Polizisten so viel Leid sehen muss, beschäftigt man sich zwangsläufig mit dem Sinn des Lebens und mit dem, was vielleicht danach kommt. Aber wie sieht das bei Ihnen aus?«

Sie ließ sich etwas Zeit mit der Antwort. »Wir sind uns offensichtlich ähnlicher, als ich dachte. Viele meiner Kollegen, Wissenschaftler und insbesondere Mediziner, neigen zum Agnostizismus, in meinem Fall zum theistischen Agnostizismus. Das bedeutet …«

»… dass Sie es für möglich halten«, fiel er ihr ins Wort, »dass es eine höhere Macht gibt, aber es nicht für nötig erachten, es beweisen zu müssen. Im Gegenteil, Sie glauben, dass man es nicht beweisen kann, und deshalb sind die Versuche, sich Abbilder zu schaffen, vergebliche Mühe.«

»Sie scheinen sehr viel zu wissen, für einen Kriminalbeamten«, stellte sie fest, wobei sie bemerkte, dass es sie ein wenig ärgerte, dass sie ihm nichts Neues hatte erzählen können.

»Ich habe ein fotografisches Gedächtnis.« Er konstatierte dies, als handele es sich um etwas völlig Normales, völlig ohne Stolz oder die sonst so übliche angeberische Haltung der meisten bei besonderen Fähigkeiten. Sonja ließ es einfach so stehen und nahm sich vor, zu einer anderen Zeit diesbezüglich nachzuhaken.

Im Folgenden verstrickten sie sich in eine lebhafte und sehr erfrischende Diskussion über Religion, Glaubensrichtungen und Befindlichkeiten der einzelnen Strömungen. Von diesen Themen war es nicht weit zu Kindheitserfahrungen und Verlusten.

»Ich habe als Fünfjähriger meine Eltern durch einen Autounfall verloren«, erzählte er ihr.

Sonja bemerkte, dass er erstmals eine deutlich sichtbare Emotion zeigte, die Trauer am nächsten kam. »Oh – das tut mir leid.«

Er sah sie verwundert an. »Warum?«

»Wie … warum?« Sie war fassungslos, und es war wieder einer der Momente, in denen sie ihn weder verstand noch wusste, ob er es ernst meinte.

»Warum tut es Ihnen leid? Sie können nichts dafür. Wenn es ein Ausdruck des Bedauerns sein soll, dann müssten Sie sagen, ob Sie mich bedauern oder meine toten Eltern.« Er überlegte einen Moment, bevor er ergänzte: »Aber tote Menschen zu bedauern ergibt keinen Sinn.«

Ihr lag auf der Zunge, »Ach, vergessen Sie's« zu sagen, da fuhr er, wieder ohne Emotionen, fort, als sei nichts gewesen: »Da mein Onkel keinerlei Bezug zu mir und meiner Schwester hatte, war er für uns in unserer Kindheit kein Elternersatz. Allerdings«, und wieder entstand bei ihr der Eindruck, als spüre sie eine Emotion, »hat unser Butler Jonathan sich sehr intensiv um uns gekümmert.«

»Sie haben einen Butler?«, hakte sie interessiert nach.

»Ich war der Meinung, Ihnen sei bekannt, dass meine Familie sehr wohlhabend ist. Mein Onkel leitet das Familienunternehmen, das Bankhaus Mandelbaum & Söhne.«

Sie fand es an der Zeit, nun auch etwas von sich selbst preiszugeben: »Nun, damit kann ich nicht aufwarten. Meine Familie hat niemals über große Besitztümer verfügt, seit sie vor vier Generationen aus Skandinavien ausgewandert ist.«

»Die skandinavische Herkunft erklärt Ihr Aussehen«, stellte er sachlich fest. »In Ihren Genen sind das weißblonde Haar und die blauen Augen unverkennbar verankert. Allerdings erklärt das nicht Ihren Namen, der nach meinem Wissensstand eher aus dem südfranzösischen Raum kommt.«

»Sie sind ja tatsächlich ein wandelndes Lexikon«, stellte sie verblüfft fest. »In der Tat stammt mein Großvater väterlicherseits aus Südfrankreich und hat meiner Großmutter und meinem Vater diesen schönen Namen geschenkt. Und dabei spreche ich nicht einmal Französisch – die Sprache der Liebe«, fügte sie lachend hinzu.

Sonja sah, wie er bei dem Wort »Liebe« erkennbar zusammenzuckte, aber keinen Kommentar abgab. Ach was, ich bin es leid, dieses ganze Geplänkel, dachte sie, vielleicht sollte ich mal ein wenig direkter werden. Sie versuchte in einem nicht ganz so ernsten Ton, das Gespräch in eine neue Bahn zu lenken: »Apropos Liebe – wie steht es denn um Ihr Privatleben? Sind Sie verheiratet, liiert oder sonst wie vergeben?«

Seine Reaktion war weit entfernt von allem, was sie für möglich gehalten hätte. Zunächst starrte er sie wortlos an, als habe er eine solche Wendung des Gesprächs niemals für möglich gehalten, und dann begann er, stotternd zu antworten: »Ich … nun ja … äh …«

Wie süß, dachte sie, es ist ihm peinlich. Das macht ihn ja auch wieder irgendwie sympathisch! Okay, linkisch, gehemmt, seltsam, aber irgendwie sympathisch.

Sie sah, wie er sich mit zitternden Händen aus der inzwischen zweiten Flasche des erlesenen Valpolicella nachschenkte und sich dann einen Ruck gab, wobei er die Flasche unnötig hart wieder auf den Tisch stellte.

»Okay, ich bin Single«, konstatierte er ehrlich, »nicht aus Überzeugung, sondern weil ich seit vielen Jahren – genauer gesagt, seit mehr als fünf Jahren – keine Frau gefunden habe, die es wert war, sich zu binden – leider.«

Sonja machte keinen Hehl aus ihrer Überraschung. »Wieso? Ich meine … Sie scheinen doch ganz passabel zu sein … also da müsste es doch genügend Frauen geben, die …!« Eine leichte Hitze machte sich auf ihren Wangen breit, als sie merkte, was sie gerade gesagt hatte. »Ich meine … äh … jung, wohlhabend, relativ gut aussehend …« Sie unterbrach sich. Ich blöde Kuh, was stottere ich hier für einen Blödsinn zusammen?

Ein wehmütiger, fast leidender Ausdruck erschien auf seinem Gesicht. »Sie haben ja recht. Das ist etwas komplizierter und wirklich nur sehr schwer zu erklären.«

Er wirkte am Boden zerstört und gleichzeitig so mitleiderregend, dass Sonja nicht anders konnte. Sie griff über den Tisch und legte ihre rechte Hand auf seine linke. »Da wir kurz davor sind, unser Privatleben voreinander auszubreiten, hätte ich einen Vorschlag: Wollen wir nicht das förmliche Sie zugunsten des privateren Du fallen lassen?« Sie sah ihm direkt in die Augen und bemerkte, dass er Schwierigkeiten hatte, ihrem Blick standzuhalten.

Er wirkte irritiert, wandte den Blick ab, als müsse er nach seinem Glas suchen. Er ergriff es, erhob es und sagte mit einem leichten Zittern in der Stimme: »Gregor!«

Sie erhob ihr Glas und erwiderte: »Sonja – aber das wusstest du schon, oder?«

Er wirkte irgendwie erleichtert, sie stießen an und nahmen beide einen Schluck.

»Nun«, nahm sie den Faden wieder auf, »woran liegt es nun, dass du noch Single bist? Bist du zu wählerisch?«

Gregor war anzusehen, dass er einen inneren Kampf ausfocht, und sie fragte sich, worum es dabei wohl ging.

»Irgendwie schon«, rückte er schließlich mit der Sprache heraus. »Ich erwarte von einer Frau gewisse Eigenschaften, die leider nicht viele aufweisen. Das hat zu einigen sehr enttäuschenden Erfahrungen geführt, die mich haben vorsichtig werden lassen.« Er überlegte einen Moment, bevor er ergänzte: »Aber in die Details möchte ich in einem so frühen Stadium unserer Bekanntschaft noch nicht gehen. Kannst du das akzeptieren?«

»Natürlich, natürlich«, beeilte sie sich zu versichern.

»Nun ... und wie steht es mit dir? Wie sieht dein Liebesleben aus?«, fragte er nach einer kurzen Pause.

Sie wurde verlegen, was ihr sonst nie passierte. Ich bin die Eisprinzessin – also warum macht mich diese unschuldige Frage so verlegen? Finde ich diesen ganz passabel aussehenden, aber offensichtlich ziemlich gestörten Jungen wirklich so interessant? Wieder spürte sie, dass sich auf ihren Wangen eine unangenehme Wärme ausdehnte. Sie verstand sich selbst nicht mehr. »Bestens, ich kann nicht klagen!« Sie sah sofort seine Missbilligung, die er nicht einmal zu kaschieren versuchte. Hat er sich etwas bei mir erhofft? Ist er deshalb sauer?

»Diese Antwort entspricht nicht dem, was ich erwartet hatte«, begann Gregor mit leiser Stimme, und Sonja sah ihre Vermutung bestätigt, dass er sich Hoffnungen bei ihr gemacht hatte. Umso überraschter war sie, als er fortfuhr: »Es ist äußerst bedauerlich, dass Sie nicht ehrlich sein können.«

Ihre erste Emotion war Entrüstung. Sie wollte ihn anschreien: »Was fällt dir ein, mir eine Lüge zu unterstellen?« Stattdessen sah sie ihn entgeistert an. Er klang so sicher, so ohne jeden Zweifel und gleichzeitig enttäuscht – enttäuscht über ihre Unehrlichkeit. Ihr war auch nicht entgangen, dass er sofort nach ihrer Lüge wieder in das förmliche Sie verfallen war.

»Woher konntest du das wissen?«, stellte sie ihm leise die Frage, dabei die Lüge zugebend.

Gregor hatte die Lippen fest aufeinandergepresst, sah vor sich auf die rot-weiß karierte Tischdecke und schien erneut einen inneren Kampf auszufechten. Sie bemerkte, wie er seine Kiefer aufeinanderpresste und mit sich um eine Entscheidung rang.

Sie sah es sofort, als nach einigen Sekunden eine der ihr unbekannten Seiten gewonnen hatte. Seine gekrümmte Haltung straffte sich, er blickte sie an und nahm mehrere Anläufe, etwas zu sagen. Sonja konnte und wollte ihn nicht drängen. Schließlich atmete er tief ein und begann dann mit festerer Stimme, aber emotionslos zu erzählen: »Ich halte es für möglich, dass Sie den privaten Kontakt mit mir beenden, nachdem ich Ihnen erzählt habe, was ich beabsichtige zu erzählen, aber ich wäre über diese Reaktion nicht verwundert. Die wenigsten Menschen können offenbar mit Ehrlichkeit umgehen.«

Sie starrte ihn mit offenem Mund und weit aufgerissenen Augen an. Der Rückfall in das unpersönliche Sie traf sie mehr, als sie erwartet hätte. Sie hatte auch keinerlei Ahnung, was das war, das er ihr offenbaren wollte. Ihr war selbst der Grund nicht klar, aus dem sie es tat, aber sie ergriff erneut quer über den Tisch seine Hand.

Er zog die Hand nicht weg und fuhr stattdessen mit leiser Stimme fort, wobei er ihr offen in die Augen sah: »Ehrlichkeit ist offensichtlich für die Mehrheit der Menschen verletzend, aber Lügen sind es unter Umständen noch mehr. Ich weiß das, ich erlebe es jeden Tag, weil ich erkennen kann, wenn jemand lügt.« Er sah nicht weg, sondern weiterhin direkt in ihre Augen, als erwarte er eine bestimmte Reaktion.

Sonja versuchte, irgendetwas zu sehen, was ihr deutlich machen würde, dass er einen üblen Spaß mit ihr trieb. Aber sie konnte nichts entdecken. Und irgendwie siegte in ihr die berufliche Neugier über persönliche Empfindlichkeiten. »Wie?«, fragte sie einfach.

Er entzog ihr seine Hand, und sie bemerkte sofort an seinem gesamten Habitus, dass nun nicht mehr der verstörte, gehemmte Junge vor ihr saß, sondern der professionelle Dozent, der sein Wissen den Unwissenden vermittelte. »Entwickelt wurde die Lehre von den Mikroexpressionen oder auch den Mikroausdrücken hauptsächlich von dem amerikanischen Anthropologen und Psychologen Paul Ekman in den 70er-Jahren. Sein Ziel war die Erforschung der nonverbalen Kommunikation und deren Einsatz in der Emotionspsychologie. Dort wollte man damit zum Beispiel ein gekünsteltes von einem echten Lächeln unterscheiden.«

Sonja hing gebannt an seinen Lippen. Sie hatte noch keine genaue Vorstellung davon, wohin er sie führen würde, aber sie war neugierig und gespannt.

»Ende der 70er wurde FACS entwickelt. Das steht für Facial Action Coding System oder auf Deutsch Gesichtsbewegungs-Kodierungssystem. Von den 26 Gesichtsmuskeln des Menschen sind im Wesentlichen acht für die Mimik verantwortlich. Diese Muskeln bewegen sich nach einem antrainierten Muster bei verschiedenen Emotionen in insgesamt 44 sogenannten Bewegungseinheiten. Der Ausdruck der gerade vorherrschenden Emotion über die Gesichtsmuskeln ist rassespezifisch, aber vor allem«, er machte eine kurze Pause, »… vor allem ist er so gut wie gar nicht willentlich zu beeinflussen. Bei entsprechender Übung reicht einem Betrachter allein schon die Kombination verschiedener Emotionen, die sich bei der Antwort auf eine Frage im Gesicht des Antwortenden spiegeln, um festzustellen, ob der die Wahrheit sagt oder lügt. Kommen nun auch noch Kenntnisse von Gestik, wie zum Beispiel Augenbewegungen, Kopfhaltung, Körperhaltung und vielem anderen, hinzu, dann ist es eine absolut und 100-prozentig zuverlässige Methode, eine Lüge zu erkennen.«

»Das kann ich in dieser Absolutheit nicht glauben«, stieß Sonja hervor.

»Testen Sie mich«, meinte er sachlich, »erzählen Sie mir eine Geschichte, gemixt aus Wahrheiten und Lügen. Sie sind Wissenschaftlerin, also sollten Sie in der Lage sein, den Wert eines Feldexperiments zu erkennen.«

»Würdest du bitte mit dem albernen Gesieze aufhören«, fuhr sie ihn barscher als beabsichtigt an. Dann überlegte sie einen Moment, sammelte sich und begann: »Als ich zehn war, hat mir meine Mutter eine Katze geschenkt. Sie hieß Mietz, war schwarz und mein treuester Spielgefährte. Als ich 14 wurde, ist sie von einem Auto überfahren worden.«

Er blickte sie unverwandt an. »Das mit dem Tier, das überfahren wurde, ist sehr bedauerlich. Es war sicherlich schwarz, aber auf keinen Fall eine Katze. Die Altersangaben stimmen, aber der Name des Tiers natürlich nicht. Ich denke, es handelte sich eher um einen Hund … aber das ist selbstverständlich nur eine Vermutung. Ich erkenne, wenn Sie lügen, aber ich kann nicht Ihre Gedanken lesen. Ich sehe selbst dann, wenn Sie es verbergen wollen, wann Sie wütend sind, wann enttäuscht, wann erfreut und eben alle Emotionen, die fast jeder gerne verbergen würde.« Er machte eine nachdenkliche Pause. »Ich kann verstehen, wenn Sie mit so jemandem nichts zu tun haben wollen.«

»Wow«, war alles, was sie sagen konnte. Sie ließ sich in ihrem Stuhl zurückfallen und schüttelte nur noch ihren Kopf. »Unglaublich … o Gott … unglaublich! Das bedeutet ja … ach du lieber Himmel … ich kann ja nie …«, ihre Gedanken rasten und überholten sich gegenseitig angesichts der ganzen Implikationen, die eine solche Fertigkeit mit sich brachte.

Dann bemerkte sie seinen abgewandten Blick. Er schien all seine Annahmen bestätigt zu sehen. Sie begriff, was er denken musste. »Nein, nein, nein«, beeilte sie sich zu sagen, beugte sich nach vorne und ergriff mit beiden Händen die seinen. »Nicht, was du jetzt denkst. Du Armer, ich kann mir gar nicht vorstellen, wie grausam das oft sein muss. Niemand kann dir was vormachen, du weißt, was jeder von dir hält oder ungefähr über dich denkt. Das ist ja furchtbar.«

Überrascht sah er auf.

Aber noch mehr überraschte ihn offenbar ihre nächste Frage: »Kannst du mir das beibringen?« Dabei hatte sie ein verschmitztes Lächeln auf den Lippen.

Sie hatten noch volle drei Stunden an ihrem Tisch im Da Marco gesessen und sich über alles und jeden unterhalten. Dabei war Sonjas Gegenüber in einer Art und Weise aus sich herausgegangen, die sie ihm niemals zugetraut hätte. Er wirkte viel lockerer, gelöster und sogar heiterer als zuvor.

»Ich verstehe gar nicht«, meinte er kopfschüttelnd, »warum jeder automatisch davon ausgeht, dass ich reich bin, nur weil meinem Onkel ein Bankhaus gehört. Das ist unlogisch. Warum fragt keiner nach, sondern geht von Annahmen aus, die durch nichts begründet sind. Kannst du mir das erklären?«

Es tat Sonja gut, dass er wieder in das vertraute Du gefallen war. Aber nun war es an ihr, den Kopf zu schütteln. »Ich verstehe nicht, dass du das nicht verstehst. Gregor, das ist doch menschlich. Jeder tendiert dazu, den einfacheren Weg zu gehen. Es ist bequemer, etwas anzunehmen, als Fragen zu stellen, deren Beantwortung eine unangenehme Situation mit sich bringen könnte.«

»Aber warum? Ich verstehe nicht, was am Fragenstellen peinlich werden soll. Ich stelle eine Frage, wenn ich etwas nicht weiß oder mir nicht sicher bin. Wie kann dann die Antwort peinlich sein?«

Sonja erkannte, dass weitere Versuche zwecklos waren. Aber sie war noch immer neugierig. »Was ist so schlimm daran, dass alle annehmen, du wärest reich?«

»Sie mögen mich nicht, und ich gehe davon aus, dass Neid die Ursache ist – Neid auf meinen vermeintlichen Reichtum. Deshalb komme ich auch mit meinen Vorgesetzten und Kollegen nicht zurecht.«

»Könnte es nicht eher sein, dass du durch deine seltsame Art den Eindruck von Arroganz, Überheblichkeit und Unnahbarkeit erweckst?«

Gregor sah sie an, und ein leichtes Lächeln stahl sich auf seine Lippen.

Sie stellte erneut fest, dass er wesentlich anziehender wirkte, wenn er auch mal lächelte. Das war nun bisweilen der Fall, und es stand ihm gut. Sie hatte die Vermutung, dass sein seltsames und manchmal brüskierendes Verhalten darin begründet war, dass er Lügen hasste.

Gregors Antwort belehrte sie eines Besseren. »Nein, nicht nur«, erläuterte er, »es liegt hauptsächlich daran, dass ich an einer leichten Form des Asperger-Syndroms leide. Weißt du, was das bedeutet?«

Als Ärztin wusste sie zumindest oberflächlich, was das Asperger-Syndrom war. Es handelte sich um eine genetisch bedingte Entwicklungsstörung, die sich vor allem durch Schwächen in den Bereichen der sozialen Interaktion und Kommunikation äußerte, und wurde oft als abgeschwächte Form des Autismus definiert. Beeinträchtigt war vor allem die Fähigkeit, nonverbale Signale bei anderen Personen intuitiv zu erkennen und intuitiv selbst auszusenden. Sie wusste aber auch, dass das Asperger-Syndrom gelegentlich mit einer Hoch- oder Inselbegabung zusammenfiel. Es galt als angeboren und nicht heilbar.

»Aber das passt doch gar nicht zu deiner Fähigkeit, die Emotionen der Menschen zu erkennen, oder?«, warf sie verwirrt ein.

»Ich sehe, du hast einige Informationen zu dem Krankheitsbild, sonst würdest du diese Frage nicht stellen. Bei der

Unfähigkeit, die nonverbal ausgesendeten Signale anderer Menschen zu verstehen, liegt die Betonung auf *intuitiv*. Das kann ich nicht und werde es nie können. Aber man kann es lernen. Das war mit ein Grund, warum ich mich mit der Thematik der Mikroausdrücke beschäftigt habe. Asperger kann nicht geheilt, aber sehr wohl therapiert werden. Dabei werden soziale Kompetenz, kommunikative Kompetenz und Verständnis für soziale Zusammenhänge geschult.« Er blickte sie an, und vermutlich war es Einbildung, aber sie hatte das Gefühl, es läge ein wenig Wehmut in seinem Blick, als er fortfuhr: »Ganz offensichtlich hatte ich bisher nicht die richtigen Lehrer oder Trainer.«

Sie hatte klargestellt, dass es ihr nichts ausmache, wenn er sie analysierte, da sie sich vorgenommen habe, ehrlich zu sein. Er hatte im Gegenzug dargelegt, dass er es gar nicht unterbinden könne, sondern es ein Automatismus sei, die Emotionen seines jeweiligen Gegenübers zu erkennen, und damit den Wahrheitsgehalt von dessen Aussagen.

Sonja war sich trotz ihrer Behauptung, es mache ihr nichts aus, nicht sicher, ob sie mit dieser Ehrlichkeit würde leben können. Klar, es war schön, wenn man wusste, dass ein Gegenüber immer ehrlich war. Aber war es immer möglich, selbst schonungslos offen und ehrlich zu sein? Was, wenn sie sich über ihn ärgerte? Was, wenn sie ihm mit der Antwort auf eine Frage nicht wehtun wollte? Es war absolut ungewohntes Terrain, und sie war sich ihrer selbst nicht gewiss.

Um zwei Uhr morgens bestellten sie sich ein Taxi, das zuerst sie und dann ihn nach Hause bringen sollte. Als sie bei dem Appartementhaus ankamen, in dem sie wohnte, entstand nach langer Zeit noch einmal ein Moment der Stille und des Unbehagens.

Wiederum war sie es, die die Initiative ergriff. »Ich habe die ganze Zeit überlegt, ob ich dich noch auf einen Kaffee zu mir einlade … und obwohl ich es auf der einen Seite möchte, erscheint es mir doch noch zu früh. Sei bitte nicht böse oder enttäuscht.«

»Bin ich nicht, ehrlich«, entgegnete er und lächelte dabei.

Sonja ergriff sein Gesicht mit beiden Händen und zog es sanft zu sich hin. Der leichte Kuss, den sie ihm auf die Lippen drücken wollte, dauerte länger an, als sie es geplant hatte. Es war ihr nicht unangenehm, sondern weckte im Gegenteil ein Verlangen, das sie schon lange nicht mehr gespürt hatte. Widerwillig zog sie sich zurück und atmete schwer. »Wenn ich jetzt nicht aufhöre, werde ich mir untreu.« Sie machte eine Pause und horchte in sich hinein. »Ich freue mich auf unser nächstes Treffen.« Mit diesen Worten stieg sie aus und sah dem davonfahrenden Taxi hinterher.

Kann das die Beziehung werden, auf die ich immer gehofft habe? Warum habe ich ihn nicht gefragt, was er sich diesbezüglich denkt und wünscht? War es ein Fehler, ihn heute nicht mit in die Wohnung zu nehmen? Fragen über Fragen, auf die sie keine Antworten fand.

# 12. KAPITEL

### 1941, Frankfurt

Paul Mannerich trug seinen besten Anzug. Er wartete im Vorzimmer des Obersturmbannführers Otto Steiner auf seinen Termin. Es waren bereits mehr als 20 Minuten über die Zeit, aber er kannte die Empfindlichkeit der Nazis zu gut, als dass er sich darüber beklagen oder gar beschweren würde.

Ein Obersturmbannführer der SS teilte seine Zeit ein, wie es ihm beliebte. Das hatte er gelernt, akzeptiert und sich darauf eingestellt. Er wusste damit umzugehen und die Nazis mit ihren eigenen Waffen zu schlagen.

Die Tür öffnete sich, und ein hübsches, typisch deutsches Mädel mit eng anliegendem Kostüm im aktuellen Stil des Jahres 1941 kam auf ihn zu. Die blonden Haare hatte sie adrett zu einem Zopf geflochten und die Lippen dunkelrot geschminkt. »Der Herr Obersturmbannführer hätte jetzt Zeit für Sie, Herr …«, sie sah auf einen Notizblock in ihrer Hand, »… Mannerich. Folgen Sie mir bitte.«

Eilig sprang er auf und folgte ihr in das Büro.

Hinter einem Schreibtisch aus dunklem Kirschbaumholz saß ein kleiner dicker Mann in der Uniform der SS mit den seinem Rang zugehörigen Abzeichen. Er wedelte mit der Hand in Richtung eines kahlen Holzstuhls vor seinem Schreibtisch, ohne von seiner Lektüre aufzusehen. Schließlich legte er einen Stapel Papier vor sich auf den Schreibtisch und sah Paul prüfend an. »So, Herr Mannerich, Se kommen also auf Empfehlung meines Freundes, Gauleiter Springer. Wenn Johannes Se zu mir schickt, müssen Se ja wat von enormer Wichtigkeit für mich und det Deutsche Reich haben.«

»Jawoll, Herr Obersturmbannführer«, beeilte Paul sich in militärischem Ton zu erwidern, und beinahe wäre er wieder aufgesprungen und hätte die Hacken zusammengeschlagen.

»Na, na, wern Se mal locker, junger Mann. Wir sind ja hier nich bei der Truppe, nich wahr? Erzähln Se mal. Warum hat mein Freund Springer Se denn nu zu mir jeschickt?«

Paul Mannerich zögerte nicht, den letzten und entscheidenden Schritt zu gehen. Er hatte kein Mitleid mit den Juden. Glaube war für ihn ein Konzept, dem er schon lange abgeschworen hatte. Glaube an dich selbst! Du bist der Einzige, der sich um dich sorgt! Niemand außer dir selbst kann etwas für dich tun!

Er hatte sie alle gesehen, die armen Juden, die in Drecklöchern gehaust und kaum genug Geld gehabt hatten, sich selbst und ihre Kinder zu ernähren. Aber auch die reichen Juden, die in feudalen Villen gewohnt hatten und zum Teil noch wohnten. Die sich von Dienstboten hatten umsorgen lassen und nicht gewusst hatten, wohin mit dem vielen Geld.

Der Nationalsozialismus hatte sie alle gleichgemacht. Arme Juden, reiche Juden, die meisten waren schon enteignet und deportiert worden. Hätten sie sich sein Motto »Jeder ist sich selbst der Nächste« zu eigen gemacht, wäre es ihnen sicherlich besser ergangen. Mit dem Strom schwimmen, mit den Wölfen heulen, egal wie man es nannte: Anpassung an die äußeren Umstände, das war es, was diese Zeiten verlangten.

Er war sich sicher, genau das Richtige getan zu haben und nun zu tun. Er wollte auf der Gewinnerseite sein, kein Verlierer, kein armer Jude und schon gar kein toter Jude. Dazu sah er jedes Mittel als gerechtfertigt an. »Herr Obersturmbannführer«, ergriff er das Wort und streckte den Rücken kerzengerade durch, »ich sehe es als meine Ehrenpflicht dem Deutschen Reich gegenüber an, Sie von Umständen in Kenntnis zu setzen, die mir zu Ohren gekommen sind. Es geht um Pläne einer dieser jüdischen Schmarotzerfamilien, die durch das Blut und den Schweiß guter und anständiger deutscher Arbeiter zu Reichtum gelangt sind und nun ihrer gerechten Strafe durch die Flucht ins Ausland entgehen wollen.«

Er hatte sich seine Ansprache lange zurechtgelegt, an ihr gefeilt und die Wortwahl genau an den Zeitgeist und die üblichen nationalsozialistischen Formeln und Redewendungen angepasst. Ihm war nicht entgangen, dass Steiners Gesichtsausdruck zu Anfang seiner Verkündung einen misstrauischen Ausdruck angenommen hatte. Aber bei den Worten »Flucht« und »Ausland« erhellten sich seine Gesichtszüge, und ein zufriedenes Grinsen erschien.

»Aaah«, Steiners Aufmerksamkeit und sein Interesse waren

sichtbar geweckt, »det hör ick jerne. Da mein Freund Springer Se mir empfohlen hat, jehe ich von Ihrer Lauterkeit aus.« Er zwinkerte Paul mit einem Auge zu. »Selbstverständlich soll Ihre Pflichterfüllung nicht unbelohnt bleiben. Wir werden uns in geeigneter Form erkenntlich zeigen. Se ham doch da schon wat im Auge, wa?«

Das war es, was Paul Mannerich, der in einem anderen, früheren Leben einmal Saul Mandelbaum gewesen war, hatte hören wollen. Nun sah er sein lang erstrebtes Ziel endlich vor Augen. Nichts und niemand würde ihn jetzt noch davon abhalten können, zu tun, was nötig war. Er musste sich zwingen, das Triumphgefühl nicht zu zeigen, das unaufhaltsam in ihm aufstieg. Jetzt nur nicht preisgeben, wie es in dir aussieht. Bleibe gelassen und sachlich.

Steiner rückte vor sich ein Blatt zurecht, griff nach einem wertvollen vergoldeten Füllfederhalter und bereitete sich darauf vor, zu notieren. »Na, denn nennen Se mir mal die Namen von diese widerlichen Kakerlaken, die et zu zertreten jilt!«

## 13. KAPITEL

Immer wenn er mit seinem Vater telefonierte, tat er dies in seiner Muttersprache: »Kak dela, otets?« (*Wie geht es dir, Vater?*)

»Danke der Nachfrage, mein Sohn«, antwortete Iwan Zentsveyg. »Wie steht es um unsere Geschäfte?«

»Gut«, war die lapidare Antwort.

»Ich denke, du schuldest mir etwas mehr an Information,

mein Sohn.« Zentsveyg klang ein wenig verärgert. »Wie weit bist du mit dem Abschluss vorangekommen?«

Seufzend berichtete Roman seinem Vater ergeben von den bisherigen Maßnahmen und dem aktuellen Stand der Dinge. »Ich gehe davon aus, dass ich den Abschluss innerhalb der nächsten zwei Wochen unter Dach und Fach bringen kann«, schloss er seinen Rapport ab.

»Gut!« Sein Vater klang zufrieden. »Und was macht deine kleine Freundin?«, erkundigte er sich.

»Du meinst Sarah?«

»Hast du denn noch eine andere Freundin?«

»Natürlich nicht«, antwortete Roman trotzig. Er hasste es, sich rechtfertigen zu müssen. »Es geht ihr gut.« Mehr wollte er von sich aus nicht preisgeben.

Aber sein Vater ließ nicht locker. »Wie ist dein Verhältnis zu ihr? Hast du Gefühle für sie?«

Roman musste ihm die Wahrheit sagen. Er war von klein auf so erzogen worden, dass es für ihn keine schlimmere Sünde gab, als seinen Vater zu belügen. »Ich glaube, ich liebe sie wirklich.«

»Das wird doch unseren Geschäften nicht abträglich sein, oder?«

Roman konnte förmlich durch das Handy sehen, wie sich die dichten Augenbrauen seines Vaters grübelnd zusammenzogen.

»Nein«, versicherte er, »du weißt doch, Vater, du und die Firma werden für mich immer an erster Stelle stehen, ohne Abstriche oder Kompromisse, immer!«

»Es freut mich, das zu hören, mein Sohn. Hast du schon Kontakt zu unserem Hauptkunden aufgenommen?«

»Nein, ich hatte noch keine Gelegenheit. Aber es sollte in allernächster Zeit klappen, da bin ich mir sicher.«

»Gut, aber bitte sei vorsichtig. Das ist eine heikle Sache, die besonders behutsam angegangen werden muss.«

Sie tauschten noch ein paar allgemeine Informationen aus, verabredeten einen erneuten Anruf in zwei Tagen und verabschiedeten sich.

Nachdem er das Handy ausgeschaltet hatte, ging Roman in sich und versuchte, seine Gefühle für Sarah zu ergründen. Was empfand er wirklich für diese Frau? Er war sich nicht sicher, ob es wirklich Liebe oder nur Verliebtheit war. Er hatte schon viele Frauen gehabt, und in seiner Heimat war er ein bekannter Partylöwe und Weiberheld, aber bis heute hatte er noch keine Erfahrungen mit festen Beziehungen gemacht. Das machte ihn in höchstem Maße unsicher – ein Gefühl, das er bisher nicht gekannt hatte.

Er war sich nicht darüber im Klaren, wie und ob er damit umgehen konnte, wenn seine Beziehung zu Sarah in Konflikt mit seinen Geschäften geraten würde. Würde er in der Lage sein, eine klare Entscheidung zu treffen?

Seine Loyalität gehörte ohne Frage seinem Vater, der auf jeden Fall an erster Stelle kam. Nach einigem Hin- und Her-Überlegen hatte er sich so in die Verpflichtung ihm gegenüber hineingesteigert, dass seine Gefühle für Sarah in den Hintergrund gedrängt wurden.

Nun war er sich seiner wieder sicher. An erster Stelle kam der Auftrag, danach lange nichts, und dann war da noch etwas Platz für Sarah. Mit dieser Einstellung würde er zu keiner Zeit ins Wanken kommen. Dessen war er sich absolut sicher.

# 14. KAPITEL

## 1941, Frankfurt, Auschwitz

Schmuel Rosenzweig sprach als Familienoberhaupt das Tischgebet, bevor die Familie sich dem Abendessen widmete.

Immanuel litt unter der bedrückenden Stimmung, die im Hause Rosenzweig seit geraumer Zeit herrschte. Nach der erzwungenen Aufgabe seines Studiums war er auf Drängen seines Vaters in die Bank eingetreten, um dort feststellen zu müssen, dass die ehemalige Handlungsfreiheit seines Vaters drastisch eingeschränkt worden war. Es war lediglich seinen guten Kontakten zur Hochfinanz und den führenden Wirtschaftsunternehmen, etwa der Familie Krupp, zu verdanken, dass er noch nicht enteignet worden war und die Familie überhaupt noch in der Villa wohnen durfte. Aber in der Bank waren die Rosenzweigs nicht mehr als Marionetten, die nach der Musik der Nazis tanzten, welche alle Strippen in der Hand hatten.

Aus diesem Grund hatte Immanuel die Bestrebungen seines Vaters, das Land zu verlassen, nicht nur verstanden, sondern auch unterstützt. Seit einem halben Jahr waren die Pläne gemacht und alles vorbereitet. Allerdings hatten sie die Flucht immer wieder verschieben müssen, da seine kleine Schwester Rosa von Geburt an sehr kränklich war und ihnen immer wieder durch Rückfälle einen Strich durch die Rechnung gemacht hatte. Erst in der letzten Woche hatte sich ihr Gesundheitszustand so weit verbessert, dass für den morgigen Tag die Abreise unter dem Deckmantel einer Geschäftsreise geplant war.

Der Gedanke an die ungewisse Zukunft und an das wohl letzte Abendessen im Stammsitz der Rosenzweigs drückte jedem aufs Gemüt, und das Essen wurde schweigend eingenommen.

»Lasst uns noch einmal über den Ablauf des morgigen Tages sprechen«, sagte Schmuel Rosenzweig und sah seine Frau und die beiden Kinder mit sehr ernstem Gesichtsausdruck an. »Ich möchte nicht, dass sich jemand bei einer Kontrolle verplappert oder auch nur verdächtig verhält. Meine und Immanuels Abwesenheit in der Bank ist durch die angemeldete Geschäftsreise nach Düsseldorf legitimiert, sodass von dort kein Alarm geschlagen wird, wenn wir beide morgen früh nicht auftauchen. Auf der Reise selbst sind wir eine Familie, die einen Kurzurlaub am Bodensee antritt. Die entsprechenden Unterlagen habe ich bei mir. Also gebt euch bitte den Anschein einer fröhlichen Familie, die sich auf ein paar gemeinsame Tage am See freut. Hast du das auch verstanden, Rosa?«

Die Achtjährige nickte ernst, und Immanuel fragte sich, ob sie es schaffen würde, einen freudigen Eindruck zu machen.

»Ich habe …«, wollte das Familienoberhaupt gerade fortfahren, als sie alle ein lautes Krachen und das Splittern von Holz vernahmen. Noch bevor jemand reagieren konnte, wurde die Tür zum Speisezimmer aufgestoßen und Erna, ihre Hausangestellte, fiel der Länge nach auf den Teppich vor dem Esstisch. Direkt hinter ihr traten Soldaten der Wehrmacht durch die Tür, in ihren grauen Felduniformen und mit Maschinenpistolen, die sie quer über die Brust trugen. Die ersten beiden postierten sich sofort rechts und links vor der Tür, während die nächsten beiden weiter in den Raum hineintraten und sich dort postierten. Erst als alle vier Soldaten ihre Position bezogen hatten, erschien in der Tür ein kleiner, sehr untersetzter Mann in der schwarzen Uniform der Allgemeinen SS.

Immanuel kannte sich wie fast jeder Bürger des Reiches inzwischen in den Rangabzeichen so weit aus, dass er einen SS-Obersturmbannführer als solchen erkannte.

Dennoch sah sich der Mann genötigt, sich mit einer näselnden Stimme und stark berlinerisch gefärbtem Dialekt vorzustellen: »Jestatten, das ick mir vorstelle, Herrschaften. Mein Name is Obersturmbannführer Steiner, und ick habe die Ehre …«, er pausierte und blickte sich in aller Seelenruhe im Raum um, »… euch Jesockse endlich dahin zu bringn, woer hinjehört, nich wahr.« Als sei damit alles gesagt, wandte er sich um und sprach einen der Soldaten an der Tür an.»Abführn und wech mit denen, Soldat.«

Fassungslos musste Immanuel erdulden, dass die Soldaten ihn und seine Familie mit Rufen wie »Auf, gehn mer, vorran, vorran!« vor sich her aus dem Haus trieben.

Erst vor den Stufen am Haupteingang der Villa, wo ein Lkw mit offener Ladepritsche stand, wagte sein Vater, einem der Soldaten eine Frage zu stellen: »Was passiert mit meiner Familie? Wo bringen Sie uns hin?«

Der direkt hinter ihm gehende Soldat lachte laut auf. »Ei, des is e guud Fraach. Als ob ihr des net wüsst. Depordiern tun mer euch, wie sich des gehörd.« Er versetzte Schmuel Rosenzweig einen Stoß, dass dieser der Länge nach von der Trittleiter zur Ladefläche auf die harten Bohlen des Transporters stürzte.

Immanuel konnte es nicht fassen. Sie waren ohne Gepäck, ohne Kleidung zum Wechseln, genau so, wie sie am Esstisch gesessen hatten, auf die Ladefläche des Lkw gezwungen worden.

Eine Stunde später befanden sie sich am Frankfurter Hauptbahnhof in einer Menge von Juden aller Altersgruppen und beiderlei Geschlechts. Kinder, junge Erwachsene, Mütter mit Babys auf den Armen und Greise und Greisinnen, die teilweise von anderen gestützt werden mussten. Einige hatten kleine Koffer bei sich, andere waren offensichtlich wie Rosenzweigs gerade aus ihren Wohnungen geholt worden.

Sie wurden in einen wartenden Zug, in Personenabteile der dritten Klasse geschoben, und Immanuel versuchte sein Bestes, die Familie zusammenzuhalten, damit sie nicht getrennt wurden. Sie hatten Glück im Unglück, dass sie in einen relativ schwach besetzten Wagen kamen und jeder von ihnen einen

Sitzplatz auf den harten Holzbänken ergattern konnte. An beiden Ausgängen des Wagens standen Wehrmachtssoldaten mit Maschinenpistolen und ließen niemanden mehr den Wagen verlassen.

Eine junge Frau, die nach ihrer Tochter schrie und aus dem Wagen wieder nach draußen auf den Bahnsteig wollte, wurde von einem jungen Soldaten barsch mit den Worten »Hock dich hie und halt's Maul, sonst schieß ich« in den Wagen zurückgestoßen. Wimmernd kauerte sich die Frau in die Ecke neben einer Bank.

Immanuels Mutter versuchte, die weinende Rosa zu beruhigen, während sein Vater andere Passagiere befragte, wohin die Reise ginge. Als der Zug schließlich vier Stunden später losfuhr, hatte Schmuel Rosenzweig lediglich in Erfahrung gebracht, dass einige der Leidensgenossen gemeint hatten, von Unterhaltungen der Soldaten mitgehört zu haben, es ginge Richtung Osten. Allerdings führte die Fahrt zunächst nach Wiesbaden, dann nach Köln und weiter nach Essen und Dortmund. Auf jedem der Bahnhöfe gab es längere Aufenthalte, während derer zusätzlich Passagiere zustiegen beziehungsweise in die Waggons genötigt wurden. Inzwischen hatte sich der Wagen, in dem sich die Rosenzweigs aufhielten, so weit gefüllt, dass keine Sitzplätze mehr vorhanden waren und die teilweise erschöpft wirkenden Mitreisenden auf dem Boden saßen oder lagen.

Inzwischen waren durch die langen Aufenthalte an den einzelnen Stationen bereits mehr als 30 Stunden vergangen, in denen es kein Essen gab, sondern lediglich Flaschen mit Leitungswasser herumgereicht wurden. Für Immanuel und seine Familie war bereits die zweite Nacht vergangen, ohne dass sie wussten, wohin es ging und was sie dort erwartete. Gerüchteweise wurde immer wieder von einem Arbeitslager geredet, in das man sie bringen würde. Von diesen Arbeitslagern hatte Immanuel bereits vor ihrer Festnahme und Deportation gehört, aber er konnte sich nichts darunter vorstellen. Was sollten sie arbeiten? Ging es um landwirtschaftliche Betriebe oder um Produktionsstätten für die Kriegsmaschinerie? Er hatte so viele Fragen, und es gab niemanden, der ihm Antworten darauf geben konnte oder wollte.

Sowohl sein Vater als auch seine Mutter litten unter den Entbehrungen, ohne Nahrungsmittel und in einem unbeheizten Waggon. Am schlechtesten ging es der kleinen Rosa. Sie hatte Fieber bekommen und dämmerte nur noch vor sich hin.

Von Dortmund ging die Reise weiter nach Hannover, Magdeburg und Dresden. Dort gab es erstmals eine Veränderung, als die Soldaten sie alle aufforderten, den Zug zu verlassen. Sollten sie an ihrem Ziel angekommen sein?

Die Ernüchterung erfolgte unmittelbar, nachdem sie ausgestiegen waren. Direkt auf dem Gleis gegenüber stand ein Güterzug. Es handelte sich um große Waggons mit hölzernen Schiebetüren, die alle offen standen.

Erstmals erhielt Immanuel einen Eindruck von der Menschenmenge, die sich inzwischen in ihrem Zug angesammelt hatte. Er schätzte die Zahl auf mindestens 2.000, was aufgrund der unübersichtlichen Situation und der vielen Klein- und Kleinstkinder nur eine grobe Schätzung sein konnte.

Ohne weiteren Aufenthalt drängten die Soldaten sie in Richtung der offenen Güterwaggon-Türen. Immanuel wandte seine ganze Kraft dafür auf, die Familie zusammenzuhalten, und schaffte es trotz der rohen Gewalt der Soldaten.

Der Boden des Waggons war mit Stroh notdürftig abgedeckt, und in einer Ecke gab es Eimer zum Verrichten der Notdurft und ein kleines Loch im Boden, durch welches die Eimer ausgeleert werden konnten.

Es war bereits eiskalt in dem Waggon, und alle Insassen versuchten, sich so eng wie möglich zueinanderzusetzen und sich gegenseitig zu wärmen. Eine mitfühlende Frau hatte aus ihrem kleinen Köfferchen eine Strickjacke geholt und sie Immanuels Mutter gegeben, damit sie Rosa darin einpacken konnte. Das kleine Mädchen war von Fieberanfällen geschüttelt. Zugunsten des Kindes hatte die Mutter bereits ihre dünne Jacke ausgezogen und ihr umgelegt. Sie saß nun selbst, nur noch in eine dünne Seidenbluse gekleidet, zitternd in der Kälte. Die Situation wurde noch schwieriger, als der Zug sich in Bewegung setzte und es durch alle Ecken und Ritzen zog.

Es gab lange Zeit keinen Halt mehr. Nach über zehn Stunden verlangsamte der Zug und fuhr über schlechte Schienen holpernd weiter.

Immanuel hatte in der hölzernen Verkleidung ein Astloch entdeckt, durch das er, seit es hell geworden war, ständig nach draußen spähte. In der langsamen Vorbeifahrt sah er ein Ortsschild, auf dem der Name »Oswiecim« mit roter Farbe quer durchgestrichen worden war, darunter stand in schwarzen Lettern, vermutlich mit einem Pinsel aufgetragen, »Auschwitz«. Der Name sagte Immanuel nichts. Ihm blieb allerdings keine Zeit, einen der Mitreisenden zu fragen, denn der Zug wurde nun immer langsamer, und immer mehr aufgeregte Mitreisende drängten sich an die Bretterwände, um einen Blick nach draußen zu werfen. Kurz bevor Immanuel beiseitegeschoben wurde, konnte er gerade noch im Vorbeifahren einen Blick auf ein schmiedeeisernes Eingangstor werfen, über dem in riesigen eisernen Buchstaben stand: ARBEIT MACHT FREI.

Nur wenig später kam der Zug zu einem Halt, und die Schiebetüren wurden aufgerissen.

Mit lauten Befehlen forderten die draußen stehenden Soldaten alle Insassen auf, sofort den Zug zu verlassen und sich in Reih und Glied aufzustellen. Das also war das Arbeitslager, in dem sie nun was auch immer tun sollten. An der Beschriftung über dem Tor, an dem sie kurz vor dem Halt vorbeigefahren waren, war ihm sofort etwas ins Auge gefallen: Das B in ARBEIT war auf den Kopf gestellt, sodass der kleinere Bauch unten lag. Er hatte keine Vorstellung, was dies zu bedeuten hatte.

Die Schienen entlang zurückblickend sah er ein lang gestrecktes Backsteingebäude, in dessen turmartigem Mittelbau sich ein Torbogen befand, durch dessen Schlund der Zug auf das Gelände eingefahren war. Geradeaus hinter dem Bahnsteig eröffnete sich der Blick auf eine unendlich scheinende Anzahl von Holzbaracken und auf Steinbauten ganz im Hintergrund, bei denen es sich um Fabrikgebäude handeln musste, denn er sah rauchende Schlote.

Der riesige Tross der müde dahinschlurfenden Gestalten wurde nach Männern und Frauen aufgeteilt. Immanuels Vater hatte nicht mehr die Kraft, gegen die Trennung von seiner Frau und Tochter aufzubegehren. Immanuel selbst wollte es gerade tun, als er sah, was einem anderen jungen Mann geschah, der offensichtlich von seiner Frau getrennt worden war. Er hatte noch nicht ganz ausgerufen: »Nein, nein, das könnt ihr doch nicht ma…«, als von hinten ein Soldat an ihn herantrat und ihn mit einem Gewehrkolbenschlag auf den Hinterkopf zum Schweigen brachte. Also blieb Immanuel stumm und fügte sich vorerst in sein Schicksal.

»Mein Name ist Obersturmbannführer Rudolf Höß, und ich bin der Kommandant dieses Lagers, Auschwitz-Birkenau«, donnerte eine Stimme über den Platz. Sie drang aus Lautsprechern, der Sprecher selbst war nirgends zu sehen. »Wir werden nun eine Vorauswahl für die Einteilung zu den verschiedenen Arbeitsgruppen vornehmen, je nach Gesundheitszustand. Aus hygienischen Gründen haben alle Personen sofort ihre Kleider abzulegen und bekommen als Maßnahme gegen die Plage der Kopfläuse die Haare geschoren. Anschließend wird geduscht. Fügen Sie sich den Anweisungen des Wachpersonals, und machen Sie keine Schwierigkeiten.«

Immanuel sah sich um und registrierte erstaunt, dass die meisten der gerade angekommenen Männer ohne langes Zögern diesem Befehl gehorchten und sich auszogen. Bei der Mehrheit der weiter entfernten Frauen sah er eine schamhafte

Verweigerung, die jedoch schnell durch die drohenden Waffen der Soldaten und vereinzelte Schläge gebrochen wurde. Als endlich alle nackt und zitternd, teilweise ihre Scham verdeckend, in der Kälte standen, wurden sie weggeführt, und marschierten an einem Tisch vorbei, an dem ein Mann in senkrecht schwarz-weiß gestreifter Anstaltskleidung saß und auf Zuruf eines Mannes im Arztkittel etwas in ein Buch eintrug. Der Arzt besah sich die nackt vor ihm stehenden Männer und teilte sie auf, nach links und rechts in zwei Gruppen. Dies musste wohl die Einteilung in die Arbeitsgruppen je nach Gesundheitszustand und Alter sein.

Immanuel fiel auf, dass etwa 80 Prozent in die eine und 20 Prozent in die andere Richtung aufgeteilt wurden, wobei er zu der kleineren Gruppe zählte. Es handelte sich um die kräftigsten, überwiegend jungen Männer.

Als sein 55-jähriger Vater in die größere Gruppe eingeteilt wurde, begehrte Immanuel auf. »Nein, lasst ihn hier. Mein Vater ist kräftiger, als er aussieht!« Er versuchte, hinter Schmuel Rosenzweig herzugehen, um ihn zurückzuholen, als er einen kräftigen Schlag auf den Hinterkopf erhielt und die Welt um ihn herum in Dunkelheit versank.

Als er aufwachte, lag er auf einer stinkenden Pritsche und sah über sich die Unterseite einer weiteren Liegestatt. Mit dröhnenden Kopfschmerzen richtete er sich halb auf und schwang die Beine aus dem Bett. Erst dann bemerkte er, dass er noch immer nackt war. Neben ihm auf dem Bett lag ein gestreifter Kittel, wie er ihn bereits bei der ärztlichen Kontrolle gesehen hatte.

Er rieb sich den ebenfalls schmerzenden linken Unterarm, um beim Hinsehen festzustellen, dass er dort eine frische Tätowierung trug. Die Ziffern 1 4 0 8 0 3 waren in ungelenker Schrift auf die Oberseite seines Unterarms tätowiert.

Verwirrt sah er sich in der Baracke um, in der Reihe um

Reihe dreistöckiger Gestelle mit darauf liegenden dünnen Matratzen standen. Lediglich ein Teil der Betten war belegt, der Großteil leer.

Bevor er sich ein genaueres Bild der Situation machen wollte, musste er etwas gegen seine Nacktheit tun, weshalb er die dünne Stoffhose und die leichte Jacke, die kaum mehr als ein Hemd war, anzog. Dabei stellte er fest, dass sich auf der linken Brustseite ein etwa handtellergroßer Aufnäher befand. Es handelte sich um ein schwarzes Stoffdreieck mit nach unten gerichteter Spitze auf einem gelben Dreieck gleicher Größe mit nach oben gerichteter Spitze, was zusammen den Umriss des Davidsterns ergab. Die Bedeutung dieses Abzeichens erschloss sich Immanuel nicht. Als er den ersten Mann, der an ihm vorbeischlurfte, nach der Bedeutung fragte, sah dieser ihn aus leeren Augen an … und ging weiter, als habe er nichts gehört.

Zwei Tage vergingen. Es bedurfte einiger Ausdauer und mehrerer Personen, bis er den Hintergrund der sogenannten Winkel verstand: Das mit der Spitze nach unten gerichtete Dreieck, den sogenannten Winkel, gab es in verschiedenen Farben, die die sechs Kategorien symbolisierten, in die die Lagerinsassen eingeteilt worden waren. Dabei bedeutete Rot »Politisch«, Grün »Berufsverbrecher«, Blau »Emigrant«, Violett »Bibelforscher«, Rosa »Homosexuell« und Schwarz »Asozial«.

Bei allen Juden war dieses Dreieck durch ein weiteres in der Farbe Gelb mit der Spitze nach oben unterlegt, sodass sich der Davidstern ergab. Die Einteilung in die genannten Kategorien nach Farben war dieselbe.

Immanuel fragte sich, wie er zu der Kennzeichnung als »Asozialer Jude« gekommen war, aber niemand konnte es ihm sagen.

Sein nächstes Bestreben war, seinen Vater wiederzufinden. Täglich kamen neue Insassen an, und bei der Beobachtung eines solchen Transportes fiel Immanuel ein Mann auf, den er bereits bei seinem eigenen Eintreffen gesehen hatte. Er sortierte die ausgezogenen Kleider sowohl der Männer als auch der Frauen. Er befragte Mithäftlinge, und sie erzählten ihm, dass es sich bei dem großen und stark wirkenden Mann um einen russischen Kriegsgefangenen handelte, der Sergej hieß. Noch am gleichen Tag sprach der noch nicht ganz 20-jährige Immanuel den älter wirkenden und mehr als einen Kopf größeren Russen an. Man hatte ihm gesagt, dass der schon ein Jahr im Lager sei und inzwischen leidlich Deutsch könne.

Immanuel erzählte ihm, dass er aus der Gruppe der Männer aussortiert worden war und nicht wisse, wo sein kränklicher Vater abgeblieben sein könnte. Auch das Schicksal seiner Mutter und der jüngeren Schwester sei ihm unbekannt. Er wollte von Sergej erfahren, ob ihm bekannt war, wo seine Familie untergebracht war.

Der traurige Blick des Russen, der genau verstand, was Immanuel von ihm wollte, zeigte, wie er mit dem jungen Mann litt. Aber er schien Immanuel nicht anlügen oder ihm falsche Hoffnungen machen zu wollen. Also erklärte er ihm in gebrochenem Deutsch die schonungslose Realität von Auschwitz.

Immanuels schwacher und von den Strapazen der Reise mitgenommener Vater und die süße, kleine, aber schwache Rosa waren gnadenlos durch den Selektionsprozess ausgesondert worden. Seine Mutter hatte das Pech, sich auf der drei Tage währenden Reise in den zugigen Eisenbahnwaggons zu erkälten, und bei der Ankunft Fieber und einen starken Husten gehabt. Dies hatte dazu geführt, dass alle drei als »krank und nicht arbeitsfähig« eingestuft, ausgesondert und sofort ermordet worden waren. Sergej berichtete Immanuel von den »Duschen« und den Verbrennungsöfen. Er erzählte ihm von dem Herausbrechen der Goldzähne vor dem Verbrennen der vergasten Menschen und schilderte ihm, wie mit den Haaren und der Habe der »Ausgesonderten« umgegangen wurde.

Der schmächtige junge Mann, der neben Sergej wie ein Zwerg wirkte, sah ihn ungläubig aus großen Augen an, begann zu weinen und schlug dann mit seinen Fäusten dem wesentlich größeren Sergej immer wieder auf die Brust. Dabei schrie er ohne Unterlass nur immer wieder: »Nein, Lügner … du lügst … das kann nicht sein!«

Der Russe ließ ihn gewähren, bis Immanuels Kräfte erlahmten und er schluchzend zu seinen Füßen zusammenbrach.

# 15. KAPITEL

Es war eine der größten Beerdigungen der letzten Jahre. Der Neue Jüdische Friedhof in der Eckenheimer Landstraße grenzte direkt nördlich an den Frankfurter Hauptfriedhof. Trotz seiner Größe von fast 55.000 Quadratmetern hatte er die Hunderte von Menschen kaum fassen können, die zur Beerdigung erschienen waren.

Als Chefredakteur und Mitbesitzer der Jüdischen Gemeindezeitung hatte Salomon Kleinstein nicht nur viele Angestellte gehabt, er hatte auch die besten Kontakte zur Stadtverwaltung Frankfurt und zur hessischen Landesregierung gehabt. Zu seinen Bekannten zählten Stadträte, Minister, Parteivorstände, Vertreter der Wirtschaft und zahlreiche vermögende Mitglieder der jüdischen Gemeinde. Unabhängig davon, wie man zu ihm gestanden hatte, galt es als ein absolutes No-Go, seiner Beerdigung fernzubleiben.

Hinzu kamen die Vertreter der verschiedenen Medien wie Zeitungen, Nachrichtensender und andere TV-Stationen.

Nach einer Rede von Rabbi Edel in einer hoffnungslos überfüllten Trauerhalle zog der Zug in einer endlos wirkenden Schlange zu der Grabstätte. Direkt hinter dem auf einem Rollwagen gefahrenen Sarg ging die Witwe, Rachel Kleinstein. Die 84-Jährige hatte ihren Sohn ärgerlich abgeschüttelt, als er ihr stützend unter den Arm greifen wollte. Nur auf ihren Stock gestützt, schlurfte sie langsam und leicht hinkend hinter dem Sarg einher. Sie hatte im Vorfeld genaue Anweisungen gegeben und die Nichteinhaltung dieser Vorgaben mit Drohungen belegt, sodass der Sarg sich keinen Deut schneller bewegte, als sie in der Lage war, ihm zu folgen.

Hinter ihr liefen ihr Sohn und die beiden Töchter, danach kamen die engsten Freunde, dann die Redaktionsmitarbeiter und die Prominenz der Stadt Frankfurt.

Nachdem der Sarg in das offene Grab abgesenkt worden war, hielt Rabbi Edel die Abschiedsansprache, die Hesped. Danach warfen zunächst Rachel und dann ihre Kinder je drei Schaufeln Erde auf den Sarg. Feierlich wurde dann ein Säckchen Erde aus Jerusalem in das Grab geworfen, und der Sohn Robert Kleinstein sprach als einziger männlicher Hinterbliebener das Kaddisch-Gebet, wie es der jüdische Glaube vorschrieb.

Direkt nach der Zeremonie begab sich ein großer Teil der Trauergemeinde zum Parkplatz vor dem Friedhof, stieg in große schwarze Limousinen – zum überwiegenden Teil BMWs, Mercedes' und Audis – und fuhr zur Villa Kleinstein. Dort wurden die Gäste des Trauerkaffees von livrierten Dienern in Empfang genommen, ihre Fahrzeuge von einem Parkservice geparkt und sie selbst in den großen Salon geführt.

Der Personenkreis bestand aus den Top 100 der Frankfurter High Society, die Rachel und ihr Sohn Robert persönlich eingeladen hatten. Hinzu kamen noch einige wenige Geschäftspartner und Freunde der Hinterbliebenen.

Rachel Kleinstein saß in einem großen Ohrensessel, einen kleinen Beistelltisch mit Teeservice an der Seite. Sie hatte die linke Hand auf den senkrecht vor ihr stehenden elfenbeinfarbenen Stock mit dem riesigen Silberknauf gelegt und nahm mit der rechten immer wieder die Teetasse auf und trank einen kleinen Schluck. Von Zeit zu Zeit kam einer der Trauergäste zu ihr, beugte sich herab und sprach ein paar Worte der Anteilnahme. Sie ließ sich mit keiner Miene anmerken, wie sehr sie die ganzen Speichellecker verachtete und vor allem wie wenig ihr die Beileidsbekundungen bedeuteten.

Nach einer Stunde winkte sie mit einer knappen Handbewegung ihren Sohn zu sich heran.

»Mutter?«, fragte er, als er sich zu ihr herabbeugte, damit sie in sein Ohr sprechen konnte.

»Pass auf, mein Sohn, ich werde gleich aufstehen und in die Bibliothek gehen. Danach möchte ich für mindestens 30 Minuten unter keinen Umständen gestört werden. Hast du das verstanden?«

Robert sah sie fragend an. »Worum geht es?«

»Das hat dich im Moment nicht zu interessieren«, erwiderte sie kalt. »Es handelt sich um eine wichtige geschäftliche Angelegenheit, und wenn es erforderlich ist, wirst du zu gegebener Zeit informiert werden.«

»Aber Mutter«, stieß er überrascht hervor, »du wirst doch in der siebentägigen Trauerzeit keine Geschäfte machen wollen?«

»Ach papperlapapp. Der Glaube ist ja gut und schön, solange er den Verpflichtungen im Zusammenhang mit dem Geldverdienen nicht in die Quere kommt. Das wirst du auch noch lernen.« Mit diesen Worten erhob sie sich mühsam und ging langsam in Richtung Bibliothek. Ihr Sohn sah ihr mit offen stehendem Mund und ungläubig den Kopf schüttelnd hinterher.

In der Bibliothek angekommen, verschloss sie die schwere Eingangstür hinter sich und ging zielstrebig zu einem kleinen Barschrank. Dort goss sie sich einen Marillenlikör in ein Glas und nahm einen großen Schluck. Ein entspanntes und genussvolles Stöhnen entrann ihr. Als sie das Glas geleert hatte, goss sie sich nach.

In diesem Moment hörte sie, wie sich hinter ihr die kleine Geheimtür mit einem leisen Schnarren öffnete. Ohne sich umzudrehen, rief sie: »Aaah, Sie haben den Weg gefunden. Sehr gut.« Dann drehte sie sich um und musterte den Besucher neugierig. »Ich war wirklich gespannt darauf, Sie kennenzulernen. Noch mehr gespannt bin ich allerdings auf die Geschäfte, die wir gemeinsam tätigen wollen. Darf ich Ihnen ein Glas anbieten?« Sie sah ihn fragend an.

Er trat näher an sie heran, und als er noch eine Armeslänge von ihr entfernt war, sprach er sie auf Polnisch, in ihrer Muttersprache, an: »Nein danke, Madam, ich muss leider ablehnen. Wir sollten einen klaren Kopf behalten, oder?«

Ein leichtes Unbehagen beschlich Rachel Kleinstein. Sie überlegte, ob sie nach einem Butler klingeln oder ihren Sohn Robert doch noch zu dem Treffen hinzuziehen sollte. Ihre Augen weiteten sich überrascht, als der Besucher in die Innentasche seines Jacketts griff und etwas daraus hervorzog, das einer hypermodernen Wasserpistole glich. Entsetzen machte sich in ihr breit, als sie erkannte, was es war, und sie wollte laut aufschreien.

Aber der Besucher war bereits einen letzten Schritt auf sie zugekommen, presste ihr die Injektionspistole auf den Oberarm und drückte ab. Mit einem halblauten »Pffft« entlud sich der Inhalt, wurde in ihren Blutkreislauf geschossen und begann innerhalb weniger Sekunden zu wirken.

Ein schwaches »Was …?« war alles, was sie noch in der Lage war zu sagen.

Sie sackte kraftlos in sich zusammen, und der Besucher fing sie mit einer Leichtigkeit auf, als wöge sie nichts. Dann trug er sie zu einem Sofa an einer Seite der Bibliothek und legte sie in einer bequemen Lage darauf ab.

Er zog sich einen Stuhl heran und setzte sich an das Kopfende des Sofas. Langsam und in einer beruhigenden Tonlage sprach er mit tiefer Stimme auf sie ein. Er sprach noch immer Polnisch, da er wusste, dass er in ihrer Muttersprache ihr Unterbewusstsein am besten erreichen konnte.

Er sprach zehn Minuten lang zu ihr. Dann stand er auf, stellte den Stuhl zurück an seinen Platz und begab sich ein letztes Mal zu dem Sofa. Er beugte sich zu ihr herunter und sprach in ihr Ohr: »Sie zählen jetzt im Rhythmus Ihres Herzschlages bis 300, danach wachen Sie aus Ihrem kleinen Nickerchen auf und fühlen sich gut erholt. Dann gehen Sie wieder zu Ihren Gästen zurück in den Salon.«

Er verließ die Bibliothek auf dem gleichen Weg, auf dem er gekommen war, und ohne eine Spur seiner Anwesenheit zu hinterlassen.

Rachel Kleinstein betrat den Salon sechs Minuten später und sah sich kurz um.

Die Gäste standen noch immer in kleinen Gruppen zusammen und unterhielten sich. Sie hatten unterschiedliche Getränke in den Händen, und keiner bemerkte ihre suchenden Blicke.

Schließlich entdeckte sie Robert. So schnell sie konnte, eilte sie auf ihn zu und stieß dabei die im Wege stehenden Gäste rücksichtslos zur Seite.

Ein Offizier der Waffen-SS in schwarzer Uniform stand hinter ihrem kleinen Robert und hielt ihm eine Pistole an die Schläfe.

»Lassen Sie meinen kleinen Sohn in Ruhe! Er hat doch nichts getan!«, schrie sie entsetzt.

Der Offizier hielt die Pistole weiter an Roberts Kopf und meinte gleichgültig: »Er hat eine seltene Blutgruppe, und unser Lagerkommandant braucht dieses Blut dringend.« Er stieß den

Jungen einen halben Schritt von sich, sodass er die Waffe an seinem Hinterkopf ansetzen konnte.

»Nein, nein, warten Sie. Er ist doch erst sechs Jahre alt. Lassen Sie ihn bitte in Ruhe. Ich habe die gleiche Blutgruppe – nehmen Sie mein Blut!«

Der Offizier sah sie an und drückte nicht ab. »Ich weiß nicht, ob ich dir glauben kann. Woher soll ich wissen, ob du mir die Wahrheit sagst?«

»Nehmen Sie mein Blut, ich gebe es freiwillig hin. Das ist Beweis genug, oder?« Mit diesen Worten griff sie in die rechte Außentasche ihres schwarzen Kostüms. Als sie ihre Hand daraus hervorzog, hielt sie ein Teppichmesser darin. Mit einem Druck des Daumens schob sie die Klinge fünf Zentimeter heraus. Sie setzte die Klinge unterhalb des linken Ohres unter dem Kiefer an. Sie drückte die rasiermesserscharfe Schneide einige Zentimeter tief in ihren Hals und zog sie, ohne auch nur eine Zehntelsekunde zu zögern, mit einem kräftigen Schnitt quer über ihre Kehle bis fast auf die rechte Halsseite.

Fast alle anwesenden Frauen und auch einige der Männer schrien entsetzt auf, sodass der gurgelnde Laut, der aus Rachels nun offen klaffender Kehle erklang, von niemandem gehört wurde. Aus dem Schnitt quoll ein Schwall Blut, und aus ihrer geöffneten linken Halsschlagader spritzte es unter dem Druck des mit höchster Leistung schlagenden Herzens über einen Meter weit.

Robert Kleinstein stand wie zur Salzsäule erstarrt direkt vor ihr, unfähig, auch nur einen Muskel zu bewegen. Die Unwirklichkeit des gerade Erlebten lähmte ihn, und erst, als einer der Umstehenden rief: »Einen Notarzt, schnell, ruf doch jemand einen Notarzt!«, kam Bewegung in ihn. Er bewegte sich zögerlich nach vorne, als wolle er seine Mutter auffangen, die inzwischen auf die Knie gesunken war und ihn aus aufgerissenen Augen ansah. Aber noch bevor er sie erreichen konnte, verzog ein verzerrtes Lächeln ihre Lippen, und sie fiel vornüber auf ihr Gesicht.

# 16. KAPITEL

## 1945, Auschwitz

Die Gestalten, die in den dreckigen dreistöckigen Bettgestellen lagen, waren bis auf die Knochen abgemagert und apathisch. Die Wohnbaracke enthielt 40 solcher Gestelle, sodass theoretisch 120 Personen darin hätten liegen können. Sie waren allerdings nur noch 25; Männer zwischen 20 und 40 Jahren, die teilweise nur noch 40 Kilogramm wogen. Der Horror der vergangenen Jahre hatte sie abgestumpft, hoffnungslos und geschwächt zurückgelassen. Je jünger die Insassen, desto schlechter war ihr Zustand. Die Nazi-Schergen hatten nur noch diejenigen zurückgelassen, die entweder zu alt oder in zu schlechter Verfassung waren.

Insgesamt 60.000 Gefangene hatten sie »evakuiert« und in Todesmärschen nach Westen getrieben. So zumindest besagten es die Gerüchte. Die restlichen 7.500 hatte man im Lager gelassen, da sie zu krank und schwächlich erschienen waren oder zu klein, um das Tempo auch nur ansatzweise mithalten zu können. Warum sich mit Menschenmüll belasten, den man unterwegs dann loswerden musste?

Einige der Gaskammern hatte man vor der Flucht nach Westen abgerissen, und schon vorher waren Verbrennungsöfen demontiert, auf Züge geladen und abtransportiert worden. Der derzeitige und wohl letzte Lagerälteste war Heinrich Dürmayer, den alle nur »den Österreicher« nannten, mit gerade mal 40 Jahren.

Gestern hatte ein neues Gerücht die Runde gemacht. Es war nur geflüstert und mit schwacher Stimme von Häftling zu Häftling weitergegeben worden. Es sagte einiges über die Hoffnungslosigkeit und die körperliche Verfassung der Männer aus, dass sie angesichts dieses Gerüchts den Glauben an eine Wendung ihres Schicksals zum Guten nicht wiedergewannen.

Dennoch hielt sich die Nachricht, und einige wenige machten sich Gedanken darüber, was sie bedeuten könnte: Die Russen kommen!

Immanuel Rosenzweig öffnete die Augen, als sein Freund Sergej an sein Lager schlurfte. In der Hand hielt er einen verrosteten Metallbecher, der mit dem brackigen Wasser gefüllt war, das ihnen als einziges lebenserhaltendes Getränk noch zur Verfügung stand. Alles Essbare hatten die Wachen mitgenommen, als sie sich aus dem Staub gemacht hatten.

Immanuel fragte sich, wie viele Tage sie noch überleben konnten. Das Fieber hatte ihn gestern ergriffen, und er wusste, dass sein schwacher Körper diesmal die einfache Erkältung nicht überstehen würde. In den Momenten zwischen Träumen und Wachen fragte er sich, was wohl aus Jan Liwacz geworden war, dem polnischen Kunstschmied, der irgendwann in ein anderes Lager verlegt worden war? Während seiner Leidenszeit in Auschwitz hatte er gehört, dass Liwacz es gewesen war, der das B in ARBEIT MACHT FREI über dem Eingangstor auf den Kopf gestellt hatte, als kleinen und zunächst unbemerkt gebliebenen Protest gegen die Peiniger.

Das Ende vieler anderer hatte er mitbekommen, spätestens beim morgendlichen Appell, bei dem die Nummern aufgerufen und all diejenigen, die nicht mehr unter ihnen weilten, als »ausgesondert« bezeichnet worden waren. Zu ihnen gehörte die Schwester von Franz Kafka, die irgendwann den Weg in die Gaskammer hatte antreten müssen. Auch die Zwillinge Eda und Ina waren unter ihnen, beide gerade mal acht Jahre alt, die das Opfer der Experimente von Dr. Josef Mengele, dem Lagerarzt, geworden waren, der die abscheulichsten Experimente mit den Häftlingen angestellt hatte. Dabei war Mengele gerade mal Mitte 30 und wirkte so jung und unscheinbar, war jedoch so grausam und unerbittlich.

All die vielen Wegbegleiter, die meisten nur für eine kurze Zeit, waren fort. Von allen war nur sein russischer Freund geblieben, mit dem er sich seit den Anfangstagen so gut verstand. Wie lange war das her? Fünf Jahre? Zehn Jahre? Immanuel hatte keinerlei Zeitgefühl mehr.

»Trink, Tovarishch«, forderte Sergej ihn auf.

Immanuel brachte die Kraft für eine Entgegnung nicht auf. Matt hob er die Hand und wehrte das angebotene stinkende Wasser ab.

»Trink, verdammt. Du mache nicht schlapp in letzte Stunde«, beharrte der Russe mit seinem schweren Akzent. Er hatte in den Jahren seines Aufenthaltes im KZ Auschwitz I und ab Ende 1940 in Birkenau leidlich Deutsch gelernt, so wie er Immanuel auch etwas Russisch beigebracht hatte.

»In letzter *Sekunde*«, korrigierte Immanuel mit rauer, krächzender Stimme.

»Jaja, alter Bessergewisser.«

»Besser*wisser*!«

Es war seit Jahren ein ständiges Ritual zwischen ihnen beiden, den anderen sofort zu verbessern, wenn ihm ein sprachlicher Lapsus unterlief. Sergej war einmal ein Baum von einem Kerl gewesen, groß, stark und mutig. Aber der Mangel an allem und die Misshandlungen der Wachen hatten ihn zu einem Schatten seiner selbst werden lassen. Die gebeugte Haltung, ein mehrfach gebrochenes linkes Bein, das hohlwangige, von Entbehrungen ausgezehrte Gesicht und der rasierte und mit Geschwüren übersäte Schädel ließen ihn wie einen 70-Jährigen wirken. In Wirklichkeit war er Anfang 20 gewesen, als er ins Lager kam. Als russischer Jude, der durch unglückliche Umstände in deutsche Gefangenschaft geraten war, hatte er die letzten Jahre nur überlebt, da er ein Meister der Anpassung war und über eine Stärke verfügte, die ihresgleichen suchte. Nicht körperliche, sondern seelische Stärke. In Sergejs Sprachschatz schien der Begriff »aufgeben« nicht vorhanden zu sein. Zu keiner Zeit hatte er die Hoffnung verloren, dass es ihnen allen einmal wieder besser gehen würde. Er hatte es zu jeder Zeit verstanden, entweder unsichtbar zu bleiben oder aber den Wachen etwas vorzuspielen. Das war seine zweite und vielleicht wichtigste Stärke, die ihm dabei half, am Leben zu bleiben – die Schauspielerei. Er hatte immer den richtigen Mittelweg gefunden, um sich vor mörderischer Arbeit zu drücken, aber keinen Anlass zu geben, in die Gaskammer geschickt zu werden.

Sergej war allein und ohne Angehörige in die Gefangenschaft geraten. Eines Tages war dann Immanuel mit seiner Familie nach Birkenau gekommen. Vater, Mutter, Tochter und Sohn. Sergej hatte zu dieser Zeit ihre Namen nicht gekannt, aber er hatte mit ansehen müssen, wie Vater und Sohn von Mutter und Tochter getrennt wurden. Er selbst war dem Trupp zugeteilt worden, der den Häftlingen nach der Entladung aus den Zügen und vor der Selektion in arbeitstauglich oder untauglich ihre Habseligkeiten abnahm, die dann auf große Haufen geworfen wurden. Dazu zählten Kleidung, Brillen, Uhren, Spielsachen der Kinder und die wenigen Gepäckstücke, die manche mit sich führten.

Eine Station weiter wurden den nun nackten Frauen und Mädchen die Kopfhaare geschoren. Sie landeten ebenfalls auf einem großen Haufen. Danach wurde ein kleiner Teil aussortiert und weggeführt, der Rest wurde zur »Entlausung« in die Duschräume gebracht. Jedem, der länger als einen Tag in Auschwitz überlebte, war bekannt, dass es sich nicht um Duschräume handelte, sondern dass die Gefangenen dort auf eine grausame und menschenverachtende Art und Weise mit Gas getötet wurden.

Nun hatte Sergej den apathisch auf seinem Lager liegenden Immanuel wenigstens dazu gebracht, einen Schluck des brackigen Wassers zu trinken. Dabei hatte er den Kopf des Geschwächten mit der Hand hochheben müssen, damit er überhaupt trinken konnte.

Immanuel hustete, als er sich für das Wasser bedankte.

»Hast du gehört?«, fragte Sergej ihn im Flüsterton. »Alle sagen, meine Landsleute kommen, befreien uns!«

Immanuel war noch so klar bei Verstand, dass er sich fragte, warum Sergej flüsterte. Es waren keine Wachen mehr da. Alle hatten sich abgesetzt und Richtung Westen die Flucht ergriffen. Keiner der Häftlinge hatte eine Ahnung, wie es um den Krieg mit Russland stand. Immer wieder hatte man von neuen Gefangenen etwas erfahren, aber die letzten Neulinge waren vor Monaten angekommen. Sie hatten sich hoffnungsvoll gezeigt, dass Hitler den Krieg verlieren würde.

Immanuel war das egal. Er hatte jegliche Zukunftsplanung an dem Tag aufgegeben, als er erfuhr, was seinen Eltern und seiner jüngeren Schwester Rosa widerfahren war. Zukunftspläne waren dafür gemacht, zu scheitern. Sie erzeugten lediglich falsche Hoffnungen.

Jäh wurde Immanuel aus seinen Erinnerungen gerissen, als von draußen vor der Baracke eine laute Explosion erklang. Sergej war ebenfalls zusammengefahren und hinkte nun, so schnell er noch konnte, nach draußen, um zu sehen, was geschehen war. Nur wenige Augenblicke später kam er wieder in die Baracke und strahlte über das ganze verunstaltete Gesicht. »Sind da ... Immanuel ... sind wirklich da! Genossen haben geschafft, haben eben Tor gesprengt ... Immanuel, hörst du? ... Wir haben geschafft!« Er versuchte einen Freudentanz zu vollführen, was jedoch kläglich scheiterte. Stattdessen brach er vor Erschöpfung vor Immanuels Liege zusammen.

Russische Sanitäter kamen in die Baracke und sahen die wenigen Überlebenden und deren Zustand. Ihnen liefen die Tränen in Strömen über das Gesicht.

Als sich einer von ihnen über Immanuel beugte, um zu überprüfen, ob er noch am Leben war, mobilisierte dieser seine letzten Kräfte. Er richtete sich halb auf, wies mit dem Arm auf den am Boden liegenden Sergej und keuchte: »Pomogite yemu, tovarishchi, eto moy drug Sergej. On zhdal vas.« (*Helft ihm, er ist mein Freund Sergej, Genossen. Er hat auf euch gewartet.*) Dann schwanden auch ihm die Sinne und entließen ihn in eine gnädige Ohnmacht.

Man schrieb den 27. Januar 1945.

# 17. KAPITEL

Gregor war der Erste aus dem Team, der am Tatort erschien. Er war zwar auf der Beerdigung gewesen, hatte aber die Einladung zur Trauerfeier dankend abgelehnt. Nachdem man ihn telefonisch verständigt hatte, war seine nächste Aktion gewesen, Alsmann und Jenny anzurufen und in die Villa zu bestellen. Sie kannten das Opfer und waren auch der Familie bekannt, was nur ein Vorteil sein konnte. Als er in seinem Wagen vorfuhr, wusste er noch nichts, außer dass die Witwe des vor wenigen Stunden beerdigten Salomon Kleinstein zu Tode gekommen und die Anwesenheit der Mordkommission erforderlich war. Er kannte nicht die genaue Todesursache und hatte sie am Telefon auch nicht hören wollen. Er hatte sich vor Ort ein Bild machen und nicht im Vorfeld auf der Grundlage lückenhafter Informationen Schlüsse ziehen wollen, die sich später als falsch herausstellen würden.

Er parkte neben einem von etwa zehn Notarztwagen, die auf dem weitläufigen Gelände vor der halbrunden Treppe standen. Es war ein Aufkommen an Krankenwagen und Polizeifahrzeugen, das den Eindruck entstehen ließ, es könne ein Bombenattentat stattgefunden haben.

Einem vor der Tür stehenden Uniformierten hielt er kurz seine Dienstmarke vor die Nase und hastete an ihm vorbei in die Räumlichkeiten der Villa.

In der Vorhalle sah er den Grund für die vielen Rettungswagen: Auf zahlreichen fahrbaren Liegen und eilends herbeigeholten Stühlen lagen und saßen Personen, die von Ärzten und Sanitätern versorgt wurden. Frauen unter Weinkrämpfen, Ohnmachtsanfällen oder mit kollabiertem Kreislauf. Aber auch einige Männer hatten einen Schock erlitten und wurden erstversorgt.

Gregor sah seinen Onkel Jakob Mandelbaum, der gerade verärgert und protestierend einen Sanitäter abwehrte, der ihm die Krawatte öffnen wollte. Er hatte einen hochroten Kopf, bestand aber darauf, keine Hilfe zu benötigen.

Gregor beachtete ihn nicht weiter und wandte sich an einen der herumstehenden Uniformierten: »Wer hat hier die Verantwortung, und wo finde ich den Tatort?«

Der junge Polizist sah ihn verwirrt an und überlegte offensichtlich, welche Frage er zuerst beantworten sollte. »Ääh … Hauptkommissar Markwart … genau, der ist der Einsatzleiter.«

»Und wo finde ich den Kollegen Markwart?«

»Ääh …«, er sah sich suchend um, »am Tatort?«, war die unsichere Antwort.

»Junger Mann, werden Sie bitte präziser, und beantworten Sie meine Frage. Wissen Sie, wo er ist, oder nicht?«

»Eigentlich schon … denke ich.«

Gregor sah ihn weiter unverwandt an und überlegte, was eine angemessene Reaktion auf diese so unspezifische Antwort sein könnte. Ihm fiel nichts ein, und er hätte den jungen Mann am liebsten gepackt und geschüttelt. Aber ihm war klar, dass dies eine unangebrachte Maßnahme wäre und zu nicht unerheblichen Irritationen führen würde. Also starrte er den Grünschnabel weiterhin an, ohne ein Wort zu sagen.

»Soll ich Sie hinbringen?«, fragte der nun fast zitternd vor ihm stehende Junge.

Gregor nickte lediglich, und nur eine Minute später standen sie gemeinsam vor einer schweren Tür, die der junge Beamte vorsichtig öffnete. Er spähte in den dahinterliegenden Raum und sagte dann mit einem erleichterten Gesichtsausdruck: »Na also, hier ist er.«

»Wer, der Tatort oder der Einsatzleiter?«

»Ääh … beide!«

Gregor ließ den Jungen ohne weiteren Kommentar oder ein Wort des Dankes einfach stehen und betrat den Salon.

Dort sog er den ersten Eindruck in sich ein und sammelte alle Informationen, die sich ihm boten. Überall auf dem Boden war Blut. Obwohl völlig unpassend und makaber, erinnerte die Szene Gregor an ein Schlachthaus, in dem vor Kurzem ein Schwein getötet und zerteilt worden war. Die Analogie passte insofern nicht, als der Boden hier mit blutdurchtränkten Handtüchern, Servietten und Kleidungsstücken übersät war. In der Mitte des Raumes lag eine weiße Abdeckplane, unter der Umrisse eines menschlichen Körpers zu erkennen waren. Der Platz war umringt von Frauen und Männern der Spurensicherung, die an ihren weißen Ganzkörperanzügen zu erkennen waren. Sie hantierten mit Tüten, in die sie mögliche Spurenträger einsammelten. Gregor beobachtete, wie eine junge Beamtin gerade ein blutverschmiertes Plastik-Teppichmesser mit behandschuhten Händen an einer Ecke vorsichtig anfasste und in ein Asservatentütchen fallen ließ. Danach betätigte sie ein kleines Labeldruckgerät, entnahm ihm ein Klebeetikett mit einem Barcode und klebte dieses auf die Tüte. Dann fotografierte sie die Tüte und packte sie in eine neben ihr stehende Kiste.

Gregor ging hinüber, kniete sich neben die Plane und wollte gerade eine Ecke anheben, als eine männliche Stimme im Kommandoton erklang: »Finger weg! Hey, Sie da! Hallo, das ist ein Tatort, was denken Sie, was Sie da machen?«

Ohne den Blick nach oben zu wenden, fummelte Gregor seine Dienstmarke erneut aus der Hosentasche und hielt sie mit einer Hand hoch, während er mit der anderen Hand die Plane über der Leiche lüftete.

»Aah«, erklang die Stimme erneut, »dann sind Sie wohl der berüchtigte Leiter der MK, der Kollege Mandelbaum. Das erklärt einiges.«

Bei der Nennung seines Namens schaute Gregor nun doch auf und erblickte einen vor ihm stehenden Uniformierten, der die Hände in die Hüften gestemmt hatte und ihn mit einem leicht amüsiert wirkenden Blick ansah.

Gregor war sich nicht ganz sicher, wie er mit dem Begriff »berüchtigt« umgehen sollte. »Ja, ich bin Gregor Mandelbaum … und Sie sind vermutlich der Einsatzleiter vor Ort, oder?«

»Hauptkommissar Klaus Markwart, angenehm«, erwiderte der Angesprochene und streckte ihm die Hand entgegen. Er war nur unwesentlich kleiner als Gregor, allerdings etwa 20 Jahre älter.

Gregor übersah die ausgestreckte Hand und überlegte, ob er sich entschuldigen sollte. »Äh … ja gut … könnten Sie mir einen kurzen Abriss dessen geben, was hier passiert ist? Oder zumindest dessen, was man bisher weiß oder denkt zu wissen.«

Markwart war nicht anzumerken, ob er durch die ausgebliebene Entschuldigung brüskiert war oder sich auch nur ärgerte. Er lächelte unverbindlich. »Kein Problem.« Er war augenscheinlich ein Profi, der aus jahrelanger Erfahrung wusste, worauf es ankam. Er holte ein kleines Notizbuch aus der Seitentasche seiner Uniformjacke, klappte es auf, sah aber nur flüchtig auf die Notizen. »Bei der Toten handelt es sich um Rachel Kleinstein, die Matriarchin des Kleinstein-Clans und Witwe des verstorbenen Salomon Kleinstein, der heute beerdigt wurde.« Er lächelte Gregor an. »Aber das wissen Sie ja vermutlich besser als ich, oder?«

Gregor reagierte nicht auf die implizierte Frage, sondern sah den Kollegen nur weiterhin schweigend an.

Markwart fuhr nach einem tiefen Seufzer fort: »Aber ich denke, wir haben auch noch ein paar neue Informationen. Dort hinten links auf dem Stuhl sitzt der Sohn, Robert Kleinstein. Er wird gerade wegen eines Schocks behandelt. Nach übereinstimmenden Zeugenaussagen hat sich seine Mutter vor den Augen der Trauergäste eigenhändig die Kehle durchgeschnitten. Noch interessanter erscheinen mir die nicht so ganz übereinstimmenden Aussagen zu ihren Äußerungen, bevor sie sich das Leben nahm.« Er sah Gregor fragend an: »Möchten Sie sie von mir hören oder lieber direkt von den Zeugen?«

Gregor sah ihn überrascht an. Es war selten, dass jemand verstand, wie wichtig ein persönlicher Eindruck war. Er rang sich mühevoll ein »Danke, sehr umsichtig« ab. »Was können Sie mir an übereinstimmenden Aussagen der Zeugen liefern, ohne meine Meinung zu beeinflussen?«

Markwart nickte verstehend. »Nach Aussage des Sohnes war seine Mutter für circa 30 Minuten in der Bibliothek bei einem Geschäftstreffen. Er gibt allerdings an, nicht zu wissen, mit wem. Nach ihrer Rückkehr kann nicht mehr als eine Minute vergangen sein, bis sie sich umgebracht hat. Alle Zeugenaussagen stimmen darin überein, dass niemand während des eigentlichen Vorgangs seine Hände im Spiel hatte. Die letzten Worte von Frau Kleinstein waren: ›Nehmen Sie mein Blut, ich gebe es hin.‹ Darin sind sich alle einig. Zu Beginn des Dramas waren noch nicht alle Zeugen aufmerksam geworden. Wir haben bisher die Personalien aller Anwesenden erfasst, die Liste sende ich Ihnen nachher per Mail ins Büro.« Er blickte von seinem Notizbuch auf, zuckte mit den Schultern und sagte, wie um Verzeihung bittend: »Das war's. Mehr habe ich leider derzeit nicht.«

»Ich denke, das war ausreichend.« Noch während Gregor darüber nachdachte, ob er dem Kollegen für seine gute Arbeit und den knappen, aber präzisen Bericht in irgendeiner geeigneten Form einen Dank aussprechen sollte, wurde er durch eine hörbare Unruhe im Eingangsbereich des Salons abgelenkt.

Sowohl er als auch Markwart wandten sich der Aufregung zu. Kurz zuvor hatten drei Personen den Raum betreten. Dass sie es bis hierhin geschafft hatten, ließ vermuten, dass sie sich bereits am Eingang der Villa ausgewiesen hatten.

Es handelte sich um zwei junge Frauen und einen älteren Mann. Es war allen voran eine der beiden jungen Frauen, die die Aufmerksamkeit der meisten Männer erregte – zumindest derjenigen, in denen es noch Leben gab. Sie war hochgewachsen, mit einer athletischen, aber dennoch weiblichen Figur, sehr kurzen hellblonden Haaren und Augen, die jeden in ihren Bann zogen. Gregor bemerkte, dass sich die Blicke fast aller Anwesenden auf sie konzentrierten. Auch dem neben ihm stehenden Markwart hätte jeder selbst ohne Kenntnis der Mikroausdrücke angesehen, was da gerade in seinem Kopf ablief. Selbst die meisten der männlichen Trauergäste schienen für einen kurzen Moment den Schrecken des gerade Erlebten vergessen zu haben und machten einen nicht wirklich traurigen Eindruck.

In Gregor tobte ein Sturm widerstreitender Gefühle. Auf der einen Seite freute er sich unbändig über das Erscheinen von Sonja Savoyen, was er sich aber auf keinen Fall anmerken lassen wollte. Auf der anderen Seite missfiel ihm das überdeutlich spürbare Begehren, das sie in den anwesenden Männern erweckte.

Direkt hinter Sonja, die das Trio anführte, folgten Jenny und Alsmann. Jenny war sich der Aufmerksamkeit bewusst, die ihr zuteilwurde, und grinste den einen oder anderen jungen Beamten anzüglich an. Alsmann widerten die Reaktionen sichtlich an. Er stöhnte und verdrehte die Augen. Als direkt hinter ihm ein jüngeres Mitglied des Spurensicherungsteams ein leises »Wow« von sich gab, fuhr er verärgert herum: »Könnt ihr nicht einmal an einem Tatort eure Hormone im Griff halten, ihr Neandertaler?«

Hätte Jenny ihn nicht am Ärmel gepackt und hinter sich hergezogen, hätte die Situation leicht eskalieren können. Das Trio steuerte auf Gregor zu, der sie begrüßte. »Schön, dass Sie alle da sind. Ich könnte Hilfe gebrauchen.« Zu Sonja gewandt meinte er: »Dr. Savoyen, wären Sie so freundlich, sich die Leiche anzusehen?« An ihrer Reaktion bemerkte Gregor sofort, dass er sich entweder falsch oder unangemessen verhalten hatte. Ihm war nicht klar, inwiefern. In ihrem Gesicht konnte er Emotionen wie Überraschung, Verblüffung und Verärgerung erkennen. Was hab ich falsch gemacht?

»Gerne, Herr Hauptkommissar«, erwiderte sie mit einem schnippischen Ton in der Stimme, »kein Problem.«

Gregor fiel auch auf, wie Jennys Augen groß wurden, als ihr die Irritation von Sonja auffiel, was sie veranlasste, zwischen ihnen beiden hin- und herzusehen. Sie gab keinen Kommentar ab, aber er las unzweifelhaft sowohl aus ihrem Gesicht als auch aus ihrer Körperhaltung: Sie spürte, dass da etwas zwischen ihm und der Rechtsmedizinerin war, das über das normale berufliche Kennen hinausging.

Sonja zögerte nicht und ging zielstrebig auf den abgedeckten Leichnam zu. Dort angekommen beugte sie sich hinunter, erfasste eine Ecke der Plane, hob sie vorsichtig an und über den Körper zurück. Als sie die Abdeckung unterhalb der Füße der Toten fallen ließ, lag Rachel Kleinstein für alle im Raum deutlich sichtbar in einer riesigen Blutlache.

Die Versuche, das aus ihr strömende Blut aufzuhalten, hatten sich als aussichtslos erwiesen. Bis der erste Rettungswagen angekommen war, hatte auch der letzte der wenigen beherzten Ersthelfer eingesehen, dass bei diesen Verletzungen keine Hilfe möglich war. Einer derjenigen, die versucht hatten, erste Rettungsmaßnahmen einzuleiten, hatte die nach vorne auf das Gesicht gefallene Tote auf den Rücken gedreht.

Nun lag Rachel mit offenen Augen, weit offen stehendem Mund vor allen deutlich sichtbar da und präsentierte den Anwesenden die tödliche Verletzung.

Gregor musste im ersten Augenblick beim Anblick der Halswunde an einen zu einem grotesken Grinsen geöffneten zweiten Mund denken, doch er wurde von entsetzten Ausrufen von einigen noch im Raum anwesenden Zeugen aus seinen Gedanken gerissen. Zu Markwart gewandt sagte er: »Schaffen Sie die Zeugen hier raus.«

Die kommenden Minuten würden sicherlich keinen geeigneten Anblick für Zeugen bieten, denen das Geschäft mit dem Tod nicht im mindesten vertraut war. Selbst Jenny hatte im ersten Augenblick die Hand vor den Mund geschlagen, um keinen Laut von sich zu geben.

Dr. Sonja Savoyen ließ sich von all dem nicht beeindrucken. Sie kniete neben dem Leichnam, fasste mit Latexbehandschuhten Händen den Kopf und überdehnte ihn nach hinten. Die Halswunde klaffte noch weiter auf, was sie aber offensichtlich nicht beeindruckte. Allein ihre Professionalität schien nun ihr Denken und Handeln zu bestimmen. Dabei sprach sie ihre Erkenntnisse laut vor sich hin, und Gregor entdeckte erst jetzt das winzige Diktiergerät von der Größe eines Daumennagels, das an dem Revers ihrer Bluse befestigt war. »Ein einziger sauberer Schnitt. Offensichtlich von links nach rechts eigenhändig ausgeführt. Diese Tatsache erkennbar daran, dass der Schnitt auf der linken Seite nicht so weit reicht wie rechts, bedingt durch die Einschränkung eines Rechtshänders. Keine Anzeichen eines Zögerns, wie Ansatzspuren oder Probeschnitte. Tiefe des Schnittes an der tiefsten Stelle circa fünf Zentimeter, die Luftröhre durchtrennend. Als Werkzeug kommt nur eine sehr dünne, sehr scharfe Klinge in Betracht, möglicherweise eine Rasierklinge, ein Skalpell oder ein Teppichmesser. Bei der Begutachtung der bekleideten Leiche sind zunächst keine anderen äußeren Verletzungen erkennbar. Wahrscheinliche Todesursache nach erster Einschätzung: massiver Blutverlust aufgrund der Durchtrennung der linken Arteria carotis und des vorderen Halses.« Sie stand auf und wandte sich Gregor, Jenny und Alsmann zu. »Ein endgültiges Ergebnis kann ich erst nach der Obduktion abgeben. Ich werde mich aber sofort dranmachen. Kann die Leiche vom Tatort entfernt werden?«

»Ja sicher. Die erforderlichen Fotos sind alle gemacht«, beantwortete Gregor ihre Frage wie beiläufig. Er war so abgelenkt, dass er von seiner Umgebung nicht mehr viel mitbekam. Er überlegte fieberhaft, wie dieser neuerliche Selbstmord in das Gesamtbild passen könnte. Aber er musste feststellen, dass ihm noch einige Informationen fehlten.

Sonja hatte zwischenzeitlich ihr Handy aus der Tasche geholt, eine programmierte Nummer angerufen, und kurz darauf erschienen Mitarbeiter eines Bestattungsunternehmens mit einem Zinksarg.

Sie mussten den Polizeifunk abgehört haben und bereits auf dem Weg gewesen sein. Am Tatort angekommen breiteten sie neben der Leiche eine Plastikplane aus, hoben sie vorsichtig darauf und hievten sie dann mit der Folie in den Sarg. Anschließend wurde die Folie über der Toten zusammengeschlagen und der Deckel auf den Sarg gepackt.

»Bitte ins Institut für Rechtsmedizin, und geben Sie am Empfang an, dass es sich um meinen Fall handelt und der Leichnam in den Obduktionssaal zwei gebracht werden soll.« Dr. Savoyen übergab einem der Bestatter ihre Karte.

Gerade als sie gehen wollte, rief Gregor hinter ihr her: »Auf ein Wort, Frau Doktor, ich hätte da noch ein paar Fragen!«

Sie folgte ihm in eine ruhige Ecke des Raumes, wo sie sich relativ ungestört unterhalten konnten.

»Wir müssen baldmöglichst miteinander reden«, begann er, »geht es heute Abend?«

Sonjas Augenbrauen zogen sich zusammen, und dazwischen bildete sich eine deutlich sichtbare Falte. Gregor las Verärgerung und Zorn sowohl in ihrer Mimik als auch in ihrer Körperhaltung. »Was sollte das eben?«, zischte sie ihn leise an.

Er hatte keine Ahnung, was sie meinte, und starrte sie ratlos an. Kein Lehrbuch über den Umgang mit Mitmenschen hatte etwas über genau diese Situation enthalten. Vor seinem geistigen Auge liefen die Texte und Bilder ab, die ähnliche Zusammentreffen zweier Menschen thematisiert hatten, aber er konnte keinen Hinweis auf eine angemessene Reaktion entdecken. Die richtigen Worte auf den Vorwurf einer emotional erregten Person gegenüber einer anderen, zu der eine Beziehung auf persönlicher Ebene bestand, waren nirgends beschrieben worden. Ihm blieb keine große Wahl, außer einer Gegenfrage: »Was meinst du?«

Sie schüttelte überrascht den Kopf. »Das ist dein Ernst, oder? Du hast keine Ahnung, was du gerade gemacht hast.«

»Nein«, gab er seine ehrliche Antwort.

»Du hast mich behandelt, als kennst du mich gar nicht oder kaum. Du wolltest verbergen, dass wir per Du sind und uns besser kennen«, sie senkte den Kopf und fügte mit Zweifel in der Stimme an, »vielleicht besser, als mir momentan lieb ist.«

Gregor verstand zwar nicht, was sie mit dem Nachsatz meinte, aber ihm wurde immer klarer, was sie anscheinend von ihm erwartet hatte. Er hätte sie wohl auch vor den Kollegen duzen sollen und nicht in die vorgetäuschte Förmlichkeit verfallen. Im Grunde genommen stellte dies auch eine Form der Lüge dar, die so gar nicht seinem sonstigen Ehrlichkeitsempfinden entsprach. Worin lag der Ursprung dieses Verhaltens? War es, weil er es nicht für nötig hielt, dass seine Mitarbeiter mehr über sein Privatleben erfuhren? Aber wie konnte er diesen offensichtlichen Fehler wiedergutmachen? Was würde Sonja dafür entschädigen, wie er sich in ihren Augen falsch verhalten hatte?

Einem Impuls folgend, tat er das, was ihm als logischste Handlung zum Beweis seiner persönlicheren Beziehung zu ihr ansah. Blitzschnell fasste er Sonjas an der Taille, zog sie an sich heran und presste seine Lippen fest auf ihre.

Nach einer Schrecksekunde, in der sie sich anfänglich versteifte, löste sich ihre Verkrampfung. Sie beugte leicht den Rücken nach hinten, und sie erwiderte den Kuss.

Allerdings nur eine knappe Sekunde lang, dann stieß sie ihn von sich. Sonjas Gesicht hatte eine heftige Rötung angenommen, wobei er sich fragte, ob dies auf die Peinlichkeit der Situation oder die Erregung aufgrund des Kusses zurückgeführt werden musste.

Sie stieß ihn von sich und versetzte ihm eine schallende Ohrfeige. »Was fällt dir ein, Herr Hauptkommissar?«

Gregor verstand die Welt nicht mehr. Sie hatte seinen Kuss zumindest kurz erwidert. Er war für einen kurzen Moment der Meinung gewesen, mit seinem Bekenntnis zu ihr das Richtige getan zu haben – und nun das. Er registrierte, dass Sonja genau das Gegenteil der unterkühlten nordischen Schönheit war, die weder Gefühle zeigte noch aus der Ruhe zu bringen war: Sie zeigte Emotionen, legte aber auch ein für ihn nur als irrational einzustufendes Verhalten an den Tag.

Er war nicht in der Lage, seine Überlegungen fortzuführen, denn nach einer peinlichen Stille in dem Raum, die ihm aufgrund der Ablenkung nicht aufgefallen war, setzte nun etwas ein, womit er nie gerechnet hätte: leises Gelächter, einige vereinzelt zu vernehmende Äußerungen wie »Oho« und »Hoppla« sowie einige Beifallsbekundungen durch Klatschen. Es war ihm absolut unklar, ob der Beifall dem kühnen Kuss oder der harschen Reaktion der Geküssten galt. Erst jetzt wurde er sich der Zuschauer bewusst, deren Anwesenheit er völlig außer Acht gelassen hatte. Wer sie nicht schon von Anfang an beobachtet hatte, war spätestens durch die deutlich vernehmbare Ohrfeige aufmerksam geworden.

Ein fast vergessenes Gefühl machte sich in ihm breit: tiefe Scham, hervorgerufen durch die Erkenntnis, sich definitiv falsch verhalten zu haben. Was hab ich mir nur dabei gedacht? »Äh … ich …«, stammelte er unsicher und fand keine Worte.

Sonja stand noch immer zornbebend vor ihm, die Hände in die Seiten gestützt.

Es war überraschenderweise Dieter Alsmann, der ihn rettete. »So, Kollegen, die Show ist vorbei«, verkündete er laut genug für jeden im Raum, »wir wollen unserem lieben Gregor nachsehen, dass er sich einen Moment lang vergessen hat. Das kann ja jedem mal passieren.« Er sah sich mit provozierendem Blick in der Runde um. »Wir sind uns sicher einig, dass ein solcher Ausrutscher keine Erwähnung im Präsidium wert ist und wir uns jetzt alle wieder darauf besinnen sollten, dass wir hier an einem Tatort sind und einen Todesfall aufzuklären haben. Also«, er klatschte zweimal in die Hände, »an die Arbeit!«

Alsmann blickte zu Gregor, der ihn verblüfft ansah. Gerade von dem Kollegen, der ihn am wenigsten akzeptierte und ihn nicht an seinen Überlegungen teilhaben ließ, hätte er keine Hilfe erwartet. Warum kann ich nicht nachvollziehen, aus welchen Gründen Menschen das tun, was sie tun?

Als die Beamten in kleinen Gruppen diskutierend und teilweise lachend den Ort des Geschehens verließen, wandte Gregor sich wieder Sonja zu. »Sehen wir uns heute Abend?«, fragte er.

»Vergiss es!«

# 18. KAPITEL

## 1947, Frankfurt

Saul Mandelbaum lehnte sich in seinem Sessel hinter dem großen massiven Schreibtisch zurück und plante das weitere Vorgehen, die nächsten Schritte in Richtung Wohlstand. Alles entwickelte sich prächtig. Der Marshallplan stand kurz vor der Umsetzung, was bedeutende Kredite für Deutschland zur Folge haben würde. Die Bank Mandelbaum und Söhne, wie sie seit der Geburt seines zweiten Sohnes Aaron hieß, würde in großem Maße beteiligt sein und entsprechend verdienen.

Überhaupt hatte sich für ihn nach Kriegsende alles nur positiv entwickelt. Er hatte den Alliierten glaubhaft machen können, dass er unter dem Decknamen Paul Mannerich als angeblicher Arier für die Sache der Juden gekämpft hatte. Er hatte vielen Juden geholfen, aber leider den Tod der Familie Rosenzweig nicht verhindern können. So zumindest hatte es für die Alliierten aussehen müssen, zumal er pro forma tatsächlich einigen wenigen ausgesuchten Juden geholfen hatte. Anhand seiner Papiere hatte er ohne Probleme und zweifelsfrei nachweisen können, dass er in Wirklichkeit Saul Mandelbaum war. Gefälschte Dokumente bewiesen, dass er als bester Freund von Immanuel Rosenzweig mit Einverständnis des Vaters von Immanuel die Bank und alle Besitztümer übernommen hatte. Um an diese Papiere zu gelangen, hatte er auf die Hilfe einiger »Freunde« zurückgreifen müssen, deren Aktivitäten zu seinen Gunsten beileibe nicht von selbstloser Hilfsbereitschaft geprägt gewesen waren. Es waren Juden wie er, die sich mit den Nazis arrangiert hatten und vor allem auf den eigenen Vorteil bedacht waren. Ihr Nutzen bei der Hilfe für ihn war, dass er sie mit großen Teilen des zum Glück sehr großen Kuchens bedachte.

All das wurde von der Tatsache begünstigt, dass die Alliierten die jüdische Gemeinde, die vor allem aus zurückgekehrten Flüchtlingen und einigen wenigen Überlebenden der Konzentrationslager bestand, nicht antasteten und ihren Mitgliedern fast jeden Wunsch von den Augen ablasen. Nachdem der Holocaust und die Zahl der getöteten Juden bekannt geworden waren, wurde alles versucht, die wenigen Überlebenden so bevorzugt zu behandeln wie möglich. Der jüdische Einfluss in der Hochfinanz der USA tat ein Übriges, und so konnte man in den Nachkriegswirren in der amerikanisch besetzten Zone Deutschlands fast alles bekommen, was man wollte.

Der kleine Apparat auf Sauls Schreibtisch, mit dem seine Sekretärin ihm aus dem Vorzimmer Nachrichten übermitteln konnte, summte laut. Saul drückte den Sprechknopf. »Ja, Frau Hering, was ist?«

Blechern erklang die Stimme aus dem Sprechgerät: »Herr Direktor, hier ist ein Herr, der seinen Namen nicht nennen möchte, aber der Sie unbedingt sprechen will. Er sagt, er sei ein alter Freund, der Sie überraschen will.«

Saul konnte sich nicht vorstellen, wer das sein könnte, aber dennoch war er neugierig. »Lassen Sie den Herren in mein Büro.« Er ließ den Sprechknopf los, richtete sich in seinem Bürostuhl auf und sortierte einige Papiere vor sich auf dem Schreibtisch.

Er konnte das Öffnen der Außentür nicht hören, aber unmittelbar darauf kam durch die auf seiner Seite gepolsterte Innentür die Sekretärin, trat halb in den Raum ein und drehte sich dann zur Seite, um den Besucher hereinzulassen. »Bitte schön, der Herr, Herr Direktor Mandelbaum erwartet Sie.«

Die Gestalt, die in gebeugter Haltung und mit schlurfenden kleinen Schritten langsam durch die Tür trat, war in einen schäbigen Anzug gekleidet und erstaunlich dünn. Er war mittelgroß bis klein, vielleicht 1,65, wog nach Sauls Schätzung höchstens 50 Kilo. Saul hatte inzwischen eine ausreichende Anzahl seiner Art gesehen, um sofort erkennen zu können, dass es sich bei ihm um den Überlebenden eines KZ handelte. Auch im Jahr 1947 kamen immer noch Heimkehrer nach langem Krankenhausaufenthalt oder einer Odyssee durch verschiedene Länder überraschend nach Hause. Meist zur Freude derer, die nicht mehr damit gerechnet hatten, den Verwandten oder Freund jemals lebend wiederzusehen. Der Fremde kam ihm entfernt bekannt vor, aber er konnte ihn nicht einordnen. »Was kann ich für Sie tun?«, fragte er vorsichtig.

»Hallo, Saul, erkennst du mich nicht?«

Da ihm die Stimme bekannt vorkam und in ihm eine Saite zum Klingen brachte, begann Saul sich sehr unwohl zu fühlen. Er hatte eine Vorahnung nahenden Unheils.

»Ich bin es. Immanuel.«

Saul Mandelbaum sank in den Stuhl zurück und sah den Mann, der noch immer vor dem Schreibtisch stand, mit offenem Mund fassungslos an. Seine Gedanken rasten, aber es war nur eine immer wiederkehrende Überlegung, die ihm in den verschiedensten Variationen durch den Sinn ging: die sichere Überzeugung, dass er nun alles verlieren würde.

Aber er wäre in den komplizierten Zeiten, die hinter ihm lagen, nicht so weit gekommen, wenn er nicht in der Lage gewesen wäre, auf unerwartete Situationen schnell und zielsicher zu reagieren.

Er fasste blitzschnell einen Entschluss und erwiderte mit Verärgerung im Gesichtsausdruck und einem feindseligen Tonfall: »Das kann nicht sein. Mein Freund Immanuel ist schon lange tot. Ich weiß nicht, wer Sie sind oder was Sie sich erhoffen, aber ein Hochstapler hat bei mir keine Chance.«

Der Mann – Saul war sich inzwischen sicher, dass es sich

tatsächlich um Immanuel handelte – starrte überrascht zurück und stammelte schließlich: »Aber Saul, erkennst du mich denn nicht? Erinnere dich bitte – denk an unsere Kinderzeit!« Fast flehentlich fügte er hinzu: »Weißt du nicht mehr? Ich war Winnetou, und du warst Old Shatterhand. Wir sind doch Blutsbrüder.« Er hielt ihm die Innenfläche der rechten Hand hin, auf deren Handballen eine dünne verblasste Linie zu sehen war – die alte Narbe von dem Schnitt, mit dem sie Blutsbrüder geworden waren.

»Ich weiß nicht, woher Sie Ihre Informationen haben, aber ich weiß, dass Sie nicht Immanuel Rosenzweig sind. Also rate ich Ihnen dringend, sofort zu verschwinden und nie mehr wiederzukommen. Andernfalls sehe ich mich gezwungen, die Polizei zu verständigen.« Er senkte seinen Blick auf die Papiere, die auf seinem Schreibtisch lagen, und würdigte seinen Besucher keines Blickes mehr.

Immanuel stand wie versteinert noch immer mit offenem Mund am selben Platz. Er schien nachzudenken, in sich hineinzuhorchen, und man konnte ihm ansehen, dass er verschiedene Gedanken hin und her wälzte. Langsam, als ob er alle Möglichkeiten gegeneinander abgewogen hatte, kam er offensichtlich zum richtigen Schluss. »Du *willst* mich nicht erkennen, nicht wahr? Ich weiß noch nicht genau, was hier gespielt wird, aber ich werde schon noch dahinterkommen.«

In diesem Moment verlor Saul seine vorgetäuschte Fassung komplett. Er sprang auf und schrie so laut wie nie zuvor in seinem Leben: »Raus! … Raus hier, aber sofort! … Ich hole die Polizei … Wachdienst! … Frau Hering! …« Er drückte wahllos Knöpfe des Gegensprechgerätes auf seinem Schreibtisch und hörte nicht auf zu brüllen.

Ohne ein weiteres Wort drehte sich Immanuel um und verließ gesenkten Hauptes das Büro.

Saul hatte sich nicht mehr im Griff. Die sorgsam aufgebaute Maske bröckelte, und er tobte wie ein Berserker. Das Gegensprechgerät flog gegen die Wand, und die Papiere auf seinem Schreibtisch fegte er quer durch den Raum.

Saul rief die Gruppe am Abend desselben Tages zu einer Besprechung in der Villa zusammen. Keinem kündigte er an, um was es genau ging; er machte lediglich die Andeutung, dass es ungemein wichtig sei … es ginge praktisch um Leben und Tod. Die Gruppe – das waren außer ihm noch Nathan Itzigman und Rachel Golowski.

Nathan war seit Kriegsende Sauls Partner in vielen Geschäften, vor allem in Bezug auf die Herstellung gefälschter Unterlagen, Herkunftspapiere und Besitzurkunden aus der Zeit vor und während des Krieges. Er hatte Kontakte zu Fälschern und anderen Kriminellen, die ihm für Geld oder Waren jeder Art alles herstellten, was er wünschte. Saul und Nathan hatten Unmengen von Besitzurkunden und anderen schriftlichen Unterlagen gefälscht, die Auskunft darüber gaben, was vor der Enteignung durch die Nazis angeblich im Besitz jüdischer Familien gewesen war. Solche Papiere dienten dazu, den alliierten Kontrollorganen gegenüber nachzuweisen, wem was gehört hatte und wer im Falle, dass die ursprünglichen Besitzer nicht mehr lebten, der Rechtsnachfolger, Erbe und somit der neue Besitzer war.

Die Alliierten – das hieß in Hessen: die Amerikaner – hatten Wichtigeres zu tun, als die Besitzansprüche von Einzelpersonen ausführlich zu prüfen.

Nathan war mit seiner Familie frühzeitig unter Mitnahme der meisten Besitztümer in die Schweiz geflohen, aber sofort nach dem Krieg nach Frankfurt zurückgekehrt. Dort hatte er sich schnell auf die Seite der Kriegsgewinnler geschlagen, die ohne jegliche Rücksicht ihren persönlichen Vorteil aus dem Leid von Hunderttausenden zogen.

Sowohl er als auch Saul hatten mit dem Judentum nur insofern etwas zu tun, als ihnen die Herkunft aus jüdischen Familien nun zum Vorteil wurde, wenn es um die Ansammlung persönlicher Reichtümer ging. Dabei nutzten sie schamlos aus, dass die alliierten Besatzer nach dem unfassbaren Grauen des Holocausts, dem Tod von über sechs Millionen Juden, diese von Anfang an und ohne Vorbehalte allesamt als bemitleidenswerte Opfer ansahen. Ihnen fehlte der Blick für die vernachlässigbar geringe Zahl von Juden, die nicht nur Opfer, sondern auch Täter waren. Aufkeimendes Misstrauen wurde von höherer Stelle meist sofort im Keim erstickt. Kein amerikanischer Offizier konnte es sich leisten, als Judenfeind dazustehen.

Und wenn es darum ging, die höheren Offiziere der Alliierten für sich einzunehmen – kam Rachel ins Spiel. Rachel Golowski war Sauls Schwägerin – die jüngere Schwester seiner verstorbenen Frau Martha.

Noch immer versetzte es Saul einen Stich, wenn er an Martha dachte. Er hatte die auf der Flucht befindliche polnische Jüdin zu Beginn seiner Scheinexistenz als Paul Mannerich kennengelernt. Es erschien ihm als eine gute Idee, sich für eine verfolgte Glaubensschwester starkzumachen, wo dies gefahrlos möglich war, also hatte er ihr mit Nathan Itzigmans Hilfe Falschpapiere besorgt, die ihr einen sicheren Aufenthalt in Frankfurt ermöglichten. Sehr schnell hatte er sich in die zierliche, schwarzhaarige Frau verliebt und bald darauf eine Beziehung mit ihr begonnen.

Als sie schwanger wurde, hatten die beiden geheiratet, und Martha hatte ihm seinen erstgeborenen Sohn Jakob geschenkt. Drei Jahre später war sie bei der Geburt ihres zweiten Sohnes Aaron im Kindbett gestorben.

Unmittelbar nach ihrer Hochzeit hatte Martha alles unternommen, begünstigt durch die Wirren des Krieges, ihre jüngere Schwester Rachel mit damals zwölf Jahren aus Warschau zu sich nach Frankfurt zu holen.

Inzwischen war Rachel 19 Jahre alt, eine ehemals dunkelhaarige Schönheit, die sich noch zu Zeiten des Nationalsozialismus die Haare blond gefärbt hatte. Gleich zu Beginn ihres Aufenthaltes in Deutschland hatte das damalige Kind seine Fähigkeit offenbart, sich wie ein Chamäleon seiner Umgebung anzupassen, um nicht aus der Masse herauszustechen.

Noch immer blondiert und nach der aktuellen Mode aus den USA gekleidet, war sie der fleischgewordene feuchte Traum aller amerikanischen Soldaten vom »deutschen Mädel«. Und sie war die skrupelloseste Frau, die Saul jemals kennengelernt hatte. Um ihre Ziele zu erreichen, setzte sie alles ein, was ihr zur Verfügung stand.

Saul dachte oft, dass es die entbehrungsreichen Jahre als Kind im Warschauer Getto gewesen sein mussten, die sie so hart und rücksichtslos hatten werden lassen. Aber er scheute nicht davor zurück, ihre Talente einzusetzen, wenn es darum ging, einen amerikanischen Offizier zu beeinflussen. Dabei kamen sowohl Erpressung als auch der Missbrauch der Gefühle junger und verliebter Männer ins Spiel. So hatte das Trio in den letzten Jahren erfolgreich dafür gesorgt, dass Werte in Millionenhöhe den Besitzer gewechselt hatten – zumeist in ihre Richtung.

Nun hatten sie sich in der Bibliothek der mandelbaumschen Villa, die ehemals der Familie Rosenzweig gehört hatte, versammelt und hielten Kriegsrat. Dabei saß Nathan Itzigman nicht, sondern lief wie ein Tiger in einem Käfig hin und her. Er hielt ein Glas Cognac in der Hand, aus dem er immer wieder in großen Schlucken trank.

»Sauf nicht so viel, Nathan. Du musst einen klaren Kopf behalten. Außerdem machst du mich wahnsinnig«, schnauzte Rachel ihn an. Sie saß in einem der Ohrensessel und schaute gedankenverloren auf ihre gepflegten Hände. Sie trug ein modisches Kostüm, und die blonden Haare waren nach der neuesten Mode aus den USA frisiert. Sie sah der jungen Marlene Dietrich, ihrem großen Vorbild, so verblüffend ähnlich, dass sie trotz des Altersunterschiedes von fast 30 Jahren oft mit ihr verglichen wurde.

»Ja genau«, fiel Saul ein, »setz dich, Nathan. Wir müssen uns Gedanken machen, wie wir vorgehen, um unser Kapital zu retten.«

Ihr Kapital – das waren für Saul an erster Stelle die Bank, die Villa und noch einige andere Besitztümer. Auch Nathan und Rachel hatten von den gemeinsamen kriminellen Machenschaften profitiert und galten in der neuen jüdischen Gemeinde Frankfurts als aufstrebende Jungunternehmer. Rachel stand noch im Schatten ihres Schwagers Saul, denn es war im Nachkriegsdeutschland nicht üblich, dass Frauen als Firmenchefinnen tätig waren. Zwar hatten einige Frauen in der Abwesenheit ihrer Männer die Geschäfte und Firmen weitergeführt, waren aber sofort nach deren Rückkehr wieder in die zweite Reihe verbannt worden.

Rachel ergriff als Erste erneut das Wort. »Saul, welche Chancen siehst du für deinen Jugendfreund, sein Erbe geltend zu machen?«

»Ich bin mir relativ sicher, dass er es sehr schwer haben wird, wenn seine Bemühungen nicht sogar von vorneherein zum Scheitern verurteilt sind. Ich habe selbstverständlich sofort Maßnahmen eingeleitet und einen Detektiv beauftragt. Es war erstaunlicherweise gar nicht so schwer, wie ich dachte, ihn aufzustöbern. Mein Mann hat ihn in einer Notunterkunft für Heimkehrer gefunden und dort einiges erfahren.« Er bemerkte die fragenden Blicke der anderen und erklärte: »Er konnte keine Papiere vorweisen und hat sowohl der Unterkunftsleitung als auch einigen Mitbewohnern erzählt, dass seine gesamte Familie im KZ umgekommen ist. Er scheint also der einzige überlebende Rosenzweig zu sein, was unsere Chancen natürlich erheblich verbessert.« Saul machte eine Pause, nahm einen Schluck seines amerikanischen Bourbons und fuhr fort: »Wenn wir es nicht schaffen, ihn als Hochstapler hinzustellen, laufen wir Gefahr, alles zu verlieren. Dass er seine Identität nicht mit Dokumenten beweisen kann, spielt uns in die Hände.«

Nathan Itzigman wand sich so schnell zu Saul um, dass der nachgeschenkte Cognac aus seinem Glas schwappte. »Ich bin nicht bereit, alles aufs Spiel zu setzen, was ich mir aufgebaut habe«, echauffierte er sich und wurde laut. »Ich habe einen elfjährigen Sohn, und mein kleiner Samuel soll einmal all das erben, was ich erarbeitet habe. Ich lasse nicht zu, dass ein verdammter KZ-Heimkehrer alles zunichtemacht.«

»Pah«, ließ Rachel von ihrem Platz aus hören, »und was willst ausgerechnet du dazu beisteuern, das zu verhindern?«

Nathan sah betreten zu Boden. Seine Wut und Aufregung verrauchten so schnell, wie sie entstanden waren. »Ich weiß nicht. Hat denn niemand einen Plan?« Er blickte Hilfe suchend zu Saul.

Saul empfand beinahe Mitleid mit diesem unfähigen Wicht. Herablassend blickte er ihn an und meinte: »Natürlich habe ich einen Plan, sonst hätte ich euch heute nicht hier zusammengerufen.« Dann drehte er sich zu Rachel. »Allerdings brauche ich dazu unter anderem deine Hilfe.«

Sie sah ihn fragend an. »Inwiefern?«

»Es gibt da einen jungen amerikanischen Offizier, dessen Unterstützung du gewährleisten musst. Ist das ein Problem?«

Rachel war halb aus dem Sessel aufgestanden und zog missbilligend die Augenbrauen zusammen. »Um wen genau geht es?« Sie fragte nicht, was Saul meinte, lediglich, welche Person er meinte.

»Um den Verbindungsoffizier Major Ron Elias, kennst du ihn?«

Das vielsagende Lächeln, mit dem sie sich in die Bequemlichkeit des Sessels zurückfallen ließ, sagte Saul alles. Ganz offensichtlich zählte Major Elias bereits zu der stattlichen Anzahl von Rachels Verehrern oder vielleicht sogar zu ihren Liebhabern.

Erstmals seit dem Auftauchen von Immanuel in seinem Büro hatte Saul wieder so etwas wie Hoffnung, dass er den Karren noch einmal aus dem Dreck würde ziehen können.

# 19. KAPITEL

Nachdem Sonja den Raum verlassen hatte, um in die Gerichtsmedizin zurückzukehren, wandte sich Gregor Alsmann zu. »Danke, Dieter. Das war sehr nett von Ihnen.«

»Kein Problem. Hat mich sowieso genervt, wie die Affen deine … äh … Frau Dr. Savoyen angegafft haben.«

Jenny wirkte sehr verschlossen auf Gregor und stand mit verkniffenem Mund ein wenig abseits. Gregor erkannte mehr als deutlich, dass sie von dem Vorfall extrem genervt war.

Er zwang sich, zur gewohnten Sachlichkeit zurückzukehren, und bat Alsmann und Jenny, ohne weiter auf die Szene von eben einzugehen, die Liste der Zeugen durchzugehen und sie zu den Geschehnissen vor dem Selbstmord zu befragen. Er selbst würde die Kinder der Toten befragen.

Ohne ein weiteres Wort drehte sich Jenny um und stapfte davon.

Gregor wartete einige Sekunden und verließ dann ebenfalls den Tatort. In dem Vorraum entdeckte er ein junges, dunkelhaariges Mädchen, das er aufgrund ihrer Uniform und eines weißen Häubchens auf dem Kopf als Dienstmädchen identifizierte. Er ging auf sie zu und fragte ohne Umschweife: »Wo ist der Hausherr?«

Sie sah ihn mit großen Rehaugen an, und ihr Blick verriet sowohl Verwirrung als auch Unverständnis. »Aber …«, stammelte sie, »Frau Kleinstein ist doch tot.«

Selbstverständlich hatte er vorausgesetzt, dass jeder, genauso wie er, nun den ältesten Sohn der Toten als neuen Hausherrn ansah. »Ich meine natürlich Herrn Robert Kleinstein.«

»Ich glaube, er ist im Billardzimmer«, sagte sie aufatmend, erleichtert darüber, dass sie ihm doch weiterhelfen konnte. Aber sie hatte die Rechnung ohne Gregor gemacht.

»Sie setzen voraus, dass ich weiß, wo sich das Billardzimmer befindet. Diese Annahme ist allerdings falsch.«

Sie sah ihn wieder erschrocken und mit großen Augen an. Als er nichts weiter sagte, sondern sie nur wartend ansah, kam ihr offenbar die rettende Idee. »Möchten Sie, dass ich Sie hinführe?«

»Natürlich!« Warum muss man das Offensichtliche immer auch noch erwähnen?, fragte er sich, fand aber keine befriedigende Antwort.

Froh, ihm nicht mehr Rede und Antwort stehen zu müssen, ging sie wortlos voraus und führte ihn durch einen kurzen Seitengang in das besagte Zimmer.

Dort saß Kleinstein in einer Ecke des von dem riesigen Billardtisch dominierten Raums in einem Sessel und drehte ein halb gefülltes Whisky-Glas zwischen den ausgestreckten Händen, indem er es ständig mit den Handflächen vor- und zurückrollte. Dabei stierte er vor sich hin, ohne eine Regung zu zeigen.

Menschen gingen unterschiedlich mit schockierenden Ereignissen um, das kannte Gregor aus zahlreichen Fällen. Der eine wiederholte eine Bewegung immer und immer wieder – zum Beispiel ein Kopfschütteln. Andere verfielen in eine nahezu katatonische Starre und waren nicht mehr ansprechbar. Kleinstein starrte zwar schweigend vor sich hin, aber da er in der Lage gewesen war, sich einen Whisky einzuschenken, ging Gregor davon aus, dass er ansprechbar war. »Guten Tag, Herr Kleinstein«, eröffnete er das Gespräch. »Ich darf Ihnen mein aufrichtiges Beileid und Mitgefühl zu Ihrem Verlust aussprechen.«

Er hatte diese Sätze als adäquat und angemessen nachgelesen und einstudiert. Die entsprechenden Gefühle empfand er in Wirklichkeit nicht, aber er hatte erfahren müssen, dass Zeugen etwas bockig reagierten, wenn sie Hinterbliebene waren und den Eindruck gewannen, ihm sei das egal. »Dennoch kann ich es Ihnen leider nicht ersparen, ein paar Fragen zu beantworten. Mein Name ist Gregor Mandelbaum, ich komme von der Kripo Frankfurt. Darf ich mich setzen?«

Bei der Erwähnung des Namens Mandelbaum hatte Kleinstein ruckartig aufgesehen und blickte ihn fragend an. »Mandelbaum? Wie Jakob Mandelbaum?«

»Mein Onkel. Bitte verzeihen Sie mir, dass ich zur Trauerfeier nicht anwesend sein konnte – wichtige Dienstgeschäfte«, erklärte Gregor mit einem entschuldigend gemeinten Achselzucken. Auch er war nicht gefeit davor, bisweilen auf Notlügen zurückgreifen zu müssen. Lediglich im Privatleben und im Umgang mit nahestehenden Kollegen sah er diese Notwendigkeit nicht.

»Ihr Onkel muss auch irgendwo da draußen sein.«

»Ich weiß, ich werde mich später auch noch mit ihm unterhalten. Seien Sie bitte so gut und schildern Sie mir so genau wie möglich, was sich zugetragen hat.«

»Ich habe … ich war …« Robert Kleinstein musste mehrmals schlucken und atmete danach tief ein. Dann fuhr er fort: »Meine Mutter hat sich von mir kurz abgemeldet. Sie hat gesagt, dass sie zu einer geschäftlichen Besprechung in die Bibliothek muss. Nach ein paar Minuten ist sie zurückgekommen und direkt auf mich zu. Aber sie hat ganz seltsame Bemerkungen gemacht. Ich hab mir keinen Reim darauf machen können. Und dann, auf einmal, hat sie dieses Ding aus ihrer Tasche geholt und … und sich …«, er fiel schluchzend in sich zusammen. »Warum? Warum hat sie das getan?«, stieß er immer wieder zwischen krampfartigem Erschaudern hervor.

Gregor hatte schon zu einem frühen Zeitpunkt seiner kriminalistischen Karriere verstanden, wie wichtig es war, freiwillig berichtende Zeugen nicht in ihrem Gedankenfluss durch Zwischenfragen zu unterbrechen. Die normale menschliche Erinnerung war ein zartes Pflänzchen. Sie rankte von selbst entlang eines eigenen Pfades und nach eigenen Regeln. Jeder Windhauch einer unerwarteten Zwischenfrage brachte sie aus dem Fluss, unterbrach ihr Wachstum und konnte zu verheerendem Fehlwuchs – in diesem Fall Auslassungen – führen. Zum Glück bestand bei Gregor aufgrund seines fotografischen Gedächtnisses nicht die Gefahr, dass er eine Frage vergessen würde – der häufigste Grund für störende Zwischenfragen anderer Vernehmungsbeamter. In solchen Fällen waren die Kollegen manchmal zu faul oder bequem, sich auftauchende Fragen zu notieren.

Erst als Kleinstein sich langsam wieder erholte, das Schluchzen aufgehört hatte und er wieder etwas ruhiger atmete, ließ Gregor seine nicht wirklich ergiebigen Aussagen noch einmal im Kopf ablaufen und stellte dann die auf dieser Grundlage aufgetauchten Fragen. Mit ihnen hoffte er, einige Lücken schließen zu können, die vielleicht darauf beruhten, dass Kleinstein Ereignisse für unwichtig hielt und sie deshalb nicht erwähnt hatte. »Ist Ihnen bekannt, um wen es sich bei diesem Geschäftskontakt gehandelt hat?«

»Nein.«

»Haben Sie eine Vermutung oder hat Ihre Frau Mutter eine Andeutung gemacht, aus der Sie auf die Person schließen könnten?«

»Nein.«

»Könnte es einer der Gäste gewesen sein?«

Erstmals zögerte Kleinstein mit der Antwort und überlegte, bevor er antwortete: »Rein theoretisch ja, ein Gast hätte sich aus der Menge entfernen und dann auf einem Umweg durch einen Seitengang in die Bibliothek gehen können. Auf jeden Fall ist aber niemand meiner Mutter vom Salon aus gefolgt, das hätte ich bemerkt.« Er machte eine kurze Pause, bevor er eine Frage stellte: »Aber warum interessiert Sie das? Glauben Sie, der Besuch hatte etwas mit dem Selbstmord meiner Mutter zu tun?«

»Wir untersuchen zunächst einmal alles, was im Zusammenhang mit dem Geschehen stehen könnte«, antwortete Gregor ausweichend, »aber das führt auch zwangsläufig zu meiner nächsten Frage: Könnten Sie sich ein Motiv für einen Suizid vorstellen?« Gregor brachte bewusst keine Beispiele, sondern überließ es Kleinstein ganz allein, über diese Thematik nachzudenken.

Auch diesmal kam die Antwort nicht prompt, sondern etwas zögerlich. »Nein, eigentlich nicht.«

Gregor wusste, dass das »eigentlich« ganz eindeutig dem Umstand entsprang, dass Kleinstein als Jurist das Offensichtliche nicht einfach verneinen konnte. Da er mit eigenen Augen hatte mit ansehen müssen, wie seine Mutter sich das Leben genommen hatte, konnte er als logisch denkender und gebildeter Mensch nicht verneinen, dass es ein Motiv gegeben haben musste. Es schien ihm nur nicht bekannt zu sein.

»War Ihre Frau Mutter depressiv oder hatte sie Stimmungsschwankungen?«

»Nicht dass ich wüsste. Sehen Sie, Herr Mandelbaum, meine Mutter war eine alte Frau, aber sie hatte noch immer das Ruder fest in der Hand. Soweit ich es einschätzen kann, liebte sie das Leben immer noch.«

»War sie krank oder nahm sie Medikamente?«

»Meines Wissens musste sie außer gegen ihre rheumatischen Beschwerden und einen leichten Bluthochdruck keine Medikamente einnehmen.«

Gregor nickte und machte sich eine mentale Notiz, dass er diese Informationen an Sonja würde weitergeben müssen. Dann wechselte er das Thema. »Nach Ihren ersten Schilderungen der Äußerungen Ihrer Mutter habe ich den Eindruck, dass sie geistig verwirrt war. Litt sie an Demenz oder haben Sie eine andere Erklärung für ihre Worte?«

Kleinstein kämpfte sichtlich um seine Fassung. Er schüttelte verzweifelt immer wieder den Kopf. »Ich frage mich das schon die ganze Zeit immer und immer wieder, was sie da gemeint haben könnte. Aber das hat alles keinen Sinn gemacht. Welcher kleine Sohn? Warum ›Nehmen Sie mein Blut, ich gebe es hin‹? Warum? Ich hatte den Eindruck, sie spräche nicht mit *mir*. Oder ich habe nicht verstanden, was sie von mir wollte.«

Dazu hatte Gregor bereits seine eigene Theorie, aber weder wollte er sie Kleinstein gegenüber erwähnen, noch war er sich ihrer Richtigkeit sicher. Erst wollte er die Ergebnisse abwarten, die Jenny und Alsmann von der Befragung der anderen Gäste mitbrachten. Er bedankte sich bei Robert Kleinstein, versicherte ihn nochmals seiner Anteilnahme und machte sich auf die Suche nach den Töchtern der Verstorbenen.

*

90 Minuten später saß Jenny zusammen mit den anderen in der Einsatzzentrale und wartete auf das Erscheinen ihres Chefs. Er hatte allen eine SMS mit dem Termin zugesandt und einem einzigen Wort: »Kriegsrat«. Irgendwann einmal hatte Schmuddel ihre Besprechungen zum Austausch von Informationen so bezeichnet, und Gregor schien in Ermangelung eines eigenen griffigen Begriffs für diese Zusammenkünfte diese Wortwahl übernommen zu haben. Ausnahmsweise waren einmal alle außer Gregor pünktlich erschienen, was vermutlich aber auf die Neugierde über den neuerlichen Selbstmord zurückzuführen war.

Selbstverständlich gab es, solange ihr Chef noch nicht eingetroffen war, im Team nur ein Thema; es hatte keine fünf Minuten gedauert, bis Jenny die am Tatort nicht anwesenden Schmuddel und Mutti über die Ereignisse zwischen Gregor und der Gerichtsmedizinerin in Kenntnis gesetzt hatte. Sie verspürte eine gewisse Befriedigung dabei, ihrer eigenen Frustration Luft zu machen. »Stellt euch vor, sie hat ihm eine geknallt. Mein lieber Mann, die Ohrfeige hatte sich gewaschen. Ich wette, er hat die Abdrücke ihrer Finger auf der Backe.«

Schmuddel grinste anzüglich. »Was da wohl vorher zwischen den beiden gelaufen ist?« Dabei zog er eine Augenbraue hoch und machte keinen Hehl daraus, was seiner Fantasie zufolge passiert sein mochte.

»Ich mag ihn auch nicht, aber es steht keinem von uns zu«, meldete Alsmann sich zu Wort, »sein Privatleben zu bewerten oder zum Thema im Präsidium zu machen. Ich muss euch warnen. Es kann sehr negative Folgen für denjenigen haben, der das außerhalb unseres Kreises weitertratscht.«

»Ich finde es ehrlich gesagt auch gar nicht gut, dass ihr euch über den armen Jungen hinter seinem Rücken lustig macht«, empörte sich Mutti. Sie war wie meist um Ausgleich und Harmonie bemüht und hatte vor allem ein großes Verständnis für die ihres Erachtens »Schwächeren«.

Jenny wollte gerade protestieren und Mutti in die Parade fahren, als die Tür aufging und Gregor eintrat. Die Unterhaltung erstarb sofort, und die meisten blickten ein wenig betreten vor sich auf den Tisch.

Gregor machte auf Jenny keinen sehr zufriedenen Eindruck, und sie fragte sich, ob das mit dem Geschehen zwischen ihm und Frau Dr. Savoyen oder mit dem Ergebnis der Befragungen zusammenhing.

Er wollte gerade beginnen, von seinen Erkenntnissen zu erzählen, als Schmuddel es sich offenbar nicht verkneifen konnte, mit einem laut schmatzenden Geräusch Jenny eine Kusshand zuzuwerfen.

Jenny funkelte ihn böse an und schüttelte den Kopf. Irgendwann würde er es mal übertreiben, da war sie sich sicher.

Gregor zeigte durch keine Reaktion, ob er es überhaupt mitbekommen und wenn ja verstanden hatte. Er begann mit den schlechten Nachrichten.

Jenny verstand, dass seine Frustration nicht von ungefähr kam. Die Befragungen – oder besser Befragungsversuche – der beiden Töchter von Rachel Kleinstein waren kläglich gescheitert. Lea, die jüngere Tochter, war hoffnungslos betrunken und nicht ansprechbar gewesen. Lisa Kleinstein hatte sich abweisend und unkooperativ gezeigt. Sie hatte barsch jegliches Gespräch mit Gregor verweigert und sich lediglich kurz darauf berufen, überhaupt nichts mitbekommen zu haben. Somit hatte Gregor von keiner der beiden Töchtern weiterführende Informationen erhalten. Dann berichtete er von der Befragung des Sohnes Robert.

Während er seine Erinnerungen wiedergab, kontrollierten Jenny und Alsmann ihre Aufzeichnungen und verglichen diese sowohl leise miteinander als auch mit Gregors Schilderungen. Jenny überließ es Alsmann, die Zusammenfassung abzugeben.

»Vergleicht man die lediglich in Nuancen unstimmigen Aussagen der zahlreichen Zeugen, ihre Eindrücke des Geschehens und auch ihre jeweiligen Schlussfolgerungen, ergibt sich folgendes Gesamtbild: Rachel Kleinstein kam aus der Bibliothek und ging zielstrebig auf ihren Sohn Robert zu. Dabei hat sie einige Gäste unsanft zur Seite geschubst – was insoweit von Vorteil ist, als dass diese Personen ihr überrascht nachgesehen und dadurch das folgende Geschehen überhaupt nur mitbekommen haben. Dann stand sie vor ihrem Sohn und sprach, aber die Mehrheit der Zeugen war der Meinung, sie spräche zu einer anderen Person. Überwiegend entstand der Eindruck, dass sie von einem kleinen Jungen redete, den sie offensichtlich vor etwas beschützen wollte.« Er machte eine Pause, und Jenny sah seinen fragenden Blick.

Durch ein Nicken gab sie ihre Zustimmung zu allem bisher Gesagten.

Nach einem kurzen Blick auf seine Aufzeichnungen fuhr er fort: »Mehrfach bestätigt wurde die Aussage, dass es um Blut einer bestimmten Blutgruppe ging und dass sie bereit war, ihr Blut *hinzugeben*. Einige Zeugen erwähnten, für sie sei der Eindruck entstanden, als unterhielte sich Rachel mit jemandem, den nur sie sehen und hören konnte.«

Als Dieter Alsmann abschloss, ergriff Gregor erneut das Wort: »Frau Dr. Savoyen hat mir Informationen zu Drogenspuren gegeben, die bei den Toten der letzten Tage festgestellt wurden. Alle von Ihnen sollten diese Informationen kennenlernen.« Er bemerkte sofort die fragenden Blicke, die nicht nur Neugierde bezüglich der Drogen verrieten, sondern auch bezüglich dessen, bei welcher Gelegenheit die Rechtsmedizinerin ihm das erzählt hatte. Das anzügliche Grinsen von Schmuddel sprach Bände. »Es handelt sich um einen Mix verschiedener Alkaloide, unter anderem Scopolamin. Dr. Savoyen geht davon aus, dass dieser Cocktail das Bewusstsein beeinflusst, und man kann annehmen, dass er in unmittelbarem Zusammenhang mit den angeblichen Selbsttötungen steht.« Zum Abschluss gab er die Marschroute für den nächsten Tag aus. »Sie gehen jetzt nach Hause und überdenken alle Informationen noch einmal. Vielleicht fallen Ihnen Widersprüche auf oder es ergeben sich aus dem bisherigen Wissen neue Ermittlungsansätze.«

»Ich …«, wollte Schmuddel aufbegehren, aber Jenny legte ihm warnend die Hand auf den Arm.

Sie wusste, dass er sich nicht vorschreiben lassen wollte, ob er nun nach Hause ging oder vielleicht noch etwas unternahm. »Lass es sein!«, zischte sie ihm halblaut zu.

»Wir sehen uns dann morgen früh um 9:00 Uhr und entscheiden über die weitere Vorgehensweise. Auf Wiedersehen«, sagte Gregor, stand auf und verließ ohne ein weiteres Wort den Raum.

Als die restliche Truppe kurz darauf aus dem Raum schlenderte, fiel Jenny siedend heiß ein, dass sie erneut die Chance verpasst hatte, Gregor und dem gesamten Team von ihren Beobachtungen bei der Vernehmung der Familie Kleinstein zu berichten. Am Tatort in der Villa waren ihre Gedanken so sehr bei den Geschehnissen rund um das Opfer, aber auch um Gregor und die Gerichtsmedizinerin gewesen, dass sie vergessen hatte zu erwähnen, was sie bei der ersten Vernehmung der Familie Kleinstein bezüglich der Reaktionen des Sohnes

Robert und der Tochter Lisa auf den Namen Löwenstin beobachtet hatte. Sie war misstrauisch geworden, aber sie hatte irgendwie versäumt, diesen Sachverhalt gegenüber auch nur einem anderen Teammitglied zu erwähnen. Nun, da es spätestens an der Zeit gewesen wäre, ihre Beobachtung zu teilen, hatte sie es erneut vergessen. Sie nahm sich fest vor, dies am nächsten Morgen auf jeden Fall zu tun.

*

Gregor betrat das Ristorante da Marco ohne große Erwartungen. Er hatte mehrfach versucht, Sonja telefonisch auf dem Handy zu erreichen, allerdings ohne Erfolg. Sie hatte ihn jedes Mal weggedrückt. Dann hatte er ihr SMS geschrieben, zuerst mit ausführlichen Entschuldigungstexten und dann mit der Bitte, sich doch noch einmal im Da Marco zu treffen. Da auf keine der SMS eine Reaktion erfolgt war, hatte er am Schluss eine letzte Nachricht mit nur noch einem einzigen Wort gesendet: »Bitte!«

Zu seiner großen Überraschung saß Sonja bereits an demselben Tisch, an dem sie beide das letzte Mal gesessen hatten. Er ließ sich ohne eine Begrüßung auf dem Stuhl ihr gegenüber nieder und begann mit den Worten: »Ich muss mich für mein Benehmen am Tatort entschuldigen. Das war absolut unpassend und unverzeihlich.« Er wusste, dass es einstudiert klingen musste – weil es genau das war.

Sonjas Kopfschütteln interpretierte er als Ablehnung und setzte sofort nach: »Wirklich, ich bedaure es so …«

»Stopp!«

Er war so verblüfft, dass er sofort verstummte.

»Darf ich auch mal was sagen?«

»Natürlich.«

»Also …«, sie machte eine Pause und sah ihn so durchdringend an, dass er unruhig auf seinem Sitz hin- und herrutschte.

»Ich habe lange nachgedacht. Darüber, was gestern Abend passiert ist, und über das heute am Tatort.«

»Ich ...«

»Du hast jetzt mal Sendepause«, unterbrach sie ihn sofort recht harsch.

Gregor biss sich auf die Lippe. Er hatte keine Ahnung, was sie ihm sagen wollte. War das der Anfang einer Abfuhr? Er sah, wie sich völlig widersprechende Signale in ihrem Gesicht abzeichneten, deren Deutung ihm ungewöhnlich schwerfiel. Lag das an seinem emotional angespannten Zustand? Er sah Zorn – aber auf wen? –, und er sah Verzweiflung und Enttäuschung – aber worüber?

»Gestern Abend«, fuhr sie langsam fort, »das hat mir gut gefallen. Die Unterhaltung mit dir, meine ich.« Sie errötete leicht.

Er sah die Peinlichkeit in ihrem Ausdruck und fragte sich, was ihr wohl peinlich war. Aber da war noch mehr, sie war nicht ganz ehrlich.

»Nun ja, wenn ich ehrlich bin, mir hat auch unser Abschied im Taxi gefallen, und ich war kurz davor, dich mit in die Wohnung zu nehmen. Aber«, beeilte sie sich fortzufahren, als hätte sie Angst, er würde ihre Aussage kommentieren, »das ist einfach noch zu früh. Ich hatte seit Jahren keine Beziehung mehr, und wir kennen uns eigentlich so gut wie gar nicht. Ich mag dich ... irgendwie. Dass man dich nicht oder nur schwer belügen kann, ist beängstigend, obwohl ich gar nicht vorhabe, dir etwas vorzumachen, also ist es auf der anderen Seite sogar positiv und erleichternd. Es ist auf jeden Fall sehr verwirrend.«

Es fiel Gregor leicht, diese Argumente nachzuvollziehen. Die wenigsten hätten den Mut und die Ehrlichkeit besessen, ihm auch nur ansatzweise ihre Unsicherheit und Bedenken bezüglich einer so außergewöhnlichen Verkomplizierung der Kommunikation zwischen zwei Menschen zu gestehen.

»Und dann kommt auch noch hinzu, dass«, sie geriet ins Stocken, »dass du … äh … so anders bist als jeder, den ich bisher kannte.«

Er sah die Erleichterung in ihrem Gesicht, und es konnte nur die Erleichterung darüber sein, dass sie es geschafft hatte, das zu sagen, was sie sich vorgenommen hatte, ihm mitzuteilen.

Gregor dachte nach, und ihm fiel keine intelligentere Frage als die offensichtliche ein. »Was bedeutet das für unsere … Beziehung?«

Sie sah ihn traurig an. »Ehrlich gesagt – ich weiß es nicht. Haben wir eine Beziehung? Wir haben uns einmal geküsst, und es hat mir gefallen, das gebe ich zu.« In einem Anflug von Galgenhumor ergänzte sie: »Na ja, eineinhalbmal, wenn man heute Vormittag mitrechnet.« Sie wurde wieder ernst. »Ich mag dich und finde dich auch attraktiv und anziehend. Aber wäre es eine Beziehung, wenn wir Freunde mit der Option auf vielleicht irgendwann einmal mehr wären?«

»Es wäre eine logische Konsequenz«, stellte er sachlich fest.

»Siehst du, genau das meine ich! Ich kann überhaupt nicht voraussagen, wie du auf eine bestimmte Situation reagierst. Ich hätte mir eine Menge vorstellen können, was du auf meine Frage antwortest – aber nicht das. Du bist so anders, so … kompliziert und unverständlich.«

»Drücke ich mich missverständlich aus?«, fragte Gregor überrascht.

Sonja lachte kurz auf, aber es klang verzweifelt. Sie sah ihn wieder an und schüttelte den Kopf, wobei sie allerdings den Anflug eines Lächelns auf den Lippen hatte. »Jetzt hast du es innerhalb einer Minute schon zum zweiten Mal gemacht. Du denkst, handelst und antwortest so logisch, und dabei kannst du dir nicht vorstellen, dass eiskalte Logik verletzend, verwirrend und für Normalsterbliche in einem bestimmten Zusammenhang oft unverständlich ist.«

Sie hatte recht – er konnte es sich nicht vorstellen. Sie bemerkte offensichtlich, dass er ihr zwar folgen konnte, aber ihre Aussage ihm nicht wirklich weiterhalf. Sie griff über den Tisch und legte eine Hand auf seine. Er spürte, wie ihn ein elektrisierendes Kribbeln durchlief, und musste sich zwingen, seine Hand nicht in einem Reflex wegzuziehen.

»Schau«, sprach sie leise, aber eindringlich weiter, »ich habe mich heute über Tag noch ein wenig schlauer in Bezug auf deine … nun … sagen wir mal *Defizite* aufgrund des Asperger-Syndroms gemacht. Ich glaube, ich verstehe jetzt ein wenig besser, warum du dich so verhältst, wie du dich verhältst. Deine Aktion am Tatort hat mich ehrlich gesagt ein wenig aus der Bahn geworfen. Es kam einfach zu überraschend.« Sie lächelte ihn wieder an, und er sah auch ehrliches Bedauern in ihrem Blick, als sie ergänzte: »Das mit der Ohrfeige tut mir übrigens sehr leid. Ich hoffe, es hat nicht zu wehgetan.«

Gregor befühlte seine Wange. »Es hat geschmerzt, aber ich spüre nichts mehr davon.«

Diesmal lachte sie laut auf. »Ich fass es nicht, das ist genau, was ich meine. Du hast keine Ahnung, welche Antworten Menschen auf bestimmte Fragen erwarten. Die meisten hätten geantwortet ›Ach was, war gar nicht so schlimm‹ oder ›Na ja, das hatte ich ja verdient‹, aber du siehst es rein logisch und antwortest wahrheitsgemäß.« Ihr Blick verschleierte sich ein wenig, und Gregor konnte voraussehen, dass ihre nächste Anmerkung ihr nicht leichtfiel. »Ich weiß noch nicht genau, ob ich auf Dauer damit werde umgehen können.« Sie zog ihre Hand zurück und straffte sich, setzte sich aufrecht hin und kniff die Augen zusammen. »Aber ich will es versuchen, und vor allem will ich versuchen, dir mit Rat und Tat zur Seite zu stehen, und dir helfen zu verstehen, was andere von dir erwarten und wo du an deinen Defiziten arbeiten kannst.«

»Wie?«

»Nun … fangen wir doch mal mit was Einfachem an. Erklär mir bitte mal, warum du nur schwarze Klamotten trägst.«

Er war so verblüfft, dass er einen Moment lang nicht in der Lage war zu antworten. Niemals hätte er sich vorstellen können, dass dieser Umstand irgendjemanden interessierte. Er suchte selbst nach dem Grund, bevor er antwortete: »Das hat sich aus der Entwicklung der Dinge heraus so ergeben. Als meine Eltern starben, habe ich gesehen, dass alle Erwachsenen in Schwarz gekleidet waren. Wenn ich es im Nachhinein überlege, habe ich aufgrund meines Alters wohl daraus geschlossen, dass das etwas Wichtiges im Zusammenhang mit dem Tod der beiden bedeutet. Als die meisten nach einiger Zeit wieder normale Sachen trugen, empfand ich das wie einen Verrat an meinen Eltern und habe weiterhin nur Schwarz getragen. Irgendwie bin ich nie davon weggekommen. Ich habe auch nie mehr darüber nachgedacht.« Er machte eine Pause und schüttelte nachdenklich den Kopf. »Seltsam, mir kam das immer wie die natürlichste Sache der Welt vor.«

Sonja bestellte ihnen eine Karaffe Wasser. »Zu welchen Gefühlen bist du fähig?«, fragte sie.

»Was meinst du damit?

»Nun ja, kannst du Gefühle wie Hass, Wut, Verärgerung, Enttäuschung, Mitleid oder Hilflosigkeit empfinden?«

Gregor horchte in sich hinein und überlegte, wie er seine Empfindungen am verständlichsten ausdrücken könnte. Nach einer langen Phase des Nachdenkens kam er zu einem Ergebnis. »Ja, solche Gefühle kenne ich, wenn auch nicht in der extremen Ausprägung, wie ich sie an anderen Menschen beobachten kann. Was die meisten Menschen als Hass bezeichnen würden, empfinde ich als einfaches ›Nichtmögen‹, was man landläufig als Hilflosigkeit bezeichnet, stellt sich mir eher als ein Grund zum Nachdenken darüber dar, wie ich die Situation ändern könnte.« Er machte eine kurze Pause. »Hat es einen

Grund, warum du in deine Aufzählung das Gefühl ›Liebe‹ nicht aufgenommen hast?«

Sofort sah er die peinliche Berührtheit in ihrem Ausdruck und wie sie nach einer Antwort rang. Schließlich schüttelte sie ihre Befangenheit ab und antwortete: »Ja, es gab einen Grund, aber ich will jetzt nicht darauf eingehen. Viel interessanter ist, dass genau deine Frage dein Problem kennzeichnet. Du bemerkst, dass jemand etwas nicht tut, was du von ihm erwartet hättest. Die meisten Menschen würden denken, nun, er wird einen Grund haben, und es für unangemessen halten, danach zu fragen. Kannst du das nachvollziehen?«

»Nein, ehrlich gesagt nicht.«

Eine leichte Verzweiflung war Sonja anzusehen, bevor sie fortfuhr: »Ich muss mir Gedanken darüber machen, wie ich dir das nahe- oder sogar beibringen kann.«

»Darf ich dir noch eine Frage stellen?«

»Selbstverständlich, schieß los.«

»Willst du mir etwas über deine Probleme mit Beziehungen erzählen? Ich habe gestern bemerkt, dass du dich auch nicht in einer glücklichen Partnerschaft befindest.«

Sonja schien diese Frage vorausgesehen zu haben, denn sie zögerte keinen Augenblick mit der Antwort. »Das ist relativ einfach zu beantworten. Ich habe Angst davor, dass die Männer, die den Kontakt zu mir suchen, in mir lediglich das Objekt ihrer sexuellen Begierde sehen und ihnen mein Intellekt eher egal ist. Ich bin leider«, dabei musste sie ein wenig wehmütig lächeln, »nicht in der Lage, die Emotionen der Menschen so gut wie du zu erkennen. Mal abgesehen davon, dass ich bisher wenige Männer getroffen habe, die mit mir intellektuell auf einer Ebene diskutieren konnten, bin ich mir als Sexobjekt zu schade. Deshalb habe ich seit fünf Jahren keine Beziehung und eben auch keinen Sex gehabt.« Sie zuckte mit den Schultern.

Gregor erkannte, dass sie absolut offen zu ihm gewesen war. Ihr war bei dieser Bemerkung aber augenscheinlich nicht klar gewesen, welchen Weg sie mit der Abzweigung zum Thema Sex eingeschlagen hatte. Gregor stellte die Frage ohne Hintergedanken: »Gleichst du diesen Mangel durch Masturbation aus?«

Sonja hatte gerade ein Glas Wasser am Mund, trank und konnte nicht mehr verhindern, dass sie sich verschluckte und in dem Versuch, das ganze Wasser in ihrem Mund zu behalten, einen tierischen Hustenanfall bekam. Einige der Gäste drehten sich zu ihnen um, und ein Ober eilte an den Tisch, offensichtlich, um Erste Hilfe zu leisten.

Als sie sich ein wenig beruhigt und die Versuche des Obers, ihr auf den Rücken zu klopfen, erfolgreich abgewehrt hatte, saß sie mit hochrotem Kopf vor Gregor und rang nach Atem. »Wie kannst du nur«, sie schnappte keuchend nach Atem, »so was fragen? Ach Quatsch, ich weiß natürlich, wieso du so was fragst. Du denkst dir nichts dabei.« Sie seufzte schwer. »Du kannst doch einer Frau eine solche Frage nicht stellen.«

»Warum nicht?«, fragte er unschuldig, aber auch ein wenig bestürzt wegen ihrer starken Reaktion.

Gregor hörte geduldig zu, als sie versuchte, ihm das Konzept der Peinlichkeit zu erläutern. Selbstverständlich wusste er um die Bedeutung von »peinlich«, aber er konnte es nicht nachvollziehen. Er setzte Peinlichkeit überwiegend mit »unangenehm« oder »sich in einer Situation nicht wohlfühlen« gleich. Letztendlich war nach seinem Verständnis den Menschen nur etwas peinlich, was sie als herabsetzend für das Bild, das andere von ihnen hatten, empfanden. In der Regel hatte es dann aber damit zu tun, dass sie diesen Umstand verbargen oder bezüglich der tatsächlichen Umstände falsche Angaben machten. »Darf ich eine Anmerkung machen?«, fragte er mitten in ihren Ausführungen.

»Selbstverständlich.« Sie wartete gespannt auf das, was er zu sagen hatte.

»Wenn jemand möchte, dass man ihn für sexuell aktiver hält, als es tatsächlich der Fall ist, und wenn dann die geringere Aktivität dieser Person offengelegt wird, dann ist es ihm peinlich, nicht wahr?«

»Ja genau.«

»Aber was ist ihm peinlich? Dass er bei einer Lüge erwischt wurde oder dass er nicht so aktiv ist, wie er vorgegeben hat?«

Sonja überlegte einen Moment lang. »Vermutlich beides.«

»Aber das ist unlogisch. Die erste Peinlichkeit hätte er vermeiden können, wenn er nicht gelogen hätte, und bei der zweiten verstehe ich gar nicht, warum es jemandem peinlich sein sollte, nicht übermäßig sexuell aktiv zu sein, also warum die Lüge überhaupt zustande kommt.«

Sie sah ihn nachdenklich an. »Du bist zu gut für diese Welt. Nein, falsch, du verstehst nur nicht, dass die meisten Menschen eine Rolle spielen, dass sie vorgeben, etwas zu sein, was sie nicht sind. Und vor allem verstehst du nicht, warum sie das tun. Möchtest du gemocht werden?«

Er überlegte kurz. »Ich denke schon, nein, halt, das war vorschnell. Ich weiß es nicht genau«, legte er sich schließlich fest.

»Würdest du lügen, wenn du der Meinung wärst, dass man dich dann eher mag?«

»Nein, das wäre doch unlogisch. Spätestens, wenn die Lüge als solche entdeckt wird, wird man mich nicht mehr mögen, oder?«

Sie sah ihn verblüfft angesichts dieser Argumentationskette an. »Du hast natürlich recht … aber irgendwie eben auch nicht. Puh … das ist gar nicht so einfach zu erklären.« Sie versuchte eine Möglichkeit zu finden, wie sie es beschreiben könnte, gab aber auf und schüttelte den Kopf. Dann wechselte sie das Thema. »Kannst du mir etwas zu deinem sogenannten fotografischen Gedächtnis erzählen?«

»Natürlich, gerne. Was möchtest du wissen?«

»Na, einfach alles. Wie funktioniert es, wie weit geht es, eben alles.«

Gregor dachte einen Moment lang nach, bevor er antwortete: »Vielleicht war ich doch ein wenig vorschnell. Das ist nicht so leicht zu erklären. Vielleicht kann ich es mit einer Gegenfrage verdeutlichen. Ich erwarte keine Antwort darauf. Kannst du mir erklären, wie das mit dem Anpassen deines Herzschlages funktioniert, wenn du Sport treibst und einen höheren Sauerstoffbedarf hast? Natürlich kannst du als Ärztin die biologischen Grundlagen erläutern. Aber warum sind sie so, wie sie sind? Mit dem fotografischen Gedächtnis ist es ähnlich. In der Psychologie wird das Phänomen als ›eidetisches Gedächtnis‹ bezeichnet, ist allerdings absolut umstritten. Der Begriff beschreibt die Fähigkeit, visuelle Eindrücke lange oder dauerhaft zu speichern und bei Bedarf wieder abzurufen. Bei der Frage nach dem dauerhaften Speichern solcher Eindrücke ist sich die Wissenschaft insofern uneinig, als dass die wenigen dokumentierten Fälle angezweifelt wurden oder nicht ausreichend belegt sind.« Er lächelte zaghaft. »Es hat mich eine enorme Anstrengung gekostet, diese Fähigkeit nicht zu offenbaren, obwohl ich damit der Wissenschaft enorm weitergeholfen hätte.«

Sonja, die bisher aufmerksam zuhörend an seinen Lippen gehangen hatte, meldete sich erstmals zu Wort: »Aber du kannst doch erklären, wie es sich bei dir darstellt, was in deinem Kopf vorgeht, oder?«

»Ich kann mit einigen Irrtümern und Vorurteilen aufräumen. Es handelt sich tatsächlich um eine visuelle Angelegenheit. Beispiel: Wenn du mich fragst, was die fünfte Potenz von 1,5 ist, dann ist es nicht so, dass ich auf einmal weiß, dass es 7,59375 ist, und nicht mal sagen kann, woher ich es weiß. Vielmehr sehe ich ein Bild einer Tabelle vor meinem geistigen Auge, in der die Potenzen von 1,5 dargestellt sind, und mein Augenmerk ist genau auf die Ergebniszahl gerichtet.«

Sonja dachte einen Augenblick nach, und dann sah Gregor die Erkenntnis in ihren Augen aufleuchten. »Aber die Voraussetzung ist, dass du das Bild irgendwann einmal gesehen hast, nicht wahr? Es kommt immer wieder in deinen Kopf, aber es muss irgendwann mal entstanden sein.«

Gregor nickte nur. »Ganz genau.«

Sie sprachen noch über viele Themen – außer über die Arbeit oder den Fall. Zwei Stunden später saßen sie erneut im Taxi auf dem Weg zu Sonjas Appartementhaus. Sie saßen zwar gemeinsam auf der Rückbank, aber keiner von beiden unternahm auch nur den Versuch, den anderen zu berühren.

Sie sprachen auch nicht, und Gregor zermarterte sich das Gehirn, wie er sich nach der Ankunft am Ziel zum Abschied am besten verhalten sollte. Sollte er aussteigen, ihr die Tür aufhalten und sie dann zur Haustür bringen? Das schien ihm angemessen. Aber sollte er dann dort versuchen, sie zum Abschied zu küssen? Wenn ja, wie sah so ein Abschiedskuss unter Freunden aus? Auf die Wange? Oder auf beide? Ein Kuss auf die Stirn schien ihm unpassend, so küssten nach seinem Kenntnisstand Großeltern ihre Enkel.

Er musste seine Überlegungen unterbrechen, als das Taxi vor dem Haus hielt, in dem sich Sonjas Wohnung befand. Obwohl er noch keinen Entschluss gefasst hatte, sprang er aus dem Wagen, lief herum und öffnete die Tür, bevor Sonja es selbst tun konnte.

Gerade als er sich verabschieden wollte, kam Sonja ihm zuvor. »Kommst du noch auf einen Kaffee mit hoch?«

Als er sie überrascht ansah, schien sie sein Schweigen in irgendeiner Weise zu deuten, denn sie beeilte sich anzufügen: »Wirklich nur einen Kaffee. Ich würde gerne noch ein bisschen reden.«

In Ermangelung einer passenden Antwort nickte er lediglich schweigend. Auch auf dem Weg mit dem Fahrstuhl in den zwölften Stock redeten sie nicht. Oben angekommen ging Sonja voraus und öffnete die Tür.

Gregor hatte nie das entwickelt, was man gemeinhin als

Sinn für Ästhetik bezeichnete. Niemals hätte er etwas als geschmackvoll bezeichnen, es aber einer Stilrichtung zuordnen können, die er mochte oder nicht mochte. Er hatte im Laufe seiner beruflichen Laufbahn in sehr viele Wohnungen gehen müssen, und es gab nur zwei Kategorien, in welche er sie einteilte: Er fühlte sich wohl oder unwohl. Oft war es nicht einmal eine Frage der Möblierung, der überbordenden Ausstattung mit Accessoires oder des Fehlens solcher. Er hatte noch nie ergründen können, warum er sich in manchen Wohnungen wohlfühlte und in anderen nicht.

Als er den kleinen Vorraum von Sonjas Appartement betrat, kam er nicht umhin, sofort festzustellen, dass er sich hier wohlfühlte. Sie gingen gemeinsam ins Wohnzimmer, und das Gefühl verstärkte sich. Wäre er gefragt worden, hätte er angemerkt, dass die Wohnung funktional, praktisch, ordentlich und mit allem Notwendigen ausgestattet war.

Sonja nahm ihm die Jacke ab und legte sie über die Lehne eines Stuhls. »Kaffee, Cappuccino oder Espresso?«

»Kaffee, schwarz, mit viel Zucker«, antwortete er automatisch.

Sie begab sich in die kleine Küche und kehrte nach wenigen Minuten mit zwei Tassen dampfenden Kaffees zurück.

Gregor hatte lange darüber nachgedacht, wie er ein Gespräch beginnen könnte. Nun hatte er sich für einen Einstieg entschieden. »Erzähle mir, was du in deiner Freizeit machst. Hast du Hobbys?«

»Oh, gute Frage. Wo soll ich anfangen? Also, ich treibe Sport, allerdings nicht aus Leidenschaft, sondern getrieben von dem Glauben, dass es mir guttut. Ein bisschen Studio, ein bisschen Laufen, so was halt.« Sie überlegte kurz. »Als Hobby fotografiere ich gerne – am liebsten Landschaften. Ich finde, das ist ein schöner Kontrast zu meinem Beruf. Wie sieht deine Freizeitgestaltung aus?«

Mit Erschrecken musste Gregor feststellen, dass er keine

Hobbys hatte. Was fing er mit seiner Freizeit an? Warum hatte er keine Hobbys? Er ging in sich und überlegte, ohne zu bemerken, dass er ein minutenlanges Schweigen verursachte. Ein lautes »Hallo, nicht schlimm, wenn du das nicht beantworten kannst« riss ihn wieder in die Realität zurück. Auf Sonjas nächste Frage, nach seinen Vorstellungen von der Zukunft, bemerkte er erneut, wie viele Dinge es gab, über die er sich noch nie Gedanken gemacht hatte.

Sonja hatte im Gegensatz zu ihm klare Vorstellungen zu diesem Thema. »Ich wünsche mir eine Familie, Kinder, ein Häuschen im Grünen ... aber ich habe keine Vorstellung davon, wie ich das mit meinem Beruf in Einklang bringen kann.«

Drei Stunden und sechs Tassen Kaffee später wussten sie bereits eine Menge über einander. Gregor empfand es als praktische Gemeinsamkeit, dass Sonja genau wie er ein Kaffee-Junkie war und selbst spätabends noch Kaffee trinken konnte.

Als er ihr von seinem besonderen Verhältnis zu seiner jüngeren Schwester Sarah erzählt hatte, hatte sie ihn mit einer Frage überrascht, mit der er nicht gerechnet hätte: »Deine Schwester scheint ein sehr interessanter Mensch zu sein. Was hältst du davon, wenn wir mal zusammen mit ihr und vielleicht mit ihrem Freund essen gehen?«

Es hatte ihn seltsam berührt, als sie solches Interesse an Sarah gezeigt hatte. Schließlich war die doch der wichtigste Mensch in seinem Leben.

Es war ein Uhr nachts, als er bei einem ausgedehnten Gähnen von Sonja auf seine Armbanduhr blickte und überrascht feststellte, wie spät es bereits war. Er hatte üblicherweise ein gutes Zeitgefühl, das ihn diesmal aber völlig im Stich gelassen hatte. »Ich sollte mich jetzt auf den Heimweg machen.«

Sie lächelte ihn an, und er erkannte Erleichterung in ihrem Blick und ihrem Verhalten. War sie erleichtert, dass er endlich ging? Ihr Lächeln ließ ihn vermuten, dass die Erleichterung eher seinem Verhalten galt, also, dass er nicht versucht hatte, mehr von ihr zu bekommen, als sie derzeit zu geben bereit war.

Auf dem Weg zur Wohnungstür überraschte sie ihn erneut. »Hättest du Lust auf ein gemeinsames Frühstück morgen früh – oder besser gesagt heute früh?«

»Gerne. Wann, wo?«

»Kennst du das Café ›Sturm und Drang‹ am Grüneburgplatz?«

»Nein, aber ich bin mir sicher, dass ich es finden werde. Wann?«

»Ist 8:00 Uhr okay?«

»Kein Problem.«

»Gut, dann treffen wir uns dort.«

Es entstand eine Pause, als er schließlich mit dem Rücken zum Treppenhaus und sie in der geöffneten Wohnungstür stand. Das Schweigen drohte sich in die Länge zu ziehen, als wiederum sie die Initiative ergriff. Ehe er sich versah, war sie einen Schritt aus der Tür auf ihn zugetreten. »Gute Nacht … und schlaf gut.« Mit diesen Worten fasste sie sein Gesicht, zog es behutsam an ihrs heran und küsste ihn auf den Mund.

Es war mehr als ein freundschaftlicher Kuss, dessen war er sich sicher. Oder bilde ich mir jetzt etwas ein?, fragte er sich.

Sie beendete den Kuss, drehte sich um und schloss die Tür vor seiner Nase, noch ehe er etwas sagen konnte.

Verblüfft stand er noch mindestens eine Minute an derselben Stelle und starrte auf die geschlossene Tür.

*

Sonja lag eine Stunde später noch immer wach in ihrem Bett und grübelte. War es ein Fehler gewesen, ihn in die Wohnung mitzunehmen? Hatte sie ihm vielleicht Hoffnungen gemacht, die sie am Ende nicht bereit war, einzulösen? Sein Verhalten hatte in ihr den Eindruck erweckt, dass er mit einem freundschaftlichen Verhältnis und der vorläufig nur eventuellen Aussicht auf mehr ganz gut zurechtkam. Aber dann hatte sie ihn zum Abschied wieder geküsst, und es war kein Kuss unter guten Freunden gewesen. Wusste sie eigentlich, was sie selbst wollte? Das Gefühl, gerade wieder einen Fehler gemacht zu haben, wollte sie nicht verlassen.

# 20. KAPITEL

**1949, Frankfurt**

Der Gerichtssaal war nahezu leer. Kaum jemand der nichtjüdischen Stadtbevölkerung interessierte sich für die Besitzstreitigkeiten von Angehörigen der jüdischen Gemeinde. Zur Verwunderung der wenigen Besucher war auch kein einziger Pressevertreter anwesend. Was die wenigsten der Anwesenden wussten, war, dass genau an diesem Tag eine wesentlich interessantere Pressekonferenz stattfand.

Als Auswirkung des im Juli 1948 in den USA verabschiedeten Marshallplans, der Gelder in Höhe von insgesamt knapp über 14 Milliarden US-Dollar für den Wiederaufbau von Europa zur Verfügung stellte, hatte am 16. Dezember 1948 die KfW ihre Arbeit aufgenommen. Die »Kreditanstalt für den Wiederaufbau« hatte ihren Sitz in Frankfurt und sollte die Summe von 1,4 Milliarden US-Dollar, die Westdeutschland zur Verfügung gestellt worden war, verwalten und in Form von Krediten der wieder entstehenden deutschen Wirtschaft verfügbar machen. Und genau diese Institution hatte für den heutigen Morgen eine Pressekonferenz angekündigt, in der über die weitere Verwendung dieser Gelder berichtet werden sollte.

Naturgemäß war dies von wesentlich größerem Interesse als ein Zivilverfahren zur Besitzstandsklärung. Seit der Währungsreform am 21. Juni des vergangenen Jahres hatte die deutsche Bevölkerung andere Sorgen als Streitigkeiten um ein Erbe. Die kalte Witterung an diesem Januarmorgen des Jahres 1949 hatte zusätzlich Sauls Plan schicksalhaft unterstützt und dazu beigetragen, dass die sonst bei Gericht als Zuschauer oft anzutreffenden älteren Menschen den Weg gescheut hatten.

Zu den wenigen, die den Termin der Presseveranstaltung bereits einige Zeit vorher gekannt hatten, gehörte als Besitzer einer Bank natürlich Saul Mandelbaum. Seinen Kontakten und der Einflussnahme von Rachel auf den Liaison Officer Major Ron Elias war es geschuldet, dass der Prozess so lange hinausgezögert werden konnte und … dass der Gerichtstermin just an genau diesem besonderen Tag stattfand.

Der Verbindungsoffizier Elias war als Beauftragter der Kommandantur der amerikanischen Besatzungsmacht vom Hauptquartier der US-Streitkräfte in Frankfurt als Beobachter des Prozesses benannt worden.

Saul hatte eine Streitmacht von vier Anwälten zur Seite, und man wartete sowohl auf das Erscheinen des Richters als auch auf den Kläger. Die Entnazifizierung hatte die Reihen der Richter nicht unerheblich gelichtet. Sauls Einflussnahme hatte dazu geführt, dass seinen Vorstellungen entsprechend ein Richter den Vorsitz führte, der nicht der jüdischen Gemeinde angehörte. Wegen der wenigen verfügbaren Kandidaten war es ein junger und noch unerfahrener Jurist, der erst kürzlich durch die Alliierten in sein Amt eingesetzt worden war.

Doch noch bevor der Vorsitzende Richter erschien, öffnete sich die Tür, und der Kläger betrat zusammen mit seinem Anwalt den kleinen Verhandlungsraum. Immanuel trug noch immer seinen offenbar einzigen Anzug, den er schon mehr als ein Jahr zuvor bei seinem Erscheinen in Sauls Büro getragen hatte. Er wirkte noch heruntergekommener, und Saul fragte sich, ob er inzwischen unter einer der Frankfurter Brücken schlief oder noch immer in dem Heimkehrerasyl. Bei dem ihn begleitenden Anwalt handelte es sich um einen uralten Mann, der eine zerschlissene und inzwischen eher graue als schwarze Robe trug. Beide nahmen an einem kargen Holztisch gegenüber dem auf der anderen Seite des Raumes stehenden Tisch von Saul und seinen Anwälten Platz. Immanuel wirkte auf Saul wie versteinert. Sein Blick war nach unten auf die Tischplatte gerichtet, und er sah nicht ein einziges Mal in Richtung seines ehemaligen Freundes.

Am Kopfende des Saals öffnete sich eine Seitentür, und ein junger Mann in der Robe eines Richters trat ein. Ohne eine Aufforderung erhoben sich – teilweise etwas zögerlich – alle Anwesenden im Saal. Der Richter, vor dessen Platz ein großes Namensschild mit der Aufschrift »Richter Schickedanz« stand, deponierte einen schmalen Hefter auf dem Tisch und nahm Platz. Er sah in die klägliche Runde in seinem Gerichtssaal, und die Enttäuschung über so wenig Interesse an dieser Verhandlung war ihm anzusehen. »Bitte setzen Sie sich«, forderte er die Anwesenden auf. Nach einem Blick in seine Unterlagen fuhr er fort: »Hiermit eröffne ich das Zivilverfahren in der Erbschaftssache Rosenzweig gegen Mandelbaum.« Er blickte auf und fragte, wobei er niemanden ansah, in den Raum, ob Kläger und Beklagter anwesend seien. Jeweils ein Anwalt der Streitparteien bestätigte die Anwesenheit seines Mandanten, und Richter Schickedanz machte sich entsprechende Notizen. Dann wandte er sich an den Anwalt Immanuels: »Herr Anwalt, bitte verlesen Sie die Klageschrift.«

Der alte gebrechlich wirkende Mann in seiner schäbigen Robe erhob sich ächzend und begann mit leiser und schwacher Stimme von einem Blatt abzulesen, das er in seinen zittrigen Händen hielt: »Herr Richter, werte Kollegen«, er nickte mit dem Kopf in Richtung von Sauls Anwälten, »mein Mandant, Herr Immanuel Rosenzweig, klagt auf Anerkennung seines Erbes. Als einziger überlebender Nachkomme von Judith und Schmuel Rosenzweig, beide gestorben am 15. November 1941 im Konzentrationslager Auschwitz-Birkenau, erhebt er Anspruch auf alle Besitztümer der Familie Rosenzweig. Ich bitte, dem Antrag stattzugeben und ihn als alleinigen Erben einzusetzen. Danke.« Mühsam und mit knackenden Knochen setzte er sich wieder.

Richter Schickedanz' Augenbrauen wanderten nach oben, er war offensichtlich verwundert über die Kürze des Antrags, äußerte sich jedoch vorläufig nicht dazu. »Der Anwalt des Beklagten bitte«, forderte er kurz auf.

Einer der Anwälte Sauls, ein junger Mann von Mitte 20, erhob sich. Er hatte kein Papier, von dem er ablas, stattdessen trat er um seinen Tisch herum, ging in die Mitte des Raumes und blieb vor dem Richter stehen. »Hohes Gericht, verehrter Herr Kollege, ich beantrage Klageabweisung. Da der Kläger über keinen Nachweis seiner Identität verfügt, keine Zeugen benennen kann, die seine Identität bestätigen, und mein Mandant ihn nicht als Immanuel Rosenzweig identifizieren kann, entbehrt die Klage jeglicher Grundlage. Zudem basiert sogar die Angabe meines geschätzten Kollegen, Judith und Schmuel Rosenzweig seien beide am 15. November 1941 im Konzentrationslager Auschwitz-Birkenau gestorben, allein auf der Aussage des Klägers, dessen eigene Identität, wie bereits dargelegt, nicht belegt werden kann. Es gibt diesbezüglich keine Unterlagen. Ich beantrage deshalb im Namen meines Mandanten Klageabweisung. Vielen Dank für Ihre Aufmerksamkeit.« Er ging mit einem Ausdruck des Triumphes auf seinem Gesicht an seinen Platz zurück, wobei er Saul mit einem Lächeln auf den Lippen bestätigend zunickte. Die Geste brachte deutlich zum Ausdruck, dass er keinen Augenblick am Erfolg seines Antrages zweifelte.

Bei der Äußerung, Saul könne die Identität Immanuels nicht bestätigen, war dieser aufgesprungen, obwohl sein Anwalt versuchte, ihn am Rockzipfel wieder auf den Sitz zu ziehen. »Was für ein Spiel spielst du, Saul?«, rief Immanuel erregt. »Nach allem, was ich dir aus unserer Vergangenheit erzählt habe, kannst du nicht daran zweifeln, wer ich bin. Ich kann nicht glauben, dass du mich wirklich nicht erkennst. Inzwischen scheint es mir, du hast dir mein Erbe angeeignet und willst es nicht mehr herausgeben. Ist es so? Ist es so?« Er wurde immer lauter und ereiferte sich mehr und mehr.

Einer der anderen Anwälte Sauls stand auf und wandte sich an den Richter: »Hohes Gericht, unser Mandant stellt nicht in Abrede, dass der Kläger – wer immer er auch sein mag – einige Details aus der Kindheit von Immanuel Rosenzweig kennt, mit dem unser Mandant in seiner Jugend gut befreundet war, der aber seit 1941 als verschollen gilt. Wie er allerdings zu diesen Informationen gekommen ist, ist in höchstem Maße unklar. Er kann die Informationen ohne Weiteres aus Erzählungen des echten Immanuel Rosenzweig erhalten haben. Wir bestreiten nicht, dass der Kläger – wer immer er auch sein mag …«, wiederholte er erneut mit einem fragenden Seitenblick auf Immanuel, »im Konzentrationslager Auschwitz war. Sehr wahrscheinlich hat er dort den echten Immanuel Rosenzweig kennengelernt und sich längere Zeit mit ihm unterhalten. Deshalb streiten wir dem Kläger – wer immer …«

»… er auch sein mag, jaja, das kennen wir langsam«, fiel ihm der Richter ins Wort, »bitte kommen Sie zur Sache!«

Der Anwalt schluckte kurz und setzte erneut an: »Deshalb streiten wir dem Kläger jegliches Recht ab, Anspruch auf das Erbe der Familie Rosenzweig zu erheben!«

Richter Schickedanz machte sich einige wenige Notizen und richtete dann das Wort an Immanuel: »Herr Kläger«, er vermied mit offensichtlicher Schwierigkeit die ihm auf der Zunge liegende Formulierung »wer immer Sie auch sein mögen« und fuhr fort, »können Sie Ihre Identität in irgendeiner Weise belegen?«

Immanuel sah betreten vor sich auf den Tisch. Sein Anwalt erhob sich wieder und erläuterte anstelle seines Mandanten: »Herr Richter, leider wurden im Januar 1945 bei Abzug der SS und der Wachtruppen des KZ Auschwitz von diesen alle Unterlagen mit Vorbedacht vernichtet. Dazu zählen nicht nur die den Häftlingen bei Ankunft abgenommenen Ausweispapiere, sondern auch alle Unterlagen über die Tausende von Todesfällen in diesem Vernichtungslager. Zwar weist mein Mandant die übliche auf dem Unterarm tätowierte Häftlingsnummer auf, es gibt allerdings keine Nachweise mehr, die diese Nummer einer bestimmten Identität zuordnen könnten. Dennoch weise ich mit Nachdruck darauf hin, dass mein Mandant über fundiertes Wissen aus der gemeinsamen Kindheit von sich und dem Beklagten Saul Mandelbaum verfügt. Ich bitte, dies mit in Betracht zu ziehen.« Er setzte sich wieder hin, nicht ohne mit einem Schulterzucken gegenüber Immanuel zu dokumentieren, dass er leider nicht mehr tun konnte.

Richter Schickedanz saß mit zusammengekniffenen Augenbrauen und einer steilen Falte dazwischen da. Man sah ihm an, dass er angestrengt nachdachte, und niemand wagte es, ihn in seinen Überlegungen zu stören. Schließlich konsultierte er noch einmal seine Unterlagen und wandte sich dann an Saul: »Mich würde ein Umstand noch interessieren, Herr Mandelbaum. Wie sind Sie in den Besitz der Bank gelangt, die ehemals der Familie Rosenzweig gehörte? Dazu fehlen mir hier in den Unterlagen jegliche Informationen.«

Als habe er nur auf diesen Augenblick gewartet, sprang der dritte Anwalt auf, ergriff einen Stapel von Papieren und eilte nach vorne. »Hohes Gericht, darf ich Ihnen hier einige notariell beeidete Aussagen und Dokumente überreichen, die Aufschluss über die Umstände des Besitzwechsels geben?«

Nun sprang auch Immanuels Anwalt – so gut es ihm möglich war zu springen – auf und rief aufgeregt: »Diese Unterlagen sind uns nicht bekannt. Ich verlange, sie zu sehen!«

Mit einem müden Lächeln wandte sich der Anwalt des Beklagten dem viel älteren Kollegen zu. »Selbstverständlich haben wir beglaubigte Kopien für Sie und Ihren Mandanten, Herr Kollege.« Mit diesen Worten ging er zu seinem Tisch, nahm einen identischen Stapel Papiere und übergab sie dem gegnerischen Anwalt. Wieder dem Richter zugewandt, erläuterte er die Unterlagen: »Diese Papiere belegen, dass Schmuel Rosenzweig vor der geplanten Flucht in die Schweiz die Eigentumsrechte an einen gewissen Paul Mannerich überschrieben hat. Sehen Sie dazu bitte auch die beigefügte Zeugenaussage von Nathan Itzigman. Des Weiteren belegen die Unterlagen, dass mein Mandant seit 1940 unter dem Pseudonym Paul Mannerich lebte und diese Tarnidentität nutzte, um Juden vor den verbrecherischen Nachstellungen des Nazi-Regimes in Sicherheit zu bringen und damit vor dem Tode zu bewahren. Dazu zählte unter anderem seine Ehefrau Martha Mandelbaum, geborene Golowski. Sie ist leider bei der Geburt des zweiten Sohnes meines Mandanten verstorben.« Er schüttelte sichtlich ergriffen den Kopf und murmelte: »Traurige Sache, sehr traurig«, als hätte der Todesfall etwas mit der verhandelten Sache zu tun. »Sehen Sie zu diesem Thema die ebenfalls notariell beeidigte Aussage der Schwester der Verstorbenen, Rachel Golowski, also der Schwägerin von Herrn Mandelbaum. Sie lebt inzwischen im Haushalt meines Mandanten und hat gerade ihre sechs Jahre alte Nichte Ella aus Polen geholt, die sie liebevoll betreut, um ihr die verstorbenen Eltern zu ersetzen.«

Immanuel war erneut aufgesprungen und schrie mit sich überschlagender Stimme: »Lügen, alles Lügen! Niemals hätte mein Vater die Besitzrechte überschrieben!«

»Bitte beruhigen Sie sich, Herr Kläger.« Richter Schickedanz vermied es offensichtlich, Immanuel mit einem Namen anzusprechen. Er fuhr unmittelbar fort: »Ich werde mich kurz zurückziehen, die Unterlagen studieren und versuchen, zu einer Entscheidung zu kommen. Die Verkündung des Urteils«, er sah auf seine Uhr, »setze ich für heute 14:00 Uhr an. Die Sitzung ist geschlossen.«

Vier Stunden später erschien Saul mit nur noch einem seiner Anwälte zu der bevorstehenden Urteilsverkündung. Das war darin begründet, dass es nun keine Anträge mehr zu stellen und keine Unterlagen zu präsentieren gab.

Immanuel saß bei Sauls Ankunft mit versteinertem Blick und gesenktem Kopf am Tisch des Klägers. Er hatte die Hände gefaltet vor sich liegen.

Saul nahm Platz, die Arme vor der Brust verschränkt, und vertiefte sich in ein angeregtes Gespräch mit seinem Anwalt. Keiner der beiden blickte auch nur einmal in Immanuels Richtung.

Als Richter Schickedanz den Sitzungssaal betrat, erhoben sich alle Anwesenden. Immanuel war jedoch der Einzige, der den Blick gesenkt hielt und starr vor sich auf die Tischplatte blickte, anstatt den Richter erwartungsvoll anzusehen.

Der Richter blieb stehen und öffnete die Mappe, die er in Händen hielt. »Im Namen des Volkes ergeht folgendes Urteil: Die Klage auf Rückübertragung der Besitzrechte des gesamten Besitzes der Familie Rosenzweig auf den Kläger … wird abgewiesen! Die Kosten des Verfahrens trägt der Kläger. Bitte nehmen Sie Platz.«

Alle nahmen Platz, Immanuel ließ sich auf seinen Stuhl fallen und schlug die Hände vors Gesicht.

Richter Schickedanz bemerkte dies zwar, fuhr jedoch ohne längere Unterbrechung fort: »Zur Urteilsbegründung: Die Ansprüche des Klägers klingen glaubwürdig, sind aber durch nichts belegbar. Im Gegenteil, der Kläger ist noch nicht einmal in der Lage, seine Identität zweifelsfrei zu beweisen. Der Mangel an Ausweispapieren ist zwar angesichts der Umstände nachvollziehbar, dies ändert allerdings nichts an der Sachlage. Wären da nicht die dem Gericht übergebenen Unterlagen des Beklagten und die beeidigten Aussagen der Zeugen Itzigman und Golowski, würde eine unklärbare Aussage-gegen-Aussage-Situation bestehen. So hingegen weist die Beweislage eindeutig in Richtung des Beklagten. Dem Gericht bleibt aus diesem Grund nur die Möglichkeit, die Klage abzuweisen.« Schickedanz machte eine Pause, als müsse er überlegen, ob er weiterreden wolle. Schließlich setzte er zum Sprechen an, unterbrach sich noch einmal und entschied sich letztendlich doch, etwas zu sagen: »Gestatten Sie mir eine Anmerkung privater Natur. Ich betone, dass ich hier nur meine persönliche Meinung wiedergebe, die auf Empfindungen und Bauchgefühl beruht.«

Er blickte in Richtung von Immanuel, der gerade zum ersten Mal aufgesehen hatte und nun dem Richter direkt in die Augen sah.

Schickedanz hielt dem Blick nicht stand, wich ihm aus und fuhr leise fort: »Herr Rosenzweig, ich habe mir die Entscheidung nicht leicht gemacht, denn mein Bauchgefühl sagt mir, dass Sie die Wahrheit sagen und nicht zu den Hochstaplern gehören, die die Wirren des Krieges zu ihrem persönlichen Vorteil nutzen. Leider ist es mir nicht möglich, Urteile nach dem Gefühl zu fällen. Hier in diesem Raum zählen ausschließlich Beweise. Ich nehme an, ich brauche es Ihnen nicht zu erklären, dass Recht und Gerechtigkeit oft nichts miteinander zu tun haben. Ich wünsche Ihnen persönlich und von ganzem Herzen alles Gute für die Zukunft – die Sitzung ist geschlossen.« Er erhob sich und verließ ohne Aufenthalt den Raum.

Saul, der angesichts der abschließenden Äußerungen des Richters zusammengezuckt war, befreite sich jedoch schnell von der vorübergehenden Irritation, die ihn ergriffen hatte.

Er ließ sich von dem überaus zufriedenen Anwalt die Hand schütteln und wandte sich zum Gehen.

»Damit kommst du nicht davon, du Dieb!«, erscholl es von Immanuel. »Ich werde dich kriegen, das verspreche ich dir!«

Saul war wie angewurzelt stehen geblieben, hatte sich dann aber langsam umgedreht und sah nun Immanuel verächtlich an. »Ich weiß zwar immer noch nicht, wer Sie sind, aber ich lasse mich von den Drohungen eines Hochstaplers nicht beeindrucken. Guten Tag.« Den Anwalt im Schlepptau, verließ er den Saal, ohne sich noch einmal umzudrehen.

## 21. KAPITEL

Gregor und Sonja hatten sich wie verabredet zu einem gemeinsamen Frühstück auf »neutralem Boden«, im Café »Sturm und Drang« unweit des Polizeipräsidiums getroffen. Es handelte sich um ein kleines Café, das hauptsächlich von Studenten bevölkert war.

Noch von zu Hause hatte Gregor seine Schwester Sarah auf dem Handy angerufen, da sie wieder einmal, wie in letzter Zeit schon so oft, nicht in der Villa übernachtet hatte. Er hatte ihr freudig von Sonjas Interesse an einem gemeinsamen Essen berichtet, und Sarah hatte den übernächsten Abend als Termin vorgeschlagen. Gleichzeitig hatte sie ihm mitgeteilt, dass sie seit zwei Tagen nun bei Roman in dessen Appartement wohne und Gregor sich nicht wundern solle, wenn sie nicht zum Frühstück erschiene.

Gregor hatte Sonja den Termin übermittelt, und sie hatten beim Frühstück erstmals über den Fall Rachel Kleinstein gesprochen und ihre Erkenntnisse ausgetauscht. Dabei hatten sie gemeinsam geschlussfolgert, überdacht, Verbindungen her- und Mutmaßungen angestellt.

Gregor war ein ums andere Mal beeindruckt von Sonjas messerscharfem Verstand, ihrer guten Kombinationsfähigkeit und ihrer beruflichen Kompetenz. Insgesamt waren sie zu einer überraschenden Übereinstimmung ihrer Schlussfolgerungen gekommen.

Obwohl er Sonjas Untersuchungsergebnisse aufgrund seines fotografischen Gedächtnisses hätte wörtlich für das Team wiederholen können, bat er sie, ihn zu begleiten und die forensischen Ergebnisse selbst zu präsentieren.

Das hatte zwei Gründe. Zum einen wollte er ihr zeigen, dass er keinerlei Bestrebungen mehr hatte, aus ihrer »Beziehung« ein Geheimnis zu machen. Ihm war klar, dass man es bisher bestenfalls als Freundschaft bezeichnen konnte, aber er hoffte auf mehr und wollte nichts falsch machen. Zum anderen waren da seine Kolleginnen und Kollegen, die ihn nicht akzeptierten und mit denen er nicht in der richtigen Art und Weise umgehen konnte. Er hoffte, dass Sonja ihn bei der Übermittlung der Ergebnisse unterstützen konnte, und vor allem, dass sie ihm Hinweise zum bessern Umgang mit Menschen geben könnte. Er wusste genau, was seine Kollegen von ihm hielten, er erkannte ihre Emotionen genau, wenn er mit ihnen sprach.

Da war Jenny, die ihn anhimmelte und verehrte, aber auch Dieter Alsmann, der ihn aufgrund von Gregors geringer Berufserfahrung weder als Vorgesetzten akzeptierte noch ihn als Menschen achtete. Dann erkannte er bei Mutti deutlich zur Schau gestelltes Mitleid mit ihm und bei Schmuddel eine über alle Maßen gehende Gleichgültigkeit, solange man ihn nur mit seinen elektronischen Spielzeugen hantieren ließ.

Diese vielfältigen, so unterschiedlichen Emotionen und Einstellungen machten es ihm nahezu unmöglich, mit diesen Leuten auf einer gemeinsamen Ebene zu kommunizieren, obwohl er die beruflichen Fähigkeiten oder zumindest das Potenzial aller vier als sehr hoch ansah.

Kurz vor 9:00 Uhr trafen Gregor und Sonja in der Einsatzzentrale ein, sodass er ihr gerade noch die technischen Einrichtungen erklären konnte. Dann ging die Tür auf, und die restlichen vier Teammitglieder erschienen.

Als sie der neuen, zusätzlichen Person gewahr wurden, reagierten sie entsprechend ihres Alters und Temperamentes völlig unterschiedlich.

Auch diejenigen, die nicht in der Villa Kleinstein anwesend gewesen waren, wussten ja bereits seit dem Vortag, was alles am Tatort geschehen war. Überhaupt schien »der Kuss« – wie das Ereignis, das mittlerweile im gesamten Polizeipräsidium die Runde machte, genannt wurde – für die meisten Mitarbeiter wesentlich interessanter zu sein als der Todesfall der Rachel Kleinstein oder der Ermittlungsstand dazu. Gregor nahm darüber hinaus mit schmerzlicher Klarheit die Emotionen seiner Mitarbeiter wahr.

Mutti zeigte unverhohlene positive Anteilnahme am vermeintlichen Glück ihres jungen Chefs.

Alsmanns Lippen umspielte ein verächtliches Lächeln, geprägt von der Lebenserfahrung des wesentlich Älteren, der sich über die Flüchtigkeit des Glücks und die kurze Haltbarkeit von Beziehungen völlig klar war.

Jennys Körperhaltung brachte für Gregor so deutlich den Neid, die Missgunst und die Ablehnung der Konkurrentin zum Ausdruck, dass es ihn fast schmerzte. Er wusste auch, dass ihrer aller Beruf nicht die beste Voraussetzung für eine gute Beziehung war und Jenny nun schon seit zwei Jahren ungewollt ein Singledasein führte. Gregor hielt ihr zugute, dass sie sich dennoch, so gut sie dazu in der Lage war, nichts anmerken lassen wollte.

Schmuddel hingegen hatte ein schmieriges Grinsen im Gesicht. Es fehlte nicht viel, und ihm würde beim Anblick von Sonja der Sabber aus den Mundwinkeln laufen.

Gregor sah, dass Jenny Schmuddels begehrliche Blicke bemerkte und dass er sich öfter als gewöhnlich über die Lippen leckte und seinen Blick über alle Körperteile der attraktiven Frau gleiten ließ. Mit einem angewiderten Ausdruck im Gesicht versetzte Jenny ihm im Vorbeigehen mit dem Ellenbogen einen recht heftigen Rippenstoß. »Krieg dich mal wieder ein. Deine Hose beult sich schon aus!«

Erschrocken sah Schmuddel an sich herab. Als er merkte, dass sie ihn auf den Arm genommen hatte, stand sie schon grinsend einige Schritte entfernt bei Alsmann. Als alle Platz genommen hatten, sprach Gregor einige einleitende Worte. Er stellte zunächst Jutta Beltermann und Klaus Braake vor, wobei er deren Spitznamen bewusst nicht nannte. Jenny Jung und Dieter Alsmann hatte Sonja ja bereits am Tatort kennengelernt. Dann stellte er Sonja in ihrer Eigenschaft als Gerichtsmedizinerin vor und erklärte, warum er sie zu dieser Zusammenkunft dazugebeten hatte. »Frau Dr. Savoyen …«

»Sonja«, unterbrach sie ihn. »Nennen Sie mich bitte alle Sonja.«

»Also … Sonja«, er nickte ihr lächelnd zu, »hat uns einige höchst interessante Einzelheiten ihrer Untersuchungsergebnisse zu erzählen, was zu einer besseren Einschätzung der möglichen Tathergänge führen wird.« Als er bemerkte, dass er gerade jedem logisch denkenden Menschen preisgegeben hatte, dass ihm die Ergebnisse bereits bekannt waren, wurde er für einen Moment unsicher, ob dieser Umstand noch einer Erklärung bedurfte, und suchte nach Worten. Ihm fiel keine Anmerkung ein, die er als passend empfand, also tat er das, was er am besten in solchen Situationen konnte: Er ignorierte das Problem und fuhr fort, als wäre nichts gewesen. »Okay«, ergriff er erneut das Wort, lenkte das Thema auf die Geschehnisse und wurde wieder sachlich-professionell, »Sonja, sei bitte so gut und erläutere uns deine Untersuchungsergebnisse.«

Sie schlug eine vor ihr liegende Mappe auf und sah noch einmal auf ihre Notizen. »Also … wie ihr vermutlich bereits wisst, hat die Obduktion der ersten drei Toten bereits Hinweise auf bestimmte Drogen ergeben, besser gesagt einen Drogencocktail. Aber erst die Obduktion von Rachel Kleinstein hat genauere Erkenntnisse zu den einzelnen Bestandteilen gebracht.« Sie brachte ein um Verzeihung bittendes Achselzucken zustande und erklärte: »Die letzte Leiche war die einzige, die ich relativ frühzeitig auf den Tisch bekam. Der Drogencocktail hat drei Hauptbestandteile: Scopolamin, Rohypnol und eine unbekannte Droge, der ich noch auf der Spur bin. Ich warte diesbezüglich auf genauere Laborergebnisse. Hinzu kommen Spuren eines Muskelrelaxans und verschiedener Psychopharmaka. Alles in allem kann ich bisher nur Vermutungen über die Wirkung abgeben. Gehen wir von der Hypothese aus, dass in allen Fällen hypnotische Trance und posthypnotische Suggestion im Spiel waren, macht diese Mischung aus Drogen absoluten Sinn.«

Gregor sah, dass Alsmann die Stirn gerunzelt hatte, ganz offensichtlich war ihm etwas unklar. »Sie haben eine Frage, Dieter?«

»Äh … ja genau.« Alsmann war offensichtlich unangenehm überrascht, dass Gregor darauf aufmerksam geworden war, bevor er eine Frage stellen konnte. An Sonja gerichtet fuhr er fort: »Was genau ist der Unterschied zwischen hypnotischer Trance und posthypnotischer Suggestion? Ich habe da noch ein kleines Verständnisproblem.«

»Ja klar. Sorry, ich habe nicht dran gedacht, dass diese Begriffe natürlich einer Erklärung bedürfen. Also … das, was man ganz allgemein immer nur Hypnose nennt, ist das Versetzen einer Person in einen Trancezustand – deshalb der Begriff hypnotische Trance. In der Psychotherapie und Medizin wird dieser Zustand dazu benutzt, um etwas aus der Vergangenheit des Patienten zu erfahren oder um einem Patienten die Schmerzen während einer Behandlung zu erleichtern.« Sie machte eine Pause und trank einen Schluck Apfelsaftschorle, die sie sich aus einer der vielen kleinen Flaschen auf dem Tisch eingeschenkt hatte. »Das mit der posthypnotischen Suggestion kommt dem näher, was die meisten Menschen von einem Hypnotiseur erwarten. Es ist die Methode, jemandem eine Verhaltensweise zu suggerieren, die er sonst nicht an den Tag legen würde. Ihr kennt das sicher alle, die Fernsehshows, in denen die angeblich Hypnotisierten sich plötzlich nackt ausziehen, weil es ihnen warm ist, oder aber wie ein Huhn gackern.«

»Moment, Moment«, warf Jenny ein, die bis dahin wie alle anderen aufmerksam gelauscht hatte, »ich hab vor Kurzem noch in einer Sendung gehört, dass es nicht möglich sei, jemanden auf diese Art dazu zu bringen, etwas zu tun, das er nicht wirklich will. Da zählt Selbstmord doch sicherlich dazu, oder?«

Sonja lächelte und nickte verstehend. »Dem bin ich bis vor Kurzem auch aufgesessen. Inzwischen habe ich mich aber auf professioneller Ebene etwas schlauergemacht und Interessantes erfahren. Entgegen der landläufigen Meinung«, legte sie ihre neuen Erkenntnisse dar, »ist es sehr wohl möglich, jemanden dazu zu bringen, etwas zu tun, was er in bewusstem Zustand niemals tun würde. Das schließt sowohl Mord als auch Suizid ein. Voraussetzung ist, dass man die Person eine Situation erleben lässt, die nichts mit der Realität zu tun hat, und sie Dinge tun lässt, die zu dieser Situation passen und zum jeweiligen Ergebnis führen.«

»Ich hab's gewusst«, rief Alsmann und schlug mit der Faust auf den Tisch. »Ella Löwenstin hat 100-prozentig gedacht, sie nehme an einem Turmsprungwettbewerb teil!«

»Wieso das?«, fragte Gregor, obwohl er sich bereits relativ sicher war, auf was Alsmann ungefähr hinauswollte.

»Nun, ich habe ein paar Nachforschungen zu ihrer Vergangenheit angestellt und bin da auf ein interessantes Detail gestoßen.«

Gregor bemerkte mit einiger Missbilligung erneut, dass Dieter Alsmann sich in der Rolle des »Mehr-Wissenden« sehr gut gefiel.

»In ihrer Jugend war Ella Löwenstin Landesmeisterin im Turmspringen gewesen. Der Badeanzug, den sie zum Zeitpunkt ihres Todes trug, und dieser Umstand lassen angesichts der Vermutung auf posthypnotische Suggestion eigentlich keinen anderen Schluss zu.«

Gregor konnte sich nicht zwischen einer Rüge für das Zurückhalten dieser zusätzlichen Informationen zu Ella Löwenstins Lebenslauf und einem Lob für die ausgezeichnete kombinatorische Leistung entscheiden – also sagte er nichts und nickte lediglich.

Keiner der anderen gab einen Kommentar zu dieser Aussage ab, und sollte Alsmann Applaus für seine Entdeckung erwartet haben, wurde er herb enttäuscht.

Auch Sonja spürte die angespannte Stimmung und ergriff noch einmal das Wort, um von dem heiklen Thema abzulenken und die Aufmerksamkeit wieder auf das aktuelle Geschehen zu bringen: »Ich habe aber bei Rachel Kleinstein noch etwas gefunden, was bei den ersten drei Toten aufgrund des desolaten Zustandes der Leichen nicht zu finden gewesen war.« Sie hatte wieder die volle Aufmerksamkeit aller Anwesenden. »Auf ihrem linken Oberarm habe ich die typische Spur einer Injektion mit einer Injektionspistole gefunden. Die meisten kennen dieses Gerät von Impfungen. Mit so einer Injektionspistole wird unter hohem Druck eine Substanz unter die Haut geschossen. Dabei stört auch Kleidung nicht wirklich, und es geht wesentlich schneller als mit einer normalen Spritze.«

Wieder zuckte sie entschuldigend mit den Schultern. »Leider hilft uns das bei der Identifizierung des Täters nur insofern weiter, als wir nun wissen, dass er im Besitz eines modernen medizinischen Gerätes und mit sehr hoher Wahrscheinlichkeit Rechtshänder ist.«

Obwohl Gregor deutlich sah, dass Alsmann darauf brannte, seine Vermutungen der Allgemeinheit zur Verfügung zu stellen, richtete er die Frage an die Gruppe: »Hat jemand eine Theorie zu diesem letzten Todesfall? Ich habe zwar eine eigene Vorstellung, aber ich möchte niemanden beeinflussen.«

Schmuddel ließ ein deutliches »Pfft« hören, als er die Backen aufblies und die Luft hinausstieß. Ein deutlicher Ausdruck der Verachtung. Offenbar war er der Meinung, Gregor habe keine Ahnung und wolle dies vertuschen, bis er sich der Meinung eines anderen anschließen könne.

Dieter Alsmann hatte nur auf eine solche Frage gewartet. Er zog die vor sich liegenden Notizen kurz zurate. »Ich halte es für sehr wahrscheinlich, dass Rachel Kleinstein sich in eine Vergangenheit versetzt fühlte, in der ihr Sohn Robert sechs Jahre alt war. Ich habe auch die starke Vermutung, dass ihr kleiner Sohn in diesem Szenario von einer Person bedroht wurde, sodass die Mutter um sein Leben fürchten musste. Was es genau mit dem Blut auf sich hat, werden wir wohl nie erfahren. Ich gehe davon aus, dass der Beschützerinstinkt einer Mutter angesprochen wurde. Er ist neben dem Selbsterhaltungstrieb die stärkste Instinktreaktion des Menschen, und die Mehrzahl aller Mütter würde in einer entsprechenden Situation ihr Leben für das Kind opfern.« Er unterbrach seine Ausführungen kurz, besann sich noch einmal und ergänzte dann: »Die Bedrohung für den Sohn kann nicht von einem wilden Tier oder einer Naturgewalt ausgegangen sein, denn sie hat versucht, mit dem, der die Gefahr darstellte, zu argumentieren. Es kommt eigentlich alles infrage, was ihr aufgrund ihrer Lebenserfahrung so richtig Angst gemacht hätte.«

Gregor nickte zustimmend. »Genau meine Meinung.« Er sah fragend in die Runde. »Abweichende Theorien?« Alle schüttelten den Kopf, wobei Schmuddel unverschämt grinste und keinen Hehl aus seiner Überzeugung machte.

»Okay«, fuhr Gregor ungerührt fort, »dann scheint zumindest der Modus Operandi relativ klar zu sein. Das bringt uns aber wie gesagt keinen Schritt weiter in Bezug auf die Identität des Täters.«

Mutti meldete sich erstmals zu Wort: »Wir brauchen das Motiv. Ich denke, wenn wir das kennen, führt uns das eher zum Täter als alles andere.«

»Mir – aber sicherlich euch auch – ist aufgefallen«, brachte Sonja sich in die Diskussion ein, »dass alle Opfer nicht nur jüdischen Glaubens, sondern auch alle über 70 Jahre alt waren – Rachel Kleinstein sogar über 80. Da das Ganze den Anschein einer Racheaktion hat, sollte man das Motiv doch in der Vergangenheit suchen, oder?«

Plötzlich hatte sie die ungeteilte Aufmerksamkeit aller Anwesenden.

»Ich weiß nicht, wie es euch geht, aber bei mir entsteht im Zusammenhang mit älteren Juden automatisch die Assoziation Nazi-Deutschland und Holocaust. Ich weiß, ich weiß«, ergänzte sie schnell, bevor jemand etwas einwenden konnte, »fast alle ums Leben Gekommenen müssen zur Nazizeit noch Kinder gewesen sein, aber vielleicht hat es etwas mit der Nachkriegszeit zu tun.«

»Ich halte das zwar nicht für sehr wahrscheinlich, aber auch nicht für unmöglich«, äußerte Gregor langsam und bedächtig. »Haben wir bisher irgendeine Verbindung zwischen den Opfern gefunden, über gesellschaftliche Kontakte hinaus?«, fragte er in die Runde.

Alle blickten sich erwartungsvoll gegenseitig an, in der Hoffnung, einer hätte eine weiterführende Information – alle außer Jenny. Sie blickte vor sich auf den Tisch, und Gregor erkannte, dass sie sich in diesem Augenblick dazu durchrang, etwas zu sagen, was sie vermutlich schon früher hätte sagen können. Entweder war es etwas, worüber sie sich nicht sicher war, oder – was ihm wahrscheinlicher schien – es war ihr aus irgendeinem Grund peinlich, es zu erzählen.

»Ich weiß nicht, wie ich vergessen konnte, es zu erwähnen, aber bei der Vernehmung der Familie Kleinstein ist mir etwas aufgefallen.«

Alle sahen sie überrascht an.

»Wie bitte?«, fragte Alsmann mit einem bedrohlichen Unterton.

Gregor wollte sich nicht weiter durch den aufmüpfigen Kollegen das Heft aus der Hand nehmen lassen. Er sah, dass Alsmann kurz davor war, zu explodieren. Das wollte er unter keinen Umständen zulassen und schritt deshalb schnell ein. »Kein Problem, erzählen Sie uns, was Sie beobachtet haben.«

»Als wir bei den Kleinsteins waren«, begann Jenny mit stockender Stimme und ziemlich leise, »hat die Alte mich gleich als Sekretärin abgestempelt, und ich habe ziemlich nutzlos da rumgestanden. Deshalb hab ich die Kinder … also ich meine, den Sohn Robert und die Tochter … ich weiß ihren Namen gar nicht mehr … also, ich hab die beobachtet, während Dieter mit der Mutter gesprochen hat.« Sie machte eine Pause und holte tief Luft. »Dabei ist mir dann eben aufgefallen, dass der Sohn ziemlich verkniffen geschaut hat, als der Name Ella Löwenstin gefallen ist. Und bei der Tochter hab ich gesehen, dass sie die Nennung des Namens, einmal von Dieter und dann später noch mal von der Mutter, schwer getroffen hat. Es hat auf mich den Eindruck gemacht, dass es sie schmerzte, den Namen zu hören.« Sie sah die Gruppe fragend an. »Ich weiß nicht genau, was das zu bedeuten hat, aber da war irgendwas, was sie uns verheimlicht haben.«

»Und das erzählst du mir erst jetzt?«, brauste Alsmann auf. »Du hast vergessen, einen so wichtigen Ermittlungsansatz zu erwähnen? Einfach so vergessen?«

Gregor verstand nicht, wie Alsmann, der selbst Erkenntnisse für sich behalten hatte, sich so über das Versäumnis von Jenny aufregen konnte. Außerdem fiel ihm sehr wohl der Gebrauch des Wortes »mir« auf, anstatt »uns«. Auch Alsmann war kein wirklicher Teamplayer, also ihm selbst nicht unähnlich. Wären da nicht Alsmanns überragende kombinatorische Fähigkeiten gewesen, hätte er ihn vermutlich längst aus dem Team entfernt. Gregor überlegte, ob er ihn mit diesem Umstand konfrontieren konnte, war sich dann aber sicher, dass dies im Beisein von allen anderen nicht zielführend sein würde.

Jenny wirkte total zerknirscht, aber Gregor war ihr trotz ihres vorwerfbaren Versäumnisses nicht wirklich böse. Fehler wurden gemacht, das Vergessen von Hinweisen war an der Tagesordnung. Selbstverständlich bedauerte er es ungemein, dass sie sich erst jetzt damit meldete. Hätte er diese Information bei seiner Befragung von Robert Kleinstein bereits gehabt, wären sie vielleicht schon einen Schritt weiter mit dem Aufdecken der Zusammenhänge. Er entschied sich – wie so oft –, zunächst so zu tun, als sei überhaupt nichts geschehen. »Ich möchte anmerken, dass es völlig unlogisch ist, sich über etwas, das nicht mehr zu ändern ist, aufzuregen«, merkte er nur kurz an. »Schmuddel, Sie machen so schnell wie möglich eine Internetrecherche zu den beiden Familien. Alle Zusammenhänge, Verbindungen, vielleicht auch über Dritte.«

Schmuddel machte ein langes Gesicht. »Dir ist schon klar, dass es zu der Zeit, die für uns interessant ist, noch kein Internet gab. Und gerade aus Kriegszeiten fehlt es an Unterlagen.«

Gregor kommentierte die Bemerkung nicht, sondern sah ihn nur weiter unverwandt an.

Nach wenigen Sekunden wich Schmuddel seinem Blick aus und erhob sich. »Okay, okay, ich versuche mein Möglichstes.« Er ging zum Computerbereich der Einsatzzentrale und begann sofort mit seinen Abfragen.

Mutti meldete sich zu Wort: »Ich schau mal, was ich in den Stadtarchiven zu dieser Zeit und dem Thema finden kann.« Jutta Beltermann hatte eine Gabe, um die sie fast niemand beneidete, die aber für ein Ermittlungsteam von essenzieller Wichtigkeit war: Sie konnte sich in Akten vergraben, und wenn andere längst aufgegeben und sich über den trockenen Papierkram aufgeregt hätten, lief sie erst zu Höchstform auf. Wenn es irgendwo Unterlagen zu den genannten Familien und mögliche Zusammenhänge zwischen ihnen gab, würde sie diese finden.

»Dieter«, wandte Gregor sich an Alsmann, »wir beide gehen kurz die Unterlagen durch, fahren danach in die Villa Kleinstein und knöpfen uns den Sohn ein zweites Mal vor.« Er sah das Gegenteil von Begeisterung bei Alsmann, aber er wollte jemanden dabeihaben, dessen scharfen Verstand er achtete und dem unter Umständen etwas auffiel, was ihm entging. Ob Alsmann davon begeistert war oder nicht, durfte ihn in dieser Situation nicht interessieren.

»Hast du auch eine Aufgabe für mich?«, erkundigte sich Jenny kleinlaut.

Gregor sah sie lange und durchdringend an und meinte dann: »Sie halten hier die Stellung und machen die Schaltzentrale für die einzelnen Teams. Sollte eine nützliche Information gemeldet werden«, er machte eine inhaltsschwere Pause, »geben Sie sie unverzüglich an die anderen weiter, klar?«

Jenny sah betreten vor sich und murmelte: »Sonnenklar.«

# 22. KAPITEL

Jakob Mandelbaum saß allein in der Bibliothek der Villa Mandelbaum und hing düsteren Gedanken nach. Er hatte sich von dem Butler Jonathan einen doppelten irischen Whisky bringen lassen und erklärt, an diesem Abend nicht mehr gestört werden zu wollen. Noch immer machte ihm das auf der Trauerfeier Erlebte zu schaffen. Er musste sich schütteln und einen großen Schluck Whisky zu sich nehmen, wenn er an den Augenblick dachte, als Rachel sich vor aller Augen die Kehle durchgeschnitten hatte.

Er war kein zart besaiteter Mann, in geschäftlichen Dingen hart und völlig skrupellos, aber dieser Augenblick war auch für ihn zu viel gewesen. Was ihm im Moment jedoch mehr Sorgen machte, war die immer näher kommende Todesgefahr. Es stand für ihn außer Frage, dass die inzwischen vier Todesfälle mit der Vergangenheit der Familien Mandelbaum, Itzigman und Golowski zu tun hatten.

Durch den frühen Tod seiner Mutter bei der Geburt seines Bruders Aaron 1944 waren selbst seinem Neffen Gregor und seiner Nichte Sarah die familiären Zusammenhänge nicht klar. Außer ihm selbst hatte nur noch Rachel Kleinstein die ganze Wahrheit gekannt. Er, Jakob, hätte ebenfalls nichts von der Verbindung gewusst, hätte sein Vater ihm nicht auf dem Sterbebett 1981 alles gestanden.

Damals, als sein Vater im Endstadium des Lungenkrebses reinen Tisch hatte machen wollen, war Jakob zunächst entsetzt gewesen. Sehr schnell hatte er aber erkannt, dass seine gesamte Existenz davon abhing, dass er die Lüge weiterlebte. Andernfalls hätte die Familie den gesamten Besitz verloren.

Sein Vater hatte ihm gestanden, wie er kurz nach dem Krieg Immanuel Rosenzweig mit der Hilfe von Itzigman und Rachel

Golowski um sein Erbe betrogen hatte. Außerdem hatte er ihn darüber aufgeklärt, dass seine Mutter Martha die Schwester von Rachel Golowski und in Warschau geboren worden war. Martha und Rachel Golowski hatten noch einen Bruder gehabt, dessen Tochter Ella kurz nach dem Krieg von Saul nach Deutschland geholt worden war.

Somit war Rachel Kleinstein, geborene Golowski, seine Tante gewesen und Ella Löwenstin, geborene Golowski, seine Cousine. Die Kinder von Rachel – Robert, Lea und Lisa – waren ebenfalls Cousin und Cousinen von Jakob.

Alle diese Verwandtschaftsverhältnisse waren ihm bis zum Geständnis seines Vaters nicht bekannt gewesen.

Einmal hatte er versucht, mit Rachel über dieses Thema zu sprechen, war aber barsch zurückgewiesen worden. »Die Vergangenheit ist vergangen, und das soll sie auch bleiben«, war Rachels Antwort gewesen, und seit jener Zeit war das Thema nie wieder angesprochen worden.

Als er sie nach dem Tod von Itzigman und Ella Löwenstin hatte sprechen wollen, hatte sie ein Treffen abgelehnt.

Warum Ella den Kontakt zu den Familien Kleinstein und Mandelbaum abgebrochen hatte, nachdem sie den wesentlich älteren Karolinus Löwenstin geheiratet hatte, war Jakob absolut klar – aber er wollte nicht darüber nachdenken. Ihm war auch bekannt, dass ihre Nichten Lea und Lisa und auch ihr Neffe Robert dies bedauert hatten, aber nach strikter Anweisung der Mutter weder Kontakt zu ihr pflegen, noch ihren Namen in Rachels Gegenwart erwähnen hatten dürfen.

Nach dem Tod von Rachel war nun die letzte lebende Person, die an dem Komplott gegen Immanuel Rosenzweig beteiligt gewesen war, tot.

Da der Drahtzieher – Saul Mandelbaum – bereits gestorben war, hatte Jakob keinen Zweifel daran, dass er als Erbe seines Vaters der Nächste auf der Liste des Unbekannten sein musste. Er war sich sicher, dass Immanuel Rosenzweig hinter diesem perfiden Racheplan stand – zumal ihm sein Vater auf dem Sterbebett von dem Racheschwur Immanuels im Gerichtssaal erzählt hatte.

Welche Maßnahmen er ergreifen konnte, um sich zu schützen, war ihm noch unklar. Sollte er in die Bank gehen oder nur noch zu Hause bleiben? Rachel Kleinstein hatte der Tod auch zu Hause ereilt – also war es kein absoluter Schutz, das Haus nicht mehr zu verlassen. Den Weg ins Büro legte er mit dem Wagen zurück, gefahren von seinem Chauffeur. Dennoch erschien ihm die Fahrt als ein unnötiges Risiko in seinem Tagesablauf.

Jeder andere hätte überlegt, den Neffen – der ja schließlich bei der Kripo war – um Rat zu bitten. Doch das war der nächste Punkt, der ihm zunehmend Sorgen bereitete.

Gregor war ihm schon immer höchst seltsam vorgekommen, sogar schon als Jugendlicher, und war ihm auch stets fremd geblieben. Selbst Jonathan der Butler hatte ein innigeres Verhältnis zu den Kindern seines Bruders als er selbst. Gregor erinnerte ihn zudem immer mehr an seinen Bruder Aaron, was ihn ihm manchmal sogar etwas unheimlich machte.

Verstärkt wurde dieses Gefühl noch durch den Umstand, dass Gregor ihn bisher noch nicht zu den Geschehnissen im Hause Kleinstein befragt hatte. Er hatte ihn vielmehr am Tatort links liegen lassen und ihm lediglich ein kurzes »Wir reden später!« zugeraunt. In diesem Moment war es Jakob wie eine Drohung vorgekommen.

Wie sollte er sich bei der bevorstehenden Befragung verhalten? Auf keinen Fall würde er den gleichen Fehler machen, den er bei seinem Bruder Aaron begangen hatte, als er ihn in die Familiengeheimnisse ihres Vaters einweihte.

Nein – das war die schlechteste Entscheidung seines Lebens gewesen, und er durfte das nicht wiederholen. Die Folgen wären unabsehbar.

Kein Plan wollte in ihm reifen, und so blieb ihm nichts

anderes übrig, als den Dingen ihren Lauf und alles auf sich zukommen zu lassen.

## 23. KAPITEL

Am Haupttor war ihnen ein Lieferfahrzeug entgegengekommen, weshalb Gregor und Alsmann mit dem Dienstwagen direkt auf das Grundstück fahren konnten. An der großen halbrunden Freitreppe des Kleinstein-Anwesens ließen sie das Auto stehen. Der Vorplatz wirkte riesig und verwaist, nun, da die Kranken- und Polizeifahrzeuge nicht mehr da waren.

Nach mehrmaligem Klingeln öffnete ein Butler. Er sah sie abschätzend von oben bis unten an. »Was kann ich für die Herren tun? Sollte es sich bei Ihnen um Vertreter handeln, darf ich Sie gleich darauf aufmerksam machen, dass sowohl der Hausherr als auch der Haushalt nichts benötigen.«

Alsmann drückte sich sofort mit erhobenem Ausweis und einem bissigen »Kripo Frankfurt« an dem Butler vorbei und stand nun mitten in der Empfangshalle. »Danke, wir kennen uns aus. Wo finden wir Herrn Kleinstein?«

Gregor ging überrascht von der Initiative Alsmanns ebenfalls an dem Butler vorbei und sah sich dann suchend um.

»Sagen Sie uns, wo wir Herrn Kleinstein finden, oder müssen wir das Haus durchsuchen?«, fragte Alsmann ziemlich aggressiv.

Der Butler ergab sich in sein Schicksal. »Herr Kleinstein befindet sich in seinem Büro und erledigt wichtige Arbeiten. Er hat angegeben, nicht gestört werden zu wollen.«

Aber auch dieser letzte Versuch, die beiden Polizisten aufzuhalten, scheiterte kläglich.

»Für uns wird er Zeit haben. Also ... wo finden wir das Büro?«

Wortlos ging der Butler voraus, und sie folgten ihm eine Treppe hinauf in einen Seitentrakt. Als der Mann an einer der Türen anklopfte, wartete Alsmann keine Antwort ab, sondern drängte sich an ihm vorbei, öffnete die Tür und trat ein.

Kleinstein saß an einem riesigen Schreibtisch, auf dem Unmengen von Akten gestapelt waren. Er sah überrascht auf und runzelte verärgert die Stirn, dann erkannte er Gregor. »Sie schon wieder! Waren meine Auskünfte gestern nicht ausreichend, oder warum belästigen Sie mich erneut?«

Nun erschien es Gregor an der Zeit, dass er die Führung übernahm. »Herr Kleinstein, ich bedaure, Sie nochmals befragen zu müssen, aber wir haben Grund zu der Annahme, dass Sie uns gestern einige wichtige Informationen vorenthalten haben. Darüber müssen wir reden.«

Kleinstein sah ihn entgeistert an. »Ich wüsste nicht, was das für Informationen sein sollten. Wenn Sie noch Fragen haben, reichen Sie diese bitte schriftlich bei unserem Familienanwalt Dr. Berger ein. Und nun habe ich zu tun – guten Tag!« Er wandte sich wieder dem Studium der vor ihm liegenden Papiere zu.

Gregor legte beschwichtigend die Hand auf Alsmanns Arm, der gerade aufbrausen wollte. Es war entweder das Versäumnis von Jenny oder er hatte inzwischen realisiert, dass er ebenfalls nicht ganz frei von teamschädlichem und einzelgängerischem Verhalten gewesen war, aber eines von beidem hatte Alsmann offensichtlich doch mehr aus der Bahn geworfen, als Gregor es jemals für möglich gehalten hätte.

Gregor trat einen Schritt näher an den Schreibtisch heran. Dies war eine der Situationen, in denen seine Professionalität sein Problem im Umgang mit Mitmenschen in den Hintergrund drängte. Jetzt war er der intelligente Kriminalist, den sowohl Beschuldigte als auch renitente Zeugen zu fürchten gelernt hatten. Seine Stimme war leise und ruhig, hatte aber einen gefährlichen Unterton: »Mein lieber Herr Kleinstein, Ihnen als Anwalt muss ich es eigentlich nicht erklären, aber ich tue es dennoch. Wenn Sie jetzt nicht kooperieren, bin ich in 30 Minuten mit einer staatsanwaltschaftlichen Vorladung wieder hier. Der müssen Sie Folge leisten, ansonsten kann und werde ich Sie festnehmen und in das Büro des Staatsanwaltes schleifen. Jetzt haben Sie noch die Wahl, und wir können uns hier gesittet und zivilisiert unterhalten. Nun?«

Robert Kleinstein sah ihn überrascht an, lehnte sich in seinem Arbeitsstuhl zurück und überlegte einige Sekunden. »Also gut. Was wollen Sie?«

»Als Ihre Familie durch meinen Kollegen und eine weitere Kollegin zum Tod Ihres Vaters und zu den Todesfällen Itzigman und Löwenstin befragt wurde, hat Ihre Mutter angegeben, es bestehe keine Verbindung zu den Genannten. Entspricht das der Wahrheit?«, begann Gregor mit einer sogenannten geschlossenen Frage, einer Frage, bei der die Antwortmöglichkeiten vorgegeben sind. In diesem Fall waren die Möglichkeiten auf Ja oder Nein beschränkt.

Kleinstein zögerte unmerklich und antwortete dann: »Ja.«

Gregor sah ihn an, drehte sich dann um, nahm sich einen der Besucherstühle und stellte ihn direkt vor den Schreibtisch. Er setzte sich und begann langsam und ruhig zu erzählen: »Okay … passen Sie auf. Man sagt mir nach, ich sei so etwas wie ein menschlicher Lügendetektor. Aber in Ihrem Fall bedarf es keiner besonderen Fähigkeiten oder Ausbildung, um zu erkennen, dass Sie mir gerade offen ins Gesicht gelogen haben. Noch mal … Sie befinden sich mitten in einer Mordermittlung, und eine Falschaussage als Zeuge kann Sie vor das Ehrengericht der Anwaltskammer bringen. Ist Ihnen das klar?«

Bei dem Wort »Mordermittlung« hatte Kleinstein die Augen aufgerissen und saß Gregor nun mit offenem Mund gegenüber. Er stammelte: »Wie ... Mord ... was hat ... äh ... wieso Mord?«

»Nun«, fuhr Gregor fort, »wir gehen zwingend davon aus, dass weder Ihr Vater noch Herr Itzigman oder Frau Löwenstin und schon gar nicht Ihre Mutter freiwillig aus dem Leben geschieden sind. Die Einzelheiten unterliegen noch der Verschwiegenheitspflicht im Zusammenhang mit einer laufenden Mordermittlung, aber glauben Sie mir – alle vier wurden dazu getrieben, sich umzubringen. Also noch einmal: Welche Verbindung gab es zwischen Ihrer Mutter und den genannten Personen?«

Kleinstein murmelte vor sich hin. »Mord ... o Gott ... warum?«

»Herr Kleinstein, die Fakten bitte!«

»Ja gut, ja gut. Ich erzähle Ihnen alles, was ich weiß.« Er blickte betreten vor sich, musste er doch nun seine Lüge offenbaren, aber schließlich riss er sich zusammen und begann zu erzählen. »Ella Löwenstin war meine Cousine. Sie war wie meine Mutter eine geborene Golowski, die Tochter des verstorbenen Bruders meiner Mutter. Soweit mir bekannt ist, wurde sie als Kind nach dem Krieg aus Warschau nach Deutschland geholt und hat dann bei Saul Mandelbaum, Ihrem Großvater, gelebt.«

Gregor hatte das Gefühl, als habe jemand den Stuhl, auf dem er saß, unter ihm weggetreten. Hätte er nicht gesessen – er wäre gezwungen gewesen sich hinzusetzen. Seine Gedanken rasten. Zum einen hatten sie nun eine verwandtschaftliche Beziehung zwischen zwei der Opfer aufgedeckt, zum anderen war aber auch seine eigene Familie mit ins Spiel gebracht worden. Die vielen Implikationen und Möglichkeiten waren zu mannigfaltig, um sie auf der Stelle überschauen zu können. Er war so benommen, dass er einen Moment lang nicht richtig zugehört und den Anfang dessen, was Kleinstein gerade sagte, nicht mitbekommen hatte. »Entschuldigung, ich habe nicht richtig aufgepasst. Können Sie noch mal wiederholen, was Sie eben gesagt haben?«

Kleinstein blickte ihn verwirrt an und wiederholte den letzten Satz: »Meine Mutter hatte uns jeglichen Kontakt zu unserer Cousine Ella verboten, ja sogar die Erwähnung ihres Namens in ihrer Gegenwart. Wir mussten Knall auf Fall alle Verbindungen zu ihr abbrechen, was uns sehr leidtat, da wir Kinder sie alle mochten.«

Gregor hatte sich langsam wieder in der Gewalt und verschob mit Macht alle Überlegungen auf einen späteren Zeitpunkt. Jetzt war nur noch die Befragung von Kleinstein von Bedeutung. »Kennen Sie den Grund für dieses Verhalten?«

»Nein … nein, wirklich nicht.«

Gregor sah, dass er die Wahrheit sagte, und verfolgte diese Richtung nicht weiter. »Können Sie sich erinnern, wann genau das war?«

»Nicht genau, ich denke, es muss Ende der 80er-Jahre gewesen sein.«

Wieder die Wahrheit! Aus Gewohnheit und guten Erfahrungen mit diesem Ansatz stellte Gregor die Frage, die sich in vergleichbaren Situationen schon öfter bewährt hatte: »Können Sie dieses Verbot Ihrer Mutter mit irgendeinem anderen Ereignis zeitlich in Verbindung bringen?« Der Grund für den häufigen Erfolg dieser Frage war der bekannte Umstand, dass Menschen sich an solche Gleichzeitigkeiten gut erinnern konnten. Zum Beispiel wusste fast jeder Europäer, wo er zum Zeitpunkt des tödlichen Unfalls von Lady Diana gewesen war oder was er zu diesem Zeitpunkt gemacht hatte. Gleiches galt für fast alle Menschen der zivilisierten Welt in Bezug auf den Anschlag auf das World Trade Center am 11. September 2001.

Plötzlich hellte sich Kleinsteins bisher verzweifelt bemühtes Gesicht auf. Ihm war offensichtlich eine Verbindung eingefallen. »Ja … natürlich … ich weiß zwar nicht mehr, in welchem

Jahr das genau war, aber es war unmittelbar nach dem tödlichen Verkehrsunfall Ihrer Eltern.« Er schüttelte verwundert den Kopf und sah Gregor verwirrt und mit einem fragenden Blick an. »Was hat das zu bedeuten?«

Genau das fragte sich Gregor im selben Augenblick auch. Wiederum gingen seine Gedanken in tausend Richtungen gleichzeitig, und er war nicht mehr in der Lage, sich auf die Befragung zu konzentrieren. Er brauchte Zeit, um zu sich zu finden und über das gerade Gehörte in aller Ruhe nachzudenken. Er fand gerade noch die Konzentration, um sich von Kleinstein zu verabschieden. »Danke, Herr Kleinstein, ich werde gegebenenfalls noch mal auf Sie zukommen.«

Er erhob sich rasch und wollte aus dem Zimmer stürmen. Kurz vor der Tür hielt er inne, drehte sich noch einmal um und fragte: »Wissen Sie etwas über das Verhältnis zwischen Ihrer Mutter und meinem Onkel Jakob Mandelbaum oder meinem Großvater Saul Mandelbaum?«

»Ja natürlich, aber nichts, was Sie nicht auch wüssten. Ihre Großmutter Martha war doch ebenfalls eine geborene Golowski, eine Schwester meiner Mutter. Sie wissen doch, dass Ihr Onkel mein Cousin ist, oder?«

Gregors Knie wurden weich, und er hatte Mühe, aufrecht stehen zu bleiben. Er stieß noch ein heiseres »Jaja, natürlich. Danke« hervor, dann eilte er aus dem Zimmer und die Treppe hinunter.

Alsmann hetzte verdutzt hinter ihm her. »Gregor!«, rief er auf dem Weg zum Wagen hinter ihm her. »Was war das denn? Was habe ich da nicht mitbekommen?«

Gregor blieb mit dem Schlüssel in der Hand vor dem Auto stehen und senkte den Kopf. Dann drehte er sich langsam zu Alsmann um und sah ihn zerknirscht an. »Entschuldigen Sie, Dieter, ich habe wohl etwas heftig reagiert. Ich habe zwar noch nicht alle Implikationen realisiert, aber die ganze Sache scheint nicht nur mit den Familien Kleinstein und Itzigman zu tun zu haben, sondern auch mit meiner. Bedenken Sie … mein Onkel fällt auch unter die Kategorie ›älterer Jude‹ und der zeitliche Zusammenhang des Bruchs zwischen Ella Löwenstin und Rachel Kleinstein mit dem tödlichen Unfall meiner Eltern kann kein Zufall sein.« Er schüttelte verzweifelt den Kopf. »Ich verstehe das noch nicht alles, und mir fehlen sicherlich noch mehr als die Hälfte aller Fakten, aber ich denke, wir sind da etwas Größerem auf der Spur, als ich es jemals für möglich gehalten hätte.« Er machte eine kurze Pause, in der Alsmann kein Wort sprach, sondern ihn nur ansah. »Ich glaube«, fuhr er fort, »es wird dringend Zeit, dass ich mal ein ernstes Wort mit meinem Onkel Jakob rede.«

Gregor konnte die verwandtschaftliche Beziehung zwischen den Opfern Ella Löwenstin und Rachel Kleinstein zu seiner Großmutter noch nicht wirklich glauben. Ist Robert Kleinstein einer Fehlinformation aufgesessen? Warum sollte mir mein Onkel mein ganzes Leben lang verschweigen, dass Rachel Kleinstein seine Tante und Robert Kleinstein sein Cousin ist?

Er wollte sich gerade in den Wagen setzen, als sein Handy klingelte. Die angezeigte Nummer gehörte zur Einsatzzentrale. »Ja, was gibt es Neues?«, fragte er, als er das Gespräch angenommen hatte.

Jenny meldete sich. »Ich denke, ihr solltet, sobald ihr fertig seid, in die Einsatzzentrale zurückkommen. Schmuddel hat bei seiner Internetrecherche etwas gefunden, das müsst ihr euch ansehen. Mutti ist auch schon hier.«

»Wir sind unterwegs und in spätestens 20 Minuten da.« Gregor legte auf, sie stiegen beide ein und fuhren mit durchdrehenden Reifen los, die den Kies des Vorplatzes wegspritzen ließen.

15 Minuten später eilten beide durch die Tür der Einsatzzentrale. Die Neugierde hatte sie zu höchster Eile angetrieben, und

der wesentlich ältere Alsmann hatte kaum mit Gregors Tempo mithalten können.

Kaum hatten sie den Raum betreten, da steuerte Gregor zielsicher auf den Computerarbeitsplatz zu, an dem Schmuddel noch saß und dabei war, Dokumente auszudrucken.

»Was haben Sie gefunden?«, fragte Gregor ihn, ohne sich mit einer Begrüßung oder einleitenden Worten aufzuhalten.

Schmuddels gesamte Haltung drückte Stolz aus. Vermutlich über seine Leistung, letztendlich doch etwas gefunden zu haben. Das erklärte wohl auch seine ungewöhnlich gute Laune und die Mitteilsamkeit. »Ich hab dir ja gesagt, dass es aus der Nazizeit und der unmittelbaren Nachkriegszeit kaum Unterlagen im Internet gibt. Aber zum Glück habe ich jede Menge Aufsätze, Arbeiten, Dissertationen und Artikel aus späteren Jahren gefunden, die dann auch im Internet gelandet sind. Es hat etwas länger gedauert, weil ich zuerst den Fehler gemacht habe, mit den drei Namen der Getöteten zu suchen, also Itzigman, Kleinstein und Löwenstin. Da habe ich erst mal nichts gefunden, wo alle drei Namen drin vorkamen.«

»Sie hätten es mit Golowski und Mandelbaum versuchen sollen, aber das konnten Sie ja nicht wissen«, merkte Gregor emotionslos an. Er nahm auf einem Bürostuhl neben Schmuddel Platz.

Schmuddel blickte erstaunt von seinen Unterlagen auf. »Woher hast du den Namen Golowski? Auf den bin ich auch gekommen!«

»Nicht jetzt, das erzähle ich später. Erst mal weiter im Text. Also, was haben Sie entdeckt?«

Schmuddel sah ihn mit gerunzelter Stirn von der Seite an, und es war offensichtlich, dass er befürchtete, seine Erkenntnisse könnten Gregor gar nicht mehr so neu sein, wie er gehofft hatte. »Dann habe ich nur mit Löwenstin gesucht und bin auf einen Artikel über die Hochzeit von Karolinus Löwenstin mit einer gewissen Ella Golowski – also mit unserer Toten – gestoßen. Ich habe dann die Suche mal auf Golowski ausgedehnt … und siehe da: Treffer!«

Schmuddel machte eine dramatische Pause, schnappte sich einen zusammengehefteten Stapel Papier und hielt ihn triumphierend hoch: »Tataa! Hier ist ein vor zehn Jahren ins Internet gelangter Artikel aus dem ›Spiegel‹ über illegale Machenschaften bei jüdischen Erbstreitigkeiten unmittelbar nach dem Krieg. Ihr könnt euch vorstellen, dass es in der Nachkriegszeit mit Entnazifizierung und all dem Scheiß hoch herging. Papiere waren im Krieg verschwunden, Besitzstände völlig unklar, und wer da schnell war, konnte wirklich das eine oder andere Schnäppchen machen.«

»Schmuddel«, sagte Gregor fast flehentlich, »lassen Sie bitte alle unnötigen Füllsel und Schlussfolgerungen weg und kommen Sie zur Sache.«

»Okay, okay, ich kürze das Ganze ab. Hier die Managementfassung der wichtigsten Teile des Artikels: Im Jahr 1949 gab es hier in Frankfurt einen Prozess – und jetzt halt dich fest, Gregor, das haut dich aus den Socken – um das Erbe eines gewissen Immanuel Rosenzweig. Dessen Vater hatte wohl ein Bankhaus und war im KZ gestorben. Der Sohn hatte als Einziger das KZ überlebt und wollte sein Erbe zurück – und jetzt rat mal von wem?«

Bei der Erwähnung eines Bankhauses war Gregor ein eiskalter Schauer über den Rücken gelaufen. Er konnte sich zwar noch nicht alles zusammenreimen, aber er hatte genug Informationen für eine Vermutung. »Saul Mandelbaum«, hauchte er, und das Entsetzen über die Verbindung zu seinem Großvater ließ ihn erschaudern.

»Oooch … Scheiße, wofür reiß ich mir hier eigentlich den Arsch auf? Wenn du schon alles weißt, warum lässt du mich dann so aufwendig suchen?« Schmuddel machte aus seiner Verärgerung keinen Hehl und feuerte die ausgedruckten Papiere mit einem lauten Knall auf den Tisch.

»Ihr Unmut ist unberechtigt«, versuchte Gregor ihn zu besänftigen, »das war eine Feststellung, die ich erst eben aufgrund des von Ihnen Gesagten getroffen habe. Erzählen Sie also bitte weiter.«

Schmuddel sah ihn misstrauisch an. Er war sich offenbar nicht sicher, ob diese Aussage tatsächlich der Wahrheit entsprach. Etwas zögerlich fuhr er fort: »Also … in dem Prozess klagte Immanuel Rosenzweig gegen Saul Mandelbaum, und in den Gerichtsakten wurden als Zeugen sowohl ein gewisser Nathan Itzigman, der Vater unseres Toten Samuel Itzigman, und eine Rachel Golowski genannt. Sie haben für Saul Mandelbaum ausgesagt oder gebürgt, weshalb die Klage von Immanuel Rosenzweig abgeschmettert wurde. Ich hab aber noch mehr«, fuhr er inzwischen wieder etwas engagierter und fast triumphierend fort. »Ich habe dann mal weiter nach Golowski gesucht und bin wieder fündig geworden. Das waren wohl ziemlich fleißige Bienchen, diese weiblichen Golowskis. Die eine, Rachel, hat unseren inzwischen toten Kleinstein geheiratet, die zweite, Ella, den besagten Karolinus Löwenstin, und dann gab es da noch eine … die … äh … die hat …« Schmuddel kam ins Stottern, als fiele ihm erstmals auf, was seine Entdeckungen für Gregor bedeuten könnten, und er sah Gregor unsicher an, der leichenblass geworden war und am ganzen Körper zitterte. Schmuddel war nicht in der Lage, den angefangenen Satz zu beenden.

Gregor schloss die angefangene Offenbarung der letzten Zusammenhänge mit brüchiger Stimme: »… Saul Mandelbaum, meinen Großvater, geheiratet. Sie hieß Martha.« Er war in sich zusammengesackt und saß wie ein Häufchen Elend auf seinem Bürostuhl. Also doch – alles, was Robert Kleinstein berichtet hat, entspricht der Wahrheit. Warum habe ich nie etwas davon erfahren?

»Moment mal, das ist mir jetzt ein bisschen zu viel Info«, warf Mutti ein. »Ich kann euch gerade nicht mehr wirklich folgen.«

Auch die anderen Anwesenden starrten nur noch auf Gregor und versuchten, das Gehörte zu verarbeiten. Es schienen für alle zu viele Informationen in zu kurzer Zeit gewesen zu sein. Niemandem fiel etwas Schlaues oder Tröstliches ein, das man hätte Gregor sagen können.

Mutti gab sich schließlich einen Ruck und stand auf. »Ich besorge jetzt mal Kaffee, dann setzen wir uns in Ruhe hin und halten erneut Kriegsrat. Mir fehlt da noch der Zusammenhang, aber ich denke, es kommt nun nicht mehr auf ein paar Minuten an.«

Gregor blickte weiter starr vor sich hin und schien niemanden im Raum mehr wahrzunehmen. Dennoch empfand er Muttis mütterlich besorgte Art erstmals als angenehm.

Eine halbe Stunde später waren alle auf demselben Stand. Die komplizierten Verwandtschaftsverhältnisse, die sich aus den Verheiratungen der Geschwister Martha und Rachel Golowski und von deren Nichte Ella Golowski ergaben, waren in einem Stammbaum an einem Whiteboard aufgemalt worden.

In dieser Übersicht tauchten auch die Namen von Jakob, Gregor und Sarah Mandelbaum auf. Ganz oben stand der Name Saul Mandelbaum, ein daneben gemaltes Kreuz symbolisierte, dass er bereits verstorben war. Zusätzlich waren der Vollständigkeit halber auch noch Gregors Vater – Aaron Mandelbaum – und dessen Ehefrau Rebecca vermerkt, beide ebenfalls mit einem Kreuz und dem Sterbedatum 1989.

Es berührte Gregor auf eine seltsame, ihm bislang unbekannte Art, in einer Aufstellung mit Ermordeten auch seine Ahnentafel zu sehen. Er war jedoch nicht der Typ, den Trauer, Wehmut oder grüblerische Verzweiflung vom logischen Denken abhielten, weshalb er in der Lage war, sich auf professionelle Art wieder dem Wesentlichen zu widmen und auf die Sache zu konzentrieren.

Etwas abseits stand auf der Tafel der Name Immanuel Rosenzweig. »Was haben wir an Wissenswertem über ihn?«, fragte Gregor, ohne sich seine für ihn so ungewohnte emotionale Ausnahmesituation anmerken zu lassen.

»Wenig«, gab Schmuddel der Allgemeinheit zur Kenntnis, »geboren am 22. April 1921 in Frankfurt, Eltern Schmuel und Judith Rosenzweig, Gründer des Bankhauses Rosenzweig, beide verstorben im KZ Auschwitz-Birkenau, genauso die Schwester Rosalinde. Immanuel ist Ende 1948 wieder in Frankfurt aufgetaucht, hat den Prozess Anfang 1949 verloren, und danach verliert sich jede Spur von ihm. Mutti hat in den Annalen der Stadt und des Gerichts Prozessakten finden können – ich hatte sie sofort angerufen, als ich das mit dem Prozess herausgefunden hatte«, erklärte Schmuddel. »Aber der Anwalt, der Immanuel vertreten hat, war damals schon ein alter Mann, ist schon lange tot, und es gibt keine Nachkommen oder Kanzlei, die auf seiner aufgebaut wurde oder ihr nachgefolgt ist. Deshalb gibt es auch keine Anwaltsunterlagen mehr. Somit verliert sich Immanuel Rosenzweigs Spur hier in Frankfurt.«

Ratlosigkeit machte sich breit, denn keiner aus dem Team sah Ansatzpunkte für weitere Ermittlungen.

Alsmann fasste es in kurzen Worten zusammen: »Nach allem, was wir bis hierhin wissen, bin ich der Meinung, dass wir das Motiv nun kennen. Die Personenzusammenhänge zeigen alle auf eine sehr gut nachvollziehbare Motivation: Rache, und zwar für den Verlust des Erbes der Rosenzweigs. Ich gebe allerdings zu bedenken, dass wir noch keine Beweise dafür haben, dass Immanuel Rosenzweig wirklich um sein Erbe betrogen wurde. Außerdem müsste er inzwischen 92 Jahre alt sein. Das passt nun nicht wirklich in unser Täterprofil. Der Täter könnte allerdings ein Nachfahre sein – nur … damit sind wir keinen Schritt weiter, was die Identifizierung angeht, da sich die Spur von Immanuel bereits vor 64 Jahren verliert. Bei der Frage nach weiteren potenziellen Opfern …«, an dieser Stelle stockte er und warf einen unsicheren Blick auf Gregor, der ihm aber aufmunternd zunickte. »Also ... als wahrscheinlichstes nächstes Opfer müssen wir wohl zweifelsfrei Jakob Mandelbaum ansehen ... Gregors Onkel und jetzigen Inhaber des Bankhauses.«

Gregor stieß sich mit einem Ruck von seinem Stuhl auf. »Jetzt wird es wirklich Zeit, dass ich mich mit Jakob unterhalte.«

»Aber doch nicht allein, oder?«, stieß Jenny ungläubig hervor.

»Doch«, entgegnete er sehr bestimmt und mit fester Stimme. Erstmals war er der Überzeugung, dass er etwas Privates in den Vordergrund stellen musste. »Das ist eine Familienangelegenheit, und ich denke, Sie können mir zutrauen, dass ich das Gespräch zwar als Neffe führe, aber als Kriminalbeamter bewerte. Ich glaube auch, ich habe allein größere Chancen, ihn dazu zu bewegen, mir die Wahrheit zu sagen.«

Widerstrebend fügte sich das Team. Immerhin war er an erster Stelle ihr Chef, und als dieser konnte er sehr wohl auch trotz der Einwände seiner Mitarbeiter, egal wie berechtigt, solche Entscheidungen treffen. Zudem war ihnen allen klar, dass Gregor nicht der Mensch war, den man leicht von einer einmal getroffenen Entscheidung abbringen konnte.

## 24. KAPITEL

Es war 14:00 Uhr, als Gregor in die Mandelbaum-Bank stürmte und den direkten Weg zum Büro seines Onkels einschlug. Er konnte den Gedanken nicht unterdrücken, dass es vermutlich

Rosenzweig-Bank heißen müsste, und er erkannte eine Emotion in sich, die er als kalte Wut identifizierte. Jakobs Sekretärin konnte ihm gerade noch ein »Hallo, Herr Mandelbaum!« zurufen, da war er schon an ihr vorbei und riss die Tür des an das Vorzimmer angrenzenden Büros auf.

Es war leer!

Gregor drehte sich um und fragte die Sekretärin: »Wo ist er?«

»Entschuldigen Sie, ich wollte es Ihnen sagen, aber Sie haben mir ja gar keine Zeit gelassen. Ihr Herr Onkel hat uns mitgeteilt, dass er für den Rest der Woche von zu Hause aus arbeiten wird.«

Ohne ein weiteres Wort stürmte Gregor wieder hinaus und eilte zum Wagen.

20 Minuten später hielt er mit quietschenden Reifen vor der Villa Mandelbaum. Er sprang aus dem Auto, ließ die Tür offen stehen und stürmte hinein.

Das Büro seines Onkels befand sich in einem Nebenraum der Bibliothek. Gregors Erregung und sein Frust waren so groß, dass er alle antrainierten Höflichkeitsfloskeln vergaß und ohne anzuklopfen in das Zimmer stürzte. Wenn er geglaubt hatte, seinen Onkel über Akten gebeugt anzutreffen, wurde er überrascht.

Jakob Mandelbaum saß zurückgelehnt in seinen Arbeitssessel hinter dem Schreibtisch mit einem Glas in der Hand, hatte die Augen geschlossen und schien zu dösen. Von dem Geräusch der sich öffnenden Tür aufgeschreckt, fuhr er zusammen und ließ das Glas fallen. Es zerbrach zwar nicht, aber der Inhalt ergoss sich über den wertvollen Teppich.

»Ich stelle fest, dass du sehr schreckhaft bist, Jakob. Warum? Hattest du jemand anderen erwartet?« Gregor bemerkte an sich einen aggressiven Unterton, der so gar nicht zu seiner üblichen Art passte. Die für ihn normale Neutralität war verschwunden. Den »Onkel« hatte er bewusst weggelassen, da ihm das Verwandtschaftsverhältnis derzeit geradezu unangenehm war. Wenn er sich nicht sehr täuschte, saß hier kein Mann vor ihm, mit dem er verwandt sein wollte.

Der angstvolle Ausdruck auf Jakob Mandelbaums Gesicht war dem gewohnt kalten, arroganten und abweisenden Blick gewichen. »Was willst du hier?«, war die barsche Frage, die er Gregor entgegenwarf.

Oh, die harte Tour. Kein Problem, das kommt meiner momentanen Stimmung entgegen, dachte Gregor und entgegnete: »Ich bin dienstlich hier. Ich denke, wir haben noch einige Fragen zu dem gestrigen Geschehen zu klären.«

»Ich wüsste nicht, was es da zu klären gibt. Die alte Närrin hat sich umgebracht, Punktum. Also lass mich allein.« Kein »Bitte«, kein Mitgefühl, keine Höflichkeit. So kannte Gregor seinen Onkel.

Aber er fand es an der Zeit, einmal Widerstand zu leisten und vielleicht zum ersten Mal das Familienoberhaupt in seine Schranken zu weisen. »Nein – ich habe einige Fragen, und die wirst du mir beantworten. Entweder hier oder auf dem Präsidium … und das meine ich ernst. In diesem Fall ist kein Raum für Rücksichtnahme auf Familie – falls dir so etwas überhaupt bekannt ist.«

»Du wagst es …«, Jakob hatte sich halb aus seinem Sessel erhoben und blitzte ihn mit hochrotem Kopf und vor Zorn bebend an.

»Hinsetzen!«, schrie Gregor ihn in einem Ton an, der keinen Widerspruch zuließ. In diesem Aufschrei wurde sein ganzer Frust über die inzwischen offenbar gewordenen Tatsachen, die ihm sein Onkel vorenthalten hatte, deutlich. Er hatte nie gut mit ihm gekonnt, aber erst seit Kurzem verspürte er Verachtung für diesen alten Mann.

Überrascht ließ sich der so Gemaßregelte wieder auf seinen Platz zurückfallen. »Was fällt dir ein? Ich bin immer noch …«

Gregor fiel ihm erneut ins Wort: »Du bist in diesem Fall ein Zeuge, der Informationen zur Klärung einer Mordserie hat und meines Erachtens wichtige Fakten zurückhält. Also sei still und lass mich meine Fragen stellen.«

Jakob saß mit offenem Mund sprachlos in dem Sessel und starrte ihn an, als habe er ihn noch nie gesehen.

Gregor sah in seiner Mimik die untrüglichen Zeichen für Angst und den Versuch, diese zu verstecken. Gut so, vielleicht ist es von Vorteil, wenn er mich fürchtet, warum auch immer. Laut sagte er: »Bitte schildere mir dein Verhältnis zu Rachel Kleinstein.«

Jakob presste die Lippen aufeinander, und man merkte ihm an, dass er die Position des Befragten und zur Antwort Gezwungenen weder kannte noch mochte. Schließlich gab er sich einen Ruck und ließ sich zu einer Antwort herab. »Da gab es kein Verhältnis. Sie war lediglich eine Bekannte aus der jüdischen Gemeinde.«

Gelogen! »Gut, nächste Frage: Was weißt du über das Verhältnis von Rachel Kleinstein zu Ella Löwenstin?«

»Nichts!«

Und wieder gelogen! »Gut. Was sagt dir der Name Golowski?«

Auch ein weniger geübter Beobachter hätte das kurze Zucken von Jakobs linkem Auge bemerkt und das Zögern, bevor die Antwort kam: »Nichts!«

Gregor nickte. Es entwickelte sich so, wie er gedacht hatte. Sein Onkel hatte nicht die Absicht, auch nur einen kleinen Teil seines Wissens preiszugeben. Er schoss die nächste Frage, ohne zu zögern, direkt hinterher: »Und der Name Immanuel Rosenzweig? Sagt der dir irgendwas?«

Diesmal war ein schweres Schlucken nicht zu übersehen. Jakob Mandelbaum war nicht dumm. Ihm musste spätestens jetzt klar sein, dass sein Neffe bereits die wichtigsten Eckdaten des Familiengeheimnisses kannte. Sicherlich wusste er nicht alles, aber mehr, als Jakob jemals vermutet hätte. Dennoch machte sich nun eine störrische Haltung in ihm breit, die ihm verbot, von den Lügen abzuweichen. »Nichts«, war seine lapidare Antwort.

Gregor war nun nicht mehr bereit, dieses Spiel mitzuspielen. Es wurde Zeit, andere Saiten aufzuziehen. Er hatte seinem Onkel gegenüber den Vorteil, dass er es gewohnt war, mit widerspenstigen und lügenden Zeugen oder Beschuldigten umzugehen. Außerdem war er ein Kenner der menschlichen Psyche und fand für gewöhnlich den richtigen Ansatzpunkt, um Beschuldigte oder störrische Zeugen aus der Reserve zu locken. Zeit für einen Kurswechsel, dachte er grimmig.

Er schlug die flache Hand krachend vor Jakob auf den Schreibtisch. »Was glaubst du, mit wem du hier redest?«, schrie er mit einer Lautstärke, die Jakob unwillkürlich zurückweichen ließ. »Deine Lügen kannst du einem deiner Bankkunden auftischen, aber nicht mir. Du bist so durchschaubar wie ein Glas Wasser, du armseliger Wicht!«

Jakob war nicht in der Lage zu antworten. Es hatte ihm die Sprache verschlagen, und ihm war anzusehen, dass schon lange niemand mehr, wenn überhaupt jemals jemand, in diesem Ton mit ihm gesprochen hatte.

Aber Gregor war noch nicht am Ende. Er hatte sich entschlossen, einen Teil des bisher erlangten Wissens preiszugeben und gleichzeitig einen Versuchsballon mit einer bislang noch nicht zu beweisenden Behauptung zu starten. »Ich weiß über die Verwandtschaftsverhältnisse von Oma Martha und ihrer Schwester Rachel Golowski und auch über ihre Nichte Ella – deine Großcousine – Bescheid. Außerdem weiß ich alles über das Bankhaus Rosenzweig und was ihr Immanuel Rosenzweig angetan habt. Dein Leugnen ist somit sinnlos. Pack also endlich aus!« Gegen Ende seiner Ansprache hatte er noch einmal die Stimme erhoben und hoffte, den gewünschten Effekt erzielt zu haben. Wenn er Jakob jetzt nicht knacken konnte, dann wusste er nicht mehr weiter.

Er hatte die Rechnung ohne die Sturheit des alten Mannes gemacht. Ein so lange gehütetes Geheimnis zu lüften erforderte weit mehr als ein einmaliges hartes und kompromissloses Auftreten.

Sein Onkel sprang auf und stand mit hochrotem Kopf und bebend vor Wut vor ihm. »Du glaubst, alles zu wissen? Du dummer Junge. Ja, du hast ein paar Namen, und du hast ein paar verwandtschaftliche Verbindungen aufgedeckt, aber du weißt nichts … gar nichts!« Er hatte die Hände zu Fäusten geballt, es schien nicht viel zu fehlen und er hätte versucht, auf Gregor einzuschlagen.

»Bist du wirklich so einfältig«, entgegnete Gregor nun wieder gefährlich leise, »dass du die Gefahr nicht erkennst, in der du schwebst? Auf der Liste des Mörders bist du nach meiner Einschätzung der Nächste, das ist dir doch klar, oder?«

Jakob sah ihn fassungslos an, atmete ein paarmal tief ein und aus und beruhigte sich offenbar ein wenig. Aber auch er war noch nicht fertig. »Du bist so uneinsichtig wie dein Vater. Es gibt Geheimnisse, die um jeden Preis bewahrt werden müssen – auch um den Preis eines Lebens!«

In diesem Moment machte es in Gregors Kopf klick, und es geschah etwas, das er noch nie erlebt hatte. Er hatte ein fotografisches Gedächtnis, und bis eben war er der Meinung gewesen, dass dieses auch alle Kindheitserinnerungen umfasste, aber bei dem letzten Satz seines Onkels war eine bisher verschollene Erinnerung aus dem Dunkel des Vergessens an die Oberfläche gekommen. Eine Erinnerung, auf die er bisher keinen Zugriff gehabt hatte.

Er hatte diesen Satz schon einmal gehört – wörtlich. Es lag über 23 Jahre zurück. Er war noch ein kleiner Junge gewesen, aber in diesem Augenblick kehrte die Erinnerung schlagartig zurück und lief wie ein Film vor seinem geistigen Auge ab.

# 25. KAPITEL

**1989, Frankfurt**

Der fünfjährige Gregor musste an diesem Morgen des 20. Januar 1989 nicht in den Kindergarten, weil dort eine schwere Grippe grassierte. Es hatte die Empfehlung an alle Eltern gegeben, die noch nicht erkrankten Kinder zu Hause zu lassen, um sie nicht der Gefahr einer Ansteckung auszusetzen.

Also war er in der Villa geblieben und spielte mit seiner dreijährigen Schwester Sarah Verstecken. Sarah konnte zwar noch nicht zählen, aber sie wusste, dass sie einen gewissen Augenblick warten musste, bevor sie sich auf die Suche nach ihrem Bruder machen durfte. Sie nahm es mit der Dauer des Wartens nicht so genau, und Gregor war klar, dass er sich beim Verstecken einfach beeilen musste. Also raste er durch die Villa auf der Suche nach einem geeigneten Schlupfwinkel. Als er an der offenen Tür des Arbeitszimmers seines Onkels vorbeikam und sah, dass das Büro leer war, entschloss er sich, es dort zu versuchen.

Er fand ein kleines Schränkchen, dessen eine Tür offen stand und das aus irgendwelchen Gründen leer war. Da er gerade so reinpasste, zwängte er sich hinein. Er zog die Tür zu sich, ließ sie aber einen Spalt offen, damit er noch nach draußen sehen konnte. Hier würde Sarah ihn nicht finden, da war er sich sicher.

Als er vor der Bürotür näher kommende Stimmen hörte, wurde ihm mulmig zumute, und er bereute es, sich ausgerechnet in diesem Zimmer versteckt zu haben. Er erkannte die Stimme seines Onkels Jakob, vor dem er sich, schon solange er denken konnte, fürchtete. Onkel Jakob machte ihm Angst, und Gregor war nicht gerne in seiner Nähe. Nun war es aber zu spät, und er quetschte sich tiefer in den Schrank, als wäre er dadurch schwerer zu entdecken. Er erkannte auch die Stimme seines Vaters, was ihm ein wenig die Angst nahm. Dennoch wollte er jetzt nicht aus dem Schrank kommen, denn das würde bestimmt Ärger geben.

»Das kannst du nicht machen, Jakob!«, hörte er seinen Vater erregt ausrufen. Mit einem lauten Knall schloss sich die Tür des Zimmers. »Du kannst doch die Tatsachen nicht einfach ignorieren und so tun, als gehöre uns das alles!«

»Du bist so einfältig, Aaron. Was glaubst du, sollten wir tun? Alles verschenken? Einfach auf alles verzichten und die Bank und die Villa verlassen? Wem würde das nützen?«

»Es gibt einen rechtmäßigen Erben, der ein Anrecht auf all dies hat.«

»Und wo ist der? Keiner weiß es, also was soll's. Außerdem ist das alles so viele Jahre her. Da kräht doch kein Hahn mehr danach.«

Gregor lauschte aufmerksam, obwohl er nicht verstand, um was es ging. Er hoffte, dass sie wieder weggingen, damit er sein Versteck verlassen konnte. Aber ihm entging nicht, dass die beiden sich stritten.

Sein Vater meldete sich wieder zu Wort: »Wir könnten nach Rosenzweig suchen. Vielleicht hat er inzwischen auch Nachkommen. Ich kann nicht akzeptieren, dass wir wie Diebe etwas behalten, was uns nicht gehört.«

»Du Narr, wovon willst du leben? Wenn ich deinem Rat folgen würde – was ich auf keinen Fall vorhabe –, bliebe uns nichts als das Hemd auf dem Leib. Das kann und werde ich nicht zulassen.«

»Das kannst du nicht allein entscheiden. Da habe ich nun, da ich von allem weiß, auch ein Wort mitzureden.«

Gregor kannte die Begriffe »geringschätzig« oder »abfällig« noch nicht, aber für ihn hörte es sich an, als mache Onkel Jakob sich über seinen Vater lustig. »Was willst du tun? Ohne meine Zustimmung kannst du keine Entscheidungen darüber treffen, was mit unserem Besitz passiert.«

Den Ton, in dem sein Vater darauf antwortete, und wie das, was er sagte, zu verstehen war, erkannte Gregor hingegen sehr gut. Genauso sprach er mit ihm, wenn er böse auf ihn war, weil er etwas angestellt hatte, und ihm klarmachen wollte, was passieren würde, wenn er es wieder tat. »Jakob, ich gebe dir eine Woche Zeit, zu dir zu finden und festzustellen, was das Richtige ist. Hast du bis dahin keine Entscheidung getroffen, die mich zufriedenstellt, werde ich keine Sekunde zögern und den ganzen Sachverhalt öffentlich machen. Das wird ein gefundenes Fressen für die Presse.«

»Bist du wahnsinnig?«, schrie Onkel Jakob, und er war nun richtig böse, das merkte Gregor überdeutlich. »Wenn du das tust, zerstörst du alles, was unser Vater und nach ihm ich in über 40 Jahren aufgebaut haben. Das kannst du nicht tun. All das, was ich dir in einem Anflug von Wahnsinn erzählt habe, muss ein Geheimnis bleiben. Koste es, was es wolle.«

»Das sehe ich anders.«

»Aaron, besinne dich. Ist das dein letztes Wort?«

»Ja!«

»Ich kann dich nur warnen. Wir stecken da nicht allein drin. In dieses Geheimnis sind auch noch andere Familien involviert. Und bedenke: Es gibt Geheimnisse, die um jeden Preis bewahrt werden müssen – auch um den Preis eines Lebens!«

Dann stürmte Gregors Vater aus dem Büro und wenige Augenblicke später auch sein Onkel. Gregor war total verwirrt. Er wartete noch einige Augenblicke, aber als niemand zurückkam, verließ er den Schrank und machte sich auf, seine Schwester zu suchen.

# 26. KAPITEL

Gregor hatte es gerade noch aus der Villa geschafft, sich in sein Auto gesetzt und war blindlings losgefahren. Er hatte nicht einen einzigen Gedanken daran verschwendet, was sein Onkel über ihn denken mochte. Nach dessen letztem Satz hatte er sich einfach umgedreht und hatte den Raum verlassen.

Er fuhr ziellos in Frankfurt herum. Das Fahren ging automatisch vor sich, allerdings ohne Rücksicht auf Verkehrsregeln. Einfach immer nur hinter irgendeinem Auto her. Dabei stand er mehrfach an Ampeln und verpasste die nächste Grünphase. Nie in dieser Intensität gekannte Gefühle und Emotionen stiegen in ihm nacheinander auf, verebbten dann und erschienen wieder. Er durchlebte Momente der Verzweiflung, dann Momente der Trauer, aber auch des Zorns, in denen er mit der Faust auf das Lenkrad schlug, bis ihm die Hand schmerzte.

Die Gedanken und neuen Erkenntnisse schossen wirr durch seinen Kopf, und er versuchte, ihre Bedeutung zu erhaschen. Dabei wurde er regelmäßig durch Schlüsse, die sich logisch ergaben, erneut so aus der Bahn geworfen, dass er fast verzweifelte. Die Zusammenhänge mit der Familie Rosenzweig, deren Bank und dem Prozess zusammen mit der Erinnerung an das Gespräch zwischen seinem Vater und Onkel Jakob und letztendlich der Tod seiner Eltern ließen nur einen Schluss zu: Jakob hatte etwas mit dem Unfall zu tun gehabt. Das konnte kein zufälliges Ereignis gewesen sein.

Diese neuen Einsichten, gepaart mit dem jahrelang unterdrückten Gedanken an den Grund für den Verlust seiner Eltern, lösten Gefühle in ihm aus, die er noch nie empfunden hatte. Es war für ihn eine völlig neue Erfahrung, dass trotz logischer Gedankengänge Emotionen eine so große Rolle spielten.

Immer wieder suchte er nach dem Grund für diese Gefühlswallungen. Hatte er mit der Erinnerung auch den Verlustschmerz unterdrückt? War dieser Schmerz der Auslöser für all die anderen, bisher unbekannten Gefühle? Dass er diese Fragen nicht beantworten konnte, löste eine zusätzliche Unsicherheit in ihm aus.

Sein zielloses Herumfahren musste Stunden angedauert haben, denn erst als es dunkel wurde und entgegenkommende Fahrzeuge ihn anblinkten, weil er die Fahrzeugbeleuchtung nicht eingeschaltet hatte, merkte er, wie spät es war. Er riss sich zusammen und überlegte, was er nun tun konnte.

Nach Hause in die Villa? Das schied von vorneherein aus. Herausfinden, wo seine Schwester Sarah sich aufhielt, und dann zu ihr? Nein, er konnte sie damit auf keinen Fall belasten oder gar in Gefahr bringen. Er hatte schon vor diesem Tag gewusst, dass er eigentlich keine Freunde hatte, Freunde im Sinne von Ansprechpartnern, zu denen man in einer Notsituation gehen konnte.

Sonja! Sie war am ehesten das, was man als Freund oder in diesem Fall Freundin bezeichnen konnte. Ihm fiel keine Alternative ein.

*

Sonja lief rastlos in ihrer Wohnung herum und schaffte es nicht, auch nur wenige Minuten still sitzen zu bleiben. Immer wieder blickte sie aus dem Wohnzimmerfenster in die dunkle, klare Nacht hinaus. Was ist da los? Warum ist er verschwunden?

Als es klingelte, eilte sie zur Tür und riss sie auf. »Gregor, um Himmels willen, was ist passiert? Wie siehst du aus? Ich habe zigmal versucht, dich anzurufen. Deine Kollegen suchen dich auch schon, sie haben sogar bei mir angerufen und nach dir gefragt. Wo warst du?« Sie war so aufgeregt und verstört, dass ihr nicht auffiel, dass sie ihm nicht einmal die Zeit ließ, auf eine ihrer vielen Fragen zu antworten.

»Ich werde dir gleich alles erzählen. Ich habe vergessen, dass ich mein Handy ausgeschaltet habe.« Er nahm es aus seinem Jackett und schaltete es ein. »Ich rufe schnell die Kollegen an, damit sie nicht weiter nach mir suchen, dann werde ich versuchen, dir alles zu erklären.« Er führte ein kurzes Telefonat mit Dieter Alsmann, in dem er ihm versicherte, dass es ihm gut gehe – was für Sonja deutlich erkennbar nicht stimmte – und dass er dem Team am nächsten Tag alles berichten würde.

Sie beobachtete ihn unauffällig, und ihr fiel auf, dass er nur noch ein Schatten seiner selbst war. Die schwarzen Locken hingen ihm wirr in die Stirn, und er wirkte fahrig, unkonzentriert und fast gebrochen.

Kurz darauf saß er mit einer dampfenden Tasse heißen Kaffees in den Händen auf der Couch und sammelte sich.

Nachdem er mehrmals vergeblich angesetzt hatte, erkannte Sonja, dass er zwar willens war zu reden, aber unfähig, einen Anfang zu finden. »Mach dir keinen Stress«, wollte sie ihn beruhigen.

Unvermittelt und ohne Vorwarnung schossen Gregor die Tränen in die Augen. »Oh verdammt. Ich habe so lange nicht mehr an sie gedacht. Und jetzt kommt alles wieder hoch«, schluchzte er.

Sonja saß ihm gegenüber und verstand die Welt nicht mehr. Dieser große Kerl, der nie zuvor Gefühle oder Emotionen gezeigt hatte, weinte nun wie ein Kind, und er hatte offensichtlich etwas sehr Schlimmes erlebt. Er machte auf sie den Eindruck eines kleinen Jungen, dem man gerade mitgeteilt hatte, dass sein Hund überfahren worden war. Sie drängte ihn nicht, sondern setzte sich neben ihn, nahm ihn einfach in den Arm und drückte ihn.

Als er sich wieder beruhigt und sein hektisches Atmen einen ruhigeren Rhythmus angenommen hatte, schob sie ihn ein wenig von sich und sah ihm in die Augen. »Vielleicht kann ich dir helfen. Nach meinen Erfahrungen hat es sich bewährt, nach traumatischen oder schockierenden Ereignissen damit anzufangen, den Tagesablauf zu berichten. Was hast du seit heute Morgen erlebt?«

Er blickte sie überlegend an, atmete zwei-, dreimal tief ein und aus – und begann seinen Bericht. Er erzählte Sonja alle Einzelheiten des bisherigen Tages, beginnend mit dem Moment, als sie die Einsatzzentrale verlassen und er sich mit Dieter Alsmann zu Robert Kleinstein auf den Weg gemacht hatte. Von der Vernehmung Kleinsteins, den überraschenden Erkenntnissen, dann von Schmuddels Funden im Internet und den Schlussfolgerungen, die sie daraus gezogen hatten. Von den komplizierten Verwandtschaftsverhältnissen der Golowskis bis hin zu der Verbindung zur Familie Mandelbaum. Von seiner Großmutter, die er nicht gekannt hatte, und von Immanuel Rosenzweig.

Sonja war zu gleichen Teilen interessiert, erstaunt und entsetzt. Sie versuchte sich in den betrogenen Überlebenden eines KZ hineinzuversetzen – was ihr trotz großer Vorstellungskraft nicht gelang. Als Gregor begann, das Gespräch mit seinem Onkel Jakob wiederzugeben, war sie schockiert. Die Erinnerung, die der eine Satz von Jakob, »Es gibt Geheimnisse, die um jeden Preis bewahrt werden müssen – auch um den Preis eines Lebens!«, bei Gregor ausgelöst hatte, ließ nur noch Platz für ungläubiges Entsetzen.

Sonja war zu intelligent, als dass ihr der Zusammenhang mit dem Tod von Gregors Eltern hätte entgehen können. Sie teilte Gregors Überzeugung, dass Jakob etwas mit dem Tod von Aaron und Rebecca Mandelbaum zu tun hatte, direkt oder indirekt. Sie dachte aber auch schon einen Schritt weiter. Die begründete Vermutung, dass Jakob entweder das nächste

Opfer des unbekannten Rächers werden würde oder zumindest weit oben auf dessen Liste stand, und die Befürchtung, dass er sehr wahrscheinlich am Tod von Gregors Eltern beteiligt gewesen war, lagen nahe. Aber sie mussten Gregor auch in ein unsägliches Dilemma stürzen. Sonja war klar, dass er sich dieser Zwickmühle längst bewusst war, und sie sah keinen Grund, das Thema auszuklammern. Deshalb fragte sie ihn frei heraus: »Wirst du etwas zum Schutz deines Onkels unternehmen, in Anbetracht seiner mutmaßlichen Verstrickung in den Tod deiner Eltern?«

Gregor war wieder die ruhigere, rein logische und nüchterne Version seiner selbst, nachdem er seinen Bericht abgeschlossen und dabei immer mehr zu sich gefunden hatte. »Du hast dir die Frage eigentlich selbst beantwortet. Wie du sagst, die Verstrickung ist eine *mutmaßliche*, also eben noch nicht sicher. Meine Verpflichtung gegenüber Recht und Gesetz erlaubt es mir unter keinen Umständen, dass ich jemanden aufgrund einer Mutmaßung oder Arbeitshypothese ins offene Messer laufen lasse, wie wahrscheinlich sie auch sein mag. Auch seine mangelnde Kooperationsbereitschaft kann ich nicht als Begründung für eine Untätigkeit gelten lassen. Also werde ich selbstverständlich Maßnahmen ergreifen, ihn in geeigneter Weise zu schützen.« Er schien eine Weile zu überlegen.

Gerade als er es aussprechen wollte, fasste Sonja seine Gedanken in Worte: »Aber dein Onkel wird nicht so denken wie du, das heißt, er kann sich nicht vorstellen, dass ein integrer Polizist selbst in einem solchen Fall die Unschuldsvermutung über persönliche Empfindungen stellt, oder?«

Gregor blickte sie müde an. »Du scheinst mich besser zu kennen als jeder andere. Wofür muss ich mir eigentlich noch Gedanken machen? Ich könnte einfach abwarten, bis du sie äußerst«, meinte er in einem Anflug von Galgenhumor, den sie bei ihm bisher noch nicht festgestellt hatte.

Sie diskutierten noch zwei Stunden lang über mögliche Verhaltensweisen, ohne aber zu einem echten Ergebnis zu kommen.

»Wenn ich mir vorstelle, mit diesem Mann unter einem Dach zu wohnen«, erwähnte Gregor am Ende ihrer Diskussion, »wird mir schlecht, und ich weiß nicht, ob ich ihn nicht eigenhändig erwürgen würde.« Er legte den Kopf schief, als horche er in sich hinein. »Eine sehr unlogische Überlegung, die ich nicht an mir kenne. Ich glaube, ich werde mir ein Hotelzimmer nehmen.«

Sonja funkelte ihn zornig an. »Wage es nicht, in ein Hotel zu ziehen. Hier ist genug Platz für zwei, und ich fasse es als persönliche Beleidigung auf, wenn du dich anders entscheidest!«

Gregor schien mit sich zu kämpfen, und wiederum stellte Sonja fest, dass sie mit fast untrüglicher Sicherheit wusste, was da gerade in seinem Kopf vorging. Die Situation war ungeeignet für jede Art von sexueller Annäherung oder gar Leidenschaft, deshalb war die Umarmung, die sie ihm nun gab, der Ausdruck von Freundschaft und Verbundenheit. Sie untermauerte dies noch mit der Bemerkung: »Lass mich dir als Freundin einfach helfen.«

Als sie sich wieder von ihm löste, ergänzte sie mit einem ironischen Unterton: »Ich kann allerdings nicht den Service eines Butlers ersetzen.«

Gregor schaute sie überrascht an. »Daran habe ich ja gar nicht gedacht. Ich muss auf jeden Fall Jonathan informieren. Ich bin mir nicht sicher, ob es gut ist, dass ich ihn mit meinem Onkel allein lasse.«

# 27. KAPITEL

Jonathan befand sich in seinem kleinen Wohnraum, einem Einzimmerappartement im Souterrain der Villa, mit einem Bett, einer Kochnische und einem Kühlschrank. Vor sich auf dem Tisch hatte er einen Tee stehen, von dem er immer wieder nippte. Ein zufriedenes Grinsen ging über sein altes Gesicht.

Er war als junger Mann von 20 Jahren in den Dienst der Familie Mandelbaum getreten, noch zu Zeiten der seligen Martha, Sauls leider viel zu früh verstorbener Frau. Sie war eine Seele von Mensch gewesen, und Jonathan hätte für sie alles getan. Glücklicherweise hatte zumindest Aaron sein Wesen von der Mutter geerbt, während Jakob ein Abbild seines Vaters Saul war.

Nach Marthas Tod bei der Geburt von Aaron hatte Saul zwar eine Amme für das Neugeborene und eine Kinderfrau für den kleinen Jakob engagiert, sich selbst aber nie um die Kinder gekümmert. Den kleinen Aaron hatte er offensichtlich für den Tod seiner Martha verantwortlich gemacht – der einzigen Frau, die er je geliebt hatte. Er wollte das Baby weder sehen noch sich um es kümmern und am liebsten gar nichts von ihm hören.

Um Jakob, den designierten Erben des Bankhauses, kümmerte er sich insofern, als er sich nach seinen Fortschritten in der Schule erkundigte. Ab dem Alter von zehn Jahren nahm er ihn ab und zu mit in sein Büro in der Bank.

Aber für Aaron wurde er, der Butler, der einzige Vater, den er je haben sollte. Vielleicht – zumindest hoffte Jonathan das – war aus Aaron deshalb auch der bessere Mensch geworden. Er hatte Aaron großgezogen, ihm Anstand und Manieren beigebracht und ihn mehr als einmal vor seinem aggressiven älteren Bruder beschützt. Er hatte ihn bei seinem ersten Liebeskummer getröstet und war stolz wie ein Vater gewesen, als Aaron die schöne Rebecca zum Altar geführt hatte.

Als sie den gemeinsamen Sohn Gregor auf die Welt gebracht hatte, waren in Jonathan großväterliche Gefühle aufgekommen – genau wie zwei Jahre später bei Sarah. Wie zuvor Aaron hatten auch dessen Kinder in Jonathan eher einen Verwandten gesehen als in ihrem kalten und unnahbaren Onkel.

Als Saul 1981 an Krebs starb – also noch drei Jahre vor der Geburt seines Enkels Gregor – hatte Jonathan eine Weile befürchtet, das Haus Mandelbaum verlassen zu müssen. Zu dieser Zeit war er fast 60 Jahre alt gewesen, und er hatte einen Streit zwischen Jakob und Aaron mit angehört, in dem es um seine – Jonathans – Zukunft gegangen war. Es mochte an dem unsicheren Zustand von Jakob, so kurz nach dem Tod seines Vaters, gelegen haben, dass er schließlich seinem Bruder Aaron nachgegeben hatte und Jonathan hatte bleiben können.

Heute stand Jonathan kurz vor seinem 90. Geburtstag, aber er hatte erfreulicherweise die körperliche Konstitution und Fitness eines gesunden 70-Jährigen. Er gehörte zur Villa Mandelbaum wie das Mobiliar in der Bibliothek oder die alte Eiche im Park.

Unwillkürlich und wohl zum 100. Mal in den vergangenen Jahren gingen Jonathans Gedanken zurück zu einem Abend im Jahr 1989, als Aaron Mandelbaum ihn in seinem kleinen Appartement aufgesucht hatte. Er war aufgesprungen und hatte sich erkundigt: »Kann ich etwas für Sie tun, junger Herr?«

Obwohl Aaron sehr angespannt und aufgewühlt gewirkt hatte, hatte er sich ein Lächeln abgerungen. »Jonathan, Jonathan, wie oft muss ich es dir noch sagen, dass du mich nicht so ansprechen sollst. Tu es bitte wenigstens nicht, wenn wir alleine sind.«

»Ach, mein Junge, ich kann die Gewohnheiten von fast 40 Jahren nicht so einfach ablegen. Auch wenn ich dich fast für einen Sohn ansehe, bist und bleibst du eben doch ein Mitglied der Herrschaft. Bitte sei nicht böse, ich versuche mein Bestes.«

Aaron hatte dankbar genickt, und sie hatten beide an dem kleinen Tisch Platz genommen.

»Was ist passiert? Du siehst so sorgenvoll aus. Hat es etwas mit der Krise in der Bank zu tun, die deinem Bruder so zu schaffen macht? Man hört Gerüchte, weißt du.«

»Du hast wie immer deine Augen und Ohren am richtigen Platz, Jonathan. Indirekt hat es wohl mit der Krise zu tun. Vor einer Woche hat mein Bruder mich in betrunkenem Zustand in ein dunkles Familiengeheimnis eingeweiht. Ich kann dir nicht sagen, um was es geht. Es ist zu schrecklich, und ich will dich damit nicht belasten.« Aaron hatte einen Moment stumm am Tisch gesessen, als müsste er Kraft sammeln oder sich entscheiden, ob und womit er fortfahren sollte. Schließlich gab er sich einen Ruck. »Unser Streit ist heute so weit eskaliert, dass Jakob mich offen bedroht hat. Es gebe Geheimnisse, die sogar um den Preis eines Lebens beschützt werden müssen.«

»Um Gottes willen, Aaron, du glaubst doch nicht, dass dein Bruder dir etwas antun könnte? Ich traue ihm viel zu, aber das doch nicht!«

Aaron hatte ihn traurig angesehen. »Wenn ich ehrlich bin, muss ich zugeben, dass ich um mein Leben fürchte. Nein, nein«, hatte er Jonathan gestoppt, der darauf etwas erwidern wollte. »Sag jetzt nichts. Ich muss mich in den nächsten Tagen entscheiden, was ich tun soll. Aber ich bin aus einem anderen Grund hier. Sollte mir etwas passieren, Jonathan, bitte versprich mir, dass du dich um Rebecca und die Kinder kümmerst. Ich weiß, dass du sie wie deine Enkel liebst und dass wir die Familie sind, die du nie hattest.« Er hatte einen verschlossenen Umschlag über den Tisch auf Jonathan zugeschoben. »Gib das meinem Sohn, wenn du den Zeitpunkt für richtig hältst. Du wirst es wissen, wenn der passende Moment da ist. Sollte ich aber Gespenster sehen, werde ich den Umschlag bei Gelegenheit wieder einfordern.« Dann war Aaron aufgestanden und gegangen.

Das war das letzte Mal gewesen, dass Jonathan ihn lebend gesehen hatte. Nur einen Tag später waren Rebecca und Aaron Mandelbaum tot gewesen.

Jonathan hatte den Wunsch seines Ziehsohnes geachtet und den Umschlag an einem sicheren Ort verwahrt, ohne ihn je zu öffnen. Aber er wusste auch so, wer für den Tod von Aaron und Rebecca verantwortlich war. Am Morgen nach Aarons Besuch bei ihm hatte er Getränke für fünf Personen zu einer Besprechung in der Bibliothek gebracht. Es hatte sich, außer um Jakob Mandelbaum, um Rachel und Salomon Kleinstein, Ella Löwenstin und Samuel Itzigman gehandelt.

Er hatte die Getränke serviert und sich dann entfernt. Allerdings war er hinter der geschlossenen Tür verharrt. Er hatte ein Poliertuch aus seiner Tasche geholt und begonnen, die auf einem kleinen Schränkchen stehenden silbernen Kerzenleuchter zu putzen. Grundsätzlich hatte es ihm schon immer widerstrebt zu lauschen, aber er hatte sich damit beruhigt, dass dies eine Ausnahmesituation war.

In der Bibliothek war ein lautstarker Streit darum entbrannt, dass Jakob seinen Bruder Aaron in das Familiengeheimnis eingeweiht hatte. Rachel Kleinstein hatte am lautesten geflucht und Jakob einen Schimpfnamen nach dem anderen an den Kopf geworfen. Aber auch die anderen hatten ihm Vorhaltungen gemacht – außer Ella Löwenstin.

Schließlich hatte Jakob dem Gezeter ein Ende gemacht, indem er lautstark gebrüllt hatte: »Ruhe! Beruhigt euch!«

Langsam war Stille eingekehrt.

Jakob war etwas leiser und für Jonathan fast kaum noch hörbar fortgefahren: »Macht euch keine Gedanken, ich habe Maßnahmen eingeleitet, die das Problem lösen werden. Geduldet euch noch bis heute Abend, und alles wird geklärt sein.«

Danach hatte Jonathan erstmals eine Stimme gehört, die er Ella Löwenstin zuordnete. »Was heißt ›das Problem lösen‹, was meinst du damit? Wenn ich das richtig deute, dann will ich damit nichts zu tun haben. Das geht entschieden zu weit.«

»Ach, halt doch die Klappe, du undankbares Miststück«, hatte sich Samuel Itzigman eingemischt. »Sei froh, dass Sauls Sohn die Eier seines Vaters geerbt zu haben scheint und etwas unternimmt. Das kann dir doch egal sein, Hauptsache, unser Geheimnis bleibt gewahrt. Ist dir klar, dass Aaron alles öffentlich machen will? Und was dann mit uns allen passiert? Auch mit dir! Also stell dich nicht so an. Opfer müssen gebracht werden zum Wohle aller.«

»Zu eurem Wohl, ihr elenden Egoisten. Ein für alle Mal, damit will ich nichts zu tun haben!«

Jonathan hatte gehört, wie sich die Stimme der Tür näherte, und er war darauf vorbereitet gewesen, seinen Lauschposten schnell verlassen zu müssen. Von drinnen hatte er noch gehört: »Und glaubt nur nicht, ihr könntet mich aus dem Weg schaffen. Ich habe bei einem euch unbekannten Notar ein Schriftstück hinterlegt, das im Falle meines überraschenden Dahinscheidens den Behörden zugeleitet wird. Ich will euch nie wiedersehen, ist das klar?«

Jonathan hatte es gerade noch geschafft, sich davonzustehlen, bevor die Tür sich geöffnet hatte, Ella Löwenstin wutentbrannt hindurchgestürmt war und sie lautstark hinter sich zugeworfen hatte.

Danach hatte keine Möglichkeit mehr bestanden, weiterzulauschen. Aber er hatte genug gehört. Als er dann von Aarons Tod erfahren hatte, waren ihm die Zusammenhänge klar gewesen.

Seit jenem Tag vor nun bald 24 Jahren hatte er Jakob Mandelbaum mit jeder Faser seines Körpers gehasst. Aber er hatte abgewartet – mit der Geduld des Alters – bis zum heutigen Tag. Nun aber spürte er, dass der Zeitpunkt der Abrechnung immer näher kam. Gerade rechtzeitig, dass er ihn noch erleben durfte.

# 28. KAPITEL

Noch ohne gefrühstückt zu haben, machte Gregor sich am frühen Morgen auf den Weg in die Villa. Es war erst 6:30 Uhr, als er dort ankam. In seiner Suite warf er schnell ein paar Sachen in einen großen Koffer, packte seine gesamten Toilettenartikel in eine kleine Reisetasche und machte sich auf den Weg, Jonathan zu finden.

Wie vermutet, saß der an dem großen Tisch der Küche, wo in etwa einer Stunde das Frühstück für Jakob von der Haushälterin zubereitet werden würde. Vor ihm stand ein großer Becher Kaffee – der Morgenkaffee war der einzige Kaffee, den Jonathan am Tag trank, ansonsten würde er nur noch Tee zu sich nehmen. Gregor wurde schmerzlich bewusst, wie vertraut er mit dem Butler war, der ihm Vater und Mutter ersetzt hatte, und wie gut er seine Gewohnheiten kannte.

Dennoch gelang es Jonathan an diesem Morgen, ihn zu überraschen. Er blickte von seiner Zeitung auf, und sein altes Gesicht wurde von einem glücklichen Lächeln erhellt. »Guten Morgen, Gregor. Ich dachte mir, dass du kommen würdest, um dich von mir zu verabschieden.«

Gregor sah ihn überrascht an.

»Schau nicht so«, meinte der alte Mann lächelnd, »hast du gedacht, dass ich die gestrigen Ereignisse im Büro deines Onkels nicht mitbekommen hätte? Warst du der Meinung, dass ich nicht wüsste, was um mich herum gerade passiert? Ich bitte dich!« Er hielt kurz inne und fuhr dann fort: »Es ist wahrscheinlich eher so, dass ich etwas mehr weiß als du.«

Bei dieser Bemerkung sah Gregor in dem so vertrauten Gesicht die Emotionen Bedauern, Trauer und Furcht. Eine Deutung der Ursache dieser Gefühle war ihm unmöglich. Es veranlasste ihn aber dazu, sich auf einen Stuhl Jonathan gegenüber fallen zu lassen. Er gab keinen Kommentar ab, sondern ließ Jonathan weiter erzählen.

»Glaub mir, mein Junge, ich habe lange auf diesen Tag gewartet. Es mag für dich ein wenig melodramatisch klingen, aber glaube mir, der Tag der Abrechnung steht kurz bevor.«

Schon wieder so eine kryptische Andeutung. Allerdings hatte Gregor im Zusammenhang mit dem gestrigen Zusammenstoß zwischen seinem Onkel und ihm den Verdacht, dass diese Hinweise etwas mit dem Tod seiner Eltern zu tun hatten. Er spürte, wie etwas in ihm verkrampfte, und er hatte das Gefühl, als hielte eine eiskalte Hand sein Herz mit festem Griff umklammert.

Jonathan fasste in die Innentasche seines Jacketts und zog einen leicht vergilbten Umschlag daraus hervor. Er legte ihn langsam und bedächtig vor sich auf den Tisch und strich mit seinen alten, faltigen Händen darüber, als handele es sich um einen kostbaren Schatz. »Es ist inzwischen fast 24 Jahre her, dass dein Vater mir am Abend vor seinem Tod diesen Brief gegeben hat.«

Gregors Inneres verkrampfte sich noch mehr, und er hatte kurz das Gefühl, als wolle sein Herz unter dem Druck einer eiskalten Hand ein paar Schläge auslassen. Er hatte einen Kloß im Hals und war nicht in der Lage, ein Wort zu erwidern.

»Dein Vater hat mir den Brief mit dem Auftrag gegeben, den richtigen Zeitpunkt abzuwarten und ihn dir dann zukommen zu lassen. Gleichzeitig hat er mich gebeten – mich um euch Kinder zu kümmern. Ich hoffe, er wäre zufrieden mit mir.«

Gregor war sich nicht 100-prozentig sicher, wie man am besten seine Liebe und Dankbarkeit ohne Worte in einer Geste oder Handlung ausdrückte. Aber ganz leise in sich spürte er den Drang, diesen Mann, der ihm den Vater ersetzt hatte, zu berühren. Dem Impuls folgend, beugte er sich über den Tisch und ergriff eine Hand des alten Mannes. Er drückte sie und befürchtete fast, sie zu zerquetschen. Aber Jonathan war stärker und robuster, als man es von einem fast 90-Jährigen erwarten durfte.

Er fuhr fort, als wolle er den Faden nicht verlieren oder als hätte er Angst, etwas Wichtiges zu vergessen. »Weißt du, mein Junge, deine Fähigkeit, in der Mimik anderer Menschen zu lesen, ist schon sehr beeindruckend, aber es gibt Dinge zwischen Himmel und Erde, die man oft unterschätzt.« Er sah Gregors überraschten Blick und ließ ein trockenes Lachen hören. »Hast du etwa gedacht, ich wüsste nicht, wozu du in der Lage bist? Lächerlich!«

Er wurde schnell wieder ernst. »Es mag seltsam oder sogar unglaublich klingen, aber ich glaube fest daran, dass dein Vater seinen bevorstehenden Tod geahnt hat. Ich weiß, er befürchtete, dass er nicht mehr lange zu leben hatte, als er diesen Brief schrieb.« Jonathan legte beide Hände auf den vergilbten Umschlag. »Ich weiß nicht im Detail, was hierin steht, aber ich kann mir meinen Teil denken und zusammenreimen. Und ich bin mir sicher, dass spätestens heute der Tag ist, an dem du ihn bekommen musst.« Er blickte Gregor wie um Verzeihung bittend an. »Vielleicht hätte ich ihn dir auch schon ein paar Tage früher geben müssen, als die Todesfälle angefangen haben. Aber ich bin ein alter Mann, und nach 24 Jahren dachte ich, es käme nicht auf einen oder zwei Tage mehr an.«

Er weiß etwas über die Zusammenhänge der Todesfälle! Warum wundert mich das nicht? Kann ich ihn dazu befragen? Soll ich? »Jonathan«, Gregor war nicht in der Lage, mehr als dieses eine Wort zu sagen. Unter anderem deshalb, weil er nicht wusste, was er noch sagen sollte. Er hatte inzwischen beide Hände seines Ersatzvaters in seine genommen und blickte ihm in die Augen.

»Ach was, sei nicht so rührselig. Das passt so gar nicht zu dir.« Der alte Mann wich Gregors Blick aus und entzog ihm seine Hände. Gregor sah, dass er mit den Tränen rang. »Nimm den Brief, suche dir einen ruhigen Ort und lese ihn aufmerksam. Ich denke, dein Vater hat ein paar gute Ratschläge für dich.«

Eine halbe Stunde später betrat Gregor sein Büro im Polizeipräsidium. Auf seinem Schreibtisch lag ein großes Blatt, dick mit Filzstift beschriftet: »Komm bitte in die Einsatzzentrale! J.«

»J.« stand für Jenny, und Gregor machte sich sofort auf den Weg. Angekommen, traf er eine völlig übernächtigte Jenny an, die rastlos hin und her ging.

Als sie ihn zur Tür hereinkommen sah, stürzte sie auf ihn zu und schlang beide Arme um ihn. »Mein Gott, Gregor, wir haben uns solche Sorgen gemacht. Mach das bitte nie wieder!«

Gregor war zu verblüfft, um sich zu wehren. Es passte nicht wirklich in seine Vorstellung, dass alle Kollegen sich tatsächlich Sorgen um ihn gemacht haben sollten. Mutti sicherlich, Jenny vielleicht ein wenig, aber Schmuddel oder Alsmann? Als sie wieder von ihm abließ, sah er sie erstaunt, aber nicht verärgert an. »Aber ich habe doch Dieter gestern Abend noch angerufen, damit ihr euch keine Sorgen mehr macht.«

»Hallo … das war ja wohl mehr ein Witz, oder? ›Machen Sie sich keine Sorgen – mir geht es gut – ich erzähle Ihnen alles morgen‹?« Dabei imitierte sie seine dunkle Stimme und teilweise etwas hölzern wirkende Sprechweise. »Und da soll man sich keine Gedanken machen, nachdem du stundenlang vom Radar verschwunden warst?« Sie schlug ihm leicht mit der Faust auf den Oberarm. »Mach so was nie wieder, verstehst du? Ich rufe jetzt schnell die anderen an. Sie haben versprochen, in ein paar Minuten hier zu sein, wenn du wieder auftauchst.«

Zu seiner Überraschung saßen zehn Minuten später alle an ihren Plätzen und warteten gebannt auf seine Erklärung.

Gregor äußerte zunächst emotionslos, er habe es sich nicht vorstellen können, dass seine Mitarbeiter sich Sorgen um ihn machten.

Dies erzeugte Augenrollen bei Mutti und Jenny. Schmuddel hingegen nickte zustimmend. Alsmann saß mit stoischer Miene da.

Dann begann Gregor zu schildern. Er erzählte ihnen alles, was er am Abend zuvor auch schon Sonja offenbart hatte, und ließ keinen Punkt aus. Er schilderte ohne Einschränkungen jede Tatsache, jede Überlegung und Schlussfolgerung und überging auch nicht den Umstand, dass er ab sofort bei Dr. Sonja Savoyen wohnen würde. Er vergaß noch nicht ein mal, ihnen sofort die Adresse und Telefonnummer seines neuen Wohnortes mitzuteilen.

Lediglich den Brief seines Vaters, den er von Jonathan erhalten hatte und der ein Loch in seine Jackentasche zu brennen schien, erwähnte er mit keinem Wort. Er hatte sich damit abgefunden, dass er den ruhigen Moment erst noch finden musste, um diesen Brief zu lesen. Zunächst gab es im Team einige Dinge zu klären und Rollen zu verteilen.

Er beauftragte Jenny und Alsmann, sich mit dem Unfall seiner Eltern vor 24 Jahren zu befassen. Sie sollten die Akten aus dieser Zeit ausfindig machen, eine Vorsichtung durchführen und relevante Dokumente in die Einsatzzentrale bringen.

Jenny zeigte sich sichtlich erfreut, wieder in die Ermittlungen eingebunden zu sein, und Dieter Alsmann hatte seinen Groll gegen sie auf ein Maß zurückgeschraubt, das ein erfolg reiches Zusammenarbeiten erneut möglich zu machen schien. Offensichtlich hatten sie sich zu der Zeit, als zumindest Jenny sich Sorgen um Gregor gemacht hatte, ausgesprochen und die Fronten geklärt. Gregor verbuchte es als positiven und für die weiteren Ermittlungen förderlichen Aspekt, die beiden wieder als eingespieltes Team zu sehen.

Schmuddel und Mutti erhielten die Aufgabe, alles Menschenmögliche zu tun, um mehr über Immanuel Rosenzweig in Erfahrung zu bringen. Schmuddel würde dies mit seinen technischen Möglichkeiten, Mutti nach althergebrachter Art durch Laufarbeit und Aktenstudium tun. Gregor hatte vollstes Vertrauen in beide, trotz ihrer so unterschiedlichen Ansätze und Arbeitsweisen. Er konnte nur hoffen, glaubte aber fest daran, dass sie etwas finden würden. Die Frage war eigentlich nur – wer zuerst? Seine Vermutung ging aufgrund der Tatsache, dass es hier um die Aufarbeitung der Vergangenheit ging, eher in Richtung Mutti.

Keiner aus dem Team fragte ihn, was er als Nächstes tun würde. Sie schienen mit dem sicheren Instinkt erfahrener Ermittler auch ohne Erklärungen zu spüren, dass es da Informationen gab, die er ihnen – aus welchen Gründen auch immer – im Moment noch vorenthielt.

Nachdem die Zuständigkeiten für jeden geklärt waren, stand Gregor ohne ein weiteres Wort auf und zog sich in sein Büro zurück. Als er an seinem Schreibtisch saß und den noch immer verschlossenen Umschlag vor sich liegen sah, verließ ihn der Mut. Minutenlang tat er nichts anderes, als den Brief anzustarren. Der Umschlag war vergilbt, und in der Handschrift seines Vaters stand »Gregor« in großen Buchstaben darauf geschrieben. Er hatte als Jugendlicher einmal alte Briefe seines Vaters an seine damalige Freundin, seine spätere Frau, gefunden. Er hatte diese Briefe immer und immer wieder gelesen und erkannte deshalb nun die Handschrift sofort.

Das ist unlogisch, schalt er sich einen Narren. Der Inhalt verändert sich nicht dadurch, dass ich ihn länger liegen lasse. Gregor ergriff einen auf dem Schreibtisch liegenden Brieföffner, nahm den Umschlag in die Hand, drehte ihn um und setzte die Spitze des scharfen Instruments in die kleine Öffnung am Rand der aufgeklebten Lasche. Er schob den Brieföffner tiefer in die Öffnung … und bemerkte erst, als er Atemnot bekam, dass er die Luft angehalten hatte.

Verärgert über sein kindliches Verhalten, schlitzte er den Brief mit einem Ruck auf, griff hinein und zog die darin befindlichen drei Blätter heraus. Sie waren sauber je zwei Mal gefaltet. Er faltete sie auf, legte sie vor sich auf die Schreibtischplatte und strich sie glatt. Dann begann er zu lesen …

*Mein lieber Sohn,*

*wenn du diese Zeilen liest, bist du sehr wahrscheinlich bereits ein erwachsener Mann. Vielleicht hast du schon eine Frau und Kinder? Ich bedaure sehr, dass ich sie nicht kennenlernen kann. Ich bedaure auch, dass ich dich habe allein lassen müssen. Ein Geschehnis des gestrigen Tages lässt mich befürchten, kommende Ereignisse werden dazu führen, dass weder deine Mutter noch ich für dich da sein werden, wenn du uns am meisten brauchst. Da ich diesen Brief nicht wieder von Jonathan eingefordert habe, sind meine Befürchtungen wohl wahr geworden. Ich bin mir aber sicher, dass Jonathan dir ein guter Lehrmeister war und du zu dem Menschen geworden bist, den ich schon in dem kleinen Gregor sehen konnte.*

Gregor musste den Brief beiseitelegen, als eine Träne auf ihn niederfiel und er bei dem Versuch, sie wegzuwischen, die alte Tinte verschmierte. Er kämpfte um seine Fassung, und es dauerte einige Augenblicke, bis er in der Lage war, weiterzulesen.

*Sei nicht traurig, mein Sohn, deine Mutter und ich hatten ein gutes Leben und zwei wunderbare Kinder, auf die wir schon jetzt voller Stolz blicken. Ich hoffe, dass Jonathan dir nun, wo du diesen Brief erhalten hast, noch immer zur Seite steht.*

*Ich habe so viel Potenzial in dir erkannt, und ich bedaure es sehr, dass wir dir nicht beim Erwachsenwerden zusehen konnten. Große Sorgen mache ich mir um deine kleine Schwester. Ob sie sich noch an eure Mutter und mich erinnert?*

*Ich bete zu Gott, dass es euch beiden gut geht, aber auch, dass ihr mit dem, was ich dir nun mitteilen muss, umgehen könnt. Triff die richtige Entscheidung bezüglich dessen, was du mit dieser Information machen willst.*

*Der Grund, warum ich dir diesen Brief hinterlasse und Jonathan beauftragt habe, ihn dir bis zum richtigen Zeitpunkt vorzuenthalten, ist der, dass du die Vergangenheit unserer Familie kennen sollst, aber erst wenn die Zeit reif ist. Es ist keine schöne Geschichte, denn mein Vater – dein Großvater – hat schwere Schuld auf sich geladen. Es wird an dir sein, zu versuchen, dieses Unrecht wiedergutzumachen und für Gerechtigkeit zu sorgen.*

*Entgegen dem, was dein Onkel Jakob dich sicherlich glauben machen will, ist die Bank nicht von der Familie Mandelbaum gegründet worden. Dein Großvater, Saul Mandelbaum, hat sie durch den Verrat an den eigentlichen Besitzern erlangt und diese, die Familie Rosenzweig, dem Tod im KZ ausgeliefert. Nach dem Krieg hat er den einzigen Überlebenden, Immanuel Rosenzweig, in einem Prozess um den Besitz betrogen. Dies ist umso verwerflicher, als dein Großvater und er Jugendfreunde gewesen sind. Auf dem Totenbett hat Großvater meinem Bruder Jakob alles gestanden. In einem schwachen Moment hat Jakob mir davon erzählt.*

*Ich habe mir die Entscheidung nicht leicht gemacht, aber mir war klar, dass ich mit einem solchen Unrecht nicht leben könnte. Also habe ich Jakob die Pistole auf die Brust gesetzt und ihm ein Ultimatum gestellt: Hat er nicht bis zum Ende der Woche alles offengelegt und sich auf die Suche nach dem wirklichen Erben der Bank gemacht, werde ich die Presse einschalten.*

*Nun aber mache ich mir Sorgen, denn heute Morgen hat Jakob Drohungen ausgestoßen, die mich um mein Leben fürchten lassen. Wenn du diesen Brief liest, mein Sohn, dann hat sich meine Befürchtung bewahrheitet, denn sonst hätte ich ihn schon lange von Jonathan zurückgefordert.*

*Wie gesagt ist es nun an dir, geeignete Maßnahmen zu ergreifen, um dieses Unrecht wiedergutzumachen.*

*Ich weiß, dass du das Richtige tun wirst.*

*Gott sei mit dir, und ich glaube fest daran, dass ich dir von oben werde zusehen können und stolz auf dich werde sein dürfen.*

*Dein dich liebender Vater*

Gregor ließ den Brief sinken und saß schweigend an seinem Schreibtisch. Nach einigen Minuten nahm er ihn wieder auf und las ihn ein weiteres Mal. Nachdem er ihn ein drittes Mal gelesen hatte, packte er ihn wieder in den Umschlag und legte ihn in eine Schreibtischschublade, die er verschloss. Dann machte er sich auf den Weg.

# 29. KAPITEL

**1989, im Taunus**

Am frühen Morgen des 21. Januar 1989 verließen Aaron und Rebecca Mandelbaum das Grundstück in ihrem cremefarbenen Mercedes 200, um ein verlängertes Wochenende in der kleinen Hütte in Oberreifenberg, kurz unterhalb des Großen Feldbergs im Taunus, zu verbringen. Aaron hatte sich entschlossen, die Kinder in der Betreuung von Jonathan zu belassen. Er wollte mit Rebecca über alles reden, was er von dem Familiengeheimnis wusste, sie einweihen und gleichzeitig ihren Rat erfragen. Er ging zwar von ihrer Zustimmung zu seinen Plänen aus, wollte sich dieser aber vergewissern, denn nichts lag ihm ferner, als etwas gegen ihren Willen zu tun. Vor allem dann nicht, wenn es so weitreichende Folgen für die Familie haben würde.

Da er ungewöhnlich schweigsam war, erkundigte sich Rebecca mit sorgenvoller Stimme: »Was ist los, Schatz? Dich bedrückt irgendetwas. Sag mir, was du hast, damit ich dir helfen kann!«

Aaron, der sich voll auf die Fahrt im leichten Schneetreiben zu konzentrieren versuchte, gleichzeitig jedoch mit seinen Gedanken in viele Richtungen abschweifte, sah seine Frau kurz an, lenkte den Blick aber sofort wieder auf die Straße. Er lächelte dankbar. Rebecca war sein Ein und Alles, sein Augenstern, und er hätte nicht gewusst, wie er diese schwere Zeit ohne sie hätte überstehen sollen. »Wenn wir da sind, Schatz. Ich erzähle dir nachher alles in Ruhe. Es gibt ein Problem in der Familie, aber das führt jetzt zu weit. Ich muss mich aufs Fahren konzentrieren.«

»Es hat mit Jakob zu tun, oder?«

Aaron nickte lediglich, schwieg aber.

Sie hatten den Kleinen Feldberg passiert und näherten sich auf der L3025, der Hochstraße, den Reifenberger Wiesen. Das Schneetreiben war dichter geworden, und die Scheibenwischer gaben ihr Bestes, die dicken Flocken immer wieder schnell genug von der Scheibe zu entfernen. Kurz vor den Reifenberger Wiesen führte eine Linkskurve auf den letzten, circa einen Kilometer langen und schnurgeraden Straßenabschnitt vor Niederreifenberg. Erleichtert stellte Aaron fest, dass sie nach dieser Kurve den schlimmsten Teil der Strecke hinter sich haben und sich auch wieder bewohntem Gebiet nähern würden.

Sie befanden sich mitten in der Kurve, und die Scheinwerfer beleuchteten den fallenden Schnee und den Wald auf der rechten Seite der Fahrbahn, als Aaron unvermittelt ein Hindernis mitten auf der Straße vor sich auftauchen sah. In Sekundenbruchteilen registrierte er, dass es sich um ein quer stehendes Auto handelte. Er trat auf die Bremse, aber die Bremswirkung auf dem schneebedeckten Asphalt war gleich null. Hektisch riss er das Steuer nach links, was die Situation nur noch verschlimmerte, woraufhin er versuchte, durch Gasgeben den Wagen vom Kollisionskurs abzubringen. Das Fahrzeug geriet ins Schlingern und rutschte dann quer zur Straße weiter. Neben ihm schrie Rebecca erschrocken auf, als sie seitwärts auf das stehende Fahrzeug zurasten. Sie hatten noch eine Geschwindigkeit von mindestens 60 Stundenkilometern drauf, was viel zu schnell war, wie Aaron nun feststellen musste. Eine Sekunde lang dachte er, sie würden an dem Fahrzeug vorbeirutschen, doch dann schlug ihr Wagen mit dem Heck ein. Unter einem ohrenbetäubenden Scheppern stieß er mit der Front des anderen Fahrzeuges zusammen, was ihn in eine Kreiselbewegung versetzte, sodass er – sich um sich selbst drehend – weiterrutschte. Aaron sah lediglich einen schnellen Wechsel von Straße – Wald – Fahrzeug – Wald – Straße vorbeifliegen. Dann hatten sie den linken Straßenrand erreicht und rutschten seitlich über eine kleine Böschung. Die reichte aus, um den Wagen auf die Fahrerseite kippen und, mit dem Dach voran, gegen einen direkt am Straßenrand stehenden Baum krachen zu lassen. Aaron hörte noch einmal ein infernalisches metallisches Krachen, dann wurde es dunkel.

Als er wieder aus der kurzen Ohnmacht erwachte, lag er auf der Seitenscheibe der Fahrerseite. Über ihm hing Rebecca leb los in ihrem Gurt. Auf ihrer Stirn klaffte eine große Schnittwunde, und erst jetzt bemerkte Aaron, dass auch ihm Blut über das Gesicht lief. Sein Schädel dröhnte, aber die Angst um seine Frau ließ ihn den Schmerz ignorieren. »Rebecca! Schatz! Wach auf, was ist mit dir? Wach auf!«, schrie er und versuchte gleichzeitig vergeblich, sich von seinem Gurt zu befreien.

Die Seitenscheibe über Rebecca war zerborsten, und es schneite direkt in den Wagen. Bis auf ein eierndes Quietschgeräusch war es sehr still. Der Motor war ausgegangen, aber offensichtlich drehte sich noch eines der Räder. Aaron schrie immer wieder Rebeccas Namen, als er plötzlich sah, dass sich ein Gesicht in dem offenen Fenster über ihm zeigte. »O Gott, Gott sei Dank, helfen Sie uns! Holen Sie meine Frau raus!«

Dann bemerkte Aaron mehrere Dinge gleichzeitig. Zum einen, dass es nach Benzin stank. Offensichtlich war der Tank aufgerissen worden, und da der Wagen auf der Seite lag, sickerte langsam Treibstoff in den Innenraum. Die Dämpfe drohten, ihm den letzten Atem zu nehmen. Dennoch bemerkte er zum anderen auch, dass er den Mann kannte, der da ins Auto spähte. Der Name war ihm nicht geläufig, aber es handelte sich um einen Angestellten von Jakob, einen Mitarbeiter der Bank. »Schnell, Mann, tun Sie etwas«, rief er mit sich überschlagender Stimme, »holen sie uns hier raus oder holen Sie Hilfe!«

Dann tat der Mann etwas, das Aaron nicht verstand. Er griff mit behandschuhten Händen in die Innentasche seines Anoraks und zog eine Schachtel Zigaretten heraus.

Aaron sah ihm mit aufgerissenen Augen und unfähig, etwas zu sagen, dabei zu.

Der Mann schüttelte eine Zigarette aus der Packung, steckte sie in den Mund und zündete sie mit einem Streichholz an. Dann warf er die Zigarettenschachtel in den Wagen und die angezündete Zigarette hinterher. Das inzwischen ausgegangene Streichholz folgte, und er nahm ein neues aus der Schachtel. Er zögerte eine Sekunde, dann strich er das Streichholz über die Reibfläche und warf es in dem Moment, als es aufflammte, in den Wagen.

Mit einem lauten »Wwwhuusch« entzündete sich das Gemisch aus Benzindämpfen und kalter Winterluft. Der entstehende Blitz blendete Aaron, und er konnte nicht mehr sehen, wie der Mann die Streichholzschachtel ebenfalls durch das offene Fenster in das Flammeninferno warf.

Aarons letzter Gedanke enthielt die Hoffnung, dass Rebecca nicht aufwachte, bevor sie sterben musste. Er hatte keine Zeit mehr, an die Kinder, an Jonathan oder seinen Bruder zu denken. Da war nur noch Schmerz, eine kurze Zeit, in der er schrie – und dann war nichts mehr.

## 30. KAPITEL

Was ist nur mit Gregor los? So kenn ich ihn gar nicht. Der ist ja völlig durch den Wind, ob das an seiner neuen Freundin liegt? Sarah machte sich schwere Gedanken um die geistige Gesundheit ihres Bruders.

Als er sie gestern angerufen und dringend um ein Treffen gebeten hatte, hatte sie sich sofort auf den Weg zu ihm gemacht. Sie war nicht das erste Mal in sein Büro im Polizeipräsidium gekommen, um ihn zu besuchen. Seine Mitarbeiter Jenny, Mutti, Alsmann und Schmuddel hatte sie schon von früheren Gelegenheiten gekannt. Ausgerechnet Schmuddel hatte sogar einmal versucht, die »kleine Schwester vom Alten« anzugraben. Natürlich vergeblich, und der untaugliche Versuch hatte zu großer Erheiterung bei den anderen geführt. Gregor hatte wie immer nicht gewusst, wie er mit der Situation umgehen sollte, und sie deshalb einfach unter den Tisch geschwiegen.

Als Sarah gestern in seinem Büro angekommen war, war Gregor hinter seinem Schreibtisch aufgesprungen, auf sie zugeeilt und hatte sie umarmt.

»Was ist los?« Sie hatte ihn von sich geschoben. »So anhänglich kenne ich dich gar nicht.«

Gregor hatte sie ernst angesehen. »Setz dich bitte, ich muss unbedingt mit dir reden.«

Nachdem sie beide Platz genommen hatten, hatte er sehr zögerlich begonnen: »Ich weiß nicht, wie ich es dir am schonendsten beibringen kann, deshalb komme ich gleich zur Sache. Ich möchte dich bitten, in der nächsten Zeit möglichst Abstand zu Jakob zu halten.«

»Warum?«, war ihre überraschte Frage gewesen. »Nicht dass ich vorgehabt hätte, ihn in nächster Zeit zu besuchen.« Er wäre so ziemlich der Letzte, den ich freiwillig besuchen wollte, hatte sie gedacht.

Gregor hatte den Mund zusammengekniffen, war aber dann doch mit der Sprache herausgerückt: »Ich habe Grund zu der Annahme, dass Jakob in den Tod unserer Eltern verstrickt ist, und dass es kein Unfall war.«

Nach dieser Offenbarung hatte sie ihn entgeistert angeschaut und war nicht in der Lage gewesen, etwas darauf zu entgegnen. Schließlich hatte sie sich zu einem entrüsteten »Das ist nicht dein Ernst« hinreißen lassen. Aber Gregors Blick hatte ihr gesagt, dass es sein voller Ernst war.

Danach hatte er ihr eine wirre Geschichte über vermeintliche Verbrechen ihres Großvaters erzählt. Sie hatte ihn nie zuvor so aufgelöst gesehen und sich sofort Gedanken über seinen Gesundheitszustand gemacht. Bei alldem hatte sie weniger auf den Inhalt des Erzählten geachtet, als ihn vielmehr sorgenvoll beobachtet und sich gefragt, wie sie ihm helfen könnte.

Gregor war alles für sie. Ihr inniges Verhältnis zu ihm ließ sie leiden, wenn er litt. Sie teilte seinen Kummer, seine Sorgen und in einigen wenigen Fällen auch mal seine Freude. Sie wusste, dass es ihm genauso ging, er nur nicht in der Lage war, dies zu zeigen.

Irgendwann während seiner Erzählungen war sie aufgestanden, um den Schreibtisch herumgegangen und hatte sich neben seinen Stuhl gehockt. Sie hatte seine Hände in ihre genommen und hatte ihm voller Mitleid in die Augen gesehen. »Mach dich nicht verrückt. Du brauchst dir keine Sorgen um mich zu machen. Ich hatte nicht vor, Onkel Jakob zu besuchen. Es fällt mir auch nicht schwer, ihm eine Zeit lang aus dem Weg zu gehen. Ich glaube zwar nicht, dass an deiner Horrorgeschichte was dran ist, aber ich kann dir versichern, du musst keine Angst um mich haben.«

Er hatte sie zweifelnd angesehen. »Versprich mir, dass du dich in den nächsten Tagen von der Villa fernhältst.«

»Ich verspreche es dir«, hatte sie seufzend entgegnet.

»Sarah, bitte, ich meine es sehr ernst. Ich könnte es nicht ertragen, wenn dir etwas passiert.«

Mit Schaudern dachte sie nun an die beängstigende Situation zurück. Sie hoffte, dass ihr Bruder sich nicht in eine absurde Sache hineinsteigerte. Gleichzeitig wünschte sie sich, dass er sich bis heute Abend beruhigt haben würde und sie gemeinsam ein schönes Essen würden genießen können.

# 31. KAPITEL

### 1950, Frankfurt, Berlin

Das winzige Mansardenzimmer im obersten Stock des Mietshauses, das bei den Bombenangriffen auf Frankfurt verschont geblieben war, enthielt nichts außer einem kleinen Tisch, einem Holzstuhl und einer Matratze. Auf dem Tisch stand eine altertümliche Schreibmaschine, und daneben lag ein Stapel Papier. Beides hatte Immanuel von einem Freund aus dem Caféhaus Laumer zur Verfügung gestellt bekommen. Es war ihm egal, ob der es aus Mitleid getan hatte oder weil er an Immanuels Sache glaubte, was ihm wenig wahrscheinlich erschien.

Ihm war so vieles egal dieser Tage. Er verbrachte fast seine gesamte Zeit damit, Eingaben, Beschwerdebriefe oder Petitionen an die verschiedensten Organisationen zu schreiben. Hauptsächlich richteten sich seine Schreiben allerdings an die US-amerikanische Kommandantur in Frankfurt.

Seit dem Tag des Prozesses vor mehr als einem Jahr tat er nichts anderes. Sein Anwalt hatte ihm direkt nach dem Prozess mitgeteilt, dass ein neues Verfahren anzustreben völlig sinnlos sei, zumal er die Kosten des ersten Verfahrens nicht bezahlen konnte. Als letzten Dienst hatte der alte Anwalt durch seine Beziehungen zu einem jüdischen Hausbesitzer das winzige Mansardenzimmer für Immanuel organisieren können. Seit diesem Tag nahm er immer wieder Gelegenheitsarbeiten an, die lediglich zwei Dinge sicherstellen sollten: die Begleichung der vergleichsweise niedrigen Miete und den Einkauf des zum Überleben notwendigen Minimums an Lebensmitteln.

Seine Jahre in Auschwitz hatten ihn sehr genügsam werden lassen. Er brauchte nicht viel. Selbst die erbärmliche Matratze war besser als die Lagerstatt im Konzentrationslager. Er hatte gelernt, um sein Leben zu kämpfen, also konnte er auch um sein Erbe kämpfen. Nicht täglich Angst um sein Leben haben zu müssen, war das großartigste Gefühl überhaupt, auch wenn ihn bisweilen Albträume plagten, die den Horror der vergangenen Jahre immer wieder in die Erinnerung zurückbrachten.

Die Schreibmaschine war sein wichtigster Freund geworden. Obwohl sein Anwalt anfänglich noch einige Schreiben für ihn aufgesetzt hatte, war er schließlich zu der Überzeugung gekommen, dass Immanuels Unterfangen gänzlich sinnlos war, und er hatte die Arbeiten für ihn eingestellt. Immanuel war ihm nicht böse. Es war sein Kampf, und was war da natürlicher, als dass er ihn selbst ausfocht.

Zu gerne hätte er Ermittlungen zu den Personen in Auftrag gegeben, die vor Gericht für seine Niederlage gesorgt hatten. Personen, die ihm bis zu diesem Tag völlig unbekannt gewesen waren. Rachel Golowski und Nathan Itzigman. Ganz offensichtlich handelte es sich um Freunde von Saul, nein, um Komplizen von Saul, die ihn bei seinen verbrecherischen Machenschaften tatkräftig unterstützten. Aber für Ermittlungen reichten seine finanziellen Mittel einfach nicht aus. Also blieb ihm nichts anderes übrig, als weiterhin in schriftlicher Form zu betteln, zu begründen und Anklagen gegen die Verschwörer vorzubringen.

Persönliche Gespräche mit Mitgliedern der amerikanischen Kommandantur waren ihm schon seit Langem verwehrt. Hier hatte sich an prominenter Stelle der Liaison Officer Major Ron Elias hervorgetan. Er hatte dafür gesorgt, dass Immanuel kein Gebäude der Amerikaner mehr betreten durfte. Immanuel hatte ihn im Verdacht, in irgendeiner Weise in die Verschwörung verstrickt zu sein, aber es mangelte ihm an Beweisen.

Wenn er nicht in seinem Zimmerchen saß und tippte, verbrachte er die Zeit oft im Café Laumer in der Eschersheimer Landstraße im Frankfurter Westend. Hier stießen seine kritischen Anmerkungen zu den Praktiken der amerikanischen Besatzungsmacht jedenfalls nicht auf grundsätzliche Ablehnung. Zu den Stammgästen des Cafés und zu Immanuels Bekannten gehörten zu dieser Zeit auch Theodor W. Adorno und Herbert Marcuse.

Marcuse, der jüdischer Abstammung war, hatte seit der Machtergreifung Hitlers 1933 in der Schweiz und seit 1941 in den USA gelebt. Obwohl er inzwischen Amerikaner war, hatte er sich stark von den Lehren und philosophischen Ansichten des Karl Marx beeinflussen lassen.

Adorno, der eigentlich Theodor Ludwig Wiesengrund hieß, war 1949 aus dem Exil zurückgekehrt und hatte seine zuvor in Frankfurt abgebrochene Tätigkeit als Dozent der Philosophie und Soziologie an der Universität Frankfurt wieder aufgenommen.

Aufgrund dieser beiden herausragenden Persönlichkeiten hatte das Café Laumer bisweilen den Spitznamen »Café Marx«. Aber dennoch waren im Café Laumer auch Andersdenkende gern gesehen, und es wurde lebhaft diskutiert.

Immanuel hatte sich trotz ihrer teilweise sehr gegensätzlichen Ansichten mit dem jungen Jurastudenten Helmut angefreundet. Er war es gewesen, der ihm seine uralte Schreibmaschine zur Verfügung gestellt und ihn darüber hinaus sogar mit Papier versorgt hatte, da Immanuel es sich selbst nicht hätte leisten können. Helmut hatte zwar völlig konträre Ansichten, aber er war ein nüchterner Mensch, der es verstand zu diskutieren und der ein großes Verständnis für Immanuels schlimme Situation hatte.

Es war wieder so ein Tag, der zu Immanuels Frustration beitrug. Am Morgen war er aus amerikanischer Haft entlassen worden, nachdem man ihn für eine Nacht eingesperrt hatte. Er war vor der Kommandantur aufgetaucht und hatte ein Schreiben abgegeben, in welchem er den Verdacht gegen Major Elias geäußert hatte, dieser arbeite mit der Familie Mandelbaum zusammen und sei Teil der Verschwörung gegen ihn, Immanuel. Als er vor dem Gebäude randaliert hatte, weil man ihn nicht einlassen wollte, hatte man ihn kurzerhand festgenommen und in den Bau gesteckt.

Als er am Morgen entlassen worden war, hatte Major Elias bereits auf ihn gewartet. »Herr Rosenzweig«, hatte er Immanuel höflich angesprochen, »bitte sehen Sie davon ab, Ihre unhaltbaren Anschuldigungen weiter in schriftlicher Form an die Kommandantur zu richten. Wir lassen Sie heute laufen, aber wenn sie diesen unsäglichen Kreuzzug nicht aufgeben, befürchte ich, dass Sie mehr als nur eine Nacht in Haft verbringen werden. Bitte verstehen Sie das als gut gemeinten Rat und nicht etwa als Drohung.«

Immanuel hatte es dennoch als genau das verstanden und dem Offizier wortlos vor die Füße gespuckt. Dann hatte er sich umgedreht und war davongegangen.

Nun saß er im Café Laumer und diskutierte heftig mit seinen Freunden. Adorno hatte eine Vorlesung, aber Marcuse und Helmut waren da.

»Immanuel, bitte gib es auf«, bat Helmut ihn fast flehentlich, »du kämpfst wie Don Quichotte gegen Windmühlenflügel. Dabei kann nichts Gutes herauskommen.«

»Ich muss Helmut recht geben«, hatte Herbert Marcuse hinzugefügt. »Ich bin zwar nicht immer seiner Meinung, aber in diesem Fall liegt er ziemlich sicher richtig.«

Immanuel war noch immer viel zu geladen, um solche Argumente einfach stehen zu lassen. »Gerade von dir hätte ich das nicht erwartet«, warf er Marcuse vor. »Wer vertritt denn die Philosophie von Karl Marx? Du gibst doch wohl zu, dass eine vergleichbare Ungerechtigkeit in der sowjetischen Besatzungszone nicht geschehen würde, oder?«

»Ohoho, Moment mal«, echauffierte sich Marcuse, »du willst doch wohl nicht die Lehren eines Karl Marx mit der aktuellen Politik eines Josef Stalin vergleichen. Was dieser Diktator treibt, hat nichts mehr mit dem Kommunismus von Marx zu tun.«

Immanuel wusste, dass Marcuse recht hatte, aber er war zu sehr in seinem Hass gegen die Amerikaner gefangen, als dass er es hätte zugeben können. »Du kannst mich nicht überzeugen. Ich habe die Russen kennengelernt. Da ist zum einen mein Freund Sergej aus dem Lager, und ich habe auch erlebt, wie rührend sich die Rote Armee um uns Überlebende gekümmert hat. Da könnt ihr alle gar nicht mitreden. Wer den Holocaust nicht am eigenen Leib erlebt hat, darf gar nicht mitreden.« Ihm war bewusst, dass er nun ungerecht gegen seine Diskussionspartner war. Seine eigene Familie hatte vorgehabt, dem Nazi-Regime zu entfliehen, und nur weil ihre Flucht vereitelt worden war, durfte er denen, die es geschafft hatten, ihr Glück nicht zum Vorwurf machen.

Es war wie so oft Helmut, der angehende Jurist, der die Wogen glättete. »Bitte beruhigt euch alle mal. Ich kann auf der einen Seite Immanuel verstehen, aber auf der anderen Seite sind auch Herberts Argumente nicht von der Hand zu weisen. Einigen wir uns auf ein Patt.« Er sah Immanuel fragend an. »Was hast du denn nun vor? Ich sehe wirklich keinen großen Sinn darin, deine schriftlichen Anschuldigungen immer weiterzutreiben. Ich habe das Gefühl, sie landen eh alle im Papierkorb.«

Genau das war Immanuels Problem. Was hatte er nun vor? Was konnte er noch tun? Er rang sich zu einer Entscheidung durch, die er schon seit Längerem erwogen hatte. »Ich werde nach Berlin gehen!«

Helmuts Erstaunen war offensichtlich. »Was willst du in Berlin tun?«

»Ich werde mich von dort aus auf die Suche nach Sergej machen.«

Marcuse, der sogar die amerikanische Staatsangehörigkeit hatte und ein intimer Kenner der US-Politik war, schüttelte mit einem Ausdruck des Bedauerns den Kopf. »Du hast keine Ahnung, auf was du dich da einlässt. Sagt dir der Name Senator McCarthy etwas?« Auf Immanuels Kopfschütteln hin fuhr Marcuse fort: »Senator Joseph McCarthy ist ein ausgewiesener Kommunistenhasser, der gerade einen großen Einfluss auf die hohe Politik in den USA hat. Es ist der Beginn einer neuen Ära in den USA, wo gerade Jagd auf alles gemacht wird, was auch nur im Entferntesten nach Kommunismus klingt. Das hat auch einen sehr negativen Einfluss auf die ohnehin sehr angespannten Beziehungen zwischen der Sowjetunion und den USA. Wenn du dort auftauchst, wird man dich für einen amerikanischen Spion halten. Und das, mein lieber Freund, wird kein Zuckerschlecken, das kann ich dir versichern.«

*

Immanuels Nerven lagen blank. Er zitterte am ganzen Körper und wäre am liebsten von dem harten Holzstuhl aufgesprungen und weggelaufen. Aber nun hatte er es endlich bis ins Vorzimmer von General Tschuikov geschafft und würde es durchziehen müssen.

Die Situation in Berlin war alles andere als einfach. Seit der Gründung der Deutschen Demokratischen Republik am 7. Oktober 1949 war die bis dahin agierende Sowjetische Militäradministration in Berlin-Karlshorst durch die SKK, die Sowjetische Kontrollkommission, abgelöst worden. Als Chef der SKK war der Oberkommandierende der Sowjetischen Besatzungstruppen in Deutschland, Armeegeneral Wassili I. Tschuikov, eingesetzt worden. Jedem Eingeweihten war klar, dass die Umbenennung nach der Gründung der DDR nichts daran änderte, wer im Gebiet der sowjetischen Besatzungszone nach wie vor das Sagen hatte.

Die Behörden des neu gegründeten sozialistischen Staates waren mit wichtigeren Dingen beschäftigt, als einem jüdischen Überlebenden von Auschwitz bei der aussichtslos erscheinenden Suche nach einem anderen Überlebenden, noch dazu einem Russen, behilflich zu sein. Also war er an die Kontrollkommission verwiesen worden.

Immanuel konnte zwar Papiere auf den Namen Immanuel Rosenzweig vorweisen, allerdings war sein Ausweis mit dem Stempel »unbestätigt« versehen. Das bedeutete, dass die Identität der Person nicht zweifelsfrei geklärt werden konnte, was bei Rückkehrern aus den Konzentrationslagern keine Seltenheit war. Aber sein Ausweis war in der amerikanischen Besatzungszone ausgestellt worden, was gravierende Auswirkungen hatte.

Der Ost-West-Konflikt zwischen den USA und der UdSSR, den manche inzwischen schon den »Kalten Krieg« nannten, hatte sich immer mehr zugespitzt. Und so waren die in der Kontrollkommission tätigen Soldaten extrem misstrauisch gegenüber einer Person, die aus dem Westen kam.

Erstmals waren Immanuel seine Kenntnisse der russischen Sprache zugutegekommen. Nachdem er mehrfach abgewiesen, aber beharrlich immer wieder vorstellig geworden war, hatte er nach mehreren Wochen endlich einen Termin bei General Tschuikov bekommen und saß nun auf dem Stuhl im Vorzimmer des obersten Vertreters der Sowjets in Deutschland.

Er zuckte zusammen, als sich die riesige Flügeltür öffnete und ein junger Offizier sich vor ihm aufbaute. »Vchodite, tovarishch. U generala teper yest vremya dlya vas.« (*Kommen Sie herein, Genosse. Der General hat jetzt Zeit für Sie.*)

»Spasibo, spasibo« (*Danke, danke*), murmelte Immanuel mehrmals. Er folgte dem Offizier in den Raum hinter der Tür.

Der Mann hinter dem Schreibtisch in der Uniform eines Generals sprang auf, kam um den Tisch auf ihn zu und rief: »Aaaah … mein Freund … ich freue mich, dich zu dürfen … begrüßen.« Er hatte einen schweren slawischen Akzent und suchte offensichtlich nach den einzelnen Worten. Bevor Immanuel reagieren konnte, hatte General Tschuikov ihn umarmt und ihm heftig auf den Rücken geklopft. Dann hielt er ihn auf Armeslänge an den Schultern und sah ihm prüfend ins Gesicht. »Du … sehen aus … gut.«

Langsam fand Immanuel wieder zu sich. Die herzliche Begrüßung hatte ihn überrascht, denn sie war nicht das, was er erwartet hatte nach all den Problemen, die er gehabt hatte, um bis hierher vorzudringen. »Vy mozhete govorit po russki, tovarishch general« (*Sie können Russisch sprechen, Genosse General*), erwiderte er noch etwas zaghaft.

»Aaah, sehr gut, sehr gut«, wechselte Tschuikov in seine Muttersprache und strahlte ihn an. Er schlug Immanuel so fest auf die Schulter, dass der beinahe in die Knie ging.

Tschuikov war ein bulliger Mann. Er war größer, kräftiger und zehn Jahre älter als Immanuel. Seine lockigen dunkelbraunen Haare wurden allerdings bereits von großen Geheimratsecken zurückgedrängt. »Ich habe deine Akte gelesen, und sie hat mich neugierig gemacht. Du musst wissen, Genosse Immanuel, dass ich bei der Befreiung des Lagers Auschwitz dabei war.« Er senkte den Blick und sah vor sich auf den Schreibtisch. »Traurige Sache, sehr traurige Sache.«

Hoffnung keimte in Immanuel auf. Konnte es sein, dass ihm diesmal das Glück hold war?

Seine Erwartungen wurden durch die nächsten Sätze des Generals mehr als übertroffen. »Ich kann mich noch gut erinnern, wie wir alle geweint haben. Geweint um die vielen armen Menschen, die dort ums Leben gekommen sind. Aber wir haben uns auch gefreut, einige wenige der Opfer noch rechtzeitig befreien zu können.« Er blickte auf und sah Immanuel aus feuchten Augen an. Dann stahl sich ein Lächeln auf seine Lippen. »Besonders gefreut hat uns, dass unter den Befreiten auch drei russische Soldaten waren. An einen von ihnen kann ich mich besonders gut erinnern, einen gewissen Sergej. Er muss einmal ein beeindruckender Mann gewesen sein. Mich würde selbst interessieren, was aus ihm geworden ist.«

Immanuel konnte sein Glück kaum fassen. Er hatte das Gefühl, nun dicht vor seinem Ziel zu sein.

»Genosse Immanuel, ich werde dich mit den nötigen Papieren ausstatten, damit du in Moskau deine Suche fortsetzen kannst. Wenn ich mich richtig erinnere, stammte Sergej genau wie ich aus der Gegend südlich von Moskau.« Er stand auf und streckte Immanuel die Hand entgegen. »Ich wünsche dir Glück bei deiner Suche.«

# 32. KAPITEL

Es waren zwei ereignisreiche Tage vergangen, seit Gregor die Nachricht seines Vaters aus der Vergangenheit erhalten hatte. In dieser Zeit waren einige neue und teilweise überraschende Ermittlungsergebnisse aufgetaucht. Dies galt sowohl für den Unfall von Gregors Eltern als auch für den Verbleib von Immanuel Rosenzweig.

Die Akten über den Unfall lagen in der Einsatzzentrale verstreut, und einige grausige Fotos vom Unfallort hingen an den Stellwänden, die zur Anbringung von Bildern, Zetteln und Notizen aufgestellt worden waren. Gregor hatte gemerkt, dass das Team ihm zu Beginn der Aktenauswertung die Bilder nicht hatte zumuten wollen, aber seit er den Brief seines Vaters gelesen und dem Team alle Informationen offenbart hatte, war eine Veränderung in ihm vorgegangen.

Er war nie sehr gläubig gewesen, denn das entsprach nicht seinem zwanghaften Streben nach Logik und beweisbaren Tatsachen. Nun aber hielt er tatsächlich ein Leben nach dem Tod für möglich – oder zumindest die Existenz einer unsterbliche Seele – und empfand das Schicksal seiner Eltern zwar als bedauernswert und als persönlichen Verlust, aber nicht mehr so schmerzhaft.

Er war in der Lage, die grausigen Bilder mit einer gewissen Distanz zu betrachten, und richtete sein ganzes Handeln nur noch an einem Ziel aus: den Fall zu lösen. Denn für ihn waren die Fälle »Unfall der Eltern« und »Morde an den Mitgliedern der jüdischen Gemeinde« untrennbar miteinander zu einem verwoben.

Die Akten gaben Auskunft darüber, dass die damaligen Nachforschungen der polizeilichen Ermittler ein scheinbar klares und in sich schlüssiges Bild aufgezeigt hatten. In dem

Wagen waren außer den beiden Leichen auch noch die Überreste einer Zigarettenpackung, einer einzelnen Zigarette und einer verkohlten Streichholzschachtel gefunden worden. Diese Funde in Verbindung mit der Spurenlage am Ort des Unfalls hatten sehr schnell zu der Annahme geführt, dass Aaron Mandelbaum sich während der Fahrt in dichtem Schneetreiben eine Zigarette angezündet hatte oder dies hatte tun wollen. Dabei war – so die Annahme – seine Aufmerksamkeit von der Straße abgelenkt worden, und er hatte die Kontrolle über das Fahr zeug verloren.

Eine grundsätzlich nicht abwegige Theorie, die jedoch einen entscheidenden Fehler aufwies. Gregor hatte weder seinen Vater noch seine Mutter jemals rauchen sehen.

Da der Bruder des Verunglückten in einer damaligen Befragung allerdings der Theorie der Polizei nicht widersprochen hatte, war sie als zutreffend angesehen und deshalb nicht weiterermittelt worden. So blieb es bei der Ansicht, es handele sich um ein tragisches, aber selbst verschuldetes Unglück und es seien keinerlei Hinweise auf eine mögliche Fremdeinwirkung vorhanden.

Dies war für Gregor ein weiterer Mosaikstein in der Frage um die Verstrickung seines Onkels in den Tod seiner Eltern. Die Konfrontation Jakobs mit allen bisherigen Erkenntnissen hatte Gregor noch aufgeschoben. Er wollte mehr als den Brief und die offensichtliche Lüge gegenüber den damaligen Ermittlungsbeamten vorweisen können.

Er versprach sich weitere Hinweise davon, dass er den Zigarettenrest, der erstaunlich gut erhalten geblieben war, zu einer vor 24 Jahren noch nicht möglichen DNA-Untersuchung gegeben hatte. Hierdurch sollte festzustellen sein, ob sein Vater diese Zigarette jemals zwischen den Lippen gehabt hatte. Als einzig mögliches Vergleichsmaterial hatte er seine eigene DNA-Probe freigegeben, die klären sollte, ob Übereinstimmungen zwischen der DNA an der Zigarette und seiner eigenen vorlagen, was aufgrund des Verwandtschaftsverhältnisses der Fall sein müsste.

Es war heutzutage kein Problem mehr, sehr genau festzustellen, ob ein Verwandtschaftsverhältnis zwischen den Verursachern zweier Proben bestand und wenn ja welches.

Für den Vergleich waren keine weiteren Maßnahmen erforderlich, da die DNA aller polizeilichen Ermittler in der Datenbank gespeichert war, für den Fall, dass sie an Tatorten ein Haar verlören oder andere eigene Spuren hinterließen. Das Ergebnis stand noch aus und wurde für den kommenden Tag erwartet.

Das zweite Team hatte einen kleinen Erfolg bei den Nachforschungen nach dem Verbleib von Immanuel Rosenzweig zu verbuchen. Es war Muttis Begabung für die althergebrachte Methode des Studiums alter Akten gewesen, die Schmuddels Nachforschungen im Internet ausgestochen hatte. Mutti war beim Stöbern in Kellern und Archiven auf Unterlagen der amerikanischen Besatzungstruppen aus dem Jahr 1950 gestoßen und berichtete nun der gesamten Truppe von ihren gerade gewonnenen und überaus erstaunlichen Erkenntnissen.

In den alten Akten befanden sich zahlreiche Schreiben und Eingaben des Anwaltes von Immanuel Rosenzweig. Nach einem halben Jahr schien der Anwalt aufgegeben zu haben, und die nachfolgenden Schreiben stammten von Immanuel Rosenzweig persönlich. Immer ging es um die Anfechtung des Urteils, die Vernehmung neuer Zeugen oder die Forderung nach Nachforschungen. All diese Eingaben waren bei einem gewissen Liaison Officer Major Ron Elias hängen geblieben und abschlägig beschieden worden.

Im Laufe eines weiteren halben Jahres waren die Schreiben im Ton immer fordernder geworden, beleidigender und hatten offen eine Verschwörung der Amerikaner mit der Familie Mandelbaum unterstellt. Dies hatte offensichtlich zur Beobachtung von Immanuel Rosenzweig durch amerikanische Ermittlungseinheiten und Nachforschungen zu seiner Person geführt. Die Ermittlungen der Amerikaner hatten auch die Befragung seines Umfelds umfasst, und so war schnell offenbar geworden, dass Immanuel den Amerikanern die Schuld zuwies.

Er hatte öffentlich den Kapitalismus verurteilt und Bekannten gegenüber immer öfter geäußert, dass ein solches Unrecht in der sowjetischen Besatzungszone sicherlich nicht möglich wäre. Ende des Jahres 1950 hatte er Frankfurt endgültig und mit zunächst unbekanntem Ziel verlassen. Aufgrund seiner prosowjetischen Äußerungen und des bereits in vollem Gange befindlichen Kalten Krieges waren weitere Befragungen all seiner Bekannten durchgeführt worden. Sie hatten ergeben, dass er mehrfach erwähnt hatte, einen Freund namens Sergej in der UdSSR suchen zu wollen. Aus diesem Grund war die Akte Anfang 1951 mit dem Vermerk geschlossen worden, dass sich Immanuel Rosenzweig sehr wahrscheinlich über die sowjetische Besatzungszone in die Sowjetunion abgesetzt hatte.

Jutta Beltermann schloss ihre Ausführungen mit einer für alle überraschenden und zunächst rätselhaften Bemerkung ab: »Ihr glaubt nicht, von wem da unter anderem Befragungsprotokolle in den Unterlagen enthalten sind.«

»Na von wem denn? Sind da etwa Berühmtheiten dabei?«, erklang Schmuddels eher gelangweilt wirkende Frage. Er schien nicht wirklich interessiert zu sein und schmollte noch immer, weil er den »Wettkampf«, wer zuerst Ergebnisse erzielen würde, verloren hatte.

»Das kannst du aber laut sagen. Ich habe hier Vermerke der Besatzer zu Befragungen von Theodor Adorno, Herbert Marcuse und … man höre und staune, von einem jungen Jurastudenten namens Helmut Kohl gefunden.«

Bei dem zuletzt genannten Namen hatte Schmuddel erstmals aufgesehen und schien nun doch neugierig geworden zu sein. »Du meinst doch nicht etwa *den* Helmut Kohl, oder?«

»Doch, genau den.«

»Was hatte der denn mit Immanuel Rosenzweig zu tun?«

»Er war Stammgast im Café Laumer, einem damaligen Kult-Café, und hat wohl in diesem Zusammenhang auch die Tiraden von Rosenzweig gegen die Amerikaner mitbekommen. Deshalb ist er auch befragt worden.«

Schmuddel schüttelte ungläubig den Kopf. »Da sieht man's mal wieder, die Welt ist ein Dorf«, murmelte er vor sich hin.

Das gesamte Team grübelte noch darüber, welche weiteren Ermittlungsschritte nun noch möglich waren. Die Sowjetunion war längst in viele eigenständige Staaten zerfallen, und wo sollte man beginnen? Für den nächsten Morgen war ein erneuter Kriegsrat angesetzt worden, um weitere Schritte auszuloten und zu beratschlagen.

Für den heutigen Tag hatte Gregor zunächst genug. Nach seinem Auszug aus der Villa und dem nicht wirklich fruchtbaren Gespräch mit seiner Schwester, die ihn für übergeschnappt zu halten schien, hoffte er inständig, dass sie sich tatsächlich in nächster Zeit von ihrem Onkel fernhalten würde. Dies sollte Sarah nicht schwerfallen, denn sie war ja fast zur gleichen Zeit in Romans Appartement eingezogen wie Gregor bei Sonja – wenn auch aus anderen Gründen.

Bei ihrem Besuch in seinem Büro hatten sie sich für den heutigen Abend zu einem gemeinsamen Abendessen im Tiger-Gourmetrestaurant in der Heiligkreuzgasse im Zentrum von Frankfurt verabredet. Es handelte sich um eines der derzeit angesagtesten Nobelrestaurants, und Gregor musste neidlos feststellen, dass seine Schwester sich offensichtlich im Umfeld der Reichen und Schönen auskannte, was man von ihm auf keinen Fall behaupten konnte.

Er blickte dem Treffen mit Roman voller widersprüchlicher Überlegungen entgegen. Er wusste zwar, dass seine Schwester ihren Freund auf seine Sonderbarkeit vorbereitet hatte, aber dennoch wollte er alles daransetzen, ihn nicht vor den Kopf zu stoßen. Er hatte ihn bisher nur einmal kurz gesehen und kannte ihn ansonsten nur aus den Beschreibungen seiner Schwester. Diese waren allerdings so rosarot gefärbt, dass er sich – wollte er ihren Schilderungen vollständig glauben – auf ein Treffen mit Superman persönlich vorbereiten müsste.

*

Als Sonja und Gregor in dem Restaurant eintrafen, dem Maître ihre Namen nannten und an einen Vierertisch im hinteren Bereich geführt wurden, befanden sich Sarah und ihr Freund bereits am Tisch.

Die beiden saßen sich gegenüber, beide nach vorne gebeugt, hielten sich an den Händen und gaben sich gerade über den Tisch hinweg einen Kuss. Sie waren so ineinander vertieft, dass sie die Annäherung von Sonja und Gregor nicht einmal bemerkten.

Als die neben dem Tisch standen, fing Roman an zu sprechen, ohne seine Augen von Sarah zu lassen: »Wir hätten gerne eine Flasche Moet & Chandon Imperial Brut, bitte.« Seine Stimme war dunkel und angenehm, und lediglich ein leichter »ch«-Laut bei »hätten« und ein gerolltes »r« ließen Russisch als seine Muttersprache vermuten.

Bevor Gregor etwas erwidern oder auf sich aufmerksam machen und das Missverständnis aufklären konnte, gab Sonja in ihrer schlagfertigen Art »Aber gerne, der Herr, gerührt oder geschüttelt?« von sich.

Während Gregor sie überrascht anblickte, sahen Roman und Sarah aus den Augenwinkeln zu dem vermeintlichen Ober. »Gregor!«, rief Sarah erfreut, sprang auf und schlang ihre Arme um seinen Hals.

Roman stand ebenfalls auf, aber sehr langsam. Er knöpfte das Jackett seines stahlgrauen Seidenanzuges zu, unter dem er ein blütenweißes Hemd ohne Krawatte trug. »Bitte entschuldigen Sie die Verwechslung. Ich war wohl ein wenig abgelenkt.« Er lächelte und ließ seine makellosen und unnatürlich weißen Zähne sehen. Er streckte Sonja die Hand entgegen. »Hallo, Sie müssen die berühmte Dr. Savoyen sein.«

Sonja lachte laut auf. »Angesichts der Tatsache, dass wir beide mit den Geschwistern Mandelbaum befreundet sind, sollten wir die Förmlichkeiten beiseitelassen.« Sie ergriff mit festem Griff seine Hand. »Ich bin Sonja, und du müsstest Roman sein.« Sie warf einen Seitenblick auf Sarah, die noch immer ihren Bruder in den Armen hielt. »Es sei denn, Sarah wechselt die Männer öfter als Gregor seine Unterhose.«

Ein zweistimmiges und lautstarkes »Hallo, was soll das denn heißen?« erscholl wie aus einem Mund. Sarah und Gregor hatten sich voneinander getrennt und sahen Sonja entrüstet an.

Schließlich lachte Sarah laut los. »Touché, ich denke, wir sind selbst schuld, Bruderherz. Wir haben wohl die Prioritäten ein wenig falsch gesetzt.« Sie stürzte auf Sonja zu und schlang ihre Arme nun um sie und drückte sie – allerdings nicht ganz so lange wie ihren Bruder. »Du bist also die sagenhafte Sonja, die in meinem Bruder nicht nur die Liebe zum Leben erweckt hat!«

Gregor zog lautstark die Luft durch die Nase ein, und Sonja bemerkte, wie er Sarah warnend ansah. Er hatte ihr vor dem Treffen versichert, dass er seine Schwester darüber aufgeklärt hatte, dass sie lediglich befreundet und nicht etwa ein Paar waren. Aber sie sah es sportlich und vermutete, dass Sarah diese provokante Bemerkung bewusst gemacht hatte, um ihre Reaktion zu testen. Eine Sekunde später war Gregor der Einzige, der nicht laut lachte.

Er stöhnte leise und wandte sich Roman zu. Er streckte ihm die Hand entgegen. »Hallo. Ich bin Gregor. Es freut mich, dich kennenzulernen. Ich habe schon viel Gutes von dir gehört.« Er warf einen Seitenblick auf Sarah. »Sehr viel!«

Roman lachte erneut. »Lasst uns doch alle Platz nehmen. Vielleicht bekomme ich doch noch die Chance, die Flasche Champagner zu bestellen, die ihr mir nicht bringen wolltet.« Er ging wieder um den Tisch herum, rückte Sarah wie ein Gentleman den Stuhl zurecht und setzte sich dann ebenfalls.

Sonja fielen sofort der federnde Gang eines Sportlers und sein athletischer Körperbau auf.

Alle setzten sich, und wenige Minuten später öffnete ein Kellner in ihrem Beisein eine Flasche Champagner, schenkte allen ein, und sie stießen auf einen netten Abend an.

Das Tischgespräch verlief ab dem Moment lebhaft und locker, als sich herausstellte, dass nicht nur Sarah und Roman sich für die klassische russische Literatur interessierten, sondern auch Sonja schon den einen oder anderen russischen Klassiker gelesen hatte.

Sonja befürchtete einen kurzen Moment, dass Gregor sich ausgeschlossen fühlen könnte, da er zu diesem Thema nichts beisteuern konnte. Dann aber bemerkte sie, dass er von dem Umstand angetan war, dass seine Schwester und sie ein gemeinsames Interesse hatten.

Als Sonja erwähnte, dass sie die russischen Klassiker in der Originalsprache gelesen hatte, blickte Gregor sie überrascht an.

»Was schaust du so erstaunt?«, fragte sie ihn. »Ich habe zwar erzählt, dass ich kein Französisch spreche, aber dafür kann ich eben ganz passabel Russisch und leidlich Finnisch.« Sie lachte. »Nun ja, vielleicht hatte ich noch nicht genug Zeit, dir von allen meinen Fähigkeiten zu berichten.«

Roman lachte nicht. Im Gegenteil, er hatte die Augenbrauen zusammengezogen und schien nachzudenken. »Naskolko khorosh tvoj russkij?« (*Wie gut ist dein Russisch?*), sprach er Sonja an.

»Vpolne dostatochno dlya razgovora, ya nadeyus!« (*Für eine Unterhaltung reicht es, hoffe ich!*), antwortete sie und bemühte sich um eine möglichst korrekte Aussprache.

Roman sah sie mit einem Ausdruck der Anerkennung an. »Ich bin beeindruckt. Deine Aussprache ist akzentfrei. Ich meine sogar, ich hätte da einen leichten Moskauer Einschlag herausgehört. Wo hast du Russisch gelernt, wenn ich fragen darf?«

Sonja wurde ein wenig verlegen. »Ich muss gestehen, dass ich zwei Gastsemester an der Lomonossow-Universität in Moskau studiert habe.«

»Täusche ich mich, oder war da noch mehr als nur zwei Gastsemester?«, fragte Roman mit einem anzüglichen Grinsen.

Sonja nagte an ihrer Oberlippe. Nach einem kurzen Seitenblick zu Gregor entschloss sie sich, die Wahrheit zu sagen. »Nein, du täuschst dich nicht. Ich hatte damals einen russischen Freund.« Sie zuckte mit den Schultern. »Hat aber nur eineinhalb Semester gehalten. Na ja, wenigstens hat er mir recht gut Russisch beigebracht.« Sie legte eine Hand auf Gregors Unterarm. »Das war lange, bevor ich dich kennengelernt habe.«

Gregor sah sie erstaunt an. »Ich habe nichts gesagt – nicht einmal gedacht.«

Sarah konnte sich nicht halten vor Lachen. »Das gibt's doch gar nicht. Ihr benehmt euch wie ein altes Ehepaar. Und dabei kennt ihr euch doch erst – wie lange genau? – eine Woche?«

»Was ist *dein* Geheimnis, Roman? Hast du eine Frau und Kinder in Moskau, die du verlassen hast?«, erkundigte sich Sonja leichthin. Es war ihr nicht angenehm, dass hier immer wieder der Eindruck entstand, Gregor und sie wären ein Paar. In den zwei Tagen, die er nun bei ihr wohnte, waren sie sich zwar nähergekommen, und da war sicherlich mehr als die Gefühle gegenüber einem Mitbewohner. Sie befürchtete sogar, dass da viel mehr war, als sie sich selbst eingestehen wollte. Aber noch war nicht mehr passiert.

Roman lachte. »Nein, mein Leben ist gänzlich unaufregend. Keine geheimen Geliebten, keine Ehefrau, keine Geheimnisse.«

Sonja hatte ihre Hand leicht auf Gregors Unterarm gelegt. Mit einem Mal spürte sie, wie er sich irgendwie versteifte. Sie sah ihn von der Seite an und bemerkte, dass er kurz die Kiefer aufeinanderpresste, bevor er mitlachte. Sein Lachen wirkte auf sie gezwungen, sie verbiss sich aber jeden Kommentar.

Das Gespräch entwickelte sich in eine andere Richtung, als Sarah begann, von Romans Vater, dem russischen Milliardär, zu erzählen. Die Fragen und Antworten waren für Roman offensichtlich nichts Neues: Wie hatte er seine Milliarden gemacht? Was hatte er vor der Auflösung der Sowjetunion beruflich getan? Die üblichen Fragen, die Roman routiniert beantwortete.

»Sei nicht so bescheiden, Ro«, forderte Sarah ihn fröhlich auf. Sie hatte ihnen bereits erzählt, dass sie ihn immer Ro nannte, da Roman ihr so steif erschien. »Dein Vater ist ein Selfmade-Milliardär, der aus dem Nichts ein Imperium aufgebaut hat.«

»Ich bitte dich, Sokrovishche, gib nicht mit meinem Vater an. Wenn du angeben willst, gib mit mir an!« Er gab ihr über den Tisch einen Kuss, und sie strahlte ihn an.

»Kann es sein, dass dein Vater deutsche Vorfahren hat?«, stellte Gregor völlig unerwartet eine Frage in Richtung Roman.

Dieser sah ihn erstaunt an. »Nein, nicht dass ich wüsste. Wieso fragst du?«

Gregor zuckte leicht mit den Schultern. »Rein statistisch gesehen, waren es in den meisten Ländern die deutschen Einwanderer oder deren Enkel, die es zu großem Reichtum gebracht haben. Und irgendwie klingt es doch auch so typisch deutsch. In Amerika waren es mit großer Mehrheit die Deutschen, die es vom Tellerwäscher zum Millionär geschafft haben.«

Roman lächelte verzeihend. »Nein, da muss ich dich enttäuschen. Dann scheint meine Familie die Ausnahme von der Regel zu sein.«

Sonja hatte ihre Hand die ganze Zeit auf Gregors Unterarm liegen lassen, und ihr war nicht entgangen, dass sich bei Romans Antwort erneut etwas in ihm verkrampft hatte. Was hatte das zu bedeuten? Sie nahm sich vor, Gregor später dazu zu befragen.

Das Gespräch plätscherte vor sich hin, und Sonja hatte das Gefühl, dass Gregor mit den Gedanken an einem anderen Ort war.

Irgendwann schien das auch Sarah aufzufallen. »Was ist los, Bruderherz? Du bist so abwesend. Was beschäftigt dich?«

»Wie? Ach so ... ja, der Fall, den ich gerade bearbeite. Der nimmt mich ziemlich in Beschlag. Es fällt mir schwer, mich auf etwas anderes zu konzentrieren. Ich war tatsächlich mit den Gedanken woanders. Ich glaube, ich bin heute keine gute Gesellschaft.«

»Ach«, Roman horchte merklich auf, »ein interessanter Fall? Sarah hat mir zwar erzählt, dass du bei der Mordkommission bist, aber nicht, was genau du dort machst. Was ist das für ein Fall?«

Bevor Gregor eine Antwort geben konnte, sprang Sarah in die Bresche: »Ro, lass ihn bitte. Ich habe dir doch gesagt, dass er darüber nicht sprechen darf. Er nimmt das sehr ernst. Er erzählt nicht mal mir Einzelheiten von Fällen.«

»Oh ja, natürlich. Entschuldige, Gregor, ich war einfach neugierig.«

»Kein Problem«, winkte Gregor ab, »ich bin das gewohnt. Ich hoffe einfach nur, dass die Leute, die sich für meine Arbeit interessieren, auch Verständnis für mein Schweigen haben. Ich habe mir sagen lassen, dass es immer sehr unhöflich wirkt, wenn ich ein Geheimnis aus meiner Arbeit mache.«

»Nein, nein, das ist doch natürlich!« Roman wirkte weder beleidigt noch enttäuscht.

Entgegen seinen Äußerungen spürte Sonja, dass Gregor mehr als nur ein wenig angespannt war. Er wirkte verkrampft und gleichzeitig nachdenklich. Sie schob es auf sein Asperger-Syndrom, aber im Hinterkopf nagte der Gedanke an ihr, dass da mehr war. *Was verbirgt er vor mir?*

Mit Gregor in ihrer Wohnung angekommen, sprang Sonja schnell unter die Dusche.

Als die erfrischenden, lauwarmen Tropfen auf ihre nackte Haut prasselten, sprang sie die Überlegung an, ob Gregor jetzt gerade im Wohnzimmer saß und sie sich nackt unter der Brause vorstellte. Die Vorstellung erregte sie. Ärgerlich über sich selbst, schob sie den Gedanken beiseite und drehte den Temperaturregler kurzerhand auf kalt.

Wenige Minuten später kam sie mit einem fast knielangen Hemd, wie sie es zum Schlafen eigentlich sonst nur im Winter trug, ins Wohnzimmer. Im Sommer schlief sie normalerweise nackt, aber das konnte sie Gregor nicht noch zusätzlich zumuten. »Du kannst jetzt gerne auch duschen.«

Gregor, der noch vollkommen angekleidet auf der Schlafcouch im Wohnzimmer gelegen hatte, sprang auf und verließ das Zimmer ohne ein Wort in Richtung Bad.

Sonja zog sich ins Schlafzimmer zurück und legte sich aufs Bett. Sie konnte es nicht verhindern, dass ihre Gedanken nun genau in die Richtung wanderten, die sie Minuten zuvor Gregor hatte unterschieben wollen. Sie stellte sich seinen Körper unter der Dusche vor, und ein warmes Prickeln machte sich in ihrem Bauch breit.

*Verdammt, wir sind Freunde – nicht mehr. Fang jetzt nicht an, dich in sexuellen Schwärmereien zu verlieren.* Als sie hörte, wie sich die Badezimmertür öffnete und wieder schloss, rief sie ein lautes »Gute Nacht!« und hörte ein nicht ganz so lautes »Gute Nacht« zur Antwort.

Sie lauschte weiter. Gregor war offensichtlich innerhalb von Minuten eingeschlafen – aber er schlief sehr unruhig. Er wälzte sich hin und her, stöhnte und murmelte Unverständliches vor sich hin, und das so laut, dass Sonja es selbst im Schlafzimmer hören konnte. Ihn schien einiges zu beschäftigen.

Sonja konnte überhaupt keinen Schlaf finden. Zum einen machte sie sich Sorgen um Gregor, zum anderen ging ihr der Ablauf des Abends immer wieder durch den Kopf.

Gregor hatte sich selbst für seine Verhältnisse sehr seltsam verhalten. Sie hätte gedacht, dass er schon ein wenig weiter in seiner Ausbildung zu einem am sozialen Leben teilnehmenden Menschen gekommen war. Den anderen war es vermutlich nicht aufgefallen, aber gerade bei Roman war sie sich überhaupt nicht sicher. Der junge Mann war ihr ein Mysterium. Er wirkte anziehend, sympathisch, begehrenswert und anständig. Aber irgendetwas störte sie – sie konnte es nur nicht genau festmachen. Roman »Ro« Zentsveyg – der Name brachte irgendetwas in ihr zum Klingen – in welchem Zusammenhang hatte sie ihn schon gehört?

Sie zermarterte sich das Hirn, aber wie so oft, wenn man mit Gewalt einen Gedanken fassen wollte, entfleuchte er ihr immer weiter, je konzentrierter sie versuchte, ihn zu erhaschen. Einen kurzen Moment dachte sie daran, Gregor zu wecken, aber dann fiel ihr ein, dass er ihr heute Nacht sowieso nicht mehr helfen könnte, so müde, wie er war.

Im Lokal hatte Gregor kurz vor Mitternacht seine Müdigkeit verkündet und erwähnt, dass er am nächsten Morgen früh zur Arbeit musste.

Auf der Heimfahrt hatte sie seine Schweigsamkeit nicht mehr ausgehalten. »Was war das eben mit Roman?«

»Ich weiß nicht«, hatte er seufzend begonnen, »ich … ich bin wirklich müde, das war keine Ausrede. Lass uns morgen darüber reden.«

Sie hatte sich damit zufriedengegeben und stellte nun in ihrem Bett auch fest, dass morgen früh immer noch Zeit war, gemeinsam an der Frage zu arbeiten und dann vielleicht einer Lösung auf die Spur zu kommen. Also entschloss sie sich, ihn – wenn auch unruhig – schlafen zu lassen. Trotz dieser Entscheidung war sie lange Zeit nicht in der Lage, zur Ruhe zu kommen. Gegen 4:00 Uhr fiel sie schließlich völlig erschöpft in einen tiefen Schlaf.

## 33. KAPITEL

Es waren die rasenden Kopfschmerzen, die Jakob Mandelbaum abrupt aufwachen ließen. »Oh verdammt, was …?«

Er wollte sich an den Kopf fassen und bemerkte, dass er seine Hände nicht bewegen konnte. Es war dunkel, aber er erkannte, dass er sich in der Bibliothek befand. Er saß auf einem der Stühle mit Holzarmlehnen, und seine Unterarme waren an die Lehnen gefesselt. Er wollte die Beine bewegen und musste feststellen, dass die Unterschenkel an die vorderen Stuhlbeine gebunden waren. Was auch immer ihn an dem Stuhl fixierte, schnitt nicht in sein Fleisch ein. Er vermutete, dass es sich um Klebeband handelte. Alles Rütteln und Zerren veränderte nichts an seiner Situation. »Was soll das?«, schrie er voller Angst. Es erfolgte keine Reaktion. Er wusste nicht, wie spät es war, aber der Umstand, dass es dunkel war, sagte ihm um diese Jahreszeit, dass es etwa 23:00 Uhr sein musste.

Krampfhaft versuchte er, sich seine letzte Erinnerung ins Gedächtnis zu rufen. Er hatte hier in der Bibliothek in einem Ohrensessel gesessen, einen Whisky getrunken und über die ganze Situation nachgedacht. Er erinnerte sich noch, dass ihm ein wenig schwindlig geworden war und er überlegt hatte, ob er vielleicht krank würde. Dann war er in dieser Situation aufgewacht.

»Hallo, ist da jemand? Hilfe!« Ihm fiel ein, dass die Hausangestellten nachts nicht in der Villa waren. Der letzte verließ das Haus gegen 21:00 Uhr – außer Jonathan. Er war der Einzige, der eine eigene kleine Wohnung im Gebäude hatte.

»Jonathan!«, schrie er, so laut er konnte. Er hatte wenig Hoffnung, dass der Butler ihn hören würde, denn dessen kleines Appartement befand sich weit entfernt und ein halbes Stockwerk tiefer. Wahrscheinlich war er schon längst zu Bett gegangen. Jakob war bekannt, dass sich der viel ältere Mann üblicherweise noch vor 22:00 Uhr niederlegte.

Verzweiflung und Todesangst ergriffen Besitz von ihm. Hatte der Killer, der Immanuel rächte, nun ihn in seinem mörderischen Griff? Was würde er mit ihm machen? Er hatte keinen Zweifel, dass sein Leben in akuter Gefahr war.

Als sich der Griff der großen schweren Eingangstür mit einem leisen Quietschen langsam nach unten senkte, schrak er zusammen. O Gott, ich will noch nicht sterben!

Die Tür öffnete sich mit quälender Langsamkeit und – Jonathan betrat das Zimmer. Gott sei Dank. Gerettet!

»Sie wünschen, gnädiger Herr?«

»Verdammt, siehst du nicht, dass ich gefesselt bin, du alter Narr. Mach mich los! Vermutlich ist der Angreifer noch im Haus. Beeil dich gefälligst!«

Jonathan machte nicht den Eindruck, als habe er es eilig. »Ich entnehme Ihren Worten, dass Sie wünschen weiterzuleben, gnädiger Herr.«

Jakob starrte Jonathan entgeistert an. »Was …?«

Jonathan fuhr unbeirrt fort: »Ich denke, auch Aaron und seine Frau hätten gerne noch eine Zeit lang gelebt. Ich bin mir sicher, sie hätten ihre Kinder gerne aufwachsen sehen. Er und Rebecca waren noch so jung.« Jonathan hatte beim Eintreten die Zimmerbeleuchtung eingeschaltet, war an den Stuhl herangetreten und stand nun nur noch wenige Zentimeter von Jakob entfernt.

O Gott, hilf mir. Er ist es. Er hat sie alle umgebracht, und jetzt bin ich an der Reihe, durchfuhr es Jakob. Was hat er mit mir vor? Wie kann ich ihn davon abhalten?

Der alte Butler beugte sich ein wenig nach vorne, was ihm sichtlich schwerfiel. Aber er schien die Schmerzen in seinem Rücken nicht zu beachten. Sein Gesicht war nur noch wenige Zentimeter von Jakobs angstgeweiteten Augen entfernt. »Es muss grauenvoll gewesen sein, in dem Wagen zu verbrennen. Nach dem Polizeibericht waren beide noch am Leben, als sie den Flammen zum Opfer fielen. Womit hatten sie das verdient?«, fragte er gefährlich leise.

»Jonathan, bitte, lass uns reden!« Die Todesangst ließ Jakobs Stimme fast hysterisch klingen.

»Genau deshalb bin ich jetzt hier, und genau deshalb bist du noch nicht tot, du erbärmlicher Wurm. Ich kenne dich von deiner Geburt an, und ich kannte und liebte deinen Bruder Aaron. Ich war der Einzige, den er hatte, denn dein Vater Saul hat ihn abgelehnt und du hast ihn verachtet. Dabei war er der bessere Mensch von euch beiden.«

Tränen rannen nun über Jakobs Gesicht. »Bitte, Jonathan, tu nichts Unüberlegtes. Wir können doch über alles reden.«

Jonathan richtete sich wieder auf, streckte die morschen alten Knochen – und lachte. »Gerne«, entgegnete er, als er sich beruhigt hatte. »Im Übrigen habe ich mir alles sehr gut überlegt. Seit 24 Jahren habe ich nichts anderes getan, als mich für diesen Moment zu rüsten, ihn mir auszumalen. Das hat mich am Leben erhalten.« Er lachte wieder, aber es war ein trauriges Lachen. »Der gnädige Herr heulend und bettelnd vor mir auf den Knien – na ja, wenigstens sinnbildlich.« Er betrachtete Jakob abschätzig. Das leise Wimmern schien er nicht zu hören. »Ich denke, ich bin ein gerechter Mann. Also will ich dir noch eine Chance geben.«

Hoffnung! Jakob hörte auf zu winseln und sah Jonathan mit fragenden Augen an.

»Nenne mir einen Grund, nur einen, warum Aaron sterben musste. Aber der Grund darf nichts mit Besitz, Erbe, Geld oder der Bank zu tun haben. Wenn du mich überzeugst, lasse ich dich leben.«

Selbst in der Todesangst war Jakob Mandelbaum noch ein Mann, der seine Gedanken auf eine Sache konzentrieren konnte. Das Bankgeschäft hatte ihn zu einem gewandten Redner und großen Überzeuger gemacht. Er wäre in der Lage gewesen, dem Eskimo den sprichwörtlichen Kühlschrank zu verkaufen. Jetzt konnten ihn nur noch diese rhetorischen Fähigkeiten retten. Doch ging es diesmal nicht um ein Geschäft, sondern um sein Leben. Er überlegte fieberhaft. Dann begann er eindringlich und im Brustton der Überzeugung, auf Jonathan einzureden: »Die Schande, Jonathan. Es war die Schande, mit der ich nicht leben konnte und die mich dazu zwang, so zu handeln. Das mit Rebecca tut mir leid, das war so nicht geplant. Aber Aaron wollte alles öffentlich machen. Die Schandtaten unseres Vaters, mit denen ich ebenfalls nie einverstanden gewesen war, einfach alles. Ich hätte mit dieser Schande nicht leben können. Es tut mir so leid, ich habe meinen Bruder auch geliebt, und es hat mir fast das Herz aus der Brust gerissen, als er mich zu dieser Entscheidung zwang.«

Jonathan sah ihn an, als habe er ihn noch nie zuvor gesehen. »Ich kann es nicht fassen. Du wagst es, mir eine solche Lüge aufzutischen? Nur um dein armseliges Leben zu retten?« Er schüttelte ungläubig den Kopf. »Aber ich muss zugeben …«, er machte eine Pause.

Gott sei Dank, er sieht es ein!

»Ich muss zugeben«, setzte Jonathan erneut an, »dass ich weder enttäuscht noch wirklich überrascht bin. Ich hatte nichts anderes erwartet. Damit ist trotz dieses lächerlichen Versuchs dein Schicksal besiegelt.« Er drehte sich um und verließ langsam den Raum.

»NEIN – bitte, Jonathan, gib mir eine Chance«, schrie Jakob aus vollem Hals hinter ihm her. »Bitte …!«

Jonathan kam zurück. In der Hand hielt er ein Glas mit einer klaren Flüssigkeit. Er stellte es auf dem Boden ab und zog einen anderen der gepolsterten Holzstühle heran, bis er gegenüber von Jakob stand.

»Nein, bitte nicht. Lass mich leben!«, flehte Jakob ihn an.

»Ach so, du denkst, ich will dich mit dem Inhalt dieses Glases vergiften, nicht wahr? Nein, nein, ganz falsch. Das wäre viel zu einfach. Ich will dich auch nicht sterben sehen. Am Ende bekäme ich noch Mitleid – obwohl ich das nicht glaube. Nein, das Getränk ist für mich. Ich sagte doch, ich hatte lange, sehr lange Zeit, mich auf diesen Augenblick vorzubereiten.« Er hob das Getränk an die Nase und roch daran. Er schüttelte wie verwundert den Kopf. »Seltsam, es riecht wie Wasser und soll doch so potent sein. Aus nachvollziehbaren Gründen konnte ich es nicht ausprobieren. Zerbrich dir nicht den Kopf, ich werde dich nicht unwissend sterben lassen.«

Jakob hatte wieder angefangen zu wimmern und zu schluchzen. »Bitte … Jonathan … tu das nicht!«

»Ich werde nun dieses Glas leer trinken«, fuhr Jonathan völlig ungerührt fort. »Ich muss es jetzt bald tun, sonst wird es zu spät für mich. Laut den mir vorliegenden Informationen sollte ich danach innerhalb von einer Minute tot sein. Also wirst du es sein, der mich sterben sieht. Ich habe allerdings soeben in der Küche und an drei anderen Stellen der Villa Feuer gelegt. Mach dir keine Hoffnungen, es wird sich so schnell ausbreiten, dass es nicht mehr zu löschen sein wird, dafür habe ich gesorgt. Bis es allerdings hier in der Bibliothek ist, kann es schon ein paar Minuten dauern.« Bedauern schlich sich in seinen Blick. »Es ist wirklich schade um die ganzen Bücher – und natürlich um die Villa. Aber ich denke, Gregor und Sarah werden den Verlust verschmerzen. Sie haben nicht wirklich viele schöne Erinnerungen an diesen Ort. Und sie haben inzwischen ein neues Leben gefunden.«

Er gab sich einen Ruck, beugte sich zur Seite und nahm das Glas wieder vom Boden auf. »Es wird Zeit. Glaubst du an die Hölle? Ach nein, du glaubst ja nicht mal an Gott. Aber ich denke, du wirst in den nächsten Minuten die Hölle erleben. Denk dabei daran, dass du nur das durchleben musst, was du auch Aaron und Rebecca angetan hast.« Mit diesen Worten setzte er das Glas an die Lippen und nahm den Inhalt in zwei großen Schlucken zu sich.

»NEEEEIIIN – lass mich nicht sterben … Jonathan!«, schrie Jakob verzweifelt und rüttelte und zerrte mit aller Kraft an seinen Fesseln, um sich zu befreien. Aber sowohl seine Arme als auch seine Beine waren mit so viel Klebeband an den Stuhl gebunden, dass er sich keinen Millimeter bewegen konnte. Er brüllte und tobte, aber es half nichts.

Er bekam nicht einmal mit, wie Jonathan das Glas aus der Hand fiel und er langsam die Augen schloss. Er stieß noch einen letzten langen Seufzer aus – dann war er tot. Auf seinen Lippen lag ein zufriedenes Lächeln.

Jakob hörte erschöpft für einen Moment auf zu schreien und sich zu winden. In diesem Moment der Stille hörte er ein zunächst leises Knistern und Prasseln. Es dauerte einen Moment, bis er das langsam lauter werdende Geräusch als das identifizierte, was es war – die Stimme des sich nähernden Feuers, das sich langsam durch die Villa fraß und dabei das Holz knistern ließ, welches es zerstörte.

In den nächsten fünf Minuten hörte Jakob nicht mehr auf zu schreien. Er schrie um Hilfe, betete zu dem Gott, an den er nie geglaubt hatte, verfluchte ihn mit dem nächsten Atemzug und flehte mit dem übernächsten um Gnade.

Aber das Feuer ließ sich auf keinen Handel ein. Unbarmherzig fraß es sich durch alle Stockwerke, alle Räume, und binnen kürzester Zeit brannte die gesamte Villa lichterloh.

Als die durch Nachbarn alarmierte Feuerwehr eintraf, war das Flammenmeer so allumfassend, dass die einzige Prämisse der Einsatzkräfte lautete: Verhindern von starkem Funkenflug, der Brände auch auf weit entfernten Nachbargrundstücken verursachen könnte. Die Villa war nicht mehr zu retten.

Der durch die Flammen verursachte Lärm, das Geräusch explodierender Balken und Glasscheiben in Verbindung mit dem ohrenbetäubenden Rauschen des aus den Schläuchen schießenden Wassers waren so laut, dass niemand in der Lage war, die zu Beginn der Löscharbeiten noch erschallenden gellenden Schmerzensschreie aus der Bibliothek zu hören. Sie währten auch lediglich wenige Sekunden, dann gab es nur noch das Feuer.

## 34. KAPITEL

Als Sonja gegen 10:00 Uhr mit einem Ruck erwachte, war sie zunächst verwirrt. Warum habe ich verschlafen? Schläft Gregor auch noch? »Gregor?«, rief sie fragend ins Wohnzimmer.

Sie stand auf, ging hinüber und sah die leere Bettcouch. Dann wandte sie sich zum Bad, klopfte kurz an und rief erneut: »Gregor?« Keine Antwort. Wo war er?

Sie ging in die Küche, um sich den ersten Kaffee des Morgens zu machen. Auf dem Küchentisch lag ein großer Zettel, auf dem in ordentlicher Handschrift stand:

*Guten Morgen, liebe Sonja,*

*es tut mir leid, aber ich wurde wegen eines dringenden Einsatzes ins Präsidium gerufen. Ich weiß noch nicht, was passiert ist, aber ich werde dich anrufen. Du hast so fest und selig geschlafen, dass du noch nicht einmal mein Handy gehört hast. Deshalb wollte ich dich nicht aufwecken und habe mich einfach so davongestohlen. Sei bitte nicht böse. Vielen Dank noch mal für dein Verständnis gestern Abend.*

*Fühle dich umarmt und gedrückt.*

*Gregor*

Trotz der Enttäuschung über seine Abwesenheit musste sie lächeln. Sie stellte überrascht fest, dass sie sich auf das gemeinsame Frühstück gefreut hatte und … dass sie bedauerte, dass er nicht anwesend war. Angenehme Gefühle durchströmten sie, wenn sie an ihn dachte. Kann das wirklich etwas werden? Immer ernsthafter hatte sie in den letzten Tagen daran gedacht, eine wirkliche Beziehung mit ihm einzugehen.

Wäre gestern nicht das lange Treffen mit seiner Schwester und Roman gewesen und wäre er nicht so müde und abwesend gewesen – wer weiß, vielleicht hätte sie ihn tatsächlich in ihr Bett eingeladen.

In Gedanken verloren, ging sie zurück ins Schlafzimmer, zog sich eine Jeans und ein T-Shirt über, kehrte in die Küche zurück und füllte die Kaffeemaschine mit Wasser. Sie wurde jäh durch ein hektisches Klingeln aus den angenehmen Träumen von einer möglichen gemeinsame Zukunft in die harte Gegenwart zurückgeholt.

Sie ging zur Wohnungstür, blickte durch den Türspion und schreckte zunächst ein wenig zurück. Davor stand Roman, aber er sah schrecklich aus. Seine Haare waren zerzaust, er trug kein Jackett, und sein Hemd war an der rechten Schulter zerrissen. Er wirkte gehetzt und sah sich immer wieder um. Er wirkte ganz und gar nicht wie der überlegene Lebemann, den ihm jeder gestern Abend abgenommen hatte.

Sein Anblick brachte aber auch wieder die Erinnerung an ihre gestrigen erfolglosen Bemühungen zurück, dem Geheimnis des jungen Mannes auf die Spur zu kommen. Bevor sie sich allerdings weitere Gedanken dazu machen konnte, drückte Roman draußen erneut mehrmals auf die Klingel. Zusätzlich klopfte er noch an die Tür und rief: »Sonja, Gregor, seid ihr da? Es ist etwas Furchtbares passiert!«

Sarah!, durchfuhr es Sonja siedend heiß. Sie riss die Tür so plötzlich auf, dass Roman davor erschrocken zurückfuhr. »Was ist passiert? Ist etwas mit Sarah? Hattet ihr einen Unfall?«

»Ist Gregor auch hier?«, fragte er, ohne auf ihre Fragen einzugehen.

»Nein, der ist zur Arbeit, aber ich kann ihn jederzeit auf seinem Handy anrufen. Was ist los?«

Ohne sie weiter zu beachten, drängte er an ihr vorbei und ging wortlos durch die kleine Diele ins Wohnzimmer.

Als sie kopfschüttelnd hinter ihm hersah und sich fragte, was Roman nun wirklich mitzuteilen hatte, durchfuhr sie die Erkenntnis wie ein Blitz. Das ist es! Mein Gott. Das, worauf ich gestern Nacht nicht gekommen bin. Wie konnte ich nur so blind sein? Schauer liefen ihr eiskalt den Rücken hinunter, und sie war sich der gesamten Tragweite dessen, was ihr nun klar war, noch nicht wirklich bewusst. Sonja schloss die Tür und eilte hinter Roman her.

*

Gregor stand fassungslos mit dem gesamten Team vor den rauchenden Trümmern der Villa Mandelbaum. Jenny und Mutti hielten sich dicht bei ihm und versuchten, ihm Trost zu spenden. Alsmann und Schmuddel drückten sich, etwas hilflos wirkend, einige Schritte entfernt herum und beobachteten abwechselnd die noch immer andauernden Löscharbeiten und Gregor mit Jenny und Mutti. Die eigentlich für Polizeibeamte nicht ungewöhnliche Situation überforderte sie aufgrund der für sie neuen persönlichen Note völlig. In keiner Ausbildung war die Rede von der Opfer- oder Angehörigenbetreuung nach Straftaten, wenn es sich um einen Kollegen handelte.

»Zum Glück ist dir nichts passiert!«, »Stell dir vor, du hättest noch hier gewohnt« und »Das sind doch nur materielle Werte, nichts, was nicht wieder aufgebaut werden könnte«. Das waren die hilflosen Versuche, ihn wieder aufzurichten. Doch gerade der letzte Versuch, ihm Mut zuzureden, verursachte die größten Sorgen. War es wirklich nur materieller Schaden, oder waren noch Personen in der Villa gewesen? Was war mit Jonathan oder seinem Onkel? Dass er sie telefonisch nicht erreichen konnte, war nicht ungewöhnlich, denn vielleicht waren auch ihre Handys in der Villa zerstört worden. Waren sie vielleicht in irgendeinem Krankenhaus und erreichten ihn nur nicht?

Fragen über Fragen, aber keine Antworten. Der Einsatzleiter der Feuerwehr wusste nichts über etwaige Bewohner, die das Haus noch rechtzeitig hatten verlassen können und vielleicht ins Krankenhaus gebracht worden waren.

Inzwischen rückten die ersten Löschzüge ab. Noch immer waren zwei Fahrzeuge mit ihren Besatzungen anwesend, die den rauchenden Schutt weiterhin mit Wasser besprühten, damit eventuell noch glimmende Teile das Feuer nicht neu entfachen konnten. Gleichzeitig waren Männer in Schutzanzügen mit Pressluftflaschen auf dem Rücken und mit Äxten bewaffnet dabei, die rauchenden Trümmer auseinanderzureißen und festzustellen, wo Einsturzgefahr bestand und wo die Gebäudereste sicher waren.

Nach Aussage des Einsatzleiters war die Meldung über den Ausbruch des Feuers um 23:09 Uhr bei der Leitstelle eingegangen. Nun erstattete er Gregor einen vorläufigen Bericht. »Bei Eintreffen des ersten Löschzuges war das Feuer schon so weit fortgeschritten, dass eine Rettung des Gebäudes von vorneherein als aussichtslos zu betrachten war«, erklärte er dem schweigend zuhörenden Gregor und den beiden bei ihm stehenden Frauen. »Ich habe allerdings den begründeten Verdacht, dass es bei dem Ausbruch des Feuers nicht mit rechten Dingen zugegangen ist. Ich gehe aufgrund meiner Erfahrung davon aus, dass es sich um Brandstiftung handeln muss.« Er bemerkte die fragenden Blicke seiner Zuhörer und ergänzte: »Das Feuer hat entschieden zu schnell auf alle Teile des Hauses übergegriffen. Üblicherweise gibt es einen Brandherd, von dem als Zentrum sich der Brand langsam und konzentrisch ausbreitet und in dem die Zerstörung stärker ist als im restlichen Teil eines Gebäudes. Das ist hier definitiv nicht der Fall. Die Villa muss innerhalb sehr kurzer Zeit nahezu in Gänze in Flammen gestanden haben. Entweder ist der Brand gleichzeitig an mehreren Stellen ausgebrochen oder es war ein Brandbeschleuniger im Spiel, der die Ausbreitung schneller hat voranschreiten lassen – beides untrügliche Zeichen für Brandstiftung.«

»Wann können Sie mir dazu genauere Informationen geben?«, fragte Gregor ruhig.

Der Feuerwehrmann überlegte einen kurzen Augenblick. »Das werden die Spezialisten für Brandermittlungen sowohl von der Kripo als auch von der Feuerwehr nun im Nachhinein leicht feststellen können, allerdings erst, wenn der Brand endgültig gelöscht ist. Ich denke, Sie werden spätestens in ein, zwei Tagen Gewissheit darüber haben, was genau passiert ist«, versicherte er Gregor. Er konnte sich nicht verkneifen, noch hinzuzufügen: »Da Sie ja ein Kollege sind, denke ich mal eher, in einem Tag.«

Bevor Gregor darauf antworten konnte, entstand ein Tumult in der Nähe der Trümmer. Einer der Feuerwehrleute war aus der Ruine gestürzt, hatte sich die Atemschutzmaske vom Gesicht gerissen und schrie mit sich überschlagender Stimme: »Da sind zwei Leichen … ich habe zwei Leichen entdeckt … verdammt, mach doch einer was!« Er war völlig aufgelöst, und als zwei Kollegen ihn an Gregor vorbeiführten, sah dieser, dass es sich um einen sehr jungen Mann handelte. Er hatte offensichtlich noch nicht viele Brandleichen gesehen, und Gregor konnte sein Entsetzen verstehen.

Er hatte es nicht eilig, den Einsatzleiter zu fragen, wann sie sich die Leichen und die Auffindesituation ansehen konnten. Für ihn stand mit sehr hoher Wahrscheinlichkeit fest, dass es sich bei den beiden Toten um Jonathan und seinen Onkel Jakob handeln musste. Alles andere wäre eine riesige Überraschung und vollkommen unlogisch.

Ihn beschäftigten momentan ganz andere Fragen: War dies das Werk des Rächers von Immanuel Rosenzweig? War er – Gregor – zu langsam in seinen Ermittlungen gewesen, und hätte er diese beiden Tode verhindern können?

Er fühlte etwas wie Frustration, und zwar darüber, dass er die Gefahr für Jonathan und dessen daraus resultierenden Tod nicht hatte voraussehen können. Aber er war viel zu sehr Logiker, als dass er sich die Schuld gegeben hätte. Schuldig war derjenige, der den Brand gelegt hatte, und dass es sich um Brandstiftung handelte, stand für ihn ohne jeden Zweifel fest.

Wie hätte er es vorher wissen und Jonathan retten können? Bisher waren noch nie Unbeteiligte in Mitleidenschaft gezogen worden. Doch dann fiel ihm der Fahrer des Lieferwagens ein, auf den Ella Löwenstin gefallen war. Der war an einem Herzinfarkt gestorben. Außerdem hätte die herabstürzende Platte des Fernsehturms, auf der Samuel Itzigman in den Tod gestürzt war, ohne Weiteres einen oder mehrere der unten stehenden Besucher erschlagen können.

Also hatte der Täter immer Kollateralschäden in Kauf genommen. Vielleicht auch im Falle seines Onkels Jakob den eigentlich völlig unbeteiligten Butler – seinen Ziehvater Jonathan.

Schmuddel hatte abseits seit einigen Minuten telefoniert und gleichzeitig seinen Tablet-Computer bedient. Nun eilte er auf Gregor zu, und man sah ihm an, dass er aufregende Neuigkeiten zu verkünden hatte. »Gregor, du glaubst nicht, was ich gerade erfahren habe! Rate mal, welches Ergebnis ich eben bekommen habe.« Es war typisch für Schmuddels wenig sensibles Gemüt, dass er die Situation von Gregor nicht bedachte.

»Schmuddel, seien Sie so gut, und berichten Sie einfach. Ich bin im Moment nicht wirklich in der Stimmung für Ratespiele. Ich habe gerade erfahren, dass der Mann, der mich großgezogen hat, sehr wahrscheinlich tot in den Trümmern dieses Hauses liegt«, entgegnete Gregor müde.

Schmuddel wurde blass. »Oh … entschuldige … natürlich«, stotterte er verwirrt, widmete sich noch einmal kurz seinem Tablet-Computer und begann dann zu berichten: »Die Ergebnisse der DNA-Untersuchung sind da. An dem Zigarettenstummel waren gerade noch ausreichende DNA-Reste vorhanden, um daran eine zweifelsfreie Bestimmung durchzuführen. Derjenige, der die Zigarette im Mund hatte, ist auf keinen Fall mit dir verwandt. Also ist die Theorie, dein Vater hätte sich eine Zigarette angesteckt und dadurch den angeblichen Unfall verursacht, endgültig vom Tisch.« Er machte eine inhaltsschwere Pause, damit Gregor zuerst einmal diese Information verdauen konnte, bevor er fortfuhr: »Aber es kommt noch besser … was meinst du, was sie noch herausgefunden haben?«

Ein böse gezischtes »Schmuddel!« von der neben ihm stehenden Jenny brachte ihm wieder das Besondere an der Situation in Erinnerung. »Ach so, ja … also, wir haben mit der festgestellten DNA sogar einen Treffer in der Datenbank gelandet.«

Diese Aussage ließ Gregor überrascht aufhorchen. »Nach 24 Jahren? Zu dieser Zeit hat man DNA noch nicht bestimmen können und schon gar keine Vergleichsspuren gesammelt. Diese Technik wird in Deutschland erst seit 1988 vor Gericht verwendet, und die BKA-DNA-Datei gibt es erst seit 1998. Den genetischen Fingerabdruck hat Sir Alec John Jeffreys überhaupt erst 1984 entdeckt, als er …«

»Gregor«, unterbrach ihn Mutti, »lass es gut sein – bitte.«

In seinem emotional aufgewühlten Zustand war er in sein typisches Verhaltensmuster verfallen, das ihn automatisch sein enzyklopädisches Wissen abspulen ließ, wenn er zu einem Thema die richtigen Informationen hatte. Er stoppte sofort und nickte Mutti verstehend zu.

Schmuddel grinste unverschämt und der momentanen Situation völlig unangemessen. Aber alle waren viel zu gespannt auf seine Information, als dass ihn jemand gemaßregelt hätte. »Nein, nein, wir haben auch mal Glück gehabt. Die DNA gehört einem Hannibal Schmidt. Könnt ihr euch das vorstellen? Hannibal – wie in Hannibal Lecter, der Menschenfresser aus diesem Film mit …!« Ein Ellenbogenstoß von Jenny ließ ihn beinahe sein Tablet fallen lassen. Eilig fuhr er fort: »Also, dieser Ha… äh … dieser Schmidt ist erst vor vier Jahren in die Datenbank gekommen, wegen Kindesmissbrauchs. Ich habe mir seine elektronische Kriminalakte zusenden lassen und seine Lebensgeschichte studiert. Der Kerl ist mehrfach vorbestraft, wegen Körperverletzung, sexueller Belästigung und einiger anderer Delikte. Den Unterlagen nach ein richtiger Sadist. Bei dem Kind, das er vor vier Jahren missbraucht hat, hat er sich dann nicht mehr zurückhalten und rechtzeitig aufhören können. Es ist an zahlreichen Verletzungen aufgrund der Misshandlungen gestorben. Es handelte sich übrigens um einen achtjährigen Jungen. Schmidt sitzt derzeit lebenslänglich mit anschließender Sicherheitsverwahrung in der Justizvollzugsanstalt Frankfurt-Preungesheim. Ich habe mir dann auch seinen Lebenslauf angesehen, und ob ihr es glaubt oder nicht, der Kerl ist bis vor 15 Jahren bei der Mandelbaum-Bank beschäftigt gewesen. Dort hat er als Mitarbeiter des Wachschutzes Kollegen beklaut und ist irgendwann gefeuert worden.«

Gregor hatte aufmerksam zugehört. Dass der Unfall seiner Eltern plötzlich zur Sprache gekommen war, hatte ihm zwar einen erneuten Stich versetzt, aber er war gefasst. Und er war abgelenkt durch die Erkenntnis, dass er nun sehr wahrscheinlich wusste, wer seine Eltern ermordet hatte. Durch die Verbindung zur Mandelbaum-Bank stand für ihn nun auch mit sehr hoher Wahrscheinlichkeit fest, dass Jakob Mandelbaum diesen Mord an seinem eigenen Bruder in Auftrag gegeben hatte. Nur dass es jetzt nicht mehr möglich war, seinen Onkel mit den Erkenntnissen zu konfrontieren, geschweige denn zur Rechenschaft zu ziehen.

»Schmuddel, das war sehr gute Ermittlungsarbeit.« Der Versuch, den Mitarbeiter zu loben, klang hölzern, war aber aufrichtig gemeint. »Seien Sie bitte so gut und fahren Sie mit Mutti in die JVA.« Er sah beide eindringlich an. »Nehmen Sie sich den Kerl vor und versuchen Sie herauszufinden, ob er den Auftrag für den Mord tatsächlich von Jakob Mandelbaum bekommen hat. Angesichts der Tatsache, dass mein Onkel Jakob sehr wahrscheinlich eine der beiden Leichen in der Villa ist, scheint das zwar nicht mehr viel zu bringen, aber es gibt Gründe, dennoch zu Ende zu ermitteln.«

Beide nickten und stellten keine Fragen. Die Gründe waren ihnen ebenso bekannt wie Jenny und Alsmann. Erstens war der Tod von Jakob Mandelbaum noch nicht bestätigt, und zweitens war es ein unverzichtbarer Beitrag zu Gregors Seelenfrieden, den Mord an seinen Eltern bis in alle Einzelheiten aufzuklären. Dabei war es unerheblich, ob ein Anstifter oder Auftraggeber noch bestraft werden konnte – allein das Wissen um die Zusammenhänge konnte Gregor vielleicht Frieden geben. Die beiden machten sich sofort auf den Weg.

Gregor wandte sich Dieter Alsmann und Jenny zu. »An Sie beide habe ich auch eine große Bitte. Ich weiß nicht, ob ich es über mich bringe und wie ich es verkraften würde, mir dort drinnen die Leiche meines Ziehvaters anzusehen.« Er musste heftig schlucken und bekam feuchte Augen. Nur mit Mühe konnte er die Tränen unterdrücken.

Jenny trat an ihn heran und legte ihm mitfühlend die Hand auf den Oberarm. »Mach dir keine Sorgen, Gregor. Wir übernehmen das für dich, kein Problem. Wir werden alles tun, um so schnell wie möglich Klarheit über die Identität der beiden Opfer zu bekommen. Du brauchst dich damit nicht zu befassen. Nicht wahr, Dieter?«, ergänzte sie mit einem Seitenblick auf Alsmann.

»Selbstverständlich. Gar keine Sache. Kümmere du dich ruhig um etwas anderes.«

»Es gibt da tatsächlich etwas, das ich dringend tun müsste«, erläuterte Gregor. »Ich kann Dr. Savoyen telefonisch nicht erreichen. Ich habe es bei ihr zu Hause versucht, wo niemand ans Telefon geht, und in der Gerichtsmedizin, wo man mir mitgeteilt hat, dass sie heute noch nicht aufgetaucht ist.«

»Schau du nur nach dem Rechten, wir haben das hier voll im Griff«, beruhigte ihn Jenny.

Gregor drückte dankbar ihre Hand, die noch immer auf seinem Oberarm lag, drehte sich um und ging zu seinem Wagen.

Zehn Minuten später parkte er vor dem Gebäude, in dem sich Sonjas Appartement befand. Er fuhr mit dem Fahrstuhl nach oben in den zwölften Stock. Da er seit zwei Tagen einen Schlüssel für die Wohnung hatte, hielt er sich nicht mit Klingeln auf, sondern schloss direkt die Tür auf. »Sonja?«, rief er, als er den Flur betrat.

Keine Antwort.

Er begab sich direkt ins Schlafzimmer, wo er ein ungemachtes, aber leeres Bett vorfand. Auf dem Weg ins Wohnzimmer sah er aus den Augenwinkeln eine Person in der Küche an dem kleinen Tisch sitzen. Er erkannte die Gerichtsmedizinerin. »Sonja! Was ist los? Geht es dir gut?«

Sie sah ihn mit leeren Augen an.

Gregor erfasste ein mulmiges Gefühl. »Sonja, was ist mit dir?«

»Wo ist sie? Sag mir sofort, wo sie ist!« Sonja sprach mit brüchiger, unsicherer Stimme, und Tränen traten in ihre Augen.

»Wo ist wer?«

»Wo ist Isabella?«

»Wer ist Isabella?«, fragte Gregor verwirrt.

»Was hast du mit ihr gemacht?«

Gregor starrte sie an. Es schien, als sei Sonja in ihrer eigenen Welt – einer Welt, von der er weder wusste, was sie da gerade erlebte, noch, wie er auf sie Einfluss nehmen konnte. Er wusste nicht einmal, ob er überhaupt Einfluss nehmen konnte. Wenn er nur eine ungefähre Vorstellung hätte, was sie gerade durchlebte. »Sonja«, sprach er eindringlich auf sie ein, »ich bin es, Gregor. Was siehst du gerade? Kannst du mich verstehen? Was ist mit Isabella?«

Sie sah ihn wieder mit leeren Augen an, als habe er nichts gesagt oder sie nichts gehört.

Ihm war klar, was hier vorging – lediglich nicht, warum. Sonja befand sich in einer posthypnotischen Trance und folgte einer ihr eingegebenen Geschichte. Er wusste nicht, warum der unbekannte Mörder sich ausgerechnet Sonja ausgesucht hatte und auf welche Weise sie sich umbringen sollte. Es gab einfach zu viele Möglichkeiten, sich selbst das Leben zu nehmen, aber er war fest entschlossen, alles zu tun, um es zu verhindern.

Wie hatte der Unbekannte es geschafft, ihr die Drogen zu verabreichen? War es hier in der Wohnung passiert? Wie hatte er Zugang erhalten? Sonja hätte doch keinen Wildfremden in die Wohnung gelassen, oder doch? Was hatte er ihr für eine Situation eingeflüstert, aber vor allem: Wie konnte Gregor sie aus dieser Traumwelt befreien?

Ihm wurde nun erstmals bewusst, dass er es versäumt hatte, jemals mit Sonja darüber zu sprechen, wie man mit Menschen in diesem Zustand am besten umging. Konnte man sie wecken beziehungsweise versuchen, sie gewaltsam aus diesem Zustand zu holen? War das gefährlich? Hörten sie, wenn man zu ihnen sprach? In irgendeiner Form mussten sie ihre Umgebung wahrnehmen, sonst hätte Itzigman die Muttern der Platte nicht lösen und Ella Löwenstin das Dach des Hochhauses nicht erreichen können. Was sie dachten zu tun, war dabei unerheblich, oder etwa nicht?

Er hatte keine Vorstellung, was zu tun war, aber ihm war klar, dass er alles riskieren musste. Gefährlich oder nicht, er musste sie aus dieser Trance befreien, ehe sie sich etwas antat. Er überlegte kurz, ob er sie zu ihrer eigenen Sicherheit fesseln sollte, entschied sich aber dagegen.

Vielleicht half ja ein Schock, um sie aus dem Albtraum zu befreien. Er wandte sich zur Küchenzeile und suchte in den mit Milchglasscheiben versehenen Hängeschränken nach einem großen Glas oder Becher. Das Erste, was er fand, war ein Messgefäß, wie man es beim Kochen oder Backen zum Abmessen von Flüssigkeiten und festen Stoffen benötigte. Auf der Außenseite des Gefäßes waren unterschiedliche Skalen mit Maßeinheiten für Zucker, Mehl und Wasser angebracht. Das Gefäß sollte dieser Skala zufolge in der Lage sein, mindestens einen Liter Wasser zu fassen. Das erschien ihm eine ausreichende Menge zu sein, und er nahm es aus dem Hängeschrank. An der Spüle darunter drehte er den Hahn auf und ließ kaltes Wasser ausströmen. Er hielt den großen Messbecher unter das laufende Wasser und füllte ihn so weit es ging. Als er sich mit dem vollen Gefäß in der Hand aufrichtete, sah er in der spiegelnden Glasfront des Hängeschranks eine Gestalt hinter sich stehen. Sein Herz setzte beinahe aus, als er die Person in der Milchglasscheibe erkannte und begriff, was gleich passieren würde.

Es war Sonja, und mit den Worten »Du hast meine kleine Schwester ermordet!« schwang sie ein großes Fleischermesser von oben auf ihn herab. Die Spitze des Messers zielte genau auf eine Stelle zwischen seinen Schulterblättern.

# 35. KAPITEL

Roman war nicht zufrieden mit sich. Die letzten zwei Tage waren nicht so verlaufen, wie es geplant gewesen war oder er es sich vorgestellt hatte.

Er war von Anfang an nicht begeistert gewesen, an einem Essen mit dem Enkel des Erzfeindes teilzunehmen. Sarah zu täuschen war nicht schwer gewesen, aber bei einem erfahrenen Kriminalbeamten war das unter Umständen etwas heikel. Doch schließlich war er mit Sarah zusammen, und ihm war kein dauerhaft geltend zu machender Vorwand eingefallen, die Teilnahme an diesem Essen zu verweigern. Einmal wäre er sicherlich damit durchgekommen, aber Sarah hätte sofort einen neuen Termin vereinbart. Also hatte er sich in das Unvermeidliche fügen müssen und war mit zu dem Essen gegangen.

Bereits die Erkenntnis, dass Sonja nahezu perfekt Russisch sprach, hatte ihm Unbehagen bereitet. Er hatte zwar nicht geglaubt, dass es für ihn ein Problem darstellen würde, aber ihm war aus unerklärlichen Gründen nicht wohl bei dem Gedanken gewesen.

Letztendlich hatte ihn die Frage von Gregor zu seiner Abstammung misstrauisch werden lassen. Wusste er etwas? Oder hatte er vielleicht nur eine Ahnung? Roman konnte nicht riskieren, vor der Zeit enttarnt zu werden. Noch war sein Feldzug nicht beendet, und er musste sich Gedanken machen, wie er weiter vorgehen sollte.

Das waren die Überlegungen, die ihn in der letzten Nacht beschäftigt hatten, so sehr in Anspruch genommen und abgelenkt hatten, dass sogar Sarah es bemerkt und ihn nach seinem Problem gefragt hatte. Er hatte sie wieder beruhigen können, aber die Sorge um die Vollendung des Plans hatte ihn nicht mehr losgelassen.

Als er dann am Morgen erfahren hatte, dass ihm bei Jakob Mandelbaum offenbar jemand zuvorgekommen war, hatte er sich entschlossen zu handeln und alle losen Enden zu schließen.

Gregor Mandelbaum war eben auch ein Mandelbaum, und damit war sein Schicksal sowieso von vorneherein besiegelt gewesen. Nun kam er eben etwas früher dran als geplant. Bei Sarah war er sich nicht sicher. Er versuchte sich immer wieder einzureden, dass es keine echten Gefühle waren, die ihn das Verhältnis aufrechterhalten ließen. Zu Beginn war es reine Berechnung, ein Teil des Plans gewesen. Von all den Profiteuren, die sich am Schicksal der Rosenzweigs bereichert hatten, war es die Familie Mandelbaum, die es galt, bis auf das letzte Glied auszulöschen. Über Sarah hatte er geplant, näher an die Familie heranzukommen, was seine Aktionen um vieles einfacher machen würde. Aber inzwischen war er sich nicht mehr sicher, ob er Sarah würde mit der gleichen Kaltblütigkeit in den Tod schicken können wie all die anderen Schmarotzer und Verbrecher.

Nun saß er in einem Café nahe Sonjas Wohnung, und seine Gedanken kehrten zurück nach Moskau. Von klein auf war er auf diesen Rachefeldzug vorbereitet worden. Von seinem Vater und von seinem Großvater. Dedushka (*Großväterchen*) Immanuel war gestorben, als Roman 14 Jahre alt gewesen war, aber die Zeit, die sie gemeinsam verbracht hatten, war bei Weitem ausreichend gewesen, ihn aufs Tiefste zu beeindrucken und zu beeinflussen. Er hatte an Großväterchens Lippen gehangen, wenn der kleine alte Mann von der Vergangenheit berichtet hatte, und jedes Wort aus seinem Mund war für Roman wie ein Evangelium gewesen.

Immanuel hatte ihm vom KZ in Auschwitz erzählt, von dem Grauen des Nazi-Regimes, von seinem Freund Sergej und wie er gerade noch überlebt hatte. Er hatte ihm auch die Zeit vor dem Krieg geschildert, hatte von seinem Blutsbruder Saul Mandelbaum erzählt und davon, wie dieser ihn nach seiner Rückkehr aus dem KZ um den gesamten Familienbesitz betrogen hatte.

Roman hatte in dieser Zeit Saul Mandelbaum und all seine Nachkommen zu hassen gelernt.

Dedushka Immanuel hatte berichtet, wie er Deutschland enttäuscht und verbittert verlassen und auf der Suche nach seinem Freund Sergej in Moskau die russische Jüdin Anna kennengelernt hatte. Er hatte ihre aufkeimende Liebe zueinander in so schillernden Farben geschildert, dass Roman nicht anders gekonnt hatte, als sich ebenfalls in die Großmutter – die er nie kennengelernt hatte – zu verlieben. Sie war kurz vor Romans Geburt gestorben. Immanuel hatte weitergelebt, am Leben erhalten von dem Durst nach Rache. Seinen Freund Sergej hatte er nie finden können, was er bis zu seinem Tod bedauert hatte. Er und Anna hatten geheiratet, und kurz darauf war ihr Sohn geboren worden, dem Immanuel aus Dankbarkeit dem russischen Volk gegenüber, das ihm eine neue Heimat gegeben hatte, den Namen Iwan gab.

Dies hatte einen Widerspruch in sich dargestellt, da Iwan »Gott ist gnädig« bedeutete, aber Immanuel seinen Sohn von der Geburt an als den Engel seiner Rache angesehen hatte. Der Name war offensichtlich mehr der deutschen Sichtweise auf alles Russische geschuldet gewesen, da die Deutschen immer wieder von dem Russen an sich als »dem Iwan« sprachen, so wie die Engländer von einem Deutschen als »dem Fritz«.

Als Jude war Großvater Immanuel in Russland willkommen gewesen, waren die Juden doch genauso Opfer des Nationalsozialismus gewesen wie die gesamte russische Nation. Im Krieg waren fast genauso viele Russen ums Leben gekommen wie Juden in den Konzentrationslagern. Doch schon unmittelbar nach seiner Ankunft in Moskau hatte er seinen Nachnamen geändert. Zum einen, um den eventuellen Nachforschungen der Amerikaner zu entgehen, zum anderen, da es in der Sowjetunion ein großes Misstrauen gegenüber Deutschstämmigen gab.

Er hatte seinen Namen an die russische Aussprache und Schreibweise des deutschen Wortes »Rosenzweig« angepasst und die beiden ersten Buchstaben gestrichen. So hatte sich das Ehepaar Immanuel und Anna Zentsveyg nur wenig später über die Geburt ihres Sohnes Iwan Zentsveyg gefreut.

Iwan war nach seiner Mutter gekommen. Er war größer, robuster und stärker als sein Vater und hasste mit mehr Inbrunst als Immanuel. Er hatte sich gegen Widerstände durchgesetzt und es in der Blütezeit des Kommunismus in der Sowjetunion zu politischen Ämtern und Ehren gebracht, bis hin zu einem Platz im Politbüro. Die Intelligenz der Rosenzweigs und das familieneigene Verhandlungsgeschick, das sie zu erfolgreichen Bankiers gemacht hatte, waren Iwans Karriere nicht abträglich gewesen. Mit der Mutter seines Sohnes Roman war er nicht verheiratet gewesen, sie war kurz nach der Geburt im Kindbett gestorben. Also hatte er sich allein um den Jungen gekümmert – mit der Unterstützung des Großvaters.

Er hatte, so wie viele andere auch, den Zusammenbruch des Konglomerats aus in die Gemeinschaft gepressten Staaten vorausgesehen, mit dem Unterschied, dass er frühzeitig begonnen hatte, sich auf genau diesen Augenblick vorzubereiten. So war es nicht verwunderlich, dass er nur wenige Jahre nach der Wiedergeburt Russlands zu den neuen Reichen gehört hatte und bis heute als Öl-Milliardär weltweit agierte. Sein Unternehmen hatte Niederlassungen an allen wichtigen Börsenplätzen der Welt: New York, Tokio und Frankfurt.

Die Vertretung von Zentsveyg-Oil in Frankfurt war die ideale Begründung für die Anwesenheit von Roman am Geburtsort seines Großvaters, der ihn auch seine Muttersprache Deutsch gelehrt hatte. Die gesamte Aktion war von langer Hand vorbereitet worden. Mit dem finanziellen Hintergrund eines Milliardenvermögens war es ein Leichtes gewesen, Detekteien und professionelle Rechercheure zu beauftragen und Dossiers über alles und jeden zu sammeln. In seinem Büro hatte Roman Unterlagen über alle Beteiligten des Komplotts gegen seinen Großvater, ihre Lebensgeschichten, die Hintergründe ihrer Geschäfte und über ihre Familien und Verwandten. Er hatte bereits vor Beginn seines Feldzugs ihre Hobbys, Vorlieben sowie Schwächen gekannt und alles Wissenswerte über jeden aus ihrem Umfeld in Erfahrung gebracht.

Die Drogen, die einen wesentlichen Bestandteil des Plans darstellten, hatte er über seinen Vater zur Verfügung gestellt bekommen. Der hatte, wie viele andere erfolgreiche Politiker der Sowjetunion auch, eine mehrjährige Episode beim KGB, dem Geheimdienst der UdSSR, hinter sich, und noch in der Gegenwart verfügte er über Kontakte zu dem Netzwerk der sogenannten Ehemaligen. Diese hatten dem Milliardär gegen eine gewaltige Geldsumme die noch zu Zeiten des Kommunismus entwickelte Droge zur Verfügung gestellt – in ausreichender Menge für eine vielfache Anzahl von Anwendungen. Zudem hatte Iwan seinen Sohn Roman in einer geheimen Einrichtung in den Techniken der posthypnotischen Suggestion unterrichten lassen. Roman war ein gelehriger Schüler gewesen und hatte es zu Leistungen gebracht, die seinen Lehrern Anerkennung abgerungen hatten.

Bereits zwei Tage, nachdem er von Sarah erfahren hatte, dass ihr Bruder Gregor eine neue Freundin habe, waren ihm alle verwandtschaftlichen Hintergründe und die Lebensgeschichte von Dr. Sonja Savoyen geliefert worden. So wusste er mehr über sie, als selbst Gregor bisher von ihr hatte erfahren können.

Roman hatte zwar gewusst, dass sie Gastsemester an der Lomonossow-Universität in Moskau verbracht hatte, aber der Stand ihrer Kenntnisse der russischen Sprache war ihm nicht mitgeteilt worden. Dafür hatte er aber von ihrem großen Geheimnis – dem Trauma, das sie bis heute nicht überwunden hatte, erfahren. Es war ein Grund dafür gewesen, dass sie sich für die Gerichtsmedizin entschieden hatte – für den Kampf der Guten und Gerechten gegen die Bösen und Verderbten.

Ihre Eltern hatten ein Nachzüglerkind bekommen, als Sonja bereits 16 Jahre alt gewesen war. Ihre kleine Schwester Isabella. Sie war Sonjas Augenstern gewesen, und ihr Tod hatte sie so aus der Bahn geworfen, dass sie ihr Medizinstudium für ein Semester hatte unterbrechen müssen und sogar psychologische Betreuung gebraucht hatte.

Die kleine Isabella war im Alter von acht Jahren von einem Sexualstraftäter entführt, missbraucht und getötet worden.

Sonja hatte laut der psychologischen Unterlagen, die Roman zur Verfügung standen, diesen gravierenden Einschnitt in ihrem bis dahin behüteten und ohne Probleme verlaufenden Leben bis heute noch nicht endgültig verarbeitet.

Diesen Umstand hatte Roman sich ohne Gnade zunutze gemacht. Nachdem er ihre Wohnung betreten hatte, war die speziell für ihn in einem Moskauer Labor hergestellte Droge zum Einsatz gekommen, und er hatte sich darauf konzentriert, ihr die erforderliche Suggestion einzugeben.

Sonja sollte sich in dem Jahr wähnen, in dem Isabella entführt worden war. Wenn Gregor in der Wohnung auftauchte, würde er für sie der Entführer und Kinderschänder sein. Eine Suggestion musste nicht zwingend in sich logisch sein, weshalb Sonja ihn sowohl als den Entführer ansehen als auch um den Missbrauch und die Ermordung wissen konnte. Das Wissen um die Tötung ihrer kleinen Schwester in Verbindung mit der Angst um ihr Leben und dem Hass auf den Täter würde sie in die Lage versetzen, etwas zu tun, was sie unter normalen Umständen niemals getan hätte – ihren Freund zu töten, ohne zu zögern.

Roman hatte ihr eingegeben, seine Anwesenheit in ihrer Wohnung zu vergessen und sich so lange nicht aus der Küche wegzubewegen, bis Gregor dort auftauchte. Das konnte nicht ewig dauern, zumal sie strikte Anweisung hatte, weder ans Telefon zu gehen noch auf Klingeln an der Wohnungstür zu reagieren. Über kurz oder lang musste Gregor dort auftauchen, dessen war er sich sicher. Wenn Roman etwas hatte, dann war es Geduld. Nach jahrelanger Planung des gesamten Rachefeldzuges war es kein Problem, einige Stunden oder auch Tage auf die Ergebnisse einer Aktion zu warten. Er war sich sicher, dass sein Plan, auch wenn er überstürzt in die Tat umgesetzt werden musste, gut genug war, um auf jeden Fall erfolgreich zu sein.

Also saß er nun in dem Café und wartete. Er hatte Sonja im Rahmen der Suggestion ebenfalls aufgetragen, eine bestimmte Telefonnummer anzurufen, wenn der Plan in die Tat umgesetzt worden war. Die Nummer führte zu dem Wegwerfhandy, das nun vor ihm auf dem Tisch lag und das sofort nach dem Anruf vernichtet werden würde. Es war noch nie benutzt worden und würde es auch nur dieses eine Mal werden.

Nun wartete er auf den erlösenden Anruf von Sonja, der ihm zeigen würde, dass sein Plan aufgegangen war. Für die Beseitigung von Sonja hatte er sich etwas ganz Spezielles und Spektakuläres ausgedacht.

*

Gregor ließ sich, ohne zu überlegen, einfach zu Boden fallen. Es war die einzige Reaktion, die ihn retten konnte, und sie war ohne vorherige Abwägung oder Gedanken an mögliche Alternativen allein vom Überlebensinstinkt angestoßen worden.

Das riesige Fleischermesser erwischte ihn links vom Hals und drang kurz oberhalb des Schlüsselbeins von hinten in die Schulter ein. Es bohrte sich mit der Spitze in den Knochen und blieb stecken, was einen höllischen Schmerz verursachte und Gregor aufschreien ließ. Durch den Umstand, dass er sich fallen ließ, zog er das im Knochen stecken gebliebene Messer mit sich hinunter und aus Sonjas Hand. Gregor landete vor der Spüle auf dem Boden, wobei er sich lediglich mit der rechten Hand abstützen konnte. Sein linker Arm war wie gelähmt und völlig unbrauchbar.

Er war nun im Selbstverteidigungs-Modus, was bedeutete, dass er jegliche Überlegung, Hemmung oder Rücksichtnahme außer Acht ließ. Er funktionierte nur noch automatisch. Sofort nachdem er auf dem Boden gelandet war, drehte er sich halb in eine sitzende Position. Dann stieß er sich mit der rechten Hand von dem Unterschrank ab, was ihn in eine schnelle Drehbewegung versetzte. Er streckte dabei das linke Bein aus und schlug der immer noch vor ihm stehenden Sonja die Beine unter dem Körper weg.

Durch die Drogen, unter denen sie stand, war Sonjas Reaktionsfähigkeit fast auf null heruntergesetzt. Jeder Mensch im Normalzustand hätte bei einem Sturz wenigstens versucht, sich abzustützen. Sonja war dazu nicht in der Lage. Sie schlug der Länge nach auf dem Boden auf, und ihr Kopf knallte mit einem hässlichen Geräusch auf die Fliesen. Ohne einen Laut von sich zu geben, verlor sie das Bewusstsein.

Gregor stöhnte. Die Schmerzen waren kaum erträglich, aber er hielt sich gewaltsam bei Bewusstsein. Er hatte kein Gefühl mehr im linken Arm und befürchtete, dass eventuell ein Nerv verletzt worden war. Mühsam richtete er sich auf, was sich mit einem nutzlosen Arm als nicht einfach erwies, und schleppte sich ins Bad. Er brauchte sich nicht einmal zu drehen, um das Messer in seinem Fleisch im Badezimmerspiegel zu sehen. Es ragte über die Schulter deutlich sichtbar hinaus.

Gregor überlegte, wie er weiter vorgehen sollte. Sollte er das Messer herausziehen oder erst einen Arzt aufsuchen und diesen beurteilen lassen, ob dies gefahrlos möglich war? Aber ein Arztbesuch schied im Moment aus, denn dafür war keine Zeit. Gregor durchsuchte sein fotografisches Gedächtnis nach der erforderlichen Information. Von zahlreichen Obduktionen, bei denen er dabei war, aber vor allem auf der Grundlage eines Bilds aus einem Anatomiebuch, das er kurz vor dem Abitur gelesen hatte, wusste er mit ziemlicher Sicherheit, dass sich genau in diesem Bereich weder eine Schlagader noch ein größeres Blutgefäß befand. Somit sollte keine akute Gefahr des Verblutens damit verbunden sein, das Messer herauszuziehen. Da ihm gar keine andere Wahl blieb, brauchte er auch nicht lange, um sich zum Handeln zu entscheiden.

Die Umsetzung seines Plans war allerdings alles andere als leicht. Seinen linken Arm konnte er nicht bewegen, und mit dem rechten Arm kam er gerade so an die Stelle, an der das Messer in seiner Schulter steckte. Auf keinen Fall konnte er den Griff des Messers mit der Hand erreichen. Er streckte Daumen und Zeigefinger der rechten Hand zu der Stelle, an der das Messer in seiner Schulter steckte. Aber als er versuchte, die Schneide mit den zwei Fingern herauszuziehen, indem er langsam den Zug erhöhte, spürte er einen unsäglichen stechenden Schmerz.

Ihm wurde klar, dass er das Messer nur mit einem festen Griff der ganzen Hand und mit einem Ruck würde herausziehen können. Wenn er allerdings mit der nackten Hand die Klinge ergriff und dann ausreichend fest zupackte, würde er sich ohne Zweifel in die Finger schneiden. Also nahm er sich ein Handtuch und wickelte es um seine rechte Hand. Er musste die Zähne zu Hilfe nehmen, da seine linke Hand noch immer völlig nutzlos war.

Ohne langes Federlesen reichte er mit der umwickelten Hand nach oben an seine linke Schulter, umfasste die Schneide und zog das Messer heraus.

Der Schmerz ließ ihn in die Knie gehen, und er stöhnte laut auf. Als er den Griff um das Messer lockerte, landete es klirrend auf dem Boden. Nachdem er das Handtuch abgeschüttelt hatte, zog er sich nur mit der Rechten das Hemd aus, machte sich auf die Suche nach den nun erforderlichen Utensilien und wurde schnell fündig.

Zuerst nutzte er den kleinen Spiegel, den Frauen benutzten, um ihre Frisur in einem großen Spiegel von hinten betrachten zu können, und sah sich damit die Wunde genau an. Es handelte sich um einen etwa drei Zentimeter langen Einstich, der aber nur ein wenig aufklaffte. Dies veränderte sich aber mit den Bewegungen, die er durchführte. Wäre das Messer nicht auf den Knochen getroffen, sondern weiter eingedrungen, wäre die Wunde wegen der Breite des Messers wesentlich größer gewesen. Es floss zwar etwas Blut den Rücken hinunter, aber es war zum Glück so wenig, dass er sich sicher sein konnte, davon nicht zu verbluten und es deshalb vernachlässigen zu können.

Als Nächstes holte er sich aus dem Medizinschränkchen ein großes Pflaster und entfernte die Schutzfolie von den Klebestreifen. Dann reichte er blind mit der Hand, in der sich das Pflaster befand, über seine Schulter, drückte einen Klebestreifen auf der einen Seite der Wunde auf, zog nach der anderen Seite und presste den zweiten Klebestreifen auf seine Haut. Aufgrund des allgemeinen Schmerzes war er nicht in der Lage festzustellen, ob er das Pflaster richtig angebracht oder vielleicht sogar auf die Wunde geklebt hatte.

Anschließend besah er sich seine Leistung wieder unter Zuhilfenahme des Handspiegels. Okay, das muss reichen!, entschied er und verließ das Bad.

Auf dem Rückweg zur Küche bemerkte er, dass langsam wieder ein wenig Gefühl in die Finger seiner linken Hand zurückkehrte. Der Arm war sicherlich noch lange nicht belastbar, aber zumindest schien er keine dauerhafte Verletzung eines Nervs oder Muskels davongetragen zu haben.

Sonja lag noch immer bewusstlos auf dem Küchenboden.

Seine oberste Priorität musste nun sein, festzustellen, ob sie ärztliche Hilfe benötigte, und falls nicht, sie so schnell wie möglich und in geeigneter Weise ruhigzustellen. Er musste sie so sichern, dass sie nach ihrem Erwachen nichts Dummes tun konnte. Nicht dass er eine Ahnung hatte, was das außer dem Angriff auf ihn sein könnte.

Eine oberflächliche Untersuchung hatte ihm gezeigt, dass sie zwar eine Beule oberhalb der Schläfe hatte, aber noch nicht einmal eine Platzwunde. Er entschied sich deshalb zwischen den zwei möglichen Aktionen, entweder einen Krankenwagen herbeirufen oder die Kollegen verständigen, für Letzteres.

Sonja war nicht wirklich verletzt. Er selbst bedurfte ebenfalls keiner dringlichen ärztlichen Behandlung – so viel war er in der Lage zu beurteilen. Die herbeigerufenen Kollegen aber würden ihn unterstützen können, und vor allem konnten sie ihm Rückendeckung geben, bei allem, was ihm noch an Möglichkeiten einfiel. Das war im Moment noch nicht viel, denn er war mehr oder weniger ratlos.

Also packte er sein Handy aus und wählte Alsmanns Nummer. Der nahm den Anruf schon beim zweiten Klingeln entgegen und fragte, was los sei. Gregor schilderte ihm in knappen, präzisen Worten die Ereignisse und bat ihn, alles stehen und liegen zu lassen und mit Jenny so schnell wie möglich zu ihm zu kommen. Er legte auf, ohne eine Antwort abzuwarten. Er hörte zwar noch, dass Alsmann etwas zu sagen begann, aber die Bewältigung seiner Situation vor Ort hatte nun Vorrang, und alles Weitere würden sie besprechen können, wenn die beiden bei ihm angekommen waren. Er warf das Handy achtlos beiseite und kümmerte sich wieder um Sonja.

Zehn Minuten später war er in Schweiß gebadet, und Sonja lag mit Halstüchern und Seidenschals gefesselt, die er in ihrem Kleiderschank gefunden hatte, auf ihrem Bett. Die Aktion hatte so lange gedauert, weil er jede Handlung, die ein kräftiges Zupacken erforderte, nur mit einer Hand leisten konnte.

Er setzte sich neben sie auf die Bettkante und überlegte die weiteren Optionen. In den letzten Minuten hatte sie ein paarmal leise gestöhnt und sich – soweit es ihre Fesselung erlaubte – hin und her geworfen. Er sprach mit leiser Stimme und beruhigenden Worten auf sie ein: »Alles wird wieder gut. Mach dir keine Sorgen. Wir retten Isabella. Wir finden sie bald. Denke an etwas Schönes. Kannst du dich an den Abend erinnern, als wir uns näher kennengelernt haben?«

Er wurde sich schmerzhaft der Gefühle bewusst, die er für diese Frau empfand, auch wenn sie diese nicht in der Art erwiderte, wie er es gerne gehabt hätte. Aber er war sich nicht sicher, ob das der richtige Zeitpunkt war, darüber zu sprechen. Der einzige Ausdruck für solche Gefühle, der ihm einfiel, war »Ich liebe dich«, aber es erschien ihm unpassend, das zu einer bewusstlosen Frau zu sagen. Er redete ununterbrochen auf sie ein, obwohl ihm klar war, welche Belanglosigkeiten er da hinplapperte.

Es dauerte nicht lange, und sie schlug die Augen auf. Sie blickte verständnislos, und Gregor befürchtete, dass sie sich noch immer in Trance befand.

»Was ist passiert? Wo kommst du her?«

Gregor ließ einen Seufzer der Erleichterung hören. Ganz offensichtlich war die Trance – zumindest für den Moment – aufgehoben.

»Gott sei Dank, du bist wieder du selbst. Kannst du dich erinnern, was dir passiert ist? Was ist deine letzte Erinnerung?«

Sonja schüttelte den Kopf, um ihre Benommenheit loszuwerden – und stöhnte laut auf. »Ich habe tierische Kopfschmerzen. Aua! Das Letzte, woran ich mich erinnere, ist dein Brief auf dem Küchentisch. Ich habe ihn gelesen … und … peng – bin ich aufgewacht.« Sie schien erst jetzt zu bemerken, dass ihre Bewegungsfreiheit eingeschränkt war. »Wieso bin ich gefesselt. Wer war das? Mach mich los!«, forderte sie.

»Moment noch«, wandte er ein, »*ich* habe dich gefesselt, und das nicht ohne Grund. Du warst in einer posthypnotischen Trance und wolltest mich umbringen.«

Sie sah ihn mit großen Augen an. »Was?«

Er fuhr unbeirrt fort: »Ich weiß nicht, ob ich dich nicht wieder in diesen Zustand zurückversetze, wenn ich dir erzähle, was du zu mir gesagt hast.«

»Oh Scheiße«, erwiderte sie sehr undamenhaft.

»Kannst du mir sagen«, stellte Gregor die entscheidende Frage, »wie hoch die Wahrscheinlichkeit ist, dass ich dich durch ein unbedachtes Wort wieder in diesen Trancezustand versetze?«

Sie überlegte, was ihr aufgrund der Kopfschmerzen noch ziemlich schwerzufallen schien. Schließlich kam sie doch zu einem Ergebnis. »Eher gering, vermute ich. Ich gehe davon aus, dass diese posthypnotische Suggestion das Opfer in eine Scheinwelt versetzt und dort lässt, bis alle Handlungen, die sich aus der Situation ergeben, ausgeführt sind. Ich glaube kaum, dass hier ein Auslöser wie ein Wort implementiert ist, die Gefahr wäre zu groß.«

»Warum?«

Sonja hatte sich wieder etwas besser im Griff, und ihr Gehirn schien fehlerfrei zu funktionieren. »Stell dir vor, der Auslöser wäre tatsächlich ein Wort. Was wäre, wenn der Falsche zur falschen Zeit dieses Wort benutzt?«

»Und wenn es der Anblick einer Person wäre?«

»Die gleiche Gefahr. Was wäre, wenn das Opfer ein Foto der Person sieht oder über eine Internet-Kamera mit der Person kommuniziert? Sehr fehleranfällige Methode, oder?«

Gregor musste ihr zustimmen. Das sprach dafür, dass ihre Einschätzung sehr wahrscheinlich richtig war. »Okay, lass es uns riskieren. Ich lasse deine Fesseln so lange noch dran, bis wir beide der Meinung sind, dass nichts mehr passieren kann. Einverstanden?«

Sonja nickte und sah ihn angstvoll, aber auch voller Erwartung und Neugier an.

Gregor begann ab dem Zeitpunkt zu berichten, als er in die Wohnung gekommen war. Als er den Namen Isabella zum ersten Mal aussprach, zuckte Sonja zusammen und schloss die Augen.

Gregor erschrak.

Dann öffnete sie ihre Lider wieder und sah ihn mit Tränen in den Augen an. »O Gott, woher konnte er das wissen? Entschuldige, dass ich dir davon noch nichts erzählt habe, aber es handelt sich um einen der schwärzesten Abschnitte meines Lebens.«

»Erzähl mir davon«, bat Gregor sie mit ruhiger Stimme.

Sonja kniff die Lippen zusammen, gab sich aber schließlich einen Ruck und begann: »Isabella war meine kleine Schwester. Sie war 16 Jahre jünger als ich, ein Nachzüglerkind. Aber sie war wie eine Tochter für mich, und ich habe immer, wenn ich Zeit hatte, auf sie aufgepasst. An einem Donnerstag im Mai hätte ich auf sie achtgeben sollen, da war sie acht Jahre alt.« Die schmerzliche Erinnerung trieb ihr erneut die Tränen in die Augen. »Ich hab gedacht, sie ist alt genug, und ich hatte eine Verabredung mit einem Kommilitonen von der Uni und …« Sie geriet erneut ins Stocken, fasste sich aber wieder. »Und da hab ich sie nachmittags allein gelassen, ihr verboten, auf den Spielplatz zu gehen, und hab mich mit meinem Freund getroffen. Als ich nach Hause kam, war sie verschwunden. Es war so schönes Wetter, und sie hat es offensichtlich allein in der Wohnung nicht ausgehalten und ist doch auf den Spielplatz gegangen. Wie man später herausgefunden hat, ist sie dort von einem Sexualstraftäter mitgenommen, missbraucht und zwei Tage später ermordet worden.« Sie schüttelte leicht den Kopf. »Ich hätte mich wegen der Schuldgefühle damals beinahe umgebracht. Ich fühle mich heute noch verantwortlich und werde das vermutlich nie mehr los.«

Gregor sprach während der gesamten Schilderung kein Wort, sah sie nur an und löste dann ohne einen Kommentar ihre Fesseln. Er half ihr auf, und sie fielen sich in die Arme.

Gregor schrie vor Schmerz auf, als sie ihn an der Wunde berührte. Sie schrak zurück, ging um ihn herum und sah erstmals seinen blutverschmierten Rücken. »War ich das?«, fragte sie entgeistert.

»Dein anderes Ich, ja!«, rang er sich mit einem müden Lächeln ab.

»Lass mich die Wunde mal ordentlich versorgen. Wenn ich auch normalerweise mit Leuten zu tun habe, denen nichts mehr wehtut, bin ich ja doch Ärztin, oder?«

Kurze Zeit später hatte Sonja die Wunde professionell versorgt. Aus einer Arzttasche, von deren Existenz in der Wohnung er nichts geahnt hatte, nahm sie die richtigen Desinfektionsmittel und ein Klammergerät, mit dem sie die leicht klaffende Wunde schloss. Sie hatte zusätzlich zu der Desinfektion auch ein lokales Anästhetikum auf die Wunde gesprüht, sodass Gregor keinen Wundschmerz mehr empfand und fast wieder der Alte war. Das Gefühl in seiner Hand kehrte immer stärker zurück, und der Arm ließ sich auch wieder bewegen.

Sie gingen gemeinsam in die Küche, wo Sonja – die nach Einnahme eines Schmerzmittels nur noch leichtes Kopfweh verspürte – das Blut vom Boden aufwischte.

In der Zwischenzeit befüllte Gregor die Kaffeemaschine und bereitete den Kaffee zu, zu dem Sonja nicht mehr gekommen war.

Jeder mit einer heißen Tasse Kaffee bewaffnet, setzten sie sich an den kleinen Couchtisch im Wohnzimmer. Es konnte jetzt nur noch Minuten dauern, bis Alsmann und Jenny bei ihnen eintrafen.

Als Sonja den ersten Schluck Kaffee trank, fiel ihr siedend heiß ein, was ihr vor dem Einschlafen aufgefallen war. Sie verschluckte sich, als sie anfangen wollte zu sprechen. »Ich habe fast vergessen«, begann sie nach einigen Hustern, »was ich dir eigentlich heute Morgen erzählen wollte, bevor ich gemerkt habe, dass du bereits weg warst. Ich habe gestern noch lange wach gelegen und nachgedacht und dabei …«

Sie wurde von einem berstenden Krachen unterbrochen, das von der Wohnungstür kam.

»Was …?«, erklang es überrascht aus zwei Kehlen.

# 36. KAPITEL

Sarah hatte sich den gesamten Morgen Sorgen gemacht. Roman war gestern, nachdem sie das Restaurant verlassen hatten, den ganzen restlichen Abend über, besser gesagt die restliche Nacht, schweigsam und in sich gekehrt gewesen. Nachdem er längere Zeit kein Wort gesagt hatte, hatte sie sich einen Ruck gegeben und ihn schließlich gefragt. »Ro, was hast du? Du bist so still. Hast du ein Problem mit meinem Bruder? Ihr seid irgendwie seltsam miteinander umgegangen. Was war denn?«

Roman schwieg einen Moment, bis er ihr eine Antwort gab: »Du hast recht, ich habe mir vermutlich anmerken lassen, dass ich mich nicht ganz wohlgefühlt habe. Das ist schwer zu erklären, und du wirst es vermutlich kaum verstehen.« Er machte eine nachdenkliche Pause. »Du müsstest die Situation und die Geschichte von Russland besser kennen, um das nachvollziehen zu können.« Er machte eine Pause, und sie bedrängte ihn nicht, sondern sah ihn unverwandt und wartend an. Also seufzte er und fuhr fort: »Die Sowjetunion wurde 1991 aufgelöst, und es entstand die Russische Föderation. So viel dürfte dir aus dem Geschichtsstudium bekannt sein.«

Sarah nickte, obwohl ihr noch völlig unklar war, worauf er hinauswollte.

»Zu dieser Zeit war ich sechs Jahre alt«, erläuterte er weiter, »ich kann mich also noch an die alte Sowjetunion erinnern. Noch besser kann ich mich aber an die Jahre danach erinnern, die voller Verwirrung, Unklarheiten und wechselnder Machtverhältnisse waren. Das Gemisch aus Staatspolizei, Geheimpolizei, Geheimdiensten der Armee und anderen Institutionen suchte Möglichkeiten, seine Beamten irgendwo unterzubringen, meist bei der Polizei. Die hatte deswegen keinen guten Ruf, was dazu beitrug, dass sie sich auch entsprechend verhielt. Übergriffe gegen unschuldige Bürger waren an der Tagesordnung.«

Sie begann zu ahnen, worauf er hinauswollte.

»Als kleiner Junge wird dein gesamtes Denken und Empfinden von den Geschehnissen in deiner Umgebung geprägt, und du sammelst Erfahrungen, die das restliche Leben beeinflussen und nur sehr schwer abzulegen sind. Noch heute bekomme ich Angstzustände, wenn ich einen Uniformierten sehe. Noch schlimmer ist es, wenn ich weiß, dass ein Nicht-Uniformierter bei der Polizei ist. Unterbewusst verbinde ich das wohl mit den Geheimpolizisten, die in Russland nach der Wende die Schlimmsten waren. Ich bin mir der Irrationalität bewusst, aber gegen sein Unterbewusstsein kommt man nur sehr schwer an.«

Sie hatte ihm die Hand liebevoll auf den Arm gelegt. »Ich glaube, ich kann das gut verstehen. Ich habe viel über die Juden im Nachkriegsdeutschland gelesen, die geprägt waren von ihren Erfahrungen mit der Gestapo. Aber mein Bruder ist anders!«

»Das glaube ich dir. Dein Bruder ist sicherlich ein guter und fürsorglicher Mensch, sonst würdest du ihn nicht so lieben. Ich denke, ich kann ihn mögen – ich will ihn mögen, aber …«, er zuckte mit den Schultern, »ich kann dieses Unbehagen in seiner Nähe einfach nicht so ohne Weiteres ablegen.«

Sarah hatte ihn verstanden, ihr Verständnis auch bekundet und nicht weiter nachgefragt. Sie hatte die Hoffnung, er würde seine Vorbehalte irgendwann ablegen können, wenn er ihren Bruder besser kannte.

Als sie am Morgen aufgewacht war, hatte sie sowohl das Bett als auch sein Appartement leer vorgefunden. Roman war nicht da, und er hatte auch keine Nachricht hinterlassen.

Sie hatte versucht ihn anzurufen, aber sein Handy war ausgeschaltet. Vielleicht ist er in einer geschäftlichen Besprechung, war ihr erster Gedanke gewesen.

Inzwischen wartete sie seit drei Stunden auf ein Lebenszeichen von Roman und begann sich ernsthaft Sorgen zu machen. Ein Anruf in der Niederlassung von Zentsveyg-Oil erbrachte, dass er dort bisher noch nicht gesehen worden war. Seine Sekretärin, die sehr wohl wusste, wer Sarah war, gab zudem an, dass ihr kein Geschäftstermin für den heutigen Tag bekannt war. Das verstärkte Sarahs Sorgen noch mehr.

Ihr nächster Anruf galt ihrem Bruder, der vielleicht Rat wissen würde. Aber auch unter seiner Nummer antwortete nur die Mailbox.

Schließlich erinnerte sie sich, dass sie ja auch die Festnetznummer von Sonjas Wohnung hatte, wo Gregor aktuell wohnte. Auch dort meldete sich niemand.

Sie saß im Wohnzimmer, wo wie immer der Fernseher lief. Der Ton war zwar heruntergeregelt, aber die Bilder eines Nachrichtensenders liefen ohne Unterbrechung. Ihre Aufmerksamkeit wurde von den Aufnahmen eines hell lodernd brennenden Gebäudes auf den Bildschirm des riesigen Flachbildschirms gelenkt. Sie hätte das Gebäude aufgrund der flackernden Flammen und schwarzen Rauchwolken nicht erkannt, wäre in diesem Augenblick nicht unter dem Bild in einer Laufschrift erschienen:

+++ Flammenchaos in der Mandelbaum-Villa +++ 2 Tote +++ die Kriminalpolizei ermittelt +++ News-Update in 15 Minuten +++

Der Text lief dreimal unter den Bildern durch, bevor sie wirklich realisierte, worüber in diesem Beitrag berichtet wurde.

Mit einem erstickten Schrei sprang sie auf, suchte kurz nach ihren Wagenschlüsseln und stürzte aus der Wohnung, ohne an eine Handtasche oder ihr Handy zu denken. Gregor, o Gott, hoffentlich ist es nicht Gregor!

Sie fuhr mit dem Aufzug zur Tiefgarage hinunter, wo ihr kleiner Sportflitzer geparkt war. Dann raste sie mit quietschenden Reifen auf die Straße und fuhr in Richtung ihres alten Zuhauses. Tränen standen in ihren Augen, was sie den Verkehr nur wie durch einen Schleier wahrnehmen ließ. Immer wieder musste sie sich mit dem Handrücken über die Augen wischen. Auf dem Weg überfuhr sie drei rote Ampeln, verursachte einen Auffahrunfall und wurde mehrfach wegen Geschwindigkeitsübertretung geblitzt. All das war ihr egal, und sie warf nicht ein einziges Mal einen Blick zurück.

Die Aufnahmen, die sie auf dem Nachrichtensender gese hen hatte, waren in der Nacht entstanden, weshalb sie nicht auf den Anblick des nur noch rauchenden Trümmerhaufens gefasst war, den sie antraf.

Dem Polizisten, der sie in der Einfahrt zum Grundstück aufhalten wollte, rief sie durch das offene Seitenfenster lediglich ein »Das ist mein Zuhause – ich bin Sarah Mandelbaum!« zu und fuhr um ihn herum, wobei sie zwei tiefe Furchen im Rasen neben der Zufahrt hinterließ. Sie schlingerte auf den Weg zurück und trat kurz darauf heftig auf die Bremse. Mit offenem Mund starrte sie auf die Trümmer und saß wie versteinert in ihrem Wagen.

Dann sah sie Alsmann und Jenny in der Nähe eines Feuerwehrwagens stehen, und ihr Herz verkrampfte sich. Gregor! Er steht nicht bei ihnen! Sie sprang aus dem Auto und eilte auf die beiden zu.

»Ist es Gregor?«, schrie sie schon aus einigen Metern Entfernung. »Sagt mir, dass es nicht Gregor ist, bitte!«

Die Tränen liefen ihre Wangen hinunter, und während Alsmann hilflos nach Worten suchte, erkannte Jenny die Situation sofort. »Gregor geht es gut! Mach dir keine Sorgen, Sarah. Er ist wohlauf, alles in Ordnung.«

Sarah wusste, dass selbstverständlich nicht alles in Ordnung war, denn in den Nachrichten war die Rede von zwei Toten gewesen. Aber die wichtigste Information für sie war im Moment, dass ihrem Bruder nichts passiert war.

»O Gott, danke, danke, ich hatte solche Angst!«

Sie klammerte sich schluchzend an Jenny, die ihre Arme um sie schlang und ihr beruhigend den Rücken streichelte.

»Alles wird gut, Sarah, beruhige dich erst mal.«

Einige Minuten später hatte sich Sarahs Aufregung so weit gelegt, dass sie sich von Jenny lösen und sie aus geröteten Augen ansehen konnte. »Wo ist Gregor denn?«

»Er ist hier gewesen, aber er hat sich Sorgen um seine Gerichtsmediziner-Freundin gemacht und ist schon vor einiger Zeit zu ihr gefahren«, schaltete sich erstmals Alsmann in das Gespräch ein. »Da ist bestimmt alles in Ordnung«, versicherte er ihr, aber er klang für Sarah nicht wirklich überzeugend.

Sarah war trotz allem Zureden nicht davon zu überzeugen, dass hier nicht irgendetwas geschah, das eine Gefahr darstellte. Das seltsame Zusammentreffen von Romans unerklärlicher Abwesenheit und Gregors Sorge um Sonja verwirrte sie total. Sie beschloss, der Sache auf den Grund zu gehen. »Okay, ich fahre jetzt zu Sonja. Vielleicht klärt sich dort alles auf oder ich finde wenigstens Gregor.«

Sie drehte sich um und wollte zum Wagen gehen. Mit einem Mal blieb sie wie angewurzelt stehen und wandte sich nach einem Moment des Überlegens langsam nochmals den Kollegen ihres Bruders zu. Ihr war etwas eingefallen, was sie in der Aufregung und später in der Erleichterung völlig verdrängt hatte. »In den Nachrichten war die Rede von zwei Toten. Wisst ihr schon, wer es ist?« Sie hatte eine Ahnung, aber sie wollte es nicht wirklich wahrhaben.

Alsmann sah betreten nach unten, und wieder war es Jenny, die die Situation richtig beurteilte und erkannte, dass sie die Wahrheit oder zumindest ihre Vermutungen nicht vor Sarah verheimlichen durften. »Gregor geht davon aus, dass es sich um deinen Onkel Jakob und um euren Butler Jonathan handelt. Es tut mir leid.«

Die Erleichterung über die Tatsache, dass Gregor nichts passiert war, verflog in dem Augenblick, als Sarah begriff, dass ihr geliebter Jonathan vermutlich nicht mehr am Leben war. Ihr Ersatzvater, ihr Erzieher, ihr Tröster und Beistand in schweren Zeiten. Erneut schossen ihr die Tränen in die Augen. Der vermutliche Tod ihres Onkels berührte sie kaum. Sie hatte nie ein gutes Verhältnis zu ihm gehabt, auch kein schlechtes, eigentlich überhaupt kein Verhältnis. Er war ihr Leben lang ein Fremder für sie geblieben, der zufällig im selben Haus wohnte und zufällig mit ihr verwandt war. Das war mit Jonathan völlig anders. Ohne ein Wort zu sagen, drehte sie sich um und ging mit gesenktem Kopf zu ihrem Wagen.

Sie stieg ein und fuhr – diesmal langsam – davon. Sie bekam nicht mehr mit, dass genau in diesem Moment Dieter Alsmanns Handy klingelte.

Gregor hatte ihr nicht nur seine telefonische Erreichbarkeit bei Sonja, sondern auch die Adresse von Sonjas Wohnung für alle Fälle mitgeteilt. Als sie ankam, musste sie feststellen, dass es sich um ein größeres Appartementhaus handelte. Auf der Suche nach einem Parkplatz fuhr sie zwei Mal um den Block. Kurz vor Ende der zweiten Runde trat sie plötzlich hart auf die Bremse. Sie hatte keine Möglichkeit zum Abstellen des Wagens entdeckt, aber etwas anderes. Schräg gegenüber sah sie einen Mann auf dem Bürgersteig gehen, den sie an der Statur und der Art, sich zu bewegen, auf Anhieb zu erkennen glaubte. Was macht Roman hier? Ist er das wirklich oder fang ich jetzt an zu fantasieren?

Der Mann ging gezielt auf das Haus Nummer 103 zu – das Gebäude, in dem Sonja wohnte. Er drückte auf eine Klingel, und kurz danach öffnete er die Haustür. Bevor er eintrat, sah er sich wie prüfend noch einmal nach rechts und links um.

Sarah erstarrte. Es *war* Roman! Hinter ihr hupte ein Auto, und Sekunden später fielen noch einige andere in das Konzert ein. Hastig legte sie einen Gang ein und fuhr weiter.

Es dauerte noch zwei Minuten, bis sie einen Parkplatz gefunden hatte und eilig um den halben Block zum Eingangsbereich des Hauses gerannt war. Vor der Klingelanlage stehend suchte sie das Namensschild mit dem Aufdruck SAVOYEN. Kurz bevor sie die Klingel drückte, folgte sie einer Eingebung und ließ den Zeigefinger auf einen Knopf drei Reihen darunter niedergehen.

»Ja bitte?«, erklang eine Stimme aus dem kleinen Lautsprecher.

»Ich habe meinen Haustürschlüssel verloren«, nuschelte sie in die Anlage.

Es summte, und sie drückte die Tür auf. Glücklicherweise waren die Reihen der Klingelknöpfe mit Stockwerknummern versehen, sodass sie erkennen konnte, dass die Wohnung von Sonja im zwölften Stock lag.

Sie nahm den Fahrstuhl und fuhr in die 13. Etage. Unterwegs versuchte sie, einen Sinn in das zu bringen, was bisher geschehen war und was sie nun beobachtet hatte. Es gelang ihr nicht einmal ansatzweise. Sie war verunsichert, ängstlich, aber gleichzeitig auch misstrauisch. Ihr schossen Gedanken durch den Kopf wie: Roman und Sonja? Läuft da was? Was verheimlicht er mir? Hat Roman was mit dem Verschwinden von Gregor zu tun? Es ergab alles keinen wirklichen Sinn. War Roman das Opfer von irgendwas? Ging es hier vielleicht um Erpressung oder Entführung? Immerhin war sein Vater Milliardär! War Roman in kriminelle Machenschaften verwickelt? Sie konnte sich das nicht vorstellen.

Dennoch hatte sie so viel Geistesgegenwart besessen, nicht blindlings hinter Roman herzulaufen oder gar direkt dorthin zu gehen, wo sie ihn vermutete.

Die Zeit im Fahrstuhl reichte nicht aus, um alles wirklich in Ruhe zu überdenken. Sie erreichte ohne Zwischenstopp den 13. Stock, und mit einem unaufdringlichen »Ping« teilte sich die Fahrstuhltür und gab den Blick auf einen in dezenten Pastellfarben gestrichenen Flur frei. Vorsichtig verließ sie die Kabine und fand rechter Hand die Treppe. Langsam ging sie die Stufen hinunter und sah sich eine Ebene tiefer einem gleichartigen schmalen Korridor gegenüber. Durch das am Ende des Ganges befindliche vom Boden bis zur Decke reichende Fenster drang Tageslicht ein, sodass sie die drei Wohnungseingänge auf jeder Seite deutlich erkennen konnte. Es standen weder Schuhe vor den Wohnungstüren noch waren Kinderwagen oder andere Gegenstände der Bewohner abgestellt. Alles deutete darauf hin, dass in diesem Haus eher gut situierte Singles wohnten als Großfamilien.

Die am weitesten entfernte Wohnungstür auf der linken Seite schien offen zu stehen, denn es fiel an dieser Stelle zusätzliches Licht auf den Gang. Sie näherte sich vorsichtig der Tür. Auf der linken Seite entdeckte sie die Klingel und das Schild, auf dem in deutlich lesbaren Buchstaben »Dr. Sonja Savoyen« stand.

Nun konnte sie Stimmen in der Wohnung hören, und die erste Stimme, die sie zweifelsfrei erkannte – wenn sie auch die Worte noch nicht verstehen konnte – war die von Gregor.

Sie näherte sich weiter dem Eingang und spähte vorsichtig um den Rahmen herum. Die Tür stand nach innen sperrangelweit offen, Sarah sah ein verbogenes Schloss und um den Knauf der Tür herum Holzsplitter und einen deutlichen Schuhabdruck. Jemand hat die Tür eingetreten! Gregor? Nein, vermutlich eher Roman, der ist ja zuletzt hier aufgetaucht. Warum?

Nun erkannte sie auch Romans Stimme, und erstmals konnte sie die gesprochenen Worte verstehen. Nein – sie hörte sie, aber sie verstand nicht, was seine Worte bedeuten sollten.

# 37. KAPITEL

Das Krachen der splitternden Wohnungstür hatte Sonja und Gregor zusammenfahren lassen. Sonja hatte die Kaffeetasse zwar nicht fallen lassen, war aber so erschrocken, dass sie sich den kochend heißen Kaffee über die Beine schüttete. Sie schrie auf.

Die Eingangstür war vom Wohnzimmer aus nicht zu sehen, und noch bevor Gregor, der einen Augenblick entsetzt auf Sonjas verbrühten Schoß gestarrt hatte, aufstehen konnte, erschienen zunächst ein ausgestreckter Arm mit einer Waffe und dann die dazugehörige Person im türlosen Rahmen des Wohnzimmereingangs. Roman!

»Finger weg von der Waffe, Mandelbaum, oder du stirbst sofort!«

Gregor streckte in einer langsamen Bewegung beide Arme seitlich vom Körper weg. Er machte auf Sonja einen irrational ruhigen und gelassenen Eindruck, was sie nicht verstehen konnte. Hat er das denn schon geahnt? Er wirkt einfach nur neugierig und interessiert. Keine Angst, keine Unsicherheit, seltsam.

»Du bist also derjenige, der Immanuel Rosenzweig rächt.« Es klang nicht wie eine Frage, sondern eher wie eine Feststellung, die Gregor mit ruhiger Stimme – ohne Vorwurf, ohne Wertung – äußerte. »Warum?«

In Sonjas Kopf machte es klick, und die Erinnerung an das, was ihr irgendwann an diesem Morgen aufgegangen war, kehrte zurück. »Ich denke, da kann ich ein wenig weiterhelfen«, mischte sie sich ein. Sie versuchte sich weder die Aufregung noch die Angst anmerken zu lassen, die sie deutlich verspürte und die drohten, ihr die Kehle zuzuschnüren. »Ich habe mir die halbe Nacht den Kopf zerbrochen und bin nicht drauf gekommen. Heute Morgen ist es mir irgendwie plötzlich eingefallen.« Sie sah Roman zweifelnd an. »Du warst heute Morgen hier, nicht wahr? Da bin ich offensichtlich darauf gekommen: ›Zentsveyg‹ leitet sich von ›Rozentsveyg‹ ab, der russischen Aussprache des deutschen Wortes ›Rosenzweig‹. Hätte Sarah dich nicht ›Ro‹ genannt, wäre es mir vermutlich nie aufgefallen.«

Gregor sah sie überrascht von der Seite an. Dann wechselte sein Blick wieder zu Roman, der noch immer breitbeinig am Eingang des Zimmers stand und die Waffe auf die beiden richtete. Sonja bemerkte, wie Gregor die Waffe einer genauen Inspektion unterzog und dann schließlich anmerkte: »Aha, eine tschechische Maschinenpistole, eine Skorpion 61. Klein, aber tödlich, lediglich 27 Zentimeter in der Länge, leicht zu verstecken und trotzdem eine Feuergeschwindigkeit von knapp über zwölf Schuss pro Sekunde. Innerhalb eines Raumes von dieser Größe eine absolut tödliche Waffe.«

Roman zog verächtlich einen Mundwinkel nach oben und bemerkte: »Gut! Ich sehe, du kannst etwas mit der Waffe anfangen, Mandelbaum, also mach keine Dummheiten.«

Gregor ging nicht auf diese Bemerkung ein. »In welchem Verwandtschaftsverhältnis stehst du zu Immanuel Rosenzweig?«, fragte er in einem Tonfall, der dem Interesse eines Ahnenforschers an einem Stammbaum am nächsten kam.

»Er war mein Großvater, so wie Saul Mandelbaum dein Großvater war – der Mann, der meine Familie um alles gebracht hat.«

»In Anbetracht der Tatsache, dass dein Vater Milliardär ist, eine nicht alle Umstände einschließende Betrachtungsweise«, wagte Gregor anzumerken, »allerdings muss ich dir in dem, was du vermutlich ausdrücken willst, recht geben: Was mein Großvater deinem Großvater angetan hat, war ein Verbrechen, das hätte gesühnt, und ein Unrecht, das hätte in Ordnung gebracht werden müssen.«

»Es wird gesühnt werden! Mein Großvater hat geschworen, an Saul Mandelbaum und allen Beteiligten sowie an ihren

Nachkommen Rache zu nehmen. Nur deshalb bin ich hier.« Roman war immer lauter geworden, und die Hand, in der er die automatische Waffe hielt, zitterte vor Wut und Hass.

»Allen?«, erkundigte Sonja sich ungläubig. »Was ist mit Sarah?« Sie hatte erkannt, dass derzeit ihre einzige Chance darin bestand, Roman so lange in ein Gespräch zu verwickeln, bis die beiden Kollegen von Gregor die Wohnung erreichten. Sie betete, dass die beiden nicht so unklug waren, mit Sirenengetöse vorzufahren und so Roman vorzeitig auf ihr Erscheinen aufmerksam zu machen. Allerdings war da im Hintergrund ihres Bewusstseins auch die nicht zu unterdrückende Neugier, wie sich Roman Sarahs Zukunft vorstellte. Sie hatte den Eindruck gehabt, dass die beiden sich wirklich liebten. Zumindest bei Gregors Schwester war sie sich sicher. Deshalb war sie trotz ihrer Angst gespannt auf seine Antwort. Hatte der junge Russe die Gefühle für Sarah nur gespielt? Seine Reaktion zeigte ihr jedoch, dass sie mit ihrem Eindruck nicht ganz falsch gelegen hatte.

Romans Gesicht nahm einen gequälten Ausdruck an. Die widerstreitenden Gefühle waren ihm anzusehen. »Das geht dich nichts an!«, schrie er, und seine Hand zitterte noch mehr.

Gregor lenkte die Aufmerksamkeit wieder auf sich. »Aber mich schon! Wie weit geht diese Blutrache? War das alles nur gespielt, was du meiner Schwester an Gefühlen für sie gezeigt hast? Bist du so kaltschnäuzig und herzlos? Sarah liebt dich, das weiß ich.« Gregor sah Roman unverwandt und prüfend an, als er fortfuhr: »Und ich sehe auch, dass du Gefühle für sie hast.«

Die Erwähnung von Sarah hatte Roman offensichtlich aus der Bahn geworfen und sein Konzept durcheinandergebracht. Es dauerte einen Moment, aber er schüttelte den seelischen Widerstreit ab. »Du hast recht, Mandelbaum, ich mag deine Schwester – vielleicht liebe ich sie sogar, aber es gibt Dinge, die sogar über der Liebe stehen.«

»Was soll das sein?«, wollte Gregor mit unverhohlenem und echtem Erstaunen wissen. Aber Sonja war sich dennoch sicher, dass auch er auf Zeit spielte.

»Die Familie«, beantwortete Roman die Frage, als hätten sie alle Zeit der Welt. »Nichts, wirklich gar nichts steht über der Familie. Das Leid meines Großvaters im KZ, die Schmach nach seiner Rückkehr nach Frankfurt, der Verlust seiner Eltern und seines Erbes, all das muss gerächt werden. Der Familienfrieden kann erst wieder einkehren, wenn bis in die letzte Generation gesühnt wurde!«

Seine Äußerungen wirkten auf Sonja einstudiert, fast wie auswendig gelernt, und sie erkannte, dass Roman schon als Kind beeinflusst und wie ein junger Hund für diesen Augenblick trainiert worden sein musste. Ihr war klar, dass es kaum eine Möglichkeit gab, den Ausgang des Geschehens mit Worten zu beeinflussen. Sie befürchtete sogar, dass Roman Gregors Schwester töten würde, wenn er es für erforderlich halten sollte. Er würde es bedauern, leiden und es nicht tun wollen – aber er würde es tun, dessen war sie sich ziemlich sicher. Sie überlegte fieberhaft, was sie tun konnte, um das zu verhindern. Sie befürchtete, dass Gregors Kollegen Alsmann und Jenny nicht rechtzeitig eintreffen würden. Also musste sie oder Gregor handeln – aber wie?

Ihre Überlegungen fanden ein jähes Ende, als etwas passierte, womit niemand hatte rechnen können. Statt Gregors Kollegen trat Sarah völlig überraschend hinter Roman durch die Tür. Er hörte sie nicht kommen. Bevor Sonja oder Gregor sich Gedanken machen konnten, wie sie ihn vielleicht überwältigen könnten, tat sie etwas völlig Unerwartetes. Sie legte ihm von hinten leicht die Hand auf die Schulter und sagte: »Würdest du mich wirklich töten?«

Roman zuckte zusammen, bewegte die Waffe aber lediglich einige wenige Millimeter von seinem Ziel weg. Selbstverständlich hatte er Sarah sofort an der Stimme erkannt. »Tu nichts

Falsches!«, forderte er mit kalter Stimme, ohne den Kopf auch nur im Ansatz in ihre Richtung zu drehen. »Wenn ich den Finger krümme, ist dein Bruder tot. Komm vorsichtig um mich herum und stelle dich neben ihn und seine Freundin.«

Sarah trat langsam und mit gesenktem Kopf vor und stellte sich neben Gregor. Die Tränen flossen in Strömen ihre Wangen hinunter, aber sie gab keinen Laut von sich. Sie hatte alles gehört, was er gesagt hatte. Sie hatte erkannt, dass er sie belogen und für seine Zwecke missbraucht hatte, und dass sie in der Liste seiner Prioritäten bei Weitem nicht an erster Stelle stand. Sie hob den Kopf und sah ihn aus geröteten Augen traurig an. »Waren alle Gefühle nur gespielt? Hast du wirklich nichts für mich empfunden, bist du nur eine Marionette der Vergangenheit – deines Großvaters und Vaters?«

»Halt den Mund!«, schrie er. »Du hast keine Ahnung, was Familie bedeutet, du hattest nie eine. Mein Großvater, mein Vater und ich, wir sind eine gerade Linie, ein Speer, der aus der Vergangenheit bis in die Gegenwart fliegt und alles durchbohrt, was sich ihm in den Weg stellt. Ihr habt es nicht verdient, zu leben und von den Verbrechen eures Großvaters zu profitieren.« Ein hässlicher Zug entstand um seinen Mund, als er fortfuhr: »Es ist nur schade, dass eure Eltern nicht mehr leben, um das Leid, euch zu verlieren, spüren zu können.«

Sonja nahm deutlich wahr, dass in diesem Moment etwas in Sarah zerbrach. Die Erwähnung ihrer Eltern, die sichere Überzeugung, dass es Roman gewesen war, der ihren geliebten Jonathan getötet hatte – all das schien etwas in ihr auszulösen: Verachtung, Empörung, aber vor allem … unbändige Wut.

Sarahs Augen blitzten auf, und sie fuhr ihn zornbebend an: »Was glaubst du, wer du bist? Gott, der die Sünden der Väter bis in die vierte Generation rächt, wie er hat Moses predigen lassen? Was … bildest … du … dir … ein?!« Ihre Stimme hatte an Lautstärke zugenommen. Die letzten Worte schrie sie in einer Lautstärke, die man ihr niemals zugetraut hätte.

Sonja sah mit Erstaunen, wie Roman erstmals ins Wanken zu geraten schien.

»Du hast nicht die Pflicht und schon gar nicht das Recht, das Leben von Menschen zu nehmen, die nichts mit den Verbrechen ihrer Vorfahren zu tun haben. Niemand hat das Recht, das Leben eines anderen zu nehmen.« Sie war einen Schritt nach vorne gegangen, und Roman wich vor ihr zurück. Aber Sarah war noch nicht am Ende. »Also gib diesen Wahnsinn auf. Um unseretwillen, noch ist es nicht zu spät.«

Während sie sprach, war sie immer näher an Roman herangetreten, sodass die Mündung der Waffe nur noch Zentimeter von ihrer Brust entfernt war. Romans Aufmerksamkeit galt in diesem Moment allein ihr.

Sonja warf einen kurzen Seitenblick zu Gregor, der ihr mit Blicken etwas signalisieren wollte. Nachdem er die Augen mehrmals von ihr weg nach außen bewegte, glaubte sie zu verstehen, was er von ihr erwartete.

Roman war offensichtlich so auf Sarah konzentriert, die zornbebend vor ihm stand, dass Sonja sich entschloss zu handeln. Sie warf sich mit einem lauten Aufschrei zur Seite, landete einen Meter entfernt mit lautem Krachen auf dem Boden, wo sie sich in Vortäuschung von Schmerzen wand.

Genau in dem Augenblick, als Romans Aufmerksamkeit sich der auf dem Boden windenden Sonja zuwandte, beugte Gregor sich ein wenig nach unten und ergriff den Kaffeepott aus Keramik, den er wenige Minuten zuvor abgestellt hatte. Sonja sah von ihrer liegenden Position am Boden, wie er ihn mit einer waagrechten Halbkreisbewegung nach vorne schleuderte.

Sie hatte gerade noch Zeit, sich zu wundern, warum er seine Waffe nicht gezogen hatte, als der Keramikpott mit unglaublicher Präzision den in Richtung Sonja blickenden Roman an der Schläfe traf.

Noch während Gregor sich nach vorne warf, geschah genau das, was er sicherlich unbedingt hatte verhindern wollen.

Roman taumelte einen halben Schritt zurück, und mit einem ohrenbetäubenden Krachen löste sich ein Schuss.

Sarah wurde mit einem schmerzhaften Aufschrei nach hinten geschleudert und prallte auf ihren heranstürmenden Bruder, der im Begriff gewesen war, sich auf Roman zu stürzen. Dieser ließ, von dem sicherlich schmerzhaften Treffer des Keramikgefäßes an der Schläfe benommen, aber auch mit einem Ausdruck des Entsetzens, die Waffe fallen.

Gregor kümmerte sich nicht um Roman. Sarah war gegen ihn geschleudert worden und zusammengebrochen. Er hatte sie zwar aufgefangen, war aber dann mit ihr zu Boden gestürzt. »Sarah!«, rief er verzweifelt, und als er sie von sich wegschob und neben sich ablegte, entdeckte er das Blut an seinen Händen. »Neeiin!«

Sonja blickte von Sarah zu Roman und sah seinen fassungslosen Blick. Dann aber schüttelte er seine Benommenheit ab, drehte sich auf dem Absatz herum und flüchtete aus der Wohnung.

# 38. KAPITEL

Alsmann und Jenny erreichten die Adresse mit großer Verspätung. Sie waren in einen Stau geraten, und schließlich hatte Alsmann laut fluchend das Blaulicht kurz eingeschaltet und war über einen Fußgängerweg langsam an den hupenden Autos vorbeigefahren. Er ließ den Wagen in Ermangelung eines Parkplatzes einfach auf dem Bürgersteig vor dem Appartementhaus stehen.

Es gab kein Polizeiprotokoll darüber, wie man ein Gebäude in solch einem Fall am besten betrat, aber die Praxis hatte Alsmann schon vor einiger Zeit etwas gelehrt. Das hatte er bereits zu Beginn ihrer Teamfindung Jenny vermittelt, und sie hatte es dankend und den Wert des Tipps erkennend angenommen. Es war ihr in Fleisch und Blut übergegangen, und sie musste auch nicht mehr darüber nachdenken. An der Tafel mit den Klingeln drückte sie mit der flachen Hand auf einige Knöpfe des unteren Bereichs. Als sich die erste fragende Stimme meldete, reichte ein kurzes: »Polizei Frankfurt, wir müssen in dieses Gebäude, bitte öffnen Sie die Tür.« Mochte der eine oder andere auch zögern, einer der aufgeschreckten Bewohner drückte unwillkürlich den Knopf, und mit einem Summen wurde die Tür entriegelt.

Drinnen trennte Jenny sich von Alsmann. Er nahm den Aufzug – sie die Treppe. So war es eingespielt. Aufgrund des Alters war die Aufteilung keine Frage. Alsmann wartete noch auf den herabkommenden Fahrstuhl, als Jenny bereits mit großen Schritten – zwei Stufen auf einmal nehmend – die Treppe hinaufeilte. Dabei hörte sie mit einem Ohr nach oben, mit dem anderen nach unten, falls Alsmann sie rufen würde. Niemand wusste vorher, ob nicht jemand, etwa ein Zeuge, ein Verdächtiger oder jemand auf der Flucht, mit dem Fahrstuhl unten ankommen würde. Es wäre tragisch, wenn Jenny dann immer weiter nach oben hetzen würde, während Alsmann mit der Situation unten alleine fertigwerden musste.

*

Sonja war zu dem am Boden kauernden Gregor geeilt und untersuchte die bewusstlos in seinen Armen liegende Sarah. An der rechten Seite ihres Brustkorbes war die hellblaue Bluse eine Handbreit unterhalb der Brust mit einem riesigen Blutfleck besudelt. Mit einer schnellen Bewegung riss sie die Bluse auf und begutachtete die Wunde. »Entwarnung«, beeilte sie sich zu sagen, da sie Gregor nicht unnötig lang im Ungewissen lassen wollte, »lediglich ein Streifschuss, der die Haut über eine Länge von ein paar Zentimetern aufgerissen hat. Das blutet böse, ist aber nicht lebensbedrohlich. Sie hat unwahrscheinliches Glück gehabt.«

»Bist du sicher, dass sie nicht in Lebensgefahr ist?« Es war völlig untypisch für Gregor, so eine irrationale Frage zu stellen.

Sie hatte ihr Urteil als Ärztin gefällt und würde es auch aufgrund dieser Frage nicht ändern. Dieses Verhalten war mit Sicherheit auf die Ausnahmesituation zurückzuführen, in der er sich gerade befand. »Ja natürlich. Ich verarzte die Wunde gleich.«

Gregor zögerte noch einen Augenblick, dann sah er Sonja flehentlich an. »Kümmere dich um sie, bitte.«

Sonja nickte nur. Sie hatte begriffen, was gleich passieren würde. Gregor nahm die von Roman fallen gelassene Waffe und stürmte aus der Tür. Er hörte das ihm nachgerufene »Sei vorsichtig!« schon nicht mehr.

*

Als Roman aus der Wohnungstür stürzte und sich dem Fahrstuhl näherte, sah er, dass dieser gerade auf dem Weg nach unten war. Also blieb ihm keine Wahl, als die Treppe zu benutzen, wenn er nicht die viel zu lange Wartezeit auf den Fahrstuhl in Kauf nehmen wollte.

Was war nur in ihn gefahren, dass er geflüchtet war? Warum hatte ihn der losgegangene Schuss, der Sarah getroffen hatte, so verwirrt, dass er die Waffe zurückgelassen hatte? Fühlte er doch mehr für sie, als er sich hatte eingestehen wollen? Wie hatte er nur so närrisch sein und zulassen können, dass vermutlich sein Unterbewusstsein die Oberhand gewonnen und die nüchterne Überlegung für einen Moment ausgeschaltet hatte? Diese Gedanken gingen ihm durch den Sinn, hielten ihn aber nicht davon ab, weiter zu fliehen.

Er hatte gerade die ersten Stufen genommen, als er im Treppenhaus den heftigen Atem einer Person hörte, die die Stufen heraufeilte. Ohne zu überlegen, drehte er um und setzte die Flucht nach oben fort.

Er hatte gerade das zwölfte Stockwerk hinter sich gelassen, als er von unten Gregors Stimme hörte: »Roman, bleib stehen. Es hat keinen Zweck zu fliehen!«

*

Gregor stürzte aus der Tür, und sein erster Blick ging zum Fahrstuhl. Er erkannte, dass dieser auf dem Weg nach oben war. Somit schied der Fahrstuhl als Fluchtmittel aus. Die Anzeige über der Tür verriet, dass er sich im zehnten Stock befand, und sie wechselte gerade zur Elf.

Also blieb nur die Treppe. Bereits die ersten Stufen hinab nehmend rief er: »Roman, bleib stehen. Es hat keinen Zweck zu fliehen!«

Schon hinter dem ersten Treppenabsatz hörte Gregor den keuchenden Atem einer Person, die aber näher kam und sich nicht etwa entfernte. Noch während er überlegte, kam eine heftig atmende Jenny ihm entgegen. Sie sah ihn überrascht an. »Gregor? Was ist passiert?«

»Ist dir jemand entgegengekommen?«

»Nein, wieso?«

»Wo ist Dieter?«

»Fahrstuhl!«, war alles, was Jenny noch völlig außer Atem sagen konnte.

Gregor drehte sich um und eilte die wenigen Stufen zurück auf die Ebene des zwölften Stocks. Gerade als er dort ankam, öffnete sich die Fahrstuhltür, und Dieter Alsmann betrat den Flur.

Drei Sekunden später kam Jenny – nun etwas langsamer und immer noch heftig atmend – die letzten Stufen empor. »Gregor, was ist los? Wie geht es Sonja? Ist Sarah hier?«

Ohne auf die Fragen direkt einzugehen, gab Gregor im Telegrammstil die wichtigsten Informationen an die beiden weiter: »Der Killer – Roman Zentsveyg, Enkel von Immanuel Rosenzweig – war hier in Sonjas Wohnung – ich hab die Waffe – Sonja ist okay, Sarah ist angeschossen, aber nicht lebensgefährlich verletzt – er ist auf der Flucht – nur ein paar Sekunden vor mir!« Er hielt die Waffe hoch und zeigte sie den beiden. Gleichzeitig sah er sie fragend an.

»Nicht mit dem Fahrstuhl«, äußerte Alsmann, der die Situation schnell erfasst hatte.

»Über die Treppe kann er auch nicht nach unten gekommen sein«, beeilte sich Jenny zu erklären.

Alle drei blickten den Treppenaufgang nach oben an.

»So dumm wird er doch nicht sein, oder?«, fragte der erfahrene Alsmann, der wusste, dass der Weg nach oben nahezu immer eine Sackgasse war.

»Er hatte keine Wahl. Jenny, Dieter, Sie nehmen den Fahrstuhl, ich die Treppe. Es sind noch sechs Stockwerke über uns. Wir sehen uns spätestens auf dem Dach.« Ohne ihre Antwort abzuwarten, machte sich Gregor auf den Weg nach oben.

*

Roman war selbstverständlich nicht dumm. Schon bevor er die Treppe nach oben genommen hatte, war ihm klar gewesen, dass das Gebäude – er wusste nicht, wie viele Stockwerke es genau hatte – wie jedes andere Haus oben zu Ende sein würde und damit auch sein Fluchtweg. Aber es war ihm gar keine andere Wahl geblieben und … er brauchte Zeit. Zeit zum Überlegen, die er nur auf dem Weg nach oben hatte. Als er zwei Stockwerke höher angekommen war, hatte er seine Optionen überdacht und nur einen Ausweg aus dem Dilemma gefunden. Dazu musste er alles auf eine Karte setzen.

Er eilte in den Flur, klingelte an der ersten Wohnungstür und riss sich das Hemd vorne und an der Seite auf. Er hörte Schritte in der Wohnung und die zaghafte Frage: »Ja bitte?«

Er stellte sich deutlich sichtbar vor den Türspion, machte einen verzweifelten Gesichtsausdruck und sagte nicht zu laut, aber deutlich hörbar: »Hilfe, Unfall!«

Die Hilflosigkeit anderer gab Menschen das Gefühl der Überlegenheit. Sich überlegen zu fühlen, gab Sicherheit und nahm Angst. Kam dazu noch ein wenig Hilfsbereitschaft, war das Ergebnis vorprogrammiert. Die Tür wurde aufgerissen, und die junge Frau mit dem Baby auf dem Arm hatte gerade noch Zeit, »Was …?« zu fragen, da war Roman an ihr vorbei, hatte die Tür hinter sich geschlossen und ihr die Hand auf den Mund gepresst.

»Keinen Laut«, zischte er, »dann passiert Ihnen und dem Baby nichts.«

Die junge Frau sah ihn mit aufgerissenen Augen an, machte aber keine Anstalten zu schreien und leistete auch keine Gegenwehr – was ihr mit dem Kleinkind auf dem Arm ohnehin schwergefallen wäre.

Roman hatte sich nicht von der Tür entfernt und legte ein Ohr an die Oberfläche, ohne die Frau loszulassen. Draußen hörte er Schritte, die aber leiser wurden, woraus er schloss, dass der Verfolger – vermutlich Gregor – die Treppe weiter hinaufeilte. Er wartete, bis er nichts mehr hörte. Dann sah er die Frau eindringlich an, legte einen Zeigefinger auf seine Lippen und machte dann mit dem Daumen eine Querbewegung über seine Kehle.

Der Blick der jungen Mutter zeigte, dass sie die unmissverständliche Drohung sofort verstanden hatte.

Roman ließ sie los, öffnete die Tür wieder und huschte hinaus. So leise wie möglich schloss er die Tür hinter sich.

Er verließ sich darauf, dass die junge Frau zu geschockt war, um unmittelbar die Polizei zu rufen oder gar zu schreien.

*

Sarah war zu sich gekommen, und da Sonja die Fleischwunde versorgt hatte, blutete sie kaum noch. Aufgrund eines schmerzstillenden Mittels konnte sie nach Sonjas Meinung kaum noch etwas spüren. Aber sie weinte leise vor sich hin, und die Ursache war nicht die Schussverletzung, sondern die seelischen Wunden.

Sie trauerte. Um ihren toten Ziehvater Jonathan und um ihren verlorenen Glauben an die wahre Liebe, der durch Romans Betrug erloschen war wie eine Kerze im Sturm.

Ihr war bewusst, dass der Schuss, der sie getroffen hatte, nicht absichtlich gegen sie gerichtet gewesen war. Aber sie wusste nicht, ob Roman sie im Zweifelsfall tatsächlich bewusst hätte töten können. War alles nur ein großes Schauspiel gewesen? Sie verstand nicht alle Hintergründe, aber die Vermutung lag nahe, dass es etwas mit Gregors Fall zu tun hatte. Außerdem hatte sie mitbekommen, dass Roman alle Mandelbaums hasste und für etwas Rache nehmen wollte.

Sonja saß neben ihr auf dem Boden, hatte ihren Kopf im Schoß und strich ihr zärtlich über das Haar. »Alles wird gut, alles wird gut«, wiederholte sie ein ums andere Mal. Es war Sarah nicht klar, ob sie eher sich selbst oder sie davon überzeugen wollte, dass der Albtraum vorbei war.

Sarah hörte sich nähernde Schritte im Flur vor dem Wohnzimmer, und auch Sonja sah erwartungsvoll in Richtung der Tür. »Alsmann? Jenny? Sind Sie das?«, rief sie und erweckte damit in Sarah die Hoffnung, dass Gregors Kollegen eingetroffen waren oder Gregor Roman hatte laufen lassen und zurückgekommen war, um sich um sie beide zu kümmern.

Die Realität holte sie ein, als Roman den Raum betrat. »Aha, also sind sie inzwischen zu dritt. Einem wäre ich auf der Treppe beinahe in die Arme gelaufen.«

»Roman! Was machst du noch hier? Was willst du noch von uns? Hast du nicht schon genug angerichtet?«, fragte Sonja mit einem ängstlichen Unterton.

»Was glaubst du wohl? Ihr seid meine Fahrkarte in die Freiheit – zumindest eine von euch.«

Die beiden Frauen waren aufgestanden, wobei Sonja die verletzte Sarah stützen musste. Beide sahen Roman an, aber Sarah sprach kein Wort. Was sollte sie ihn fragen? Was könnte sie ihm glauben?

Roman hatte keine Waffe mehr, aber auch die beiden Frauen hatten nichts, womit sie sich hätten verteidigen können.

Er trat einen Schritt vor, packte Sonja am Arm und riss sie von Sarah weg zu sich hin. »Mach keine Zicken, sonst breche ich dir das Genick so schnell, dass du nicht einmal bedauern kannst, dich gewehrt zu haben.«

Obwohl Sonja fünf Zentimeter größer war als er, schien sie keinen Zweifel daran zu haben, dass er in der Lage war, seine Drohung in die Tat umzusetzen. Sie wehrte sich nicht und unternahm auch keine Anstalten, sich aus seinem Griff zu winden.

Sarah sah ihn immer noch an wie ein weidwundes Reh.

Roman blickte ihr in die Augen, und sie konnte erkennen, dass in ihm ein innerer Widerstreit stattfand. Sie ahnte, worum es ging, aber nicht, wie es ausgehen würde. Dann erkannte sie, dass er offensichtlich zu einer Entscheidung gekommen war. Seine Lippen verzogen sich zu einer Grimasse, die Verachtung signalisierte. Als er zu sprechen begann, spürte Sarah, wie der Rest von Gefühlen für diesen Mann in kleinste Teile zerbrach. »Ich habe mich entschieden, dich leben zu lassen. Das nur zur Kenntnis. Mit einer der Gründe dafür ist, dass es für dich vermutlich fast noch schlimmer ist, mit dem Tod deines geliebten Bruders und aller anderen, die dir lieb und wert sind, fertigzuwerden, als selbst zu sterben. Da wäre es ja schon fast gnädig, wenn ich dir einen schnellen Tod bescheren würde. Und mach dir keine Hoffnungen … angesichts der mir zur Verfügung stehenden Mittel gibt es nicht den Hauch eines Zweifels, dass ich deinen Bruder letztendlich zur Strecke bringen werde.«

Das war für die ohnehin durch die Verletzung geschwächte Sarah zu viel, und ohne einen weiteren Laut brach sie bewusstlos in sich zusammen.

*

Mit dem Fahrstuhl im obersten Stockwerk angekommen, sahen Alsmann und Jenny, dass von hier eine Treppe auf das Dach führte. Noch während sie dies eruierten, kam Gregor mit riesigen Sätzen die Treppe von unten heraufgeeilt. Sowohl Alsmann als auch Jenny hatten ihre Waffen gezogen, und Jenny wies, ohne etwas zu sagen, mit der linken Hand auf den Treppenaufgang.

Hintereinander – Gregor voran – stiegen sie langsam mit den Waffen im Anschlag die Treppe hinauf. Sie endete direkt an einer Tür, an der ein Griff in Form eines quer über die ganze Breite gehenden Balkens angebracht war.

Über dem Türgriff erkannte Jenny ein großes Schild mit der Aufschrift: »Fluchttür – nur im Notfall benutzen – Alarmauslösung bei Benutzung!« Es schien ihr, als würde Gregor nur den Bruchteil eines Augenblicks zögern. Die Auslösung eines Alarms war derzeit sicherlich ihr geringstes Problem. Außerdem musste der Alarm ohnehin längst ausgelöst worden sein, als der flüchtende Roman durch diese Tür gegangen war.

Gregor drückte den Balken herunter und die Tür auf. Sie gab den Blick auf ein Flachdach ohne irgendwelche Aufbauten frei. An einigen Stellen ragten kleine Schornsteine auf, die jedoch keinerlei Deckung gaben. Aber da war ja noch der Aufbau, der den letzten Teil des Treppenaufgangs enthielt. Also konnte der flüchtige Mörder nur noch in ihrem Rücken hinter dem Aufbau oder seitlich außerhalb ihres Blickfeldes sein. Jenny war sich für einen kurzen Moment unsicher über die weitere Vorgehensweise.

Gregor deutete mit einem Finger auf sie und dann nach links, danach auf Alsmann und dann nach rechts. Sie verstand ihn auch ohne Worte. Mit nach vorne gestreckter Waffe begab sie sich gleichzeitig mit Alsmann durch die Tür und wandte sich nach links, während er sich nach rechts orientierte. Als sie in ihrem Bereich niemanden entdecken konnte, sah sie kurz zu Alsmann, er nickte ihr zu, und beide wandten sich wiederum gleichzeitig um die linke und rechte Ecke des kleinen Aufbaus. Sie hatten nun den dahinter liegenden Teil des Daches im Blick, der allerdings ebenfalls leer war. Beide riefen »Gesichert!«, und Gregor schloss zu Jenny auf.

Nun blieb nur noch der Bereich direkt hinter dem Treppenaufgangshäuschen. Gregor ging an Jenny vorbei und bewegte sich, genauso wie zuvor seine beiden Kollegen, um die letzte Ecke. »Gesichert! Sie können rumkommen«, rief er ihnen zu.

Ratlos standen sie nun zusammen und überblickten das leere Dach, auf dem sich keine Versteckmöglichkeiten boten.

Jenny sah es zuerst und deutete auf die äußerste Ecke des Daches. »Da hinten ist eine Nottreppe. Vielleicht ist er da runter.« Sie eilten gemeinsam zu dem Metallgehäuse hin, hinter welchem eine Leiter in einer Metallgitterröhre nach unten führte.

»Verdammt!«, entfuhr es Gregor, als sie an der Feuertreppe angekommen waren.

»Meinst du, er ist uns hierüber entwischt?«, fragte Jenny.

»Nein«, antwortete Alsmann an Gregors Stelle, denn er hatte dieselbe Entdeckung gemacht wie ihr Chef. »Er kann hier nicht runter sein. Der Zugang zu dieser Treppe ist verplombt, und die Plombe ist nicht gebrochen, also wurde diese Treppe nicht benutzt.«

Gregor hörte ihm gar nicht zu, sondern schien tief in seine Überlegungen versunken zu sein. »Verdammt!«, entfuhr es ihm erneut. »Er hat uns ausgetrickst. Er ist in irgendeinem Stockwerk in eine Wohnung, und wir sind an ihm vorbei nach oben.«

Die letzten Worte verstand Jenny nur noch mit Mühe, da Gregor sich bereits in Bewegung gesetzt hatte und in einem Spurt zurück zum Treppenabgang eilte. Sich seufzend in ihr Schicksal ergebend, hetzte sie ihm hinterher. Sie bekam gerade noch mit, dass Alsmann sich in leichtem Trott ebenfalls auf den Rückweg gemacht hatte.

Gregor war ihr weit voraus. Er nahm immer mehrere Treppenstufen auf einmal, sprang jeweils die letzten vier Stufen pro Absatz nach unten und eilte in Richtung von Sonjas Wohnung. Er hatte die Räumlichkeiten schon betreten, als Jenny die Treppe herunterkam. Im selben Moment öffnete sich quälend langsam die Tür des Fahrstuhls, und Dieter Alsmann trat heraus.

Gemeinsam eilten sie zu der Wohnung und stürmten mit gezogenen Waffen durch die geborstene Tür.

Sie fanden Gregor auf dem Boden kniend, die leblose Sarah in seinen Armen. Er wiegte sich vor und zurück und rief dabei immer wieder: »Sarah, wach auf, Schwesterherz, wach doch auf, bitte!«

Jenny eilte in die Küche, sah sich kurz um und schnappte sich dann ein Handtuch, das sie dann kurz unter den laufenden Wasserhahn hielt.

Zurück im Wohnzimmer beugte sie sich zu Gregor hinab. »Lass mich bitte mal ran. Du bist emotional viel zu stark involviert.«

Gregor sah sie kurz an, überlegte und kam schließlich offenbar zu demselben Schluss. Dann übergab er ihr seine Schwester.

Jenny hatte einige Erfahrung mit Verletzungen – allerdings waren es meist Sportverletzungen beim Fußball gewesen. Aber sie sah die versorgte Wunde und vermutete, dass diese nicht der Grund für die Bewusstlosigkeit war. Vielleicht ist es ja nur eine Ohnmacht, ein Kreislaufzusammenbruch oder etwas Ähnliches, von außen nicht Feststellbares. Zunächst drückte sie das mit eiskaltem Wasser getränkte Handtuch leicht auf Sarahs Stirn, dann hob sie es über ihren Kopf und presste ein kleines Rinnsal an Wasser heraus, das der bewusstlosen Frau über das Gesicht lief. Dann tätschelte sie leicht ihre Wangen. »Komm, Mädchen, ist halb so schlimm.«

Sarah schlug die Augen auf und sah Jenny zunächst mit Unverständnis an. Dann entdeckte sie dicht hinter ihr ihren Bruder.

»Er hat Sonja mitgenommen!«, waren ihre ersten Worte.

# 39. KAPITEL

Roman war mit Sonja auf die Straße hinausgetreten und um den halben Block zu seinem Wagen gegangen. Der Wagen hatte sich bei seiner Annäherung aufgrund des Funkschlüssels in seiner Hosentasche automatisch entriegelt. Roman öffnete – seinen Arm um Sonjas Hals geschlungen – den Kofferraum des weißen Lexus LFA. Dann hob er in dem ansonsten leeren Kofferraum eine Abdeckung an und entnahm eine silbern glänzende Pistole. »Jetzt können wir uns ein wenig freier bewegen«, sagte er, »ich zumindest. Einsteigen – Fahrerseite!«

Sonja sah keine Möglichkeit zur Flucht. Würde sie losrennen, würde er ihr auf offener Straße hinterherschießen, dessen war sie sich sicher. Er hatte nichts mehr zu verlieren, nun, da er als Täter enttarnt worden war.

Sie öffnete die Fahrertür des 560-PS-Sportwagens, betrachtete skeptisch die roten Schalensitze aus Leder und zwängte sich dann hinein.

Gleichzeitig mit ihr bestieg Roman das Auto auf der Beifahrerseite. »Anschnallen!«, kommandierte er und tat auf seiner Seite dasselbe. Die Waffe hatte er locker auf seinem Schoß liegen, den Finger am Abzug und die Mündung auf Sonja gerichtet. »Fahr los!«

»Wohin?«

»Egal – Hauptsache, langsam. Keine Aufmerksamkeit erregen, das könnte sonst übel für dich enden.« Nach kurzem Nachdenken gab er eine detailliertere Anweisung. »Fahr in Richtung Eschborn, ich muss nachdenken.«

Sonja startete den Wagen, indem sie den Startknopf drückte. Der 4,8-Liter-V-10-Motor sprang mit einem dumpfen Röhren an, das sofort in ein sattes Brummen überging.

Roman griff ans Armaturenbrett und betätigte zwei Tasten. Dadurch änderte er den Fahrmodus auf normal, dann die Schaltgeschwindigkeit des Automatikgetriebes auf eine Sekunde. Die zuvor eingestellte Geschwindigkeit von 0,2 Sekunden war für extrem sportliches Fahren gedacht, und dafür gab es im Moment keinen Grund. Wahrscheinlich wäre Sonja auch von dem schnellen Wechsel der sechs Gänge überfordert gewesen.

Sonja fuhr los. Sie hatte keine Ahnung, was er im Stadtteil Eschborn vorhatte. Aber sie dachte daran, dass Gregor möglicherweise eine Idee haben könnte, wo Roman hinwollte. Dann musste sie für ihn so viel Zeit herausschlagen, wie sie konnte. Deshalb fuhr sie langsam und gemächlich und nutzte jede Gelegenheit, sich hinter andere langsam fahrende Fahrzeuge zu klemmen oder bereits bei Gelb an Ampeln zu halten.

Sie wurde aus ihren Gedanken aufgeschreckt, als Roman sagte: »Okay, wir fahren in die Firma!«

»Zentsveyg-Oil?«

»Welche Firma sonst? Weißt du, wo das ist?«

»Nein«, konnte Sonja antworten, ohne lügen zu müssen.

»In Eschborn. Die Nächste links und dann Richtung Autobahn.«

Sie fuhren einen Moment schweigend weiter, bis Sonja ihn ansprach: »Was hast du vor? Sie werden inzwischen eine Fahndung eingeleitet haben, und wir fahren ja nicht gerade in einem unauffälligen Kleinwagen.«

»Ich denke, wir haben einen kleinen Vorsprung. Sie werden zuerst in meinem Appartement suchen. In der Firma habe ich Unterlagen, die ich mitnehmen muss. Danach geht es zu einem kleinen Flugzeughangar in Egelsbach, und dann fliegen wir mit meinem Firmenjet nach Russland.«

»Wir?«

»Dachtest du, ich gebe meinen derzeit einzigen Trumpf aus der Hand?« Er sah sie verächtlich lächelnd an. Dann blickte er wieder auf die Straße und zuckte zusammen. »Du bist falsch abgebogen!«

»Oh Entschuldigung, ich kenn mich hier nicht so gut aus.«

Er sah sie nachdenklich und prüfend an, dann holte er sein Handy aus der Gürteltasche, schaltete es ein und kontrollierte die Anzeige. Immer wieder musste er die Hand von der Waffe nehmen, die dann für Sekunden lose in seinem Schoß lag, und Sonja überlegte, ob es sich realisieren ließ, dass sie danach griff. Aber die Gefahr war zu groß, da sie sich auch noch auf den Verkehr konzentrieren musste.

Roman fasste an die Mittelkonsole und fuhr die Seitenscheibe auf der Beifahrerseite herunter. Dann warf er mit einem bedauernden Gesichtsausdruck und einem leise gemurmelten »Schade drum« das Handy auf den Grünstreifen, der sich rechts neben ihm befand.

»Warum das?«, wollte Sonja überrascht wissen.

»Du weißt doch auch, dass Handys leicht zu orten sind. Sarah hat meine Nummer, und dank deiner Intervention – glaube nicht, ich hätte nicht gemerkt, dass du extra falsch gefahren bist – haben die anderen wieder etwas mehr Zeit bekommen.« Er lächelte sie böse an. »Aber dank deines Manövers sind wir jetzt in die falsche Richtung unterwegs, und bis sie merken, dass das Handy sich nicht mehr bei uns befindet, sind wir schon wieder ganz woanders.« Dann schaltete er das am Armaturenbrett befindliche Navigationsgerät ein. Er tippte ein paar Angaben ein und befahl ihr: »Folge den Anweisungen. Denk dran, dass ich sofort merke, wenn du davon abweichst.« Mit diesen Worten lehnte er sich in seinem Sitz zurück, die Hand weiterhin an der Waffe, und hing seinen vermutlich düsteren Gedanken nach.

Schweigend fuhren sie weiter in Richtung Eschborn. Es war nur noch etwa ein Kilometer bis zum Ziel, als Sonja sich entschloss, nicht hilflos in der Opferrolle zu verharren, sondern etwas zu unternehmen. Vor sich sah sie ihre Chance. Die Straße war an dieser Stelle dreispurig, und sie fuhren in der Mitte. Rechts und links von ihnen hatten sich bereits vor einer Ampel kurze Staus gebildet, auf ihrer Fahrbahn floss der Verkehr noch, wenn auch langsam.

Sie hatte Filme gesehen, in denen Kidnapper dadurch außer Gefecht gesetzt worden waren, dass sie, im Gegensatz zum Opfer, nicht angeschnallt gewesen waren. Bei einem Auffahrunfall knallte der Nichtangeschnallte auf die Konsole, und alles wurde gut, Happy End und Schnitt. Aber sie waren beide angeschnallt.

Ihre Chance war eine andere, und innerhalb weniger Sekunden traf sie die Entscheidung. Die Angst trieb ihr den Schweiß auf die Stirn, und sie spürte, wie ein Tropfen ihre rechte Schläfe hinunterrann. Gut! »Mir ist heiß, kann man das Ding nicht klimatisieren?«

»Das ist die Angst, was mit dir geschehen wird, nicht wahr?«, entgegnete Roman spöttisch. Dennoch widmete er seine Aufmerksamkeit der Klimaanlage in der Mittelkonsole und nahm Einstellungen vor.

Sonja sah, dass der Wagen sich langsam dem nun auch auf dem Mittelstreifen entstehenden Stau näherte. Es wäre Zeit gewesen zu bremsen, stattdessen tippte sie leicht das Gaspedal an. 560 PS entwickeln eine enorme Beschleunigung, der Wagen schoss nach vorne, brachte die wenigen Meter bis zum Stauende im Bruchteil einer Sekunde hinter sich und schlug mit enormer Kraft in den vor ihnen bereits zum Stillstand gekommenen Kleintransporter ein.

Roman hatte keine Zeit, zu reagieren oder den Aufprall zu verhindern. Es reichte gerade noch dazu, dass er bei Beginn der einsetzenden Beschleunigung verwundert aufblickte. Aber die auf seinem Schoß liegende Waffe schoss aufgrund der Trägheit der Masse nach vorne und landete im engen Fußraum – unerreichbar für ihn.

Das war der Effekt, den Sonja zu erzielen gehofft hatte.

Krachend blähten sich die Airbags auf. Roman wurde halb nach vorne geschleudert und traf mit dem Gesicht auf das ihm explosionsartig entgegenkommende Luftkissen.

Sonja war auf den Zusammenprall vorbereitet. Sie hatte den linken Arm vors Gesicht genommen und war mit der Rechten bereits in der Nähe des Gurtschlosses. Bitte, Gott, lass die Tür sich nicht verzogen haben!

Während sie den schon schlaffer gewordenen Airbag von sich wegschob, öffnete sie das Gurtschloss mit der rechten Hand. Dann tastete sie mit der Linken nach dem Türriegel.

Die Tür ließ sich ohne Probleme öffnen, schwang auf und knallte gegen den neben ihnen stehenden Wagen.

Sonja warf sich aus dem Auto, ohne einen Blick zurück auf Roman zu werfen. Es hätte nichts geändert, wenn sie gewusst hätte, in welchem Zustand er den Aufprall überstanden hatte oder ob er nach der Waffe suchte. Ihr Heil lag einzig und alleine in der Flucht. Sie fiel zunächst zu Boden, sprang behände wie eine Katze wieder auf und strauchelte zwischen den stehenden Fahrzeugen auf der linken Spur hindurch. Dann sprang sie über die Mittelplanke auf die Gegenfahrbahn. Bremsen kreischten, und ein Wagen kam direkt neben ihr schlingernd zum Stehen. Ein wildes Hupkonzert begann. Einem weiteren bremsenden Fahrzeug ausweichend erreichte sie den Bürgersteig und orientierte sich notdürftig.

Hinter ihr waren auf der Straße mehrere Fahrzeuge ineinandergekracht. Es war keine Zeit, zu zögern oder verschiedene Möglichkeiten gegeneinander abzuwägen. Sie spurtete auf den Parkplatz eines Bürogebäudes und eilte, ohne nachzudenken, hinter das Haus.

Erst als sie die Straße nicht mehr sehen konnte, gönnte sie sich eine kleine Verschnaufpause. Ihr Puls raste, und es pochte in ihren Ohren, was sie aufgrund der Adrenalinausschüttung bisher nicht bemerkt hatte. War Roman inzwischen auch aus dem Wagen ausgestiegen? Würde er in der nächsten Sekunde um die Ecke kommen?

*

Roman hatte wertvolle Sekunden verschenkt, als er zunächst versucht hatte, an die Waffe im Fußraum zu kommen. Das hatte sich in einem Sportwagen, im angeschnallten Zustand und mit einem noch halb gefüllten Airbag vor dem Gesicht als unmöglich erwiesen.

Er fummelte fluchend an dem Gurtschloss, bis er schließlich den Gurt lösen konnte und seine Bewegungsfreiheit wieder hergestellt war. Das Dreckstück hat mich reingelegt, verdammt!

Als er endlich aus dem Wagen ausgestiegen war, konnte er Sonja nicht mehr entdecken. Die Sicht auf die andere Straßenseite wurde ihm durch einen Lkw verdeckt. Scheiße! Keine Chance.

Er entschloss sich, den kurzen Rest des Weges bis zur Firma zu Fuß zurückzulegen.

An dem 30 Stockwerke hohen Gebäude von Zentsveyg-Oil angekommen, raste er die Rampe zur Tiefgarage hinunter und setzte in einer Flanke über die Schranke hinweg, die erst hochging, wenn der Lenker eines heranfahrenden Autos sich anmeldete oder eine Chipkarte in den Automaten schob. Es gab zwar eine Videoüberwachung der Einfahrt, aber das musste ihn im Moment nicht interessieren. Er eilte zu der Liftanlage und zog bereits vor Erreichen des Raumes, in dem sich die Türen von sechs Liften befanden, eine Spezialkarte aus der Hosentasche. Einer der Aufzüge war sein Privatlift, eine Anlage, die niemals fuhr, außer wenn er sie mit der Spezialkarte benutzte. Er steckte die Karte in den dafür vorgesehenen Schlitz, und lautlos wichen die zwei Schiebetüren zur Seite. Es gab nur einen Knopf, den er drückte. Die Türen schlossen sich, und der Lift fuhr ohne Unterbrechung in den 29. Stock, in dem sich sein Büro befand. Er endete direkt in seinem Büro – ein Privatzugang, der ihm ermöglichte, zu kommen und zu gehen, wann er wollte und vor allem ohne die Aufmerksamkeit seiner Vorzimmerdame zu wecken.

In seinem Büro angekommen, wandte er sich direkt einem hinter Aktenordnern verborgenen kleinen Safe zu, den er öffnete, indem er eine Zahlenkombination eingab. Unter den dort versteckten Unterlagen suchte er einen Hefter heraus, der auf keinen Fall hier verbleiben durfte.

Aus den Augenwinkeln nahm er eine Bewegung halb hinter sich wahr und fuhr herum. Der mit einer fast mannsgroßen Rückenlehne versehene Bürosessel hinter seinem Schreibtisch war in Bewegung geraten und drehte sich langsam. Er hatte mit der Rückseite der Lehne zum Schreibtisch gestanden, weshalb Roman die in ihm sitzende Person nicht hatte sehen können.

»Hallo, Roman, schön, dass du endlich da bist«, sprach Gregor ihn ruhig an. In der Hand hielt er die Skorpion-Maschinenpistole, die Roman in Sonjas Wohnung zurückgelassen hatte und deren Lauf nun genau auf Romans Bauch zielte. »Wo ist Sonja?«, fragte er gefährlich ruhig.

Roman lächelte, und Gregor erkannte in seiner Mimik eine Emotion, deren Ursache er noch ergründen musste: aufkeimende Hoffnung.

Als Roman seine Antwort formulierte, erkannte er den Grund. »Ich habe sie bei einem Vertrauten gelassen, und wenn ich mich nicht in zehn Minuten melde, ist sie tot!«

Gregor lächelte kalt. Das war einfacher, als er gedacht hatte. »Ich bin froh, dass meine Schwester dir ganz offensichtlich nicht alles über mich erzählt hat. Ich sehe deutlich, dass du lügst … also heißt das für mich, dass Sonja wohl in Sicherheit ist. Danke.«

Roman sah ihn fassungslos an und war zu keiner Erwiderung fähig.

»Du fragst dich sicher, woher ich wusste, dass du hierher kommen würdest, oder?«

Ganz offensichtlich war das einer der Gedanken, die Roman gerade durch den Kopf gingen.

Aber bevor er das bestätigen konnte, sprach Gregor unaufgefordert weiter: »Wenn ich ein Spieler wäre, würde ich behaupten, ich hätte ein wenig gepokert. Aber ehrlicherweise war es einfach nur pure logische Deduktion. Wenn du noch Spuren zu verwischen hättest, dann mit Sicherheit nicht in der Wohnung, in der du mit Sarah gelebt hast. Eher in einem Büro, zu dem außer dir kaum jemand Zutritt hat und das du, wie wir gesehen haben, unbemerkt über einen Privatlift beliebig verlassen und betreten kannst. Dass ich vor dir hier war, ist übrigens auch keine Hexerei. Bedenke, dass wir bei der Polizei auch über eine Hubschrauberstaffel verfügen. Ihr habt einen wirklich hübschen Hubschrauberlandeplatz auf dem Dach – und er befindet sich nur zwei Stockwerke über uns. Praktisch. Allerdings lassen die Sicherheitsvorkehrungen doch ziemlich zu wünschen übrig. Das Sicherheitspersonal kam viel zu spät auf dem Landeplatz an und war keine echte Herausforderung für meine Kollegen vom SEK. Deine Vorzimmerdame sitzt übrigens ziemlich verstört draußen vor der Tür unter Bewachung durch einen Kollegen. Sie hat mich netterweise ins Büro gelassen.« Langsam erhob sich Gregor von dem Sessel, ohne die Mündung der Waffe auch nur einen Augenblick von ihrem Ziel abweichen zu lassen. »Du siehst also, das Spiel ist aus.«

Roman verzog hasserfüllt den Mund und stieß ein lautes »Niemals!« hervor.

Gregor tat, als habe er den Ausbruch nicht gehört. »Ich werde das Konzept der Blutrache niemals verstehen. Ich hätte noch nachvollziehen können, wenn dein Großvater sich an meinem Großvater gerächt hätte, das hätte eine gewisse Logik gehabt. Wobei Vergeltung ja grundsätzlich ein niederes Motiv ist. Ich hätte den Mord an meinem Großvater als Straftat verfolgt, aber ich hätte ihn in Kenntnis der menschlichen Psyche nachvollziehen können. Immerhin hat Saul Mandelbaum dafür gesorgt, dass die ganze Familie deines Großvaters im KZ ermordet wurde. Ich hätte auch noch ein wenig Verständnis gehabt, wenn dein Vater sich an Saul gerächt hätte, aber spätestens dann hört bei mir jegliche Nachvollziehbarkeit auf. Dass der Sohn sich an dem Sohn des Verbrechers rächt oder – noch schlimmer und unverständlicher – der Enkel am Enkel. Was bringt das? Genugtuung? Der Tod eines Menschen, der bis vor Kurzem von den begangenen Verbrechen eines Vorfahren nicht einmal wusste? Hätte das etwas gutgemacht?« Gregor sah Roman kopfschüttelnd und fragend an.

»Du verstehst gar nichts, Mandelbaum«, stieß Roman hervor. »Ausgleichende Gerechtigkeit. Leben für Leben. Und wenn der Schuldige selbst tot ist, überträgt sich die Schuld auf seine Nachkommen. Die Gruppe um deinen Großvater hat das Leben meiner Familie zerstört!«

»Die Schuld meines Großvaters Saul ist unbestritten und nicht wiedergutzumachen. Auch das Verharren im Unrecht, wie mein Onkel Jakob es betrieben hat, nachdem er um das Unrecht wusste, kann ich nicht gutheißen. Aber vielleicht ist dir bekannt, dass mein Vater seinen Widerstand gegen die Fortführung dieses Unrechts mit dem Leben bezahlt hat?«

Romans verständnisloser Blick zeigte Gregor, dass dieser Teil der Geschichte ihm nicht bekannt gewesen war. »Ich sehe, du weißt doch nicht alles. Trotz allem Unrecht betrachte ich es als kühne Aussage, dass das Leben deiner gesamten Familie zerstört worden sei. Das mag auf deine Urgroßeltern zutreffen, die im KZ ihr Leben verloren haben, aber dein Großvater hat doch offensichtlich eine Frau gefunden und einen Sohn gezeugt. Der wiederum hat ebenfalls eine Frau gefunden und einen Sohn gezeugt – und ist auch noch Milliardär geworden. Welches Leid hast *du* gelitten, als Sohn eines Milliardärs, der mit einem goldenen Löffel im Mund aufgewachsen ist?«

Roman erwiderte nichts, aber er knurrte wie ein böser Kampfhund.

»Es ist vermutlich müßig, das Thema zu diesem Zeitpunkt zu vertiefen«, fuhr Gregor fort, »aber du wirst viel Zeit haben, im Gefängnis das Konzept der Blutrache noch mal in Ruhe zu überdenken.«

»Niemals!«, stieß Roman ein zweites Mal hervor. »Du magst damit recht haben, dass mein Plan gescheitert ist. Aber ich werde niemals ins Gefängnis gehen, und es wird auf gar keinen Fall ein Mandelbaum sein, dem es gelingt, mich einzusperren. Ich habe noch eine Option!«

Gregor wurde erstmals ein wenig unruhig und unsicher. Die minimalen Muskelbewegungen in Romans Gesicht, die dieser nicht bewusst steuern konnte, sagten ihm, dass er die Wahrheit sprach und sich tatsächlich sicher war, für seine Verbrechen nicht belangt zu werden.

»Sag Sarah, dass ich sie tatsächlich sehr gerngehabt habe

und dass ich im Nachhinein froh bin, sie nicht habe töten zu müssen.«

Was hat er vor? Bevor Gregor zu einer Reaktion fähig war, griff Roman sich in den Mund und riss mit Daumen und Zeigefinger einen Backenzahn heraus. Er ließ den künstlichen Zahn achtlos auf den Boden fallen und presste die Kiefer mit einem heftigen Ruck zusammen. Er schluckte schwer und sah Gregor triumphierend an. »Ein Rosenzweig hat immer … eine … Option …« Die letzten Worte wurden durch heftiges Atmen unterbrochen. Roman hyperventilierte und brach dann keuchend zusammen. Er wand sich unter Schmerzen auf dem Boden, röchelte nach Luft und verdrehte die Augen, bis nur noch das Weiße zu sehen war. Es dauerte nur wenige Sekunden, bis sein Körper still wurde, noch einmal kurz zuckte und sich dann entspannte.

Gregor trat vorsichtig heran, da er eine Falle oder ein Schauspiel nicht ausschließen konnte. Aber aufgrund der Symptome war er sich ziemlich sicher, was soeben passiert war. Er sah in die blicklosen und weit geöffneten Augen. Dann registrierte er den Geruch nach Bittermandeln, was seinen Verdacht bestätigte, dass es sich tatsächlich um eine Blausäurevergiftung handelte. Roman hatte auf eine sogenannte Zyankali-Kapsel gebissen und war den gleichen Tod gestorben, den seine jüdischen Vorfahren, die in den Gaskammern mit Zyklon-B getötet worden waren, hatten erleiden müssen.

Gregor stand über der Leiche des jungen Mannes und blickte nachdenklich, aber auch mit Unverständnis auf ihn hinunter. »Du dummer Junge. Was haben sie dir angetan, dass du so verbohrt und fehlgeleitet warst? Du hättest doch ein schönes und sorgenfreies Leben führen können. Wie unlogisch.« Er schüttelte traurig den Kopf, drehte sich um, ohne einen weiteren Blick auf den Toten zu werfen, und verließ das Büro.

# EPILOG

An der gläsernen Eingangstür des Ristorante da Marco hing ein handgemaltes Schild mit der Aufschrift »Geschlossene Gesellschaft«.

Gregor hatte sein mit Rotwein gefülltes Glas erhoben und war aufgestanden. Er trug eine modische weinrote Stoffhose und ein weißes Stehkragenhemd mit einem locker um den Hals gebundenen Seidenschal. Zu mehr hatte Sonja ihn bisher nicht überreden können. Die kleine Gruppe von insgesamt sieben Personen sah ihn erwartungsvoll an.

Die rechts von ihm sitzende Sonja lächelte und nickte ihm aufmunternd zu. Sie hatten seine Ansprache gemeinsam geschrieben und geübt, und nicht selten hatte er sich von Sonja belehren lassen müssen, was eine gesunde Interaktion im zwischenmenschlichen Bereich bedeutete. Aber zumindest hatte sie ihm bescheinigt, dass er auf einem guten Weg sei. Den Text kannte er selbstverständlich auswendig, und das Üben hatte lediglich dem Zweck gedient, dass es nicht klang, als lese er aus einem Buch vor.

Er war bereits eine Woche nach den Ereignissen um Roman Zentsveyg aus Sonjas Wohnung ausgezogen. Dies lag unter anderem daran, dass die Couch auf Dauer kein geeigneter Ort zum Übernachten war und Sonja ihn andererseits noch nicht in ihr Bett einladen wollte. Sie hatte darum gebeten, ihre »Beziehung« aus der Ferne aufzubauen, und ihm gleichzeitig versichert, dass sie als Freundin jederzeit zur Verfügung stand, wenn es galt, an seinen Defiziten zu arbeiten.

Trotz eines immer noch vorhandenen Unbehagens hatte er sich entschlossen, ihren Vorschlägen und Anregungen bezüglich seines Verhaltens den Kollegen gegenüber zu folgen.

»Ich möchte damit beginnen, dass ich allen Anwesenden meinen Dank ausspreche«, fing er seine Ansprache an und sah vor seinem geistigen Auge den Text, den er gemeinsam mit Sonja verfasst und mit ihr besprochen hatte, »meinen Dank für die Hilfe und Unterstützung, die ich in einer schweren Zeit von allen Anwesenden erhalten habe.«

Er blickte zu seiner links von ihm sitzenden Schwester Sarah, die sich inzwischen vollständig von der leichten Schussverletzung erholt hatte. Ihren Seelenfrieden hatte sie allerdings noch lange nicht wiedergefunden, und sie sah ein wenig verhärmt aus. Nach anfänglichem Sträuben hatte sie sich doch von Gregor und Sonja dazu überreden lassen, an diesem Abend an der kleinen Feier teilzunehmen.

»Meiner Schwester Sarah möchte ich dafür danken, dass sie mir zu keiner Zeit vorgeworfen hat, dass ich gezwungen war, ihre große Liebe als schrecklichen Betrug zu enttarnen. Sarah«, er blickte ihr mit seinem traurigen Blick tief in die Augen, »ich bin sicher, dass auch du einmal wieder glücklich sein wirst. Du hast noch alle Zeit der Welt. Auf dein Wohl und eine glückliche Zukunft!« Mit diesen Worten hob er sein Glas in ihre Richtung. Sarah und alle anderen Anwesenden taten es ihm gleich, und es ertönte ein mehrstimmiges »Prost, auf die Zukunft!«.

Gregor sah seinen ihm gegenübersitzenden Chef an und fuhr fort: »Ihnen, Herr Kriminaldirektor Lohmeyer, danke ich für das in mich gesetzte Vertrauen, das angesichts meiner … nun, sagen wir mal … nicht unerheblichen Kommunikationsprobleme im zwischenmenschlichen Bereich nicht ganz selbstverständlich war.«

Der anfänglich etwas skeptische und distanzierte Ausdruck in Lohmeyers Mimik wich langsam, aber sicher einer Emotion, die Gregor als Verständnis und unter Umständen sogar als leichte Sympathie deuten konnte. Der Grund dafür lag nicht nur in den gerade gewählten Worten, sondern vor allem in Gregors Handlungen der letzten Wochen.

Er hatte während des Monats, der seit der Klärung des Falles vergangen war, mit einigen Missverständnissen bezüglich seiner Person aufgeräumt. Angefangen hatte er damit, dass er, zur Überraschung vieler, jede Person, die ihm über den Weg lief und die ihn auch nur vom Sehen kannte, darüber aufklärte, wie seine sozialen Defizite und sein bisweilen merkwürdig erscheinendes Verhalten im Zusammenhang mit dem Asperger-Syndrom standen.

Gregor dachte nun nicht weiter darüber nach und wandte sich den Kollegen zu, die ihn bereits erwartungsvoll ansahen. Auch mit Alsmann, Jenny, Mutti und Schmuddel hatte er in den vergangenen Wochen lange Gespräche geführt. Der Kernpunkt der Unterhaltungen war unter anderem gewesen, dass er ihnen mehr von sich erzählt hatte, weit über das hinaus, was sie im Zuge der Ermittlungen aus der Vergangenheit der Familie Mandelbaum mitbekommen hatten. Er hatte ihnen in Einzelgesprächen von seiner Erkrankung erzählt, aber vor allem von seiner erlernten Fähigkeit, Emotionen zu erkennen. Die Reaktionen auf die Offenbarung seiner Möglichkeiten, aus ihrer Gestik und Mimik zu lesen, waren in höchstem Maße unterschiedlich gewesen.

Dieter Alsmann war der Erste gewesen, dem er es mitgeteilt hatte, und es hatte zu einer sehr langen Pause in ihrem Gespräch geführt. Gregor hatte das Wechselbad der Gefühle vom Gesicht des anderen ablesen können. Entsetzen, Nachdenklichkeit, Misstrauen, Peinlichkeit und alles, was damit einhergeht, wenn jemand sich ertappt, durchschaut und unterlegen fühlt. Aber irgendwann hatten sich Alsmanns Züge entspannt, und er hatte sogar ein wenig gelächelt. »Okay«, hatte er gesagt, »dann kann … äh … dann muss ich ja mit offenen Karten spielen. Ich muss zugeben, dass meine Gefühle als Untergebener eines so viel jüngeren und unerfahreneren Kollegen immer sehr zwiespältig waren. Auf der einen Seite habe ich mich immer überlegen gefühlt«, er hatte wie um Verzeihung bittend noch einmal gelächelt, »aber da habe ich mich inzwischen eines Besseren belehren lassen müssen. Auf der anderen Seite habe ich es aber auch schon immer gehasst, Verantwortung für andere zu übernehmen. Ich habe keinerlei Lust, für alles, was vielleicht schiefgeht, geradestehen zu müssen oder mich den hohen Herrn gegenüber zu verantworten. So gesehen kann ich mit der Konstellation, so wie sie jetzt ist, gut leben …«, er hatte eine kurze Pause gemacht, bevor er mit einem kleinen Lächeln auf den Lippen ergänzte hatte, »… Chef.«

Bei Jenny hatte die Peinlichkeit überwogen. Ihr war mit einem Schlag klar geworden, dass ihre anfängliche Schwärmerei für Gregor niemals ein Geheimnis gewesen war. Gemildert war das Ganze etwas durch den Umstand worden, dass sie nur wenige Tage vor Gregors Eröffnung einen jungen Mann kennengelernt hatte und sich gerade in einer neuen Beziehung befand.

Mutti hatte die Neuigkeiten völlig wertfrei und neutral aufgenommen. Sie strahlte eine große Selbstsicherheit aus, war vom Grunde ihres Herzens absolut ehrlich und wohlmeinend mit allen und sah deshalb auch keinerlei Grund, sich vor den Implikationen einer solchen Fähigkeit zu fürchten.

Schmuddels Reaktion war diejenige gewesen, die am wenigsten vorhersehbar gewesen war und Gregor am meisten verblüfft hatte. Zunächst hatte er Gregor mit offenem Mund einfach nur angestarrt. Nach dem ersten Moment des Unglaubens hatte Schmuddel angefangen, hemmungslos zu lachen. »Das gibt's ja gar nicht«, hatte er begonnen, als er sich ein wenig beruhigt hatte, »das glaub ich nicht. Das erklärt ja fast alles!«

Gregor hatte ihn nun seinerseits voller Unverständnis angesehen.

Schmuddel erklärte seinen Heiterkeitsausbruch: »Oh Mann, nichts für ungut. Aber ich bin ein absoluter Fan von Lightman, also, ich habe alle Folgen gesehen.«

Er hatte seine Ausführung kurz unterbrochen, als er Gregors Gesicht sah, der ihn immer noch fragend anblickte und sein Unwissen offenbarte, indem er sagte: »Ich kann Ihnen ehrlich gesagt nicht ganz folgen.«

»Du hast keine Ahnung, wovon ich rede, oder? Dr. Cal Lightman? ›Lie to me‹? Die Fernsehserie?«

Gregor hatte lediglich verständnislos den Kopf schütteln können, und Schmuddel hatte zunächst noch einmal schallend gelacht, ihm dann aber geduldig erklärt, dass es in dieser TV-Serie genau um die von Gregor eingesetzte Methode ging, Lügner zu entlarven. Er machte keinen Hehl aus seiner Begeisterung für die Technik des Mimik-Lesens und seiner neuen Bewunderung für Gregor.

Gregors Gedanken kehrten wieder in die Gegenwart zurück, und er besann sich auf das, was er als Nächstes zu sagen plante. Nun, da sie ihn alle aus einem neuen Blickwinkel und hoffentlich mit etwas mehr Wohlwollen betrachteten, hatte er sich von Sonja überreden lassen, diesen Schritt zu tun. Er hob sein Glas und begann nach einem kurzen Zögern: »Aber vor allem möchte ich meinen Kollegen meinen Dank aussprechen, denen ich viel zu verdanken habe. Ich bin froh, ein so tolles Team gefunden zu haben. Ich blicke deshalb mit etwas weniger Sorge in die Zukunft und bin mir sicher, dass wir den großen Aufgaben gewachsen sein werden, die uns erwarten.« Er hatte schon angesetzt, etwas zu trinken, unterbrach die Bewegung dann aber und nahm das Glas noch einmal nach unten.

Er sah, wie Sonja ihm ein aufmunterndes, aber nur durch Lippenbewegungen formuliertes »Los, trau dich!« signalisierte.

Nach einem tiefen Atemzug und einem kleinen Seufzer nahm er die Ansprache wieder auf: »Nun ... äh ... da meine Schwester und ich ja keinerlei Angehörige mehr haben, sind Sie als meine Kollegen wohl das, was einer Familie am nächsten kommt. Ich möchte Sie deshalb nach reiflicher Überlegung höflichst um die Erlaubnis bitten«, er räusperte sich kurz, »Sie duzen zu dürfen.« Mit deutlicher Erleichterung beendete er seine Rede, um im nächsten Moment total verblüfft innezuhalten.

Das schallende und nicht enden wollende Gelächter der versammelten Anwesenden würde er wohl für lange Zeit nicht vergessen.

ENDE

# NACHWORT DES AUTORS

Geschichte ist nicht, was einmal war und ab da für immer vorbei ist. Schon in meiner Jugend hatte ich oft das Gefühl, dass Ereignisse der Vergangenheit auch nach vielen Jahren noch Auswirkungen auf die Gegenwart haben. Gleichermaßen bin ich davon überzeugt, dass unsere heutigen Entscheidungen und Taten noch in vielen Jahrzehnten von unseren Nachkommen beurteilt werden, da die Auswirkungen bis in ihre Zeit hinein reichen.

Es war meine Intention, nicht nur einen spannenden Krimi zu schreiben, sondern gleichzeitig die Erinnerung an eine Vergangenheit wachzuhalten, die allzu gerne in Vergessenheit gerät. Ich kann nur hoffen, dass es mir gelungen ist, den Spagat zwischen dem Aufarbeiten einer schrecklichen Vergangenheit und einer spannenden Schilderung der Gegenwart so hinzubekommen, dass das Ergebnis zu einem befriedigenden Lesegenuss führt.

# DANKSAGUNG

Danksagen möchte ich an erster Stelle dem befreundeten Autor Björn Berenz, der mich in meinem seit Jahrzehnten gehegten Traum, ein Buch zu schreiben, so bestärkt hat, dass ich endlich den inneren Schweinehund überwunden und mich ans Werk gemacht habe. Vielen, vielen Dank, Björn.

Zudem danke ich denjenigen, die mich nach Beginn des Projekts davor bewahrt haben, schwere Fehler zu begehen, allen voran meiner ersten Lektorin Lisa Bitzer, von der ich in den Anfängen des Schreibens viel gelernt habe, und schließlich der Lektorin des Gmeiner-Verlages, Dominika Sobecki. Sie hat mit spitzer Feder all die Ungereimtheiten und sprachlichen Verwirrungen entfernt.

Dank sei natürlich auch denjenigen meiner Probeleser, die mich darin bestärkt haben, auf dem richtigen Weg zu sein, vor allen anderen meiner lieben Frau Ellen, aber auch meinem Arbeitskollegen Frank Schäfer.

Dass nun endlich jemand dieses Buch in der Hand hält, sei es auf Papier oder als E-Book, verdanke ich selbstverständlich meiner Agentin Christine Härle und der Agentur Brauer sowie dem Gmeiner-Verlag, der das Wagnis eingegangen ist, mein Buch herauszubringen. Vielen Dank für das in mich gesetzte Vertrauen.

*Weitere Krimis finden Sie auf den folgenden Seiten und im Internet:*

**WWW.GMEINER-SPANNUNG.DE**

**HARALD SCHNEIDER**
Mordsgrumbeere

978-3-8392-1925-6 (Paperback)
978-3-8392-5107-2 (pdf)
978-3-8392-5106-5 (epub)

**NACHTSCHATTENMORD** Woher kommt die unbekannte Tote auf dem Biobauernhof »Kartoffel-Käfer« in Iggelheim? Kommissar Reiner Palzki steht vor einem Rätsel, als er im Büro der Vorarbeiterin eine Leiche findet, die niemand identifizieren kann. Er beginnt mit verdeckten Ermittlungen, als kurz darauf weitere Leichen gefunden werden. Dabei trifft er auf die Lehrerin Avril Walters, die aus England gekommen ist, um als selbsternannte Miss Marple in einer längst vergangenen Sache zu ermitteln. Gemeinsam kommen die beiden einem lang gehegten Geheimnis auf die Spur, das zu einem Schatz führen könnte.

**KARIN JOACHIM**
Krähenzeit

978-3-8392-1938-6 (Paperback)
978-3-8392-5133-1 (pdf)
978-3-8392-5132-4 (epub)

**SEIN ODER SCHEIN?** Im idyllischen Ahrtal erholt sich Jana Vogt von ihrem letzten Einsatz als Tatortfotografin bei der Kölner Kripo. Allerdings währt die entspannte Ruhe nicht lange. Kaum hat sie zum ersten Mal ihre Wanderschuhe geschnürt, als ihr Hund Usti in einem Weinberg zwischen Ahrweiler und Marienthal eine Leiche findet. Während der Koblenzer Kommissar Wieland die Ermittlungen aufnimmt, siegt Janas Neugier. Sie beginnt sich umzuhören und erfährt immer mehr über die Ortsgeschichte, nicht ahnend, dass sie damit den Mörder gegen sich aufbringt.

**BERND KÖSTERING**
Düker ermittelt in Offenbach

978-3-8392-1971-3 (Paperback)
978-3-8392-5195-9 (pdf)
978-3-8392-5194-2 (epub)

**POLIZISTENHERZ** Günther Düker ist ein Polizist, der einem schnell ans Herz wächst. In 20 Fällen ermittelt er als stellvertretender Leiter des 2. Polizeireviers Offenbach am Main. In weiteren zehn Rätsel-Krimis sucht er als Pensionär auf eigene Faust nach den Tätern und ihren Motiven. Ohne seine Frau Helga wäre er allerdings bei manchem Fall mit seinem Latein am Ende. Und sie erfreut sich an ihrem Günther und seinem Polizistenherz. Begleiten Sie die beiden auf ihre Verbrecherjagd.

GMEINER SPANNUNG

WWW.GMEINER-VERLAG.DE
*Wir machen's spannend*